U0153478

凝煉知識品味閱讀

圖解系列

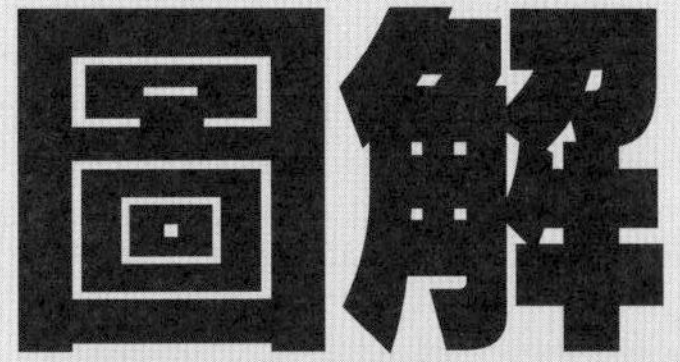

大考經史古文

精煉閱讀寫作，探解試題

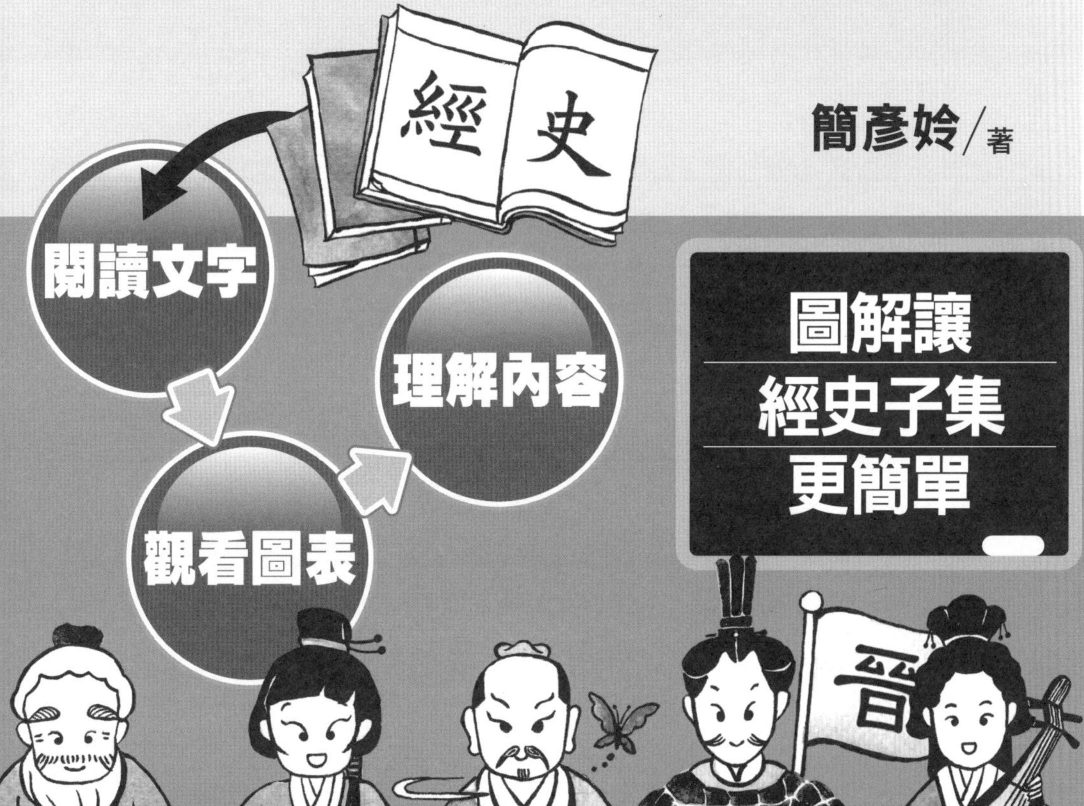

經 史

簡彥姈／著

閱讀文字

觀看圖表

理解內容

圖解讓
經史子集
更簡單

晉

五南圖書出版公司 印行

文學一直是我的最愛，愛讀、愛寫、愛與人分享，從小夢想著盡快擺脫那些冰冷的數字、惱人的程式，只想終日徜徉在文學的鳥語花香裡，一字一句，一句一字，編織著屬於年少的美麗遐想……

大學就讀中國文學系初步落實了我的夢想，從此立志做一個永遠的「中文人」，一股腦兒投入古典文學的懷抱：經典、史傳、諸子、文集，琳瑯滿目，引我駐足品賞，流連忘返；孔孟、遷固、老莊、李杜，和藹可親，邀我燈下談心，一見如故。——我就這樣與中國文學結下了不解之緣。

之後，無論寫小說、當編輯，都與中國文學血脈相連。偶爾援引一二經史典故，化用二三子集名句，對我而言，是再稀鬆平常不過了。彷彿所有古人古事都任我挑選，取之不盡，用之不竭，——古有明訓：「貧者因書而富，富者因書而貴。」慶幸自己是個「富有」的「中文人」！

重返校園攻讀碩、博士班，只想再度擁抱中國文學的絕代風華，用研究的角度，更精準地剖析它的真、善、美。期間我有幸拜在　邱師燮友門下學習，老師是著名的國學大師，學問根柢深厚，引領我登堂入室，一窺中國文學的宗廟之美、百官之富。

目前我講授「大一國文」、「歐蘇文賞析」、「小品文選」等課程，樂於與學生們分享最愛的中國文學。課餘閒暇，或因備課之需，或為興趣使然，

閱讀始終不出傳統圖書分類「經（儒家經典）」、「史（歷史傳記）」、「子（諸子哲學）」、「集（文學總集和別集）」的範圍，《十三經注疏》、《史記三家注》、《老子》、《莊子》，以及《昭明文選》、《文心雕龍》等書，總是占據書架上最醒目的位置，垂手可得，隨取隨讀，百讀、千讀非但不厭倦，反而愈讀愈有滋味。

去年暑假期間，與五南圖書出版公司 黃文瓊主編會晤，得知公司正規劃出版《圖解經史子集》系列書籍；我十分感興趣，便一口答應承接這項令人振奮的工作。如今經過一年的筆耕不輟，塗塗改改，總算不負所託，可以如期交稿了，欣喜之情，溢於言表。

本書分為上、下兩冊，摘錄近年來各類升學、公職考試、教師甄試、大陸高考等熱門經典、史論、諸子、文集各 50 篇；每冊含兩大類，凡 100 篇。《圖解大考經史古文：精煉閱讀寫作，探解試題》，精選歷屆大考熱門經典文 50 篇：《詩經》6 篇、《尚書》1 篇、《禮記》5 篇、《易傳》1 篇、《穀梁傳》1 篇、《左傳》10 篇、《論語》14 篇、《孟子》8 篇、〈大學〉1 篇和〈中庸〉3 篇。再嚴選歷屆大考熱門史論文 50 篇：《國語》2 篇、《戰國策》2 篇、《史記》17 篇、《東觀漢記》1 篇、《後漢書》2 篇、《三國志》1 篇、《三國演義》3 篇，《晉書》、《南史》、《宋史》、《臺灣通史・序》各 1 篇，魏徵、駱賓王、白居易、李煜、范仲淹、歐陽脩、馬致遠、方孝孺、唐順之、梁

辰魚、丘逢甲之作各 1 篇，蘇洵、王安石文各 2 篇，蘇軾文 3 篇。深究鑑賞每篇範文之後，隨文附上歷屆大考重點詳析，次以圖解方式闡明文章的內容思想、篇章結構、藝術手法等，有效提升您的閱讀素養、國學興味；且不時指點相關的寫作絕技、名言佳句等，點滴精進您的作文實力。書末附有「近年大考精選題【經典篇】、【史論篇】」，讓您掌握各類大考命題的趨勢，知己知彼，百戰百勝。

按：史論篇標註色塊部分原屬於傳統四部分類法的另一類，本書為了敘述方便，故將之列入此篇中，為了避免混淆視聽，特此提示。詳細情況，請參見「附錄四：經史名篇之出處」及「附錄五：經史子集分類法」。

《圖解大考子集古文：精煉閱讀寫作，探解試題》，細選歷屆大考熱門諸子之作 50 篇：《管子》1 篇、《晏子春秋》2 篇、《老子》3 篇、《孫子兵法》2 篇、《墨子》4 篇、《列子》2 篇、《莊子》11 篇、《荀子》3 篇、《韓非子》6 篇、《呂氏春秋》4 篇、《淮南子》2 篇，《說苑》、《孔子家語》、《孔叢子》各 1 篇、《顏氏家訓》3 篇、黎靖德《朱子語類》2 篇、黃宗羲《明夷待訪錄》與朱柏廬《朱子治家格言》各 1 篇。再慎選歷屆大考熱門文集之作 50 篇：孔子、屈原、王粲、諸葛亮、曹丕、曹植、嵇康、王羲之、丘遲、吳均、王勃、元結、劉禹錫、蔣防、杜牧、范仲淹、歐陽脩、劉基、王守仁、屠本畯、湯顯祖、袁宏道、蒲松齡、張潮、方苞、紀昀、錢大昕、龔自珍、王國維作品各 1 篇，陶淵明、李白之作各 2 篇，韓愈、柳宗元文各 4 篇，《世說新語》3 篇，王安石文 2 篇、蘇軾文 4 篇。深入賞析每篇文本之後，

隨文附上各類大考試題精華，次以圖解方式說明文章的思想情意、謀篇布局、藝術技巧等，藉此增進您的閱讀涵養、國學況味；且不時提點相關的修辭絕技、名篇範例等，逐漸累積您的作文能力。書末附有「近年大考精選題【諸子篇】、【文集篇】」，讓您洞悉歷年大考出題的導向，身經百戰，無往不利。

按：文集篇標註色塊部分原屬於傳統四部分類法的另一類，本書為了敘述方便，故將之列入此篇中，為了避免混淆視聽，特此提示。詳細情況，請參見「附錄四：子集範文之出處」及「附錄五：經史子集分類法」。

張潮《幽夢影》云：「讀經宜冬，其神專也；讀史宜夏，其時久也；讀諸子宜秋，其致別也；讀諸集宜春，其機暢也。」我個人以為：清晨，宜讀聖賢經典，句句警策，可奉為一天立身處世的圭臬；上午，宜讀諸子學說，腦力激盪，將迸出意想不到思想的火花；下午，宜讀歷史傳記，佐以佳茗，細數朝代興亡的經驗教訓；黃昏，宜讀古人文章，把酒臨風，借他人酒杯一澆胸中塊壘；睡前，宜讀名家詩詞，含英咀華，帶著古典悠悠的情韻進入夢鄉。總之，無論身處何時何地，一卷在手，保證樂趣無窮！

本書寫作期間，感謝 文瓊主編的關懷備至，感謝 邱師燮友、 嚴師紀華的支持與鼓勵，以及家人的無限縱容，讓我得以一字一句，一句一字，繼續編織著文學的美麗夢想……

 2020.6.25

INDEX 目錄

圖解大考經史古文：精煉閱讀寫作，探解試題

自序

第 1 章　經典篇

1-1 窈窕淑女，君子好逑（《詩經．周南．關雎》） 002
1-2 東方未明，顛倒衣裳（《詩經．齊風 ． 東方未明》） 004
1-3 所謂伊人，在水一方（《詩經．秦風．蒹葭》） 006
1-4 無衣無褐，何以卒歲？(《詩經．豳風．七月》) 008
1-5 如竹苞矣，如松茂矣（《詩經．小雅．斯干》） 010
1-6 哀哀父母，生我劬勞（《詩經．小雅．蓼莪》） 012
1-7 若涉淵水，予惟往求朕攸濟（《尚書．周書．大誥》） 014
1-8 天下豈有無父之國哉？吾何行如之？
（《禮記．檀弓上．晉獻公殺世子申生》） 016
1-9 君子之愛人也以德，細人之愛人也以姑息
（《禮記．檀弓上．曾子易簀》） 018
1-10 喪欲速貧，死欲速朽（《禮記．檀弓上．有子之言似夫子》） 020
1-11 人不獨親其親，不獨子其子（《禮記．禮運．大同與小康》） 022
1-12 師嚴然後道尊，道尊然後民知敬學（《禮記．學記》） 024
1-13 仰則觀象於天，俯則觀法於地（《易傳．繫辭傳》） 026
1-14 璧則猶是也，而馬齒加長矣！(《穀梁傳．僖公二年．虞師晉師滅夏陽》) 028
1-15 不及黃泉，無相見也！(《左傳．隱公元年．鄭伯克段于鄢》) 030
1-16 苟信不繼，盟無益也（《左傳．桓公十二年．盟無益也》） 032
1-17 肉食者鄙，未能遠謀（《左傳．莊公十年．曹劌論戰》） 034
1-18 鬼神非人實親，惟德是依（《左傳．僖公五年．宮之奇諫假道》） 036
1-19 晉、楚治兵遇於中原，其辟君三舍
（《左傳．僖公二十三年．何以報不穀》） 038
1-20 天未絕晉，必將有主（《左傳．僖公二十四年．介之推不言祿》） 040
1-21 若亡鄭而有益於君，敢以煩執事
（《左傳．僖公三十年．燭之武退秦師》） 042
1-22 鄭有備矣，不可冀也（《左傳．僖公三十三年．秦晉殽之戰》） 044
1-23 我聞忠善以損怨，不聞作威以防怨
（《左傳．襄公三十一年．子產不毀鄉校》） 046

1-24 唯有德者能以寬服民，其次莫如猛
（《左傳・昭公二十年・子產論政寬猛》） 048
1-25 舉直錯諸枉，則民服（《論語・為政》） 050
1-26 願無伐善，無施勞（《論語・公冶長》） 052
1-27 人不堪其憂，回也不改其樂（《論語・雍也》） 054
1-28 不義而富且貴，於我如浮雲（《論語・述而》） 056
1-29 君子坦蕩蕩，小人長戚戚（《論語・述而》） 058
1-30 士不可以不弘毅，任重而道遠（《論語・泰伯》） 060
1-31 仰之彌高，鑽之彌堅（《論語・子罕》） 062
1-32 歲寒，然後知松柏之後彫也（《論語・子罕》） 064
1-33 唯酒無量，不及亂（《論語・鄉黨》） 066
1-34 夫子喟然歎曰：吾與點也！（《論語・先進》） 068
1-35 君子固窮，小人窮斯濫矣！（《論語・衛靈公》） 070
1-36 不患寡而患不均，不患貧而患不安（《論語・季氏》） 072
1-37 君子學道則愛人，小人學道則易使也（《論語・陽貨》） 074
1-38 鳥獸不可與同群！吾非斯人之徒與而誰與？（《論語・微子》） 076
1-39 先王有不忍人之心，斯有不忍人之政矣！（《孟子・公孫丑上》） 078
1-40 孟子道性善，言必稱堯舜（《孟子・滕文公上》） 080
1-41 且一人之身，而百工之所為備（《孟子・滕文公上》） 082
1-42 孔子，聖之時者也（《孟子・萬章下》） 084
1-43 一日暴之，十日寒之（《孟子・告子上》） 086
1-44 然後知生於憂患，而死於安樂也（《孟子・告子下》） 088
1-45 故觀於海者難為水，遊於聖人之門者難為言（《孟子・盡心上》） 090
1-46 掘井九軔而不及泉，猶為棄井也（《孟子・盡心上》） 092
1-47 自天子以至於庶人，壹是皆以修身為本（《四書・大學・大學之道》） 094
1-48 君子戒慎乎其所不睹，恐懼乎其所不聞（《四書・中庸・天命謂性》） 096
1-49 君子居易以俟命，小人行險以徼幸（《四書・中庸・素位而行》） 098
1-50 凡事豫則立，不豫則廢（《四書・中庸・哀公問政》） 100

INDEX 目錄

第 2 章　史論篇

2-1 得原而失信，何以使人？(《國語・晉語四・文公伐原》) 104
2-2 今土木勝，臣懼其不安人也
(《國語・晉語九・士茁謂土木勝懼其不安人》) 106
2-3 君美甚，徐公何能及君也？(《戰國策・齊策・鄒忌諫齊王》) 108
2-4 長鋏歸來乎！食無魚(《戰國策・齊策・馮諼客孟嘗君》) 110
2-5 今者項莊拔劍舞，其意常在沛公也(《史記・項羽本紀・鴻門宴》) 112
2-6 此天之亡我，非戰之罪也！(《史記・項羽本紀・四面楚歌》) 114
2-7 蜚鳥盡，良弓藏；狡兔死，走狗烹(《史記・越王句踐世家》) 116
2-8 孺子，下取履！(《史記・留侯世家》) 118
2-9 伯夷、叔齊雖賢，得夫子而名益彰(《史記・伯夷列傳》) 120
2-10 生我者父母，知我者鮑子也(《史記・管晏列傳・管仲傳》) 122
2-11 余雖為之執鞭，所忻慕焉(《史記・管晏列傳・晏嬰傳》) 124
2-12 韓非知說之難，為〈說難〉書甚具(《史記・老子韓非列傳》) 126
2-13 今吳之有越，猶人之有腹心疾也(《史記・伍子胥列傳》) 128
2-14 若善守汝國，我顧且盜而城！(《史記・張儀列傳》) 130
2-15 風蕭蕭兮易水寒，壯士一去兮不復還
(《史記・刺客列傳・荊軻刺秦王》) 132
2-16 士不產於秦，而願忠者眾(《史記・李斯列傳・諫逐客書》) 134
2-17 相君之背，貴乃不可言！(《史記・淮陰侯列傳》) 136
2-18 君有疾在血脈，不治恐深(《史記・扁鵲倉公列傳》) 138
2-19 其言必信，其行必果(《史記・游俠列傳》) 140
2-20 鳳皇不與燕雀為群，而賢者亦不與不肖者同列(《史記・日者列傳》) 142
2-21 小子不敏，請悉論先人所次舊聞(《史記・太史公自序》) 144
2-22 少公道讖言劉秀當為天子，或曰是國師劉子駿也
(《東觀漢記・世祖光武皇帝》) 146
2-23 長房旦日復詣翁，翁乃與俱入壺中(《後漢書・方術列傳下》) 148
2-24 珍羞略備，所少吳松江鱸魚耳！(《後漢書・方術列傳下》) 150
2-25 吾悔殺華佗，令此兒彊死也(《三國志・魏書・華佗傳》) 152
2-26 鵬飛萬里，其志豈群鳥能識哉？(《三國演義》第四十三回) 154
2-27 既生瑜，何生亮？(《三國演義》第五十七回) 156

2-28 害我父弟，不共戴天之仇！（《三國演義》第五十八回） 158
2-29 如百歲後有知，魂魄猶應登此也（《晉書・羊祜傳》） 160
2-30 景若就禽，公復何用？（《南史・侯景傳》） 162
2-31 殷憂而道著，功成而德衰（魏徵〈諫太宗十思疏〉） 164
2-32 一抔之土未乾，六尺之孤何託？（駱賓王〈討武曌檄〉） 166
2-33 六軍不發無奈何，宛轉蛾眉馬前死（白居易〈長恨歌〉） 168
2-34 最是倉皇辭廟日，教坊猶奏別離歌（李煜〈破陣子〉） 170
2-35 微先生不能成光武之大，微光武豈能遂先生之高？（范仲淹〈桐廬郡嚴先生祠堂記〉） 172
2-36 憂勞可以興國，逸豫可以亡身（歐陽脩〈五代史伶官傳序〉） 174
2-37 賂秦而力虧，破滅之道也（蘇洵〈六國論〉） 176
2-38 天下未嘗無賢者，蓋有有臣而無君者矣！（蘇洵〈管仲論〉） 178
2-39 子貢雖好辯，詎至於此邪？（王安石〈子貢論〉） 180
2-40 孟嘗君特雞鳴狗盜之雄耳，豈足以言得士？（王安石〈讀孟嘗君傳〉） 182
2-41 賈生志大而量小，才有餘而識不足也（蘇軾〈賈誼論〉） 184
2-42 天下悲錯之以忠而受禍，不知錯有以取之也（蘇軾〈鼂錯論〉） 186
2-43 文起八代之衰，而道濟天下之溺（蘇軾〈潮州韓文公廟碑〉） 188
2-44 若綱之心，其可謂非諸葛孔明之用心歟？（《宋史・李綱傳》） 190
2-45 太平時賣你宰相功勞，有事處把俺佳人遞流（馬致遠《漢宮秋》） 192
2-46 國士之報，曾若是乎？（方孝孺〈豫讓論〉） 194
2-47 不特眾人不知有王，王亦自為贅旒也（唐順之〈信陵君救趙論〉） 196
2-48 我實霄殿金童，卿乃天宮玉女（梁辰魚《浣紗記》） 198
2-49 雞籠山畔陣雲陰，辛苦披沙一水深（丘逢甲〈憶臺雜詠〉） 200
2-50 然則臺灣無史，豈非臺人之痛歟？（連橫《臺灣通史・序》） 202

附錄

附錄一：近年大考精選題【經典篇】 204
附錄二：近年大考精選題【史論篇】 215
附錄三：近年經史名篇出題概況 228
附錄四：經史名篇之出處 241
附錄五：經史子集分類法 244

主要參考書目 246

INDEX 目錄

圖解大考子集古文：精煉閱讀寫作，探解試題

自序

第 3 章　諸子篇

3-1 終身之計，莫如樹人（《管子‧權修》） 002

3-2 怪哉！雨雪三日而天不寒（《晏子春秋・內篇諫上》） 004

3-3 橘生淮南則為橘，生於淮北則為枳（《晏子春秋・內篇雜下》） 006

3-4 上善若水，水善利萬物而不爭（《老子・第八章》） 008

3-5 治大國，若烹小鮮（《老子・第六十章》） 010

3-6 有餘者損之，不足者補之（《老子・第七十七章》） 012

3-7 兵者，國之大事（《孫子兵法・始計》） 014

3-8 不戰而屈人之兵，善之善者也（《孫子兵法・謀攻》） 016

3-9 興天下之利，除天下之害（《墨子・兼愛中》） 018

3-10 雖四五國則得利焉，猶謂之非行道也（《墨子・非攻中》） 020

3-11 當若繁為攻伐，此實天下之巨害也（《墨子・非攻下》） 022

3-12 公輸子之意，不過欲殺臣（《墨子・公輸》） 024

3-13 至言去言，至為無為（《列子・黃帝》） 026

3-14 大道以多歧亡羊，學者以多方喪生（《列子・說符》） 028

3-15 小知不及大知，小年不及大年（《莊子・逍遙遊》） 030

3-16 歸休乎君，予無所用天下為！（《莊子・逍遙遊》） 032

3-17 不知周之夢為胡蝶與？胡蝶之夢為周與？（《莊子・齊物論》） 034

3-18 以無厚入有間，恢恢乎其於遊刃必有餘地矣（《莊子・養生主》） 036

3-19 安時而處順，哀樂不能入也（《莊子・養生主》） 038

3-20 死生亦大矣，而不得與之變（《莊子・德充符》） 040

3-21 明王之治，功蓋天下而似不自己（《莊子・應帝王》） 042

3-22 子非魚，安知魚之樂？（《莊子・秋水》） 044

3-23 昭昭乎若揭日月而行，故不免也（《莊子・山木》） 046

3-24 匠石運斤成風，聽而斲之（《莊子・徐无鬼》） 048

3-25 言者所以在意，得意而忘言（《莊子・外物》） 050

3-26 玉在山而草木潤，淵生珠而崖不枯（《荀子・勸學》） 052

3-27 凡治氣養心之術，莫徑由禮（《荀子・修身》） 054

3-28 先王惡其亂也，故制禮以分之（《荀子・禮論》） 056

3-29 人主之道，靜退以為寶（《韓非子・主道》） 058
3-30 至其所不知，不難師於老馬與蟻（《韓非子・說林上》） 060
3-31 虜自賣裘而不售，士自譽辯而不信（《韓非子・說林下》） 062
3-32 寧信度，無自信也（《韓非子・外儲說左上》） 064
3-33 法不立，亂亡之道也（《韓非子・外儲說右下》） 066
3-34 君無術則弊於上，臣無法則亂於下（《韓非子・定法》） 068
3-35 惟不以天下害其生者也，可以託天下
（呂不韋《呂氏春秋・仲春紀・貴生》） 070
3-36 由其道，功名之不可得逃（呂不韋《呂氏春秋・仲春紀・功名》） 072
3-37 人之情偽貪鄙美惡，無所失矣（呂不韋《呂氏春秋・季春紀・論人》） 074
3-38 臣非能相人也，能觀人之友也（呂不韋《呂氏春秋・不苟論・貴當》） 076
3-39 道德上通，而智故消滅也（劉安《淮南子・覽冥訓》） 078
3-40 或有罪而可賞也，或有功而可罪也（劉安《淮南子・人間訓》） 080
3-41 任力者固勞，任人者固佚（劉向《說苑・政理・宓子賤為單父宰》） 082
3-42 吾儕小人也，不可以履君子之庭（《孔子家語・好生》） 084
3-43 士雖懷道，貪以死祿矣（《孔叢子・抗志》） 086
3-44 如入芝蘭之室，久而自芳也（顏之推《顏氏家訓・慕賢》） 088
3-45 子當以養為心，父當以學為教（顏之推《顏氏家訓・勉學》） 090
3-46 夫生不可不惜，不可苟惜（顏之推《顏氏家訓・養生》） 092
3-47 讀書千遍，其義自現（黎靖德《朱子語類》卷十） 094
3-48 《論語》易曉，《孟子》有難曉處（黎靖德《朱子語類・論孟綱領》） 096
3-49 古者以天下為主，君為客（黃宗羲《明夷待訪錄・原君》） 098
3-50 宜未雨而綢繆，毋臨渴而掘井（朱柏廬《朱子治家格言》） 100

INDEX 目錄

第 4 章　文集篇

4-1　世人暗蔽，不知賢者（孔子〈猗蘭操〉） 104
4-2　舉世皆濁我獨清，眾人皆醉我獨醒（屈原〈漁父〉） 106
4-3　雖信美而非吾土兮，曾何足以少留？（王粲〈登樓賦〉） 108
4-4　親賢臣，遠小人（諸葛亮〈出師表〉） 110
4-5　文非一體，鮮能備善（曹丕〈典論論文〉） 112
4-6　丈夫志四海，萬里猶比鄰（曹植〈贈白馬王彪〉） 114
4-7　不祈喜而有福，不求壽而自延（嵇康〈答難養生論〉） 116
4-8　況脩短隨化，終期於盡（王羲之〈蘭亭集序〉） 118
4-9　雲無心以出岫，鳥倦飛而知還（陶淵明〈歸去來兮辭並序〉） 120
4-10 黃髮垂髫，並怡然自樂（陶淵明〈桃花源記〉） 122
4-11 我輩無義之人，而入有義之國（劉義慶《世說新語・德行》） 124
4-12 未能免俗，聊復爾耳（劉義慶《世說新語・任誕》） 126
4-13 唯公榮，可不與飲酒（劉義慶《世說新語・簡傲》） 128
4-14 暮春三月，江南草長（丘遲〈與陳伯之書〉） 130
4-15 鳶飛戾天者，望峰息心（吳均〈與宋元思書〉） 132
4-16 落霞與孤鶩齊飛，秋水共長天一色（王勃〈滕王閣序〉） 134
4-17 生不用封萬戶侯，但願一識韓荊州（李白〈與韓荊州書〉） 136
4-18 會桃花之芳園，序天倫之樂事（李白〈春夜宴從弟桃花園序〉） 138
4-19 賢人君子自植其身，不可不慎擇所處（元結〈菊圃記〉） 140
4-20 坐茂樹以終日，濯清泉以自潔（韓愈〈送李愿歸盤谷序〉） 142
4-21 聞道有先後，術業有專攻（韓愈〈師說〉） 144
4-22 世有伯樂，然後有千里馬（韓愈〈馬說〉） 146
4-23 柳侯生能澤其民，死能驚動禍福之（韓愈〈柳州羅池廟碑〉） 148
4-24 斯是陋室，惟吾德馨（劉禹錫〈陋室銘〉） 150
4-25 雖曰愛之，其實害之（柳宗元〈種樹郭橐駝傳〉） 152
4-26 心凝形釋，與萬化冥合（柳宗元〈始得西山宴遊記〉） 154
4-27 以余故，咸以愚辱焉（柳宗元〈愚溪詩序〉） 156
4-28 清取利遠，遠故大（柳宗元〈宋清傳〉） 158
4-29 小娘子愛才，鄙夫重色（蔣防〈霍小玉傳〉） 160
4-30 楚人一炬，可憐焦土（杜牧〈阿房宮賦〉） 162

4-31 先天下之憂而憂，後天下之樂而樂（范仲淹〈岳陽樓記〉） 164
4-32 醉翁之意不在酒，在乎山水之間也（歐陽脩〈醉翁亭記〉） 166
4-33 其受之天也，賢於材人遠矣（王安石〈傷仲永〉） 168
4-34 世之奇偉瑰怪非常之觀，常在於險遠（王安石〈遊褒禪山記〉） 170
4-35 知安而不知危，能逸而不能勞（蘇軾〈教戰守策〉） 172
4-36 今之學者有書而不讀，為可惜也（蘇軾〈李氏山房藏書記〉） 174
4-37 自其不變者而觀之，則物與我皆無盡也（蘇軾〈前赤壁賦〉） 176
4-38 赤壁之遊，樂乎？（蘇軾〈後赤壁賦〉） 178
4-39 悲哉世也！豈獨一琴哉？（劉基〈工之僑為琴〉） 180
4-40 爾安爾居兮，無為厲於茲墟兮（王守仁〈瘞旅文〉） 182
4-41 憑得片時，害卻一生（屠本畯〈蛇虎告語〉） 184
4-42 良辰美景奈何天，賞心樂事誰家院？（湯顯祖〈驚夢〉） 186
4-43 羅紈之盛，多於堤畔之草（袁宏道〈晚遊六橋待月記〉） 188
4-44 一人飛昇，仙及雞犬（蒲松齡〈促織〉） 190
4-45 能閒世人之所忙者，方能忙世人之所閒
（張潮《幽夢影・論閒情逸趣》） 192
4-46 吾師肺肝，皆鐵石所鑄造也！（方苞〈左忠毅公軼事〉） 194
4-47 冤冤相報，吾慮禍不止此也（紀昀〈狐化老儒〉） 196
4-48 吾求吾失且不暇，何暇論人哉？（錢大昕〈弈喻〉） 198
4-49 甘受詬厲，闢病梅之館以貯之（龔自珍〈病梅館記〉） 200
4-50 有境界則自成高格，自有名句（王國維《人間詞話》） 202

附錄

附錄一：近年大考精選題【諸子篇】 204
附錄二：近年大考精選題【文集篇】 216
附錄三：近年子集範文出題概況 228
附錄四：子集範文之出處 242
附錄五：經史子集分類法 245

主要參考書目 247

INDEX 目錄

20 天，讀懂經、史、子、集

上冊

	講授內容		文學花絮	
第 1 講		**晉、楚治兵遇於中原，其辟君三舍** 《左傳．僖公二十三年．何以報不穀》		**老人：** 我特來結草報恩，謝謝你！
第 2 講		**唯有德者能以寬服民，其次莫如猛** 《左傳．昭公二十年．子產論政寬猛》		**捕蛇者：** 寧可被毒蛇咬死，也不要被狗官弄死
第 3 講		**人不堪其憂，回也不改其樂** 《論語．雍也》		**孔夫子：** 顏回偷吃？老夫不信！
第 4 講		**君子固窮，小人窮斯濫矣！** 《論語．衛靈公》		**孔夫子：** 子路啊，教我以後怎麼敢吃肉醬？
第 5 講		**孟子道性善，言必稱堯舜** 《孟子．滕文公上》		**大舜：** 爹不疼娘不愛，又遭兄弟來暗害

	講授內容		文學花絮	
第 6 講		**今者項莊拔劍舞，其意常在沛公也** 《史記 · 項羽本紀 · 鴻門宴》		**劉邦：** 哥騙吃騙喝，還騙到一位美嬌娘
第 7 講		**小子不敏，請悉論先人所次舊聞** 《史記 · 太史公自序》		**司馬遷：** 李陵是冤，我更冤哪！
第 8 講		**殷憂而道著，功成而德衰** 魏徵〈諫太宗十思疏〉		**魏徵：** 信不信由你？ 皇上還有些怕我
第 9 講		**憂勞可以興國，逸豫可以亡身** 歐陽脩〈五代史伶官傳序〉		**敬新磨：** 俺呼皇上巴掌，還受賞呢！
第 10 講		**孟嘗君特雞鳴狗盜之雄耳，豈足以言得士？** 王安石〈讀孟嘗君傳〉		**靖郭君：** 海大魚是啥咪？給我講清楚、說明白

20 天，讀懂經、史、子、集

下冊

	講授內容		文學花絮	
第 11 講		**橘生淮南則為橘，生於淮北則為枳** 《晏子春秋・內篇雜下》		**屈原：** 橘子是君子的化身，哥喜歡！
第 12 講		**至言去言，至為無為** 《列子・黃帝》		**愚公：** 孩子們，一起把這兩座大山移走
第 13 講		**匠石運斤成風，聽而斲之** 《莊子・徐无鬼》		**惠子：** 老婆死了還鼓盆而歌，真沒良心！
第 14 講		**由其道，功名之不可得逃** 《呂氏春秋・仲春紀・功名》		**呂不韋：** 好個子楚，真是奇貨可居啊！
第 15 講		**道德上通，而智故消滅也** 《淮南子・覽冥訓》		**后羿：** 老婆，咱們晚餐只能吃烏鴉炸醬麵了

	講授內容		文學花絮	
第 16 講		**親賢臣，遠小人** 諸葛亮〈出師表〉		**諸葛亮：** 老闆三次上門來請我，大牌吧？
第 17 講		**況脩短隨化，終期於盡** 王羲之〈蘭亭集序〉		**王獻之：** 桃葉啊桃葉，我划船來接你
第 18 講		**黃髮垂髫，並怡然自樂** 陶淵明〈桃花源記〉		**陶淵明：** 兒啊，可不可以爭氣點？
第 19 講		**其受之天也，賢於材人遠矣** 王安石〈傷仲永〉		**王安石：** 我人髒，脾氣又拗！
第 20 講		**一人飛昇，仙及雞犬** 蒲松齡〈促織〉		**王生：** 哥桃花正旺，怎會死到臨頭？

第1章 經典篇

關關雎鳩，在河之洲。
窈窕淑女，君子好逑。

參差荇菜，左右流之。
窈窕淑女，寤寐求之。
求之不得，寤寐思服。
悠哉悠哉，輾轉反側。

UNIT 1-1 窈窕淑女，君子好逑

《詩經》非一時、一地、一人之作，大約著成於西周武王初年（1122B.C.）至東周春秋中葉（約570B.C.），歷時五百年間，為北方黃河流域文學代表，我國最古老的詩歌總集。由於《詩經》收錄三百一十一篇詩章，其中〈南陔〉、〈白華〉、〈華黍〉、〈由庚〉、〈崇丘〉、〈由儀〉六篇，有目無辭（只有篇目、沒有文辭；或說本為「笙詩」，故無歌辭），實際只有三百零五篇，故舉其成數，統稱為「詩三百」。戰國末，《詩三百》被稱為「經」；西漢初，始有《詩經》之專名。

〈毛詩序〉云：「《詩》有六義焉，一曰風，二曰賦，三曰比，四曰興，五曰雅，六曰頌。」要言之，風、雅、頌為《詩》之體裁：國風為各地民間風謠，二雅（〈大雅〉、〈小雅〉）為廟堂燕饗的樂歌，三頌（〈周頌〉、〈魯頌〉、〈商頌〉）為宗廟祭祀的舞詩。賦、比、興為《詩》之作法：賦是直述法，比為譬喻法，興即聯想法。

〈關雎〉選自《詩經・周南》。本詩描寫有德君子對窈窕淑女的思慕之情，從追求過程的憂思苦悶，到相知相惜、結為連理的幸福洋溢；一說此為祝賀新婚之詩。篇名〈關雎〉，取自首句「關關雎鳩」中的二字，這是多數先秦典籍命篇的原則。

〈關雎〉一詩，可分為三章（段）：首章「關關雎鳩，在河之洲。」從雎鳩鳥在黃河水中沙洲上聲聲和鳴起興（引發聯想），由於雎鳩鳥天性貞節，素以從一而終聞名，故使人聯想到「窈窕淑女，君子好逑。」謂幽閒貞靜且有德的女子，真是賢人君子理想的另一半。道出普天下君子的願望，多麼希望娶個窈窕淑女為妻，共組美滿家庭，開創大好人生。

次章「參差荇菜，左右流之。窈窕淑女，寤寐求之。」以河中參差不齊的荇菜起興，看著人們在沙洲上左採右採，摘採那長長短短的荇菜，不禁使人聯想起追求淑女的艱辛歷程。在未獲得青睞前，那君子飽受單相思之苦，連作夢都想著去接近她，卻不得其門而入；讓他朝思暮想，長夜漫漫，思念悠長，翻來覆去，怎麼也無法成眠！

末章仍以人們採荇菜起興，述說君子贏得淑女芳心後的欣喜，「窈窕淑女，琴瑟友之。」是帶著樂器去親近她，彈琴鼓瑟，討她歡心。——這是展開追求的階段。而「窈窕淑女，鍾鼓樂（音『耀』）之。」敲鐘打鼓，使她歡樂。暗示婚禮的進行，亦即張燈結綵，敲鑼打鼓，僱一頂花轎風風光光將她迎娶進門。君子與淑女從此結為夫婦，百年好合，攜手一生。——這是抱得美人歸的喜悅。所以〈毛詩序〉云：「〈關雎〉樂得淑女，以配君子。」或以為是一首賀新婚的風謠。

中國人首重倫理關係，五倫（君臣、父子、夫婦、兄弟、朋友）中又以夫婦為核心，故將〈關雎〉詠男女相悅、締結良緣之詩置於三百零五篇之首，其重要性可見一斑。

《詩經・周南・關雎》

敲鐘打鼓迎新娘

★祝賀新婚之詩

★描寫有德君子對窈窕淑女的思慕之情，從追求過程的憂思苦悶，到相知相惜、結為連理的幸福洋溢

關關雎鳩，在河之洲。窈窕淑女，君子好逑。

參差荇菜，左右流之。窈窕淑女，寤寐求之。求之不得，寤寐思服。悠哉悠哉，輾轉反側。

關關：鳥鳴相和聲。／雎鳩：水鳥名。／河：黃河。／洲：水中沙地也。／窈窕淑女：幽閒貞靜有德的女子。／君子：品德高尚的賢士。／好逑：音「郝球」，理想的伴侶。／參差：長短不齊貌。／流：求也。／寤寐：猶言夢寐。／思服：思，語助詞。服，思念。／悠哉悠哉：形容思念之深長。／輾轉反側：翻來覆去，難以成眠。

大考停看聽

在黃河水中的沙地上，成雙成對的雎鳩鳥在那兒聲聲和鳴。一如幽閒貞靜有德的女子，是品德高尚的賢士理想的另一半。

看著人們在沙洲上左採右採，摘採那長短不齊的荇菜。一如幽閒貞靜有德的女子，是賢士夢寐以求的對象。一旦還沒追求到，連睡夢中都想著她。思念是如此的悠長，令人翻來覆去，整夜難以成眠。

★首章「關關雎鳩，在河之洲。」從雎鳩鳥在黃河水中沙洲上聲聲和鳴起興，使人聯想到「窈窕淑女，君子好逑。」

★次章「參差荇菜，左右流之。窈窕淑女，寤寐求之。」在未獲得青睞前，那君子飽受單相思之苦，徹夜難眠！

★末章述說君子贏得淑女芳心，「窈窕淑女，琴瑟友之。」是展開追求階段。「窈窕淑女，鍾鼓樂之。」暗示婚禮的進行。

作文一點靈

修辭絕技

中國傳統詩歌寫作手法有「賦」、「比」、「興」三種。我們先來介紹「興」，所謂「見物起興」，就是看見一樣東西使人引起聯想之意，亦即象徵法、聯想法。

這種寫法通常被運用在詩詞曲中，如「關關雎鳩，在河之洲。窈窕淑女，君子好逑。」看到黃河邊雎鳩鳥成雙成對聲聲和鳴，不禁令君子興起與窈窕淑女共組幸福家庭的嚮往，是有意義的聯想。而臺灣民間訂婚習俗「呷新娘茶」時，媒人會唸一些討喜的四句聯：「冬瓜是菜，二人意愛。子孫昌旺，七子八婿。」因為新娘子此時手端茶盤，以甜茶、蜜餞、冬瓜、冰糖等敬客，媒人便「見物起興」，隨口說出應景的吉祥話。像這四句以「冬瓜是菜」起興，為沒有意義的聯想，只是為了配合後文的祝賀辭和押韻〔「菜」、「婿（臺語音『骰』）」〕而已。

不過，一般仍以有意義的聯想較常見，如「青青河畔草，綿綿思遠道。」因見到河畔綿延不絕的春草，使人聯想起遠方長年行役在外的良人，思念悠長。

UNIT 1-2
東方未明，顛倒衣裳

《詩經・齊風・東方未明》，據〈毛詩序〉云：「刺無節也。朝廷興居無節，號令不時，挈壺氏（負責計時的官員）不能掌其職焉。」《鄭箋》則云：「挈壺氏失漏刻之節，東方未明而以為明，故群臣促遽，顛倒衣裳。」從漢儒到南宋朱熹都將此詩解作朝廷號令不能準時，以致臣民不堪其擾之作。就詩意而言，不難看出基層小吏疲於奔命、日夜顛倒的痛苦。

全詩可分為三章：首章「東方未明，顛倒衣裳。顛之倒之，自公召之。」傳神摹寫出小官員的心酸與無奈：一大早，天還沒亮，就匆忙起床趕上班，在半夢半醒之間，連衣裳都穿顛倒了。沒辦法，上司緊急召見，為了混口飯吃，再睏、再累也要強打起精神來。這樣的情境，即使兩千多年後的我們讀之，仍心有戚戚焉。時下超時工作、過勞而死的案件層出不窮，原來剝削勞工、壓榨百姓的惡例，其來有自，可謂千古同聲一嘆！

由於重章疊詠、回環複沓為《詩經》表現手法之一，次章便採此法寫成：「東方未晞，顛倒裳衣。倒之顛之，自公令之。」其基本內容、句式不變，只在關鍵處更動一、二字，就文意言具有加乘效果，再一次強調小吏的無奈與心酸：太陽還沒出來，就匆匆起床趕上班，在長久以來的慌亂與疲憊中，連下裙上衫都穿倒反了。沒辦法，上司有命令，為了養家活口，再累、再睏也要打起精神來。其中「晞」較「明」、「裳衣」較「衣裳」、「倒之顛之」較「顛之倒之」、「令」較「召」，在程度上更具加強的作用。

前二章採賦法，直陳基層官吏工作辛勞、忙碌奔波的苦楚。末章則運用比法，「折柳樊圃，狂夫瞿瞿。不能辰夜，不夙則莫。」是說折下柳條作菜圃的藩籬，連狂夫見了都驚顧而不敢踰越。好比晝夜之分甚為明顯，但朝廷號令不能準時，害得人們沒日沒夜地工作，早出晚歸，已經分不清是凌晨或深夜了，感覺還沒早上就已經傍晚了。誠如朱熹《詩集傳》所云：「折柳樊圃，雖不足恃，然狂夫見之猶驚顧而不敢越；以比辰夜之限甚明，人所易知，今乃不能知。」用比喻法，暗示只要有法規，君臣、百姓就有法可守，不致手足無措。在文意上，又較前二章深一層，明揭號令不時、人民勞苦的主旨，諷刺之意，盡在其中。

另一首〈召南・小星〉，描寫出差在外、熬夜趕路的辛苦；據《韓詩外傳》的說法，此詩為勞於仕宦者所作。首章「嘒彼小星，三五在東。肅肅宵征，夙夜在公：寔命不同！」東方的天空三五顆小星高掛，夜幕低垂，我仍為了公事，連夜奔波，馬不停蹄。次章「嘒彼小星，維參與昴。肅肅宵征，抱衾與裯：寔命不猶。」東方的天上參星與昴星高掛，夜已深，我還為了公事，抱著行李（棉被）急忙趕路，不得歇息。感慨我們這些苦命人，與那些大富大貴者的命運天差地遠！

《詩經・齊風・東方未明》

日夜顛倒奔波苦

★描寫朝廷號令不能準時，臣民不堪其擾，尤其基層小吏疲於奔命、日夜顛倒的痛苦

東方未明，顛倒衣裳。顛之倒之，自公召之。

東方未晞，顛倒裳衣。倒之顛之，自公令之。

折柳樊圃，狂夫瞿瞿。不能辰夜，不夙則莫。

召：召見。／晞：音「希」，日將出也。／令：命也。／折柳樊圃：即折柳作為菜圃之藩籬。樊，通「藩」，藩籬。圃，菜園也。／瞿瞿：驚顧貌。／不能辰夜：不辨晨夜。／夙：早。／莫：通「暮」。

大考停看聽

東方天還沒亮，在慌亂之中起床穿衣著裳。衣裳都穿顛倒了，因為公侯急召見。

東方太陽將出來，在慌亂中起床穿裙著衫。裙衫都穿倒反了，因為公侯有命令。

折下柳條作菜圃的藩籬，連狂夫見了都驚顧而不敢踰越。我奔波忙碌，分不清是凌晨或深夜，感覺還沒早上就已經傍晚了。

1

首章「東方未明，顛倒衣裳。顛之倒之，自公召之。」傳神摹寫出小官員的心酸與無奈：一大早，天還沒亮，就匆匆忙忙起床趕上班，在半夢半醒之間，連衣裳都穿顛倒了。

2

次章採重章疊詠、回環複沓方式寫成：「東方未晞，顛倒裳衣。倒之顛之，自公令之。」再度強調小吏的無奈與心酸：太陽還沒出來，就匆匆起床趕上班，在長久以來的慌亂與疲憊中，連下裙上衫都穿倒反了。

3

末章「折柳樊圃，狂夫瞿瞿。不能辰夜，不夙則莫。」如朱熹《詩集傳》云：「折柳樊圃，雖不足恃，然狂夫見之猶驚顧而不敢越；以比辰夜之限甚明，人所易知，今乃不能知。」暗示只要有法規，君臣、百姓就有法可守，不致手足無措。

賦

前二章採賦法，直陳基層官吏工作辛勞、忙碌奔波的苦楚。

★所謂「重章疊詠」、「回環複沓」，就是基本內容、句式不變，只在關鍵處更動一、二字，就文意言具有加乘效果。

★如次章的「晞」較首章的「明」、「裳衣」較「衣裳」、「倒之顛之」較「顛之倒之」、「令」較「召」，在程度上更具加強的作用。

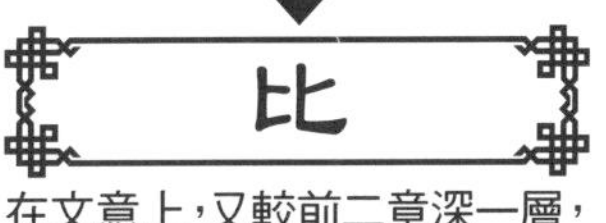

比

在文意上，又較前二章深一層，明揭號令不時、人民勞苦的主旨，諷刺之意，盡在其中。

第1章 經典篇

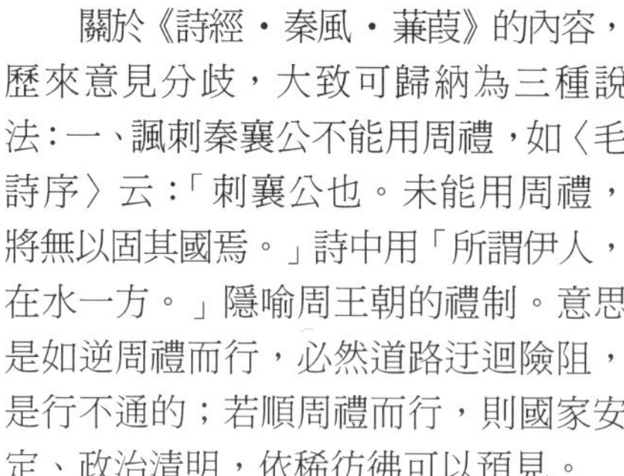

UNIT 1-3 所謂伊人，在水一方

關於《詩經・秦風・蒹葭》的內容，歷來意見分歧，大致可歸納為三種說法：一、諷刺秦襄公不能用周禮，如〈毛詩序〉云：「刺襄公也。未能用周禮，將無以固其國焉。」詩中用「所謂伊人，在水一方。」隱喻周王朝的禮制。意思是如逆周禮而行，必然道路迂迴險阻，是行不通的；若順周禮而行，則國家安定、政治清明，依稀彷彿可以預見。

二、是一首訪賢之詩，今人姚際恆《詩經通論》、方玉潤《詩經原始》都主此說。那麼，「在水一方」的「伊人」便是一位賢士了。全詩描寫在上位者求賢若渴，招賢未得而內心惆悵不已。由於我國自古有香草美人的寫作傳統，此處借兒女私情以喻明主思賢臣，實在合情合理。

三、就表面文意而言，這絕對是一首情詩。「所謂伊人，在水一方。」是詩人所思慕的人，就在水流的那一方。詩人想逆流而上去找尋她（他）的蹤影，無奈道路既險阻又漫長；詩人想順流而涉去探訪她（他）的芳跡，無奈那人依稀彷彿在水流的中央。這裡「伊人」指心中愛慕的那個人，沒有特定的性別限制。所以可能是君子追求淑女未果，不由得悵然若失；當然也可能是好女傾慕佳士未得，而為之懊惱傷懷。

屈萬里《詩經詮釋》以為此詩似是情歌，又近是訪賢之作。我們深表同意。但一般坊間流傳本多解作戀歌，我們又不得不從善如流；下文姑且以情詩的角度，詳加探述：

全詩採重章疊詠、回環複沓的形式，可分為三章：首章從「蒹葭蒼蒼，白露為霜」起興，見到眼前大片青翠茂密的蘆荻之上，露水凝結成白霜，讓詩人不禁聯想起「所謂伊人，在水一方。」他（她）想要「溯洄從之」展開追求，無奈「道阻且長」，發現那人卻是遙不可及；他（她）只好「溯游從之」，再接再厲，無奈那人宛如就在水流的中央，仍然可望而不可及。心中仰慕，卻無緣一親芳澤，怎不教人落寞、神傷呢？次章、末章的內容原則上與首章近似，只是關鍵字有所更動，文意有逐漸加深的趨勢而已。分別從「蒹葭淒淒，白露未晞」、「蒹葭采采，白露未已」起興，不難看出時間的變化：首章說蘆荻上白露凝結成霜，次章說白露未乾，到了末章白露未全乾。隨著時間的推移，詩人與「伊人」的距離感覺越來越遙遠，從「在水一方」到「在水之湄（水邊）」，再到「在水之涘（岸邊）」，意味著希望愈來愈渺茫。而詩人的處境自然是越來越險峻：逆流而上，道路既險阻又漫長、更陡峭，甚至迂迴難行；順流而涉，那人彷彿依稀就在「水中央」、「水中坻（音『持』）」、「水中沚（音『指』）」，可見所追尋的對象愈來愈看不真切，從水流的中央到水中的高地，再到水中的小沙洲，範圍越來越縮小，目標越來越模糊。詩人的心情怎能不愈來愈憂傷、愈來愈沉重？

《詩經・秦風・蒹葭》

在水一方思佳人

蒹葭蒼蒼，白露為霜。所謂伊人，在水一方。溯洄從之，道阻且長；溯游從之，宛在水中央。

蒹葭：音「兼佳」，蘆荻也。／蒼蒼：形容青翠而茂密的樣子。／伊人：那人。／溯洄：音「素回」，逆流而上也。／阻：險阻。／溯游：順流而涉也。

大片的蘆荻青翠而茂密，上面露水凝結成了白霜。我所思慕的人，就在水流的那一方。我想逆流而上去找尋她（他）的蹤影，無奈道路既險阻又漫長；我想順流而涉去探訪她（他）的芳跡，無奈她（他）依稀彷彿在水流的中央。

大考停看聽

一、諷刺秦襄公不能用周禮：詩中用「所謂伊人，在水一方。」隱喻周王朝的禮制。意思是如逆周禮而行，必然道路迂迴險阻，是行不通的；若順周禮而行，則國家安定、政治清明，依稀彷彿可以預見。

二、是一首訪賢之詩：那麼，「在水一方」的「伊人」便是一位賢士了。全詩描寫在上位者求賢若渴，招賢未得而內心惆悵不已。由於我國自古有香草美人的寫作傳統，此處借兒女私情以喻明主思賢臣。

三、就表面文意而言，是一首情詩。「所謂伊人，在水一方。」是所思慕的人，在水流的那一方。想逆流而上去找尋她（他）的蹤影，無奈道路既險阻又漫長；想順流而涉探訪其芳跡，無奈那人依稀在水流中央。

通俗

1

首章從「蒹葭蒼蒼，白露為霜」起興，讓詩人聯想起「所謂伊人，在水一方。」

蘆荻上白露凝結成霜 ⇨ 伊人在水的那一方

2

次章從「蒹葭淒淒，白露未晞」起興，讓詩人聯想起「所謂伊人，在水之湄。」

蘆荻上白露未乾 ⇨ 伊人在那遙遠的水邊

3

末章從「蒹葭采采，白露未已」起興，讓詩人聯想起「所謂伊人，在水之涘。」

蘆荻上白露未全乾 ⇨ 伊人在那更遙遠的岸邊

意味著隨著時間的推移，希望愈來愈渺茫

首章從「溯洄從之，道阻且長」，寫詩人的處境；從「溯游從之，宛在水中央」，謂伊人的所在。

道路既險阻又漫長 ⇨ 那人彷彿在水流的中央

次章從「溯洄從之，道阻且躋」，寫詩人的處境；從「溯游從之，宛在水中坻」，謂伊人的所在。

道路既險阻更陡峭 ⇨ 那人彷彿在水流的高地

末章從「溯洄從之，道阻且右」，寫詩人的處境；從「溯游從之，宛在水中沚」，謂伊人的所在。

道路既險阻且迂迴難行 ⇨ 那人彷彿在水流的小沙洲

意味著詩人的處境越來越險峻，所追尋的對象愈來愈看不真切

UNIT 1-4
無衣無褐，何以卒歲？

《詩經・豳風・七月》是一首歌詠豳地風土之詩，描寫農民一年到頭勞動、辛苦，卻不得溫飽的窘境。〈毛詩序〉云：「陳后稷、先公風化之所由，致王業之艱難也。」陳奐《詩毛氏傳疏》以為此詩乃「周公遭管蔡之變而作」，但二者時間相距遙遠，不足採信。據《漢書・地理志》載：「昔后稷封斄，公劉處豳，太王徙岐，文王作酆，武王治鎬，其民有先王遺風，好稼穡，務本業，故豳詩言農桑衣食之本甚備。」可見該詩當作於公劉處豳時期，是周王朝早期先人的作品。

首先，要明白所謂「七月」指夏曆七月，猶今之農曆七月。下文「八月」、「九月」、「十月」等，皆為夏曆（農曆）的月份。但周人使用的是周曆（以夏曆十一月為歲首），所以詩中「一之日」、「二之日」、「三之日」……，即夏曆十一月、十二月、一月……，依此類推。是知當時雖然周曆當道，但一般農民仍習慣使用夏曆；即使時至今日，通用國曆，然農曆在我們日常生活中依舊扮演著重要的角色。

全詩可分為八章：首章先衣後食，舉通篇之大意。是說農曆七月「火」星逐漸西沉，到了九月就授與寒衣。十一月、十二月天氣日益嚴寒，「無衣無褐，何以卒歲？」沒有保暖禦寒的衣物，怎麼度過凜冽的冬日？隔年正月、二月春天來了，開始耕作，婦人孺子為農夫送飯至田中，全體總動員；農正之官見了這一幕，心中歡喜。

次章言女子採桑之事。春日漫長而舒緩，天氣暖和了，黃鸝鳥聲聲啼鳴，到處美不勝收。少女沿著小路採桑，但她無心欣賞這大好春光，正為即將被豳公子擄走而悲傷。

三章言採桑紡織之事。「蠶月」（三月）開始修剪桑枝，然後採摘柔桑。七月伯勞鳥咕咕鳴叫，八月婦女就動手染績治裳，忙了半天，是為了供貴族公子裁製衣裳之用。

四章言男子稼穡狩獵之事。平日裡忙於農事，到了農閒時，男子必須出門狩獵。十一月外出射獵狐貉皮，給公子們作冬衣。十二月參加集體圍獵，所獲大獵物要獻給君主，小獵物才能自己帶回家。

五章言收拾屋舍準備過冬之事。隨著天氣愈來愈冷，男子將屋內的空隙都補好，燻走老鼠，堵上北窗，讓妻小可以回到屋裡避寒。

六章言栽種蔬果之事。農民七月摘瓜果，八月收葫蘆，九月拾芝麻，這些統統要交給君主。「采荼薪樗，食我農夫。」自個兒家裡，只能用柴火煮些苦菜充飢。

七章言農事已畢為公家服勞役之事。莊稼收成，大部分送進貴族倉庫後，農人們還要出公差，為君主修繕宮室。白天割茅草，晚上搓繩子，忙碌不堪。等勞役告一段落，又到春天播種的時候了。

末章言歲暮進獻祝福。寫農民終年辛勞，歲末還要大肆祭祀祈福，並為君主慶賀，舉著酒杯，登上公堂，高呼：「萬壽無疆」。本詩採賦法，生動、具體勾勒出人民生活的實況。

《詩經・豳風・七月》

終年辛勞不得閒

七月流火，九月授衣。春日載陽，有鳴倉庚。女執懿筐，遵彼微行，爰求柔桑。春日遲遲，采蘩祁祁。女心傷悲：殆及公子同歸？

七月流火：指夏曆七月「火」星漸向西沉。火，星名，一曰大火，即心宿也。／授衣：授與寒衣。／載陽：則溫暖。／倉庚：黃鸝鳥。／懿筐：深筐。／遵彼微行：循著那條小路。／遲遲：舒緩貌。／采蘩祁祁：採著眾多的白蒿。蘩，白蒿。

大考停看聽

農曆七月「火」星逐漸西沉，到了九月就授與寒衣。春天則十分溫暖，黃鸝鳥聲聲啼鳴。少女提著深筐，循著那條小路，採摘柔嫩的桑葉。春日漫長而舒緩，又採著眾多的白蒿。但她的內心悲傷：因為即將被豳公子強行帶走。

蠶月（三月）

夏曆（農曆）	正月	二月	三月	四月	五月	六月
周曆	三月	四月	五月	六月	七月	八月
	❶春天來了，開始耕作，婦人孺子為農夫送飯至田中。❷少女春日採桑，卻因即將被豳公子擄走而悲傷。	❸正月，男子開始鑿冰室。❹二月，把獻祭的羔羊、韭菜放入冰室。	★開始修剪桑枝，採摘柔桑。	★葽草生長茂盛。	❶蟬兒開始鳴叫。❷螽斯開始以股磨翅作聲。	❶莎雞（蟲名）振動其羽。❷食用鬱（唐棣之屬）及薁（野葡萄）。

周人過年（十月）

夏曆（農曆）	七月	八月	九月	十月	十一月	十二月
周曆	九月	十月	十一月	十二月	一月	二月
	❶「火」星逐漸西沉。❷伯勞鳥咕咕鳴叫。❸蟋蟀在野。❹烹煮葵菜與菽豆。	❶收穫農作⇩農閒。❷婦女染績為貴族公子治裳。❸蟋蟀在屋簷下。❹擊落棗子。	❶授與寒衣。❷蟋蟀進門。❸為公家服勞役。❹降霜。	❶樹葉落。❷蟋蟀入床下。❸收拾屋舍過冬。❹收穫稻米。❺為君主修繕宮室。❻大掃除，以備**歲末祭祀**。	★男子外出射獵狐貉皮，給公子們作冬衣。	❶男子集體圍獵，所獲大獵物獻給君主，帶回小獵物。❷鑿冰之聲沖沖。
	七月摘瓜果，八月收葫蘆，九月拾芝麻，統統要交給君主。「采荼薪樗，食我農夫。」自家只能用柴火煮些苦菜充飢。			農事已畢，仍然忙碌。	天氣日益嚴寒，「無衣無褐，何以卒歲？」	

UNIT 1-5 如竹苞矣，如松茂矣

《詩經・小雅・斯干》一詩，據朱熹《詩集傳》云：「此築室既成，而燕飲以落之，因歌其事。」屈萬里《詩經詮釋》亦云：「此當是築室既成而頌禱之之詩。」我們就字面意思而言，贊成這是一首慶賀貴族新居落成的詩歌。

通篇可分為九章：首章詠新居面山臨水，松竹環繞，環境優美，加上主人一家兄友弟恭，和樂融融，真是理想的好住所！「如竹苞矣，如松茂矣。」既白描綠竹叢生，青松茂密，景致宜人，更象徵主人如松竹般高潔不凡的品格。

次章「似續妣祖，築室百堵，西南其戶。」是說他們繼承祖先的功業，在此蓋新房子安居，家人相處和樂，生活美滿。言下之意，他們的子孫也將承繼此一福祉，幸福快樂直到永遠。

以下三章描寫宮室之美：三章言興建的過程，「約之閣閣，椓之橐橐。」捆紮築板時，繩索發出「閣閣」之聲；夯實房屋基底時，木杵「橐橐」作響，繪聲繪影描摹出築室的艱苦與熱鬧的場面。正因為房子蓋得堅固、耐用，所以「風雨攸除，鳥鼠攸去」，君子可以在此安居樂業。四章連用四個比喻，遠眺宮室外觀之氣派與壯美。五章轉而近寫其空間的安排：屋前的庭院是那麼平整，門前的楹柱是那麼筆直，正廳則寬敞而明亮，後房則光線昏暗。這樣的居所，君子置身其中，自然感到無比舒適、安寧。

由於這是一首祝賀詩，故末四章表達對主人深切的讚美與祝福。六章先說主人遷入新居之後，將住得舒心，夜夜好眠，美夢連連。「吉夢維何？維熊維羆，維虺維蛇。」作什麼美夢呢？將會夢見熊與大熊，或夢到蛇與小蛇。——這是吉祥的徵兆，為祝禱之辭，又開展出後三章的內容。

七章總寫「大人」（占夢之官）為新居主人占卜出所作美夢的吉兆：「維熊維羆，男子之祥；維虺維蛇，女子之祥。」預言將有貴男賢女降生，真是喜上加喜！由於古人以為夢見熊、羆為生兒之兆，夢到蛇、虺為產女之兆，故以此為祝賀語。

八章祝得貴子，末章願獲賢女。生下兒子，便「載寢之牀」、「載衣之裳」；生了女兒，卻「載寢之地」、「載衣之裼」，顯然已是不平等待遇。再看逗弄男孩的玩具是「璋」，希望他品格溫潤如玉，預祝他日後為高官、享厚祿；而逗弄女娃的玩具是「瓦」，但願她精通烹飪、女紅，做個稱職的家庭主婦。對男子則寄予厚望，盼他將來成為「室家君王」，繼承家業，光宗耀祖；對女子則要求她：「無非無儀，唯酒食是議，無父母詒罹。」只要安分守己，將來嫁為人婦，張羅好一家人的酒食，別讓父母擔憂就好！畢竟「嫁出去的女兒，潑出去的水」，女兒與母家的興衰並無絕對關係。兒子才是家族盛衰成敗的關鍵，自然格外寶貝！雖然今日仍以「弄璋」賀生子、「弄瓦」賀得女，但傳統的男尊女卑思想早已不合時宜了。

《詩經・小雅・斯干》

新居落成詠斯干

★慶賀貴族新居落成的詩歌

乃生男子，載寢之牀，載衣之裳，載弄之璋。其泣喤喤。朱芾斯皇，室家君王。

乃生女子，載寢之地，載衣之裼，載弄之瓦。無非無儀，唯酒食是議。無父母詒罹。

弄：逗弄。／璋：美玉也。／喤喤：大聲也。／朱芾斯皇：衣著色彩鮮明。／室家君王：猶言一家之主。／裼：音「替」，包裹嬰兒的小被子。／瓦：盛放酒食的陶器，一作陶製的紡錘。／無非無儀：不違背本分，不自作主張。／無父母詒罹：別讓父母擔憂。

大考停看聽

若生下兒子，就把他放在床上，就拿衣裳來包裹他，就拿美玉逗弄他玩。他的哭聲宏亮，衣著色彩鮮明，將來一定是一家之主、國之棟梁。

若生下女兒，就把她放在地上，就拿小被子包裹她，就拿各種酒器、食器逗弄她。期勉她安分守己，將來能張羅好一家人的酒食，別讓父母擔憂！

1

首章詠新居面山臨水，松竹環繞，環境優美，加上主人一家兄友弟恭，和樂融融，真是理想的好住所！

2

次章「似續妣祖，築室百堵，西南其戶。」是說他們繼承祖先的功業，在此蓋新房子安居，家人相處和樂，生活美滿。

3

三章繪聲繪影描摹出築室的艱苦與熱鬧的場面。正因為房子蓋得堅固、耐用，故君子可以在此安居樂業。

描寫宮室之美

4

四章連用四個比喻修辭，遠眺宮室外觀之氣派與壯美。

描寫宮室之美

5

五章近寫其空間的安排：屋前庭院是那麼平整，門前楹柱是那麼筆直，正廳寬敞而明亮，後房光線昏暗。

描寫宮室之美

6

六章先說主人遷入新居之後，將住得舒心，夜夜好眠，美夢連連。「吉夢維何？維熊維羆，維虺維蛇。」是吉祥的徵兆。

7

七章總寫「大人」占卜出所作美夢的吉兆：「維熊維羆，男子之祥；維虺維蛇，女子之祥。」預言將有貴男賢女降生。

8

八章祝得貴子。生下兒子，便「載寢之牀」、「載衣之裳」，再逗以「璋」（美玉），望他品格溫潤如玉。

弄璋：賀生子

9

末章願獲賢女。生了女兒，卻「載寢之地」、「載衣之裼」，再逗以「瓦」（餐具），望她做稱職的主婦。

弄瓦：賀生女

表達對新居主人深切的讚美與祝福

UNIT 1-6
哀哀父母，生我劬勞

《詩經・小雅・蓼莪》一詩，據〈毛詩序〉云：「刺幽王也，民人勞苦，孝子不得終養爾。」一般認為諷刺周幽王、披露人民勞苦均非詩人的本意，孝子抒發不能終養父母之痛才是通篇主旨所在。

全詩可分為六章：前二章採重章疊詠法，託物為喻，描寫父母生養我的辛勞。首章：「蓼蓼者莪，匪莪伊蒿。哀哀父母，生我劬勞。」從莪菜已經長成又長又大的莪蒿了，比喻我長大後不能成材，辜負父母的期待。接著，直抒其情：可憐的父母，為了生養我吃盡苦頭。次章：「蓼蓼者莪，匪莪伊蔚。哀哀父母，生我勞瘁。」加強文意，再從莪菜已經長成又粗又壯的蔚（馬薪蒿）了，比喻自己至今一事無成。可憐的父母，為了生養我積勞成疾。由於「莪」、「蒿」、「蔚」為一種植物（茵陳）的三種狀態，為「莪」鮮嫩可食，為「蒿」已不可食用，為「蔚」尤粗大，令人欲除之而後快。藉此以喻詩人從英才淪落為庸才，每下愈況，真是愧對父母的栽培，想到雙親一生勞苦，終至憔悴病倒，他就痛心疾首。

三章言孝子無法終養父母的自責與無奈。「缾之罄矣，維罍之恥。」以「缾（酒瓶）」、「罍（酒甕）」為喻，謂不能終養父母是子女的恥辱。「無父何怙？無母何恃？」失去了雙親，我又該依靠誰呢？出門在外，心懷無限憂思；回到家中，更感惶惶不安。雙親辭世後，簡直教人痛不欲生！

四章具體寫出父母生養我的辛勞：「父兮生我，母兮鞠我，拊我畜我，長我育我，顧我復我，出入腹我。」一連用了九個「我」字，將父母無微不至的照顧刻劃得活靈活現，入木三分。先從父母生下我、養育我說起，隨之，是父母對初生兒的呵護：「拊我畜我」（撫摸我，哺養我）；對嬰孩的養護：「長我育我」（長養我，培育我）；對幼童的守護：「顧我復我，出入腹我」（看顧我，再三照護我，進進出出都抱著我）。此章採用賦法，白描父母養育子女的勞苦。「欲報之德，昊天罔極！」詩人直陳想要回報父母的恩德，無奈老天無良，雙親相繼辭世，讓他無從報答此大恩大德。真是「樹欲靜而風不止，子欲養而親不待」！

末二章又是重章疊詠，以南山高大、飄風迅疾起興，隨即觸發孝子之哀思。其中「烈烈」、「發發（音『撥』）」、「律律」、「弗弗（音『沸』）」四組入聲字，讀來語音嗚咽，備感沉重。五章：「民莫不穀，我獨何（音『賀』，通『荷』）害？」是說別人都沒有遭遇不幸，為何只有我受此磨難？末章：「民莫不穀，我獨不卒。」大家都好好過日子，只有我不能終養雙親。

如豐坊《詩說》云：「是詩前三章皆先比而後賦也；四章賦也；五、六章皆興也。」末後二章亦可謂「先興後賦」。總之，此詩靈活運用賦、比、興技巧，前後呼應，迴旋往復，極具藝術性與感染力。

《詩經・小雅・蓼莪》

孝子思親誦蓼莪

★孝子抒發不能終養父母之痛

蓼蓼者莪，匪莪伊蒿。哀哀父母，生我劬勞。蓼蓼者莪，匪莪伊蔚。哀哀父母，生我勞瘁。……父兮生我，母兮鞠我，拊我畜我，長我育我，顧我復我，出入腹我。欲報之德，昊天罔極！

蓼蓼：音「路路」，又長又大貌。／莪：茵陳也。／蒿：莪長大為蒿。俗話云：「二月茵陳，三月蒿。」／蔚：蒿之尤粗大者，一名「馬薪蒿」。／鞠：育也。／拊：通「撫」。／畜：養也。／昊天：老天。

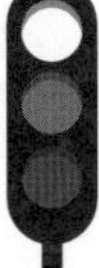

大考停看聽

又長又大的莪菜，不是莪菜是莪蒿了。可憐的父母，為了生養我太辛勞了。又長又大的莪菜，不是莪菜是馬薪蒿了。可憐的父母，為了生養我而積勞成疾。……父母生下我，養育我，撫摸我，哺養我，長養我，培育我，看顧我，再三照護我，進進出出都抱著我。想報答父母的恩德，老天無良卻讓父母雙雙離開了我！

1

首章：「蓼蓼者莪，匪莪伊蒿。哀哀父母，生我劬勞。」

2

次章：「蓼蓼者莪，匪莪伊蔚。哀哀父母，生我勞瘁。」

前二章採重章疊詠法，託物為喻，描寫父母生養我的辛勞。

★由於「莪」、「蒿」、「蔚」為茵陳的三種狀態，為「莪」鮮嫩可食，為「蒿」已不可食用，為「蔚」尤粗大，令人欲除之而後快。

★藉此以喻詩人從英才淪落為庸才，每下愈況，愧對父母的栽培。

3

三章言孝子無法終養父母的自責與無奈。「缾之罄矣，維罍之恥。」以酒瓶、酒甕為喻，謂不能終養父母是子女的恥辱。「無父何怙？無母何恃？」雙親辭世後，教人痛不欲生！

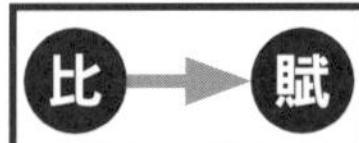

4

四章具體寫出父母生養我的辛勞：「父兮生我，母兮鞠我，拊我畜我，長我育我，顧我復我，出入腹我。」一連用了九個「我」字，將父母無微不至的照顧刻劃得活靈活現，入木三分。

白描父母養育子女的勞苦。「欲報之德，昊天罔極！」詩人直陳想回報父母的恩德，無奈老天無良，雙親相繼辭世，無從報答此大恩大德。

5

五章：「南山烈烈，飄風發發。民莫不穀，我獨何害？」

興 → 賦

6

末章：「南山律律，飄風弗弗。民莫不穀，我獨不卒。」

末二章又是重章疊詠，以南山高大、飄風迅疾起興，隨即觸發孝子之哀思。其中「烈烈」、「發發（音『撥』）」、「律律」、「弗弗（音『沸』）」四組入聲字，讀來語音嗚咽，備感沉重。

UNIT 1-7 若涉淵水，予惟往求朕攸濟

《尚書》（亦稱《書經》）是目前文獻中出現最早的歷史類散文。不過，其中許多篇章尚存在真偽的問題，有待釐清。據《尚書 ‧ 大誥序》云：「武王崩，三監及淮夷叛，周公相成王，將黜殷，作〈大誥〉。」是知〈周書 ‧ 大誥〉一文，乃周公於管蔡之亂時，率兵出征前，所發表的一篇宣示文告。而誥文始見於《尚書》，如〈湯誥〉是商湯討伐夏桀後召告天下的文書；〈周書〉有〈康誥〉、〈酒誥〉等，都是君王頒布政令的公開文字，相當於今天政府機關對外發表的書面公告。

周公姓姬名旦，文王（姬昌）第四子，武王（姬發）之弟，西周初年傑出的政治家。武王崩後，繼位的成王（姬誦）年幼，由周公攝政當國，引起管叔、蔡叔不服，誣指周公意圖竊占帝位，而聯合商紂的後人武庚一起叛變。周公先以〈大誥〉表達立場，並宣誓平亂之決心，隨即力排眾議，率師東征。終於在三年後，平定了亂軍，重新統一周王朝。之後周公繼續執政七年，然後還政於成王。

〈大誥〉的內容，大致是說：我周公現在很慎重地向各諸侯和眾官吏宣告。武王驟逝，上天突然降不幸於我周朝，這噩耗來得太急了！由於繼位的君王年紀尚小，而我雖然奉命輔政，自知不是一個有智慧的人，更不具備預知天命使神明降臨的能力。「已！予惟小子，若涉淵水，予惟往求朕攸濟。」唉！我何德何能接受輔佐之重任，就好像渡過深水淵一樣戒慎恐懼，唯有向上天求點度過難關的辦法。「敷賁，敷前人受命，茲不忘大功，予不敢閉于天降威用。」那就擺設占卜用的大龜吧，讓它來傳達先人們受到怎樣的天命；這樣的大功，我不敢忘記，也不敢隱藏上天威嚴的旨意而拒絕不行。

占卜的結果是什麼呢？「有大艱于西土，西土人亦不靜。」是說西方將有大災難，西方百姓將不得安寧。那些意圖謀反的人更加蠢蠢欲動了。如今他們果然大動干戈。現在只要有十位賢臣輔佐我，我就可以迅速平定叛亂，完成文王、武王苦心經營的功業。「我有大事，休，朕卜並吉。」我將出兵討伐叛賊，太好了！我占卜的結果都是吉兆。

唉！我何德何能身為文王的兒子，實在不敢違背上天的命令。上天嘉獎文王，使我們這個小小的周國興盛起來。文王透過占卜，繼承了上天所授予的大命。現在上天命他的臣民幫助我們，何況我們又透過占卜了解到上天的用意？「嗚呼！天明畏，弼我丕丕基。」上天旨意明確，人們應該心生敬畏，請諸位協助我們加強國家的統治！

文末云：「肆朕誕以爾東征。天命不僭，卜陳惟若茲。」強調我一定要率領你們諸侯的軍隊東征。天命是不會有差錯的，卜辭清楚說明了這一點。——足見周公心意已決。由於〈大誥〉全用當時的口語寫成，隨著語言習慣改變，今日讀來格外佶屈聱牙。

《尚書・周書・大誥》

周公東征頒大誥

★周公於管蔡之亂時，率兵出征前，所發表的一篇宣示文告

洪惟我幼沖人，嗣無疆大歷服。弗造哲，迪民康，矧曰其有能格、知天命？已！予惟小子，若涉淵水，予惟往求朕攸濟。敷賁，敷前人受命，茲不忘大功，予不敢閉于天降威用。

洪惟：發語詞，無義。／幼沖人：指年幼的周成王。／大歷服：天子的職位。／予惟小子：周公自謙之辭。／敷賁：擺設占卜用的大龜。敷，擺設。賁：殷周時占卜用的大龜名。／敷：布也，傳達。

大考停看聽

由於我們成王年紀尚小，就要永遠繼承周天子的職位。而我雖然奉命輔政，自知不是一個有智慧的人，更不具備預知天命使神明降臨的能力。唉，我何德何能接受輔佐之重任，就好像渡過深水淵一樣戒慎恐懼，唯有向上天求點度過難關的辦法。擺設占卜用的大龜，讓它來傳達先人們受到怎樣的天命；這樣的大功，我不敢忘記，也不敢隱藏上天威嚴的旨意而拒絕不行。

★周公是文王第四子，武王胞弟。武王崩後，繼位的成王年幼，由周公攝政當國，引起管叔、蔡叔不服，誣指周公意圖竊占帝位，而聯合武庚一起叛變。

★周公先以〈大誥〉表達立場，隨即力排眾議，率師東征。

★三年後，平定了亂軍，重新統一周王朝。周公繼續執政七年，然後還政於成王。

周公慎重地向各諸侯和眾官吏宣告：武王驟逝，上天突然降不幸於我周朝。繼位的君王年紀尚小，「已！予惟小子，若涉淵水，予惟往求朕攸濟。」接受輔佐的重任，就好像渡過深水淵一樣戒慎恐懼，唯有向上天求點度過難關的辦法。

占卜的結果是什麼呢？「有大艱於西土，西土人亦不靜。」是說西方將有大災難，西方百姓將不得安寧。「我有大事，休，朕卜並吉。」我將出兵討伐叛賊，太好了！我占卜的結果都是吉兆。

文王透過占卜，繼承了上天所授予的大命。現在上天命他的臣民幫助我們，何況我們又透過占卜了解到上天的用意？「嗚呼！天明畏，弼我丕丕基。」上天旨意明確，人們應該心生敬畏，請諸位協助我們加強國家的統治！

文末云：「肆朕誕以爾東征。天命不僭，卜陳惟若茲。」強調我一定要率領你們諸侯的軍隊東征。天命是不會有差錯的，卜辭清楚說明了這一點。

UNIT 1-8 天下豈有無父之國哉？吾何行如之？

《禮記》原是孔門後學解說《儀禮》的文章選集，收錄先秦以來到漢初闡述古代禮制、個人修身的言論而成，故非一時、一地、一人之作。西漢戴聖從中選取四十九篇，編纂成書，世稱《小戴禮記》；其叔戴德亦曾編選八十五篇，為《大戴禮記》。至東漢末，由於《小戴禮記》盛行，故後世所稱《禮記》均指《小戴禮記》。如今《禮記》(《小戴禮記》)與《周禮》(一名《周官》)、《儀禮》，合稱「三禮」。〈檀弓〉是《禮記》中的篇章，分為上、下二篇，篇名取自篇首人名「檀弓」二字，內容多記春秋戰國時代有關禮儀的故事，其中故事各自獨立，彼此並無聯繫關係。

〈晉獻公殺世子申生〉一則，描寫晉獻公的寵妾驪姬為了讓親生兒子奚齊能登上「世子」之位，將來繼位成為晉君；因此誣陷長子申生意圖弒君弒父之罪，想趁機除之而後快。晉獻公果然聽信讒言，打算殺世子申生。公子重耳一接獲消息，火速趕來關心同父異母的兄長申生，他建議道：「子蓋（通『盍』）言子之志於公乎？」意思是您為什麼不向父王表明您的心意呢？明明就是驪姬故意栽贓，只要到父王跟前解釋清楚就沒事了，為何不去為自己洗刷冤屈？申生說：「不可！君安驪姬，是我傷公之心也。」天生善良、純孝的申生居然以父王早已習慣有驪姬侍候為由，堅決不告發驪姬，免得驪姬獲罪不能再隨侍君側，傷了父王的心。

重耳又建議申生逃走。申生說：「不可！君謂我欲弒君也，天下豈有無父之國哉？吾何行如之？」這更不可以！因為父王說我要弒君弒父，天下哪有無君父的國家呢？我還能逃到哪裡去？——既然不替自己辯白，也不準備逃命，那申生該如何是好呢？

申生竟派人去向他的老師狐突（晉國大夫，姓狐，名突，字伯；即下文之「伯氏」）訣別，表示：「申生有罪，不念伯氏之言也，以至于死。申生不敢愛其死。雖然，吾君老矣，子少，國家多難，伯氏不出而圖吾君。伯氏苟出而圖吾君，申生受賜而死。」是說我申生真的罪有應得，因為不聽您的話（晉獻公曾派申生伐東山皋落氏，狐突勸申生出奔避禍，不聽），以至於送命。申生不敢貪生怕死；但是父王老了，弟弟（指奚齊）還小，國家正值多事之秋，您又不肯出來輔佐君王謀劃國事。如果您肯出來輔佐君王策劃政事，申生就像受了您的恩賜一般，死了也甘心。申生交代完遺言，拜了兩拜，叩首，自殺身亡。因此諡為「恭世子」。

申生臨終仍懇求狐突，「出而圖吾君」；他寧可背負弒君的罪名，也不願「傷公之心」；足見其忠孝之情，令人動容。然而，身為晉國的世子，理應一肩扛起家國重任，怎可輕言赴死？導致晉獻公薨後，晉國陷入一段時間的混亂，這與申生未能以大局為重始終脫不了干係。

《禮記・檀弓上》

驪姬之禍申生亡

　　晉獻公將殺其世子申生，公子重耳謂之曰：「子蓋言子之志於公乎？」世子曰：「不可！君安驪姬，是我傷公之心也。」曰：「然則蓋行乎？」世子曰：「不可！君謂我欲弒君也，天下豈有無父之國哉？吾何行如之？」

世子：天子、諸侯的繼承人。／申生：晉獻公和齊姜所生之長子。／重耳：晉獻公次子，申生異母弟，即晉文公。／蓋：通「盍」，何不。／志：心意。／驪姬：晉獻公的愛妾。／是：此、這樣做。／如：往。

大考停看聽

　　晉獻公將殺他的世子申生，公子重耳對申生說：「您為何不向父王表明您的心意呢？」世子說：「不可以！父王習慣身邊有驪姬侍候，我如果這麼做就傷了父王的心。」重耳說：「那麼何不逃走呢？」世子說：「不可以！父王說我要弒君，天下哪有無父的國家呢？我還能逃到哪裡去？」

★晉獻公寵妾驪姬為了讓兒子奚齊將來能繼位，誣陷長子申生意圖弒君弒父。

★晉獻公聽信讒言，打算殺世子申生。公子重耳接獲消息，火速趕來關心兄長。

→

★重耳建議申生到父王跟前解釋清楚，為自己洗刷冤屈。申生堅持不讓父王傷心。

★重耳又建議申生快逃走，保命要緊。申生自認天下之大，卻沒有他的容身之所。

→

★申生派人向他的老師狐突訣別，表明一死的決心，並請求狐突出來輔政。

★申生交代完遺言，拜了兩拜，叩首，自殺身亡。因此諡為「恭世子」。

作文一點靈

思想情意

　　如果有人問我：「申生到底是一個什麼樣的人呢？」我一定會不假思索地回答：「善良的懦夫。」何以見得？——一、他孝順，見父王年事已高，習慣有驪姬隨侍身邊，故不忍揭露驪姬之罪行，怕傷了父王的心。二、他友愛，知奚齊年幼，需要親生母親的照顧，故不忍告發驪姬之陰謀，寧可自己蒙受冤屈。三、他不是不憂心國家，故臨死前不忘懇求老師狐突出來輔佐君王，共商大事。但他卻做了最懦弱的決定，平白背負弒君的罪名，一死了之。

　　申生身為晉國的世子，理應一肩扛起家國重任，怎可輕言赴死？導致晉獻公薨後，晉國陷入一段時間的混亂。

　　相較之下，個人更欣賞公子重耳的英明、果斷。當他發現世子申生辭世後，父王將關愛的眼光移轉至他身上，同時驪姬也把迫害的利刃指向了他，他二話不說立刻帶著身邊親信，火速逃離晉國。雖然流亡在外的日子備嘗艱辛，但為了國家社稷、黎民百姓、宗廟祭祀……，也為了他自己，他必須忍辱負重，先保全「小我」，才能顧及「大我」。終於在十九年後，守得雲開見月明，在各國協助下，重返晉國執政，登上晉君的寶座，甚至成為春秋時期的一代霸主——晉文公。

UNIT 1-9

君子之愛人也以德，細人之愛人也以姑息

《禮記‧檀弓上》載有〈曾子易簀〉一篇，謂曾子不顧病危，臨終仍堅持更換竹蓆，以求合乎禮制。曾子（505B.C. ～ 435B.C.），名參，字子輿，春秋末魯國南武城人。孔子的門生，以孝聞名；相傳儒家經典〈大學〉、《孝經》等出自其手，後世尊之為「宗聖」。

全文可分為三段：首段記曾子病危，眾人陪侍在側。「曾子寢疾，病。樂正子春坐於牀下，曾元、曾申坐於足，童子隅坐而執燭。」是說曾子臥病在床，病情沉重。弟子樂正子春坐在床下，兩個兒子曾元、曾申坐在他的腳邊，一個未成年的小童坐在角落，手拿著燭火。

次段用一連串對話，藉由小童發問，引起曾子想撤換竹蓆，兒子曾元見父親病重，設法拖延。童子曰：「華而睆（音『晚』，美好貌）！大夫之簀（音『則』，竹蓆）與（通『歟』）？」小孩童說：「既華麗又美好！那是大夫用的竹蓆吧？」子春試圖制止道：「別講了！」但曾子已經聽到小童的話，驚訝地發出一聲「哦」。小童又說了一遍：「華而睆！大夫之簀與？」曾子這下終於領悟過來，連忙解釋：「然！斯季孫之賜也，我未之能易也。元，起易簀！」華美的竹蓆是季孫大夫送的，曾子此刻沒力氣起床換掉它。叫兒子扶他起來把竹蓆換掉！曾元只好說：「夫子之病革（危急）矣，不可以變，幸而至於旦，請敬易之。」認為父親的病太危急了，不適合移動，希望等到天亮後，再設法更換。

末段言曾子堅持換竹蓆，換好後，隨即辭世。曾子曰：「爾之愛我也不如彼。君子之愛人也以德，細人之愛人也以姑息。吾何求哉？吾得正而斃焉，斯已矣。」曾子指責兒子對他的愛護還不及這個小童。君子愛護別人，是考慮如何成全他人的美德；小人愛護別人，才是考慮如何讓他人苟且偷安。曾子認為自己還有什麼好求的呢？只要能合乎禮節而死，也就夠了。於是，大夥兒合力扶曾子起來，撤換了竹蓆。曾子回到床上未躺好便撒手人寰了。

儒家是傳統封建禮教的維護者，而春秋末期是個禮崩樂壞的時代，從這則〈曾子易簀〉即可窺知端倪。試想如果連曾子這樣的賢人，都在不知覺中僭用了大夫的竹蓆而渾然不察，還要等到小童一再反問，才猛然驚覺自己這種不合禮制的行為，可見禮法崩頹已非一朝一夕了。古人有云：「人非聖賢，孰能無過？」又云：「知錯能改，善莫大焉。」曾子經童子二度詰問，如夢初醒，不顧己身生命安危，毅然命人更蓆，只求合禮而死，這是值得肯定的事。

文中以對話為主，童子的一問再問，天真無偽；子春一聲「止」，氣急敗壞；曾元面對禮制與父命，委婉拖延試圖化解尷尬；曾子從驚懼一聲「呼」到堅決換蓆，足見他從病中恍惚，幡然醒悟，到神志清楚地做說明、下決心。人物形象鮮明，個個各肖其口，栩栩如生，活靈活現。

《禮記・檀弓上》

曾子易簀求合禮

曾子曰：「爾之愛我也不如彼。君子之愛人也以德，細人之愛人也以姑息。吾何求哉？吾得正而斃焉，斯已矣。」舉扶而易之。反席未安而沒。

彼：指童子。／細人：指見識淺薄的小人。／姑息：沒有原則的寬容。／正：合於禮。／斃：死亡。／舉：合力。／易：撤換。／沒：通「歿」，死亡。

大考停看聽

曾子說：「你對我的愛護還不及這個小童。君子以德來愛護別人，小人以姑息來愛護別人。我還有什麼好求的呢？我能合乎禮而死，也就夠了。」大家合力把他扶起撤換了竹蓆。曾子回到床上還沒躺好就過世了。

第1章 經典篇

1

★首段記曾子病危，眾人陪侍在側。

- 弟子樂正子春坐在床下，兩個兒子曾元、曾申坐在他的腳邊，一個未成年的小童坐在角落，手拿著燭火。

2

★次段用對話法，藉小童發問，引起曾子想撤換竹蓆，曾元見父病重，設法拖延。

- 小童說：「既華麗又美好！那是大夫用的竹蓆吧？」
- 子春試圖制止，但曾子已經聽到了。小童又說了一遍。
- 曾子解釋：「這是季孫大夫送的，我沒力氣換掉它。阿元，扶我起來換掉竹蓆！」
- 曾元認為父親病危，不適合移動，希望天亮後再更換。

3

★末段言曾子堅持換竹蓆，換好之後，隨即辭世。

- 曾子指責兒子：「你對我的愛護還不及這個小童。」
- 君子愛護別人，考慮如何成全他人的美德；小人愛護別人，才考慮如何讓他人苟且偷安。
- 曾子只求能合乎禮節而死，也就夠了。
- 於是，大夥兒合力扶起曾子，撤換了竹蓆。曾子回到床上未躺好便過世了。

作文一點靈

修辭絕技

本文以對話法為主，童子天真地一問再問，子春氣急敗壞一聲「止」，曾元委婉拖延試圖化解尷尬，以及曾子從病中恍惚，到幡然醒悟，堅決換蓆，人物形象十分鮮明，個個躍然紙上。

運用對話法寫作時，切記必須做到「話如其人」，也就是什麼人說什麼話。對話法，除了散文中常使用，更是小說裡不可或缺的寫作手法之一。如以《儒林外史・范進中舉》為例，「像你這尖嘴猴腮，也該撒泡尿自己照照，不三不四，就想天鵝屁喫！」出自殺豬的胡屠戶之口。「噫！好了！我中了！」是范進終於考中舉人，樂極而瘋時說的昏話。「怎生這樣苦命的事！中了一個什麼『舉人』，就得了這個拙病！這一瘋了，幾時才得好？」范進母親既歡喜兒子高中，又心疼他為此發瘋，哭著說道。

對話法最大的敗筆在於「千篇一律」、「眾口如一」，如果不能依照人物的性別、年齡、身分、地位、教養、立場等，傳神摹寫出各自說話的內容、口吻，那麼，非但起不了作用，還會大大扣分。

UNIT 1-10 喪欲速貧，死欲速朽

再舉《禮記・檀弓上》之例，如〈有子之言似夫子〉：相傳有子（即孔門弟子有若，字子有）曾經問曾子（曾參）：「聽過夫子（孔子）談到關於失去祿位以後的事嗎？」曾子回答：「曾經聽老師說過：『喪欲速貧，死欲速朽。（失去祿位後要窮得快，沒了性命後要爛得快）』」有子認為這不是君子會說的話。曾子強調確實聽孔子這麼說過。有子還是認為這不是君子會說的話。曾子說不只自己聽過，子游（言偃）也曾聽老師這麼說。有子說：「夫子之所以這麼說，一定另有原因。」

曾子於是把這話對子游說。子游覺得有子說話太像孔子了！怎麼說呢？「昔者夫子居於宋，見桓司馬自為石椁（音『果』，石製的外棺），三年而不成，夫子曰：『若是其靡（奢靡）也，死不如速朽之愈（好）也！』死之欲速朽，為桓司馬言之也。」從前孔子在宋國時，看到司馬桓魋為自己做石椁，花了三年還沒做好，夫子便說：「像這樣的奢侈浪費，死了還不如快點爛掉好！」可見「死之欲速朽」，是針對司馬桓魋此舉而說。

同理，「南宮敬叔反，必載寶而朝。夫子曰：『若是其貨也，喪不如速貧之愈也！』喪之欲速貧，為敬叔言之也。」南宮敬叔曾因失去祿位而離開魯國，後又返回。據說他每次回國都帶著許多珍寶去朝見魯君。孔子痛恨這種行賄作風，才會說：「失去祿位後不如快些貧窮好！」是知「喪之欲速貧」，乃針對南宮敬叔的行為而發。

曾子又把子游的話告訴有子。有子說：「是啊，我本來就說這不是夫子的話！」曾子問有子：「怎麼斷定那不是孔子的話？」有子說：「夫子治理中都時，曾定下法度：棺要四寸厚，椁要五寸厚，可知他不希望人死後爛得快。」還有「昔者夫子失魯司寇，將之荊，蓋先之以子夏，又申之以冉有，以斯知不欲速貧也。」從前孔子失去魯國司寇的職位時，打算到楚國作官，先派子夏去表明意願，再讓冉有（名求）前往重申意圖，因此知道夫子不希望失去祿位後貧窮得快。

由於孔子採「因材施教」法教學，針對不同的事例、對象，用不同的方式來說教。如上述「喪欲速貧，死欲速朽」屬於特殊性言論，乃針對南宮敬叔行賄、司馬桓魋奢靡而言，不可當一般性言論解讀。文中有子透過孔子自身行事來了解其思想，故能做出比曾子更周密的判斷。

又〈子柳葬母〉：子柳的母親過世了，弟弟子碩請求備辦喪葬之具。子柳問：「錢從哪兒來？」子碩回答：「請把庶弟的母親（即父親的侍妾）賣了吧。」子柳不同意，怎麼可以賣了別人的母親來安葬自己的母親？——這絕對行不通！等到他們的母親下葬之後，子碩想用親友餽贈給他們辦喪事所剩的錢來置辦祭器。子柳又反對，因為他認為「君子不家於喪」，絕對不可以靠辦喪事的錢財起家。最後決定把剩餘的財物分給幾個貧困的兄弟。

《禮記・檀弓上》

有子之言似孔子

子柳之母死，子碩請具。子柳曰：「何以哉？」子碩曰：「請粥庶弟之母。」子柳曰：「如之何其粥人之母以葬其母也？不可。」既葬，子碩欲以賻布之餘，具祭器。子柳曰：「不可，吾聞之也，君子不家於喪，請班諸兄弟之貧者。」

粥：通「鬻」，賣也。／庶弟：庶出的弟弟。在傳統封建制度下，妻所生子女為「嫡」，妾所生為「庶」；嫡尊庶卑。／賻（音「負」）布：親友贈送給喪家辦喪事的財物。／家：發家，當動詞用。／班：通「頒」，分也。

大考停看聽

子柳的母親過世，他的弟弟子碩請求備辦喪葬之具。子柳問：「錢從哪兒來呢？」子碩回答：「請把庶弟的母親賣了吧。」子柳說：「怎麼可以賣別人的母親來安葬自己的母親呢？絕對不可以。」他們的母親下葬之後，子碩想用親友餽贈給他們辦喪事所剩的錢置辦祭器。子柳說：「這也不可以，我聽說，君子不靠辦喪事發家。請把剩餘的財物分給幾個貧困的兄弟吧。」

❶ 有子問曾子

★有子曾問曾子，聽過夫子談到失去祿位後的事嗎？曾子回答，夫子說過：「喪欲速貧，死欲速朽。」⇨**有子認為這不是君子會說的話**

★曾子強調不只自己聽過，子游也曾聽老師這麼說。⇨**有子堅持夫子所以這麼說，一定另有原因**

❷ 曾子問子游

★從前孔子在宋國時，看到司馬桓魋為自己做石椁，花了三年還沒做好，便說：「像這樣的奢侈浪費，死了還不如快點爛掉好！」⇨**可見「死之欲速朽」，是針對司馬桓魋此舉而說的**

★南宮敬叔曾因失去祿位而離開魯國，後又靠著行賄許多珍寶給魯君，重返魯國。孔子才會說：「失去祿位後不如快些貧窮好！」⇨**是知「喪之欲速貧」，乃針對南宮敬叔的行為而發**

❸ 有子的看法

★有子堅持，「喪欲速貧，死欲速朽。」不是孔子的話！

- 因為夫子治理中都時，曾定下法度：棺要四寸厚，椁要五寸厚⇨**可知他不希望人死後爛得快**
- 孔子失去魯國司寇之職，打算到楚國作官，先派子夏，再派冉有去重申意圖⇨**故知他不希望人失去祿位以後貧窮得快**

★由於孔子採「因材施教」法教學，針對不同的事例、對象，用不同的方式來說教。

★如「喪欲速貧，死欲速朽」屬於特殊性言論，乃針對南宮敬叔行賄、司馬桓魋奢靡而言，故不可當一般性言論解讀。

★文中有子透過孔子自身行事來了解其思想，故做出比曾子周密的判斷。

UNIT 1-11 人不獨親其親，不獨子其子

〈大同與小康〉一文，節選自《禮記・禮運》，標題為後人所加。內容記孔子感慨魯國禮義衰敗，藉由回答弟子言偃（子游）的發問，暢論大同與小康之治的區別。

全文可分為三段：首段敘孔子參加「蜡（音『詐』）祭」（歲末合祭萬物的祀典），並擔任助祭人員；事後，感嘆魯國的祭禮不完備，徒具形式而已。弟子言偃隨侍一旁，問老師為何而嘆息。引發孔子道出對古書上記載五帝時的「大同之世」，心生嚮往之；並懷念三代「小康之治」英明的君主。

次段承首段「大道之行」而來，論述上古「大同之世」的概況：在政治上，「大道之行也，天下為公，選賢與能，講信修睦。」大道施行的時代，天下是全民所共有的：選拔賢才、推舉有能力的人出來做事，講求信用，與人和睦相處。在社會上，「人不獨親其親，不獨子其子，使老有所終，壯有所用，幼有所長，矜、寡、孤、獨、廢、疾者皆有所養，男有分，女有歸。」人人都敬愛長者，慈愛幼兒，無論老年人、壯年人或幼年人都能各得其所，至於鰥夫、寡婦、孤兒、無依無靠的老人、身體殘缺、久病不癒的人都能受到照顧。世間男女都安居樂業。從此，「謀閉而不興，盜竊亂賊而不作，故外戶而不閉。」陰謀詭計都止息了，殺人偷盜也不會出現，治安良好，平常毋須緊閉門戶。在經濟上，「貨惡其棄於地也，不必藏於己；力惡其不出於身也，不必為己。」人們都大公無私，開發資源，大家共享；竭盡心力，完全不以個人利益為考量。

末段承首段「三代之英」而來，論述當時「小康之治」的情形：在政治上，「今大道既隱，天下為家」、「大人世及以為禮，城郭溝池以為固」，是說如今大道已經消失，天下成為君主一家的私產。在位者以父死子繼、兄終弟及的方式傳位，以建城郭、鑿護城河作為鞏固政權的手段。在社會上，「各親其親，各子其子」、「禮義以為紀」、「謀用是作，而兵由此起」，人人都自私自利，只敬愛自己的父母、慈愛自己的子女；必須用禮義作為維護社會的綱紀；陰謀因此發生，戰爭因此興起。在經濟上，「貨力為己」，大家開發物資，勞心勞力，都是為了自己的利益。其中禹、湯、文、武、成王、周公是三代優秀的統治者，他們皆用禮義來推行教化，「刑仁講讓，示民有常」（以仁德為典型，並講求禮讓，昭示人民應遵守的常法）。小康之治，如果在位者不依禮而行，將會被人民罷黜，並且被視為禍害。

文中提到天下為公的「大同之世」，禮的精神自然存在於社會中；天下為家的「小康之治」，必須透過禮義規範才能維持社會安定。孔子極力闡明二者在政治、社會、經濟等方面的差異，更流露出對「大同之世」的嚮往，以及對「小康之治」的深切檢討與省思。

《禮記・禮運》

世界大同公天下

大道之行也，天下為公，選賢與能，講信修睦。故人不獨親其親，不獨子其子，使老有所終，壯有所用，幼有所長，矜、寡、孤、獨、廢、疾者皆有所養，男有分，女有歸。

大道之行也：指上古五帝時大道施行的年代。／選賢與能：選拔賢才、推舉有能力的人出來做事。／矜：通「鰥」，老而無妻或喪妻。／寡：喪夫的婦女。／孤：幼而無父。／獨：老而無子。／廢：殘廢。／疾：久病不癒。／分：音「憤」，指職業。

大考停看聽

大道施行的時代，天下是全民所共有的：選拔賢才、推舉有能力的人出來做事，講求信用，與人和睦相處。所以人們不只敬愛自己的父母，不只慈愛自己的子女，讓老年人都能安養晚年，壯年人都能貢獻才力，年幼者都能得到教養，鰥夫、寡婦、孤兒、沒有子女的老人、殘廢的人、久病不癒者都能受到照顧，男人、女人都有職業和歸宿。

分類		大同之治	小康之治
時代		五帝在位時代	三代之君在位時代
主權		天下為公	天下為家
政治制度	內政	選賢與能	大人世及以為禮
	外交	講信修睦	城郭溝池以為固
社會制度		1. 人人不獨親其親，不獨子其子。 2. 老有所終，壯有所用，幼有所長，矜寡孤獨廢疾者皆有所養。	1. 各親其親，各子其子。 2. 禮義以為紀。
經濟制度		貨惡其棄於地也，不必藏於己；力惡其不出於身也，不必為己。	貨力為己
社會景況		謀閉而不興，盜竊亂賊而不作，故外戶而不閉。	謀用是作，而兵由此起。

作文一點靈

名言佳句

與人們心中理想世界相關的名句，諸如：

1. 大同世界：「大道之行也，天下為公，選賢與能，講信修睦。故人不獨親其親，不獨子其子，使老有所終，壯有所用，幼有所長，矜、寡、孤、獨、廢、疾者皆有所養，男有分，女有歸。」（《禮記・禮運・大同與小康》）

2. 世外桃源：「土地平曠，屋舍儼然，有良田、美池、桑、竹之屬，阡陌交通，雞犬相聞。……黃髮垂髫，並怡然自樂。」（陶淵明〈桃花源記〉）

3. 香格里拉：1933 年在詹姆斯・希爾頓《失去的地平線》中出現一個永恆寧靜之地——香格里拉，描寫作者被劫機至喜馬拉雅山脈西端一個神祕的山谷，當地自然景致美不勝收，寺廟殿宇恢宏壯麗，民風淳樸，生活祥和，與大自然共存共榮。後來「香格里拉」一語，成為世人想像中隱密的、偏遠的人間樂土的代名詞。

UNIT 1-12

師嚴然後道尊，道尊然後民知敬學

《禮記‧學記》旨在探述為學的功用、方法、目的、效果等，以及教學為師之道，與〈大學〉內容相為表裡，故為宋代理學家所推崇。〈學記〉談及親師敬業的方法，較〈大學〉中深奧的哲理更加具體實用，是初學者不可不讀的篇章。《禮記》中，除了〈大學〉、〈中庸〉之外，就屬〈學記〉一篇最具啟發作用，流傳也最廣。

本文開宗明義云：「發慮憲，求善良，足以謏聞，不足以動眾；就賢體遠，足以動眾，未足以化民。君子如欲化民成俗，其必由學乎！」是說為政者發布政令，廣求善良之士的輔佐，能得到小小的聲譽，卻不足以感動群眾；就教於賢士、親近疏遠的人，雖然能感動群眾，卻不足以教化人民。君子如果要教化人民、形成良好的風俗，一定要從設學施教做起！

因為「玉不琢，不成器；人不學，不知道。是故古之王者，建國君民，教學為先。」質地再好的美玉，如不經過琢磨，是不可能成為有用的器皿；人也一樣，如果不透過學習，自然也不會明白做人處世的道理。所以古代君主建設國家、管理人民，皆以施教設學為最優先的工作。

可見學校教育對於「化民成俗」、「建國君民」的重要性，而古代的教育制度為何呢？「古之教者，家有塾，黨有庠，術有序，國有學。」一家之中，設有「私塾」；一黨（五百家）之中，設有「庠」；一術（一萬兩千五百家）之中，設有「序」；一國之中，設有「太學」。學生入學一年後，考經文句讀，辨別其志向；三年，考察是否專注於學業，樂於與人相處；五年，考察是否博學篤行，親近師長；七年，考察在學問、交友方面是否具有獨到見解；如果通過了，可以稱為「小成」。九年，如果學生知識通達，觸類旁通，遇事不惑，且不違背師訓，就可以稱為「大成」。

又強調「尊師重道」的觀念：「凡學之道，嚴師為難。師嚴然後道尊，道尊然後民知敬學。」意謂求學的道理，尊敬老師是最難做到的。因為老師受到了尊敬，然後學問真理才會受到敬重。學問真理受到了敬重，然後人民才會認真向學。

再論及「進學之道」：「善問者，如攻堅木，先其易者，後其節目，及其久也，相說以解；不善問者反此。善待問者，如撞鐘，叩之以小者則小鳴，叩之以大者則大鳴，待其從容，然後盡其聲；不善答問者反此。」意思是善於發問的人，會先從簡單的問題問起，層層深入，將那些容易的部分搞懂了，艱難之處往往能夠迎刃而解。不善發問的人，先從難題下手，但簡單的都還沒學會，困難的又怎麼可能弄懂呢？而善於回答問題的人，像撞鐘一樣，別人問小問題，就小小地回應他；問大問題，才給予大大的回應；因為要發問的人聽得懂，你的解答才有意義。不善回答的人卻本末倒置，結果不是白費脣舌，就是平白辜負了別人的問題。

《禮記・學記》

建國君民重教育

善問者，如攻堅木，先其易者，後其節目，及其久也，相說以解；不善問者，反此。善待問者，如撞鐘，叩之以小者則小鳴，叩之以大者則大鳴；待其從容，然後盡其聲。

攻：砍伐。／易者：指容易下手、較軟的部分。／節目：指樹木枝幹接連的地方。／相說以解：彼此分解脫落。說，通「脫」。／從容：不疾不徐、從容不迫也。

大考停看聽

善於發問的人，就像砍伐堅硬的木頭，先從容易的較軟的部分下手，慢慢擴及到較硬的枝幹相連處，等到時間久了，木頭自然分解脫落；不善發問的人，剛好相反。善於回答問題的人，如同撞鐘一樣，輕輕敲打就回以小的聲響，用力敲打就回以響亮的鐘聲；一定要敲鐘的人從容不迫，鐘聲才能餘音悠揚，傳之久遠。

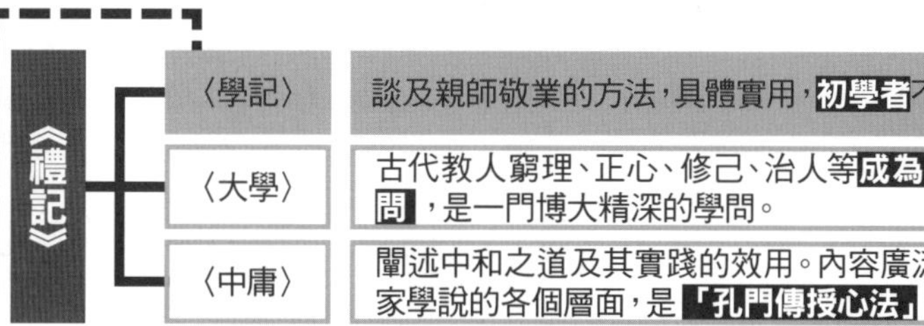

《禮記》		研讀順序
〈學記〉	談及親師敬業的方法，具體實用，**初學者**不可不讀。	1
〈大學〉	古代教人窮理、正心、修己、治人等**成為大人的學問**，是一門博大精深的學問。	2
〈中庸〉	闡述中和之道及其實踐的效用。內容廣泛，涉及儒家學說的各個層面，是**「孔門傳授心法」**。	3

學校教育的重要性	化民成俗、建國君民
古代的教育制度	「古之教者，家有塾，黨有庠，術有序，國有學。」

一家	一黨（500家）	一術（1萬2千5百家）	一國
私塾	庠	序	太學

作文一點靈

名言佳句

關於鑽研學問方面的佳句，諸如：

1.「玉不琢，不成器；人不學，不知道。」（《禮記・學記》）另《三字經》作：「玉不琢，不成器；人不學，不知義。」意思相近。

2.「善待問者，如撞鐘，叩之以小者則小鳴，叩之以大者則大鳴。」（《禮記・學記》）意謂老師應該根據提問的深淺，給予適合學生程度的回答。另外，子曰：「舉一隅不以三隅反，則不復也。」（《論語・述而》）孔子是說不能舉一反三的學生，就不再教他了。

3. 俗諺云：「為學當如金字塔，要能博大，要能高。」提示我們做學問應力求廣博，也要鑽研高深之義理。

4. 俗話說：「學如逆水行舟，不進則退。」強調必須不斷精進學業，稍有懈怠，便會退步了。

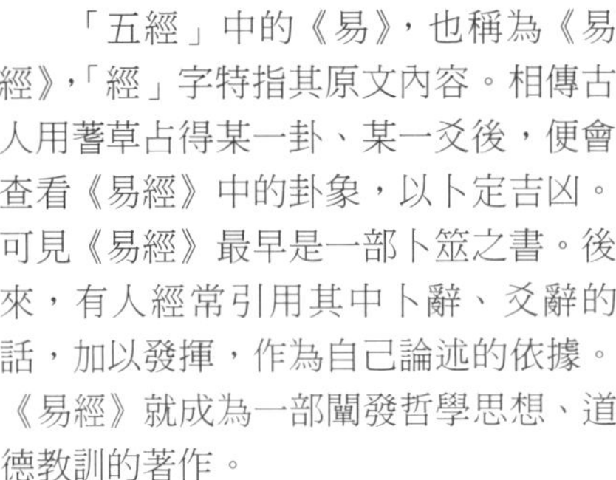

UNIT 1-13 仰則觀象於天，俯則觀法於地

「五經」中的《易》，也稱為《易經》，「經」字特指其原文內容。相傳古人用蓍草占得某一卦、某一爻後，便會查看《易經》中的卦象，以卜定吉凶。可見《易經》最早是一部卜筮之書。後來，有人經常引用其中卜辭、爻辭的話，加以發揮，作為自己論述的依據。《易經》就成為一部闡發哲學思想、道德教訓的著作。

《易》原有三種版本：《連山》、《歸藏》和《周易》。前二者已然失傳，唯《周易》有幸傳世；因此《易經》通常泛指《周易》。而後人對《周易》的注解本眾多，其中以《易傳》為最早，也最著名。《易傳》的上半部是「經」，即引用《周易》原文；下半部是「傳」，由孔子及弟子們合撰，對《周易》進行主觀注解。「傳」的內容包含：〈彖辭〉上下、〈象辭〉上下、〈繫辭〉上下、〈文言〉、〈序卦〉、〈說卦〉、〈雜卦〉，凡十篇，舊稱《十翼》。要言之，《易》含有簡易、變易、不易之意，以卦辭、爻辭為「經」，以《十翼》為「傳」。

《易傳・繫辭上》云：「一陰一陽之謂道，繼之者善也，成之者性也。」是說一陰一陽相反相生，運轉不息，是化生萬事萬物的根源，這就是「道」。承陰陽之道而生的萬事萬物就是善，成就萬事萬物的是天命之性，亦即道德之義。由是可知，儒家自然宇宙觀的形成。又云：「是故易有太極，是生兩儀，兩儀生四象，四象生八卦，八卦定吉凶，吉凶生大業。」具體定出「太極」、「兩儀」、「四象」、「八卦」等作為後世哲學論述的範疇。

進而提出天尊貴在上，地卑微在下，所以《易》中「乾」為天、為高、為陽，「坤」為地、為低、為陰，象徵意義就這樣確定了。天地萬物莫不由卑下以至高大，雜然並陳，《易》中六爻貴賤的位置亦依序排定了。天地萬物動靜有一定的常態，《易》中陽剛陰柔的道理也就由此斷定了。天下人事以類相聚，萬物以群相分，因此吉凶就產生了。在天成就了日月星辰晝夜晦冥的現象，在地成就了山川河嶽動植高下的形態，而人世萬物錯綜複雜的變化由是可見了。

《易傳・繫辭下》云：「古者包犧氏之王天下也，仰則觀象於天，俯則觀法於地，觀鳥獸之文，與地之宜，近取諸身，遠取諸物，於是始作八卦，以通神明之德，以類萬物之情。」謂伏羲氏觀察天地萬物，創造了八卦；隨著八卦的排列組合，上可以融通神明造化之功，下可按類區分萬事萬物的情狀。

透過卦、爻兩兩相生的結果，衍生出六十四卦，天地萬物皆包含在其中。文云：「窮則變，變則通，通則久。是以自天祐之，吉无不利。」所以儒家聖人領會出：任何事物，發展到極致，便會產生變化；有了變化，便能觸類旁通；知所變通，才可以恆久。這樣才會得天之助，諸事大吉，無往不利。

《易傳・繫辭傳》

觀天法地作八卦

古者包犧氏之王天下也，仰則觀象於天，俯則觀法於地，觀鳥獸之文，與地之宜，近取諸身，遠取諸物，於是始作八卦。以通神明之德，以類萬物之情。

包犧氏：即伏羲氏。／王天下：治理天下。王，去聲，動詞，治理也。／文：通「紋」，指紋理。／身：自己一身。／類：按類區分。

大考停看聽

上古時伏羲氏治理天下，抬頭則觀察天上日月星辰等現象，低頭則察看地上山川河嶽等法則，並仔細分析鳥獸羽革的紋理，和河川水土的地利，近則取驗於自己一身，遠則取象於萬物功能，於是開始創作出八卦。八卦完成後，上可以融通神明造化之功，下可按類區分萬事萬物的情狀。

伏羲八卦次序圖

太極	太極							
兩儀	陰				陽			
四象	太陰		少陽		少陰		太陽	
八卦	坤	艮	坎	巽	震	離	兌	乾
符號	☷	☶	☵	☴	☳	☲	☱	☰

伏羲八卦

八卦各單卦

符號	☷	☶	☵	☴	☳	☲	☱	☰
卦名	坤	艮	坎	巽	震	離	兌	乾
注音	ㄎㄨㄣ	ㄍㄣˋ	ㄎㄢˇ	ㄒㄩㄣˋ	ㄓㄣˋ	ㄌㄧˊ	ㄉㄨㄟˋ	ㄑㄧㄢˊ
自然卦象	地	山	水	風	雷	火	澤	天

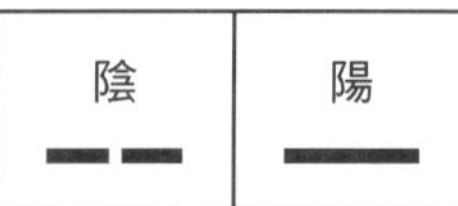

朱熹《周易本義》寫了一首〈八卦取象歌〉，以幫助人們記住八卦的卦象：

乾三連（☰），坤六斷（☷）；
震仰盂（☳），艮覆碗（☶）；
離中虛（☲），坎中滿（☵）；
兌上缺（☱），巽下斷（☴）。

「爻」即交錯也，是八卦最基本的符號。「—」稱陽爻，「--」稱陰爻。

陰爻、陽爻兩兩相重，則形成「**四象**」（太陽、少陰、少陽、太陰）。

四象再增加一爻形成「**八卦**」（乾、兌、離、震、巽、坎、艮、坤）。

爻自下而上排列。「三個」爻象徵「天人地」（上有天、下為地、人在其中）。

★經由**八卦**可再演化出**六十四卦**。兩個八卦相疊，即成八八六十四卦。
★六十四卦，即六十四個重卦。八個「單卦」如經緯交織組成六十四個「重卦」。

UNIT 1-14 璧則猶是也，而馬齒加長矣！

《穀梁傳》是《春秋》三傳之一。相傳是孔門弟子子夏口頭傳授給魯人穀梁子，一說由穀梁子記錄而成；不過多數學者認為，直到漢初才由經師加以整理，寫定成書。《穀梁傳》屬於「今文經」，採問答方式來注解《春秋》，著重於闡述《春秋》的政治意義，風格與《公羊傳》類似。但是其解經手法較為平實，與慣說高言大義的《公羊傳》又有不同。

如〈虞師晉師滅夏陽〉一文，記魯僖公二年（658B.C.）晉國用良馬、美玉等厚禮，向虞國借道，出兵攻取虢國的夏陽；五年，再來借道，滅虢之後，班師時把虞一起滅了。本文即對《春秋》經文「虞師晉師滅夏陽」的解說。

全文可分為四段：首段先解釋夏陽不是個國家，而《春秋》用「滅」字，代表夏陽位於虞、虢二國的邊界要地，備受重視的緣故。再說明晉師滅夏陽，虞國並未出兵，為何經文出現「虞師」二字；正因為虞國借道於晉，是導致夏陽失守的主因，所以用「虞師」表達對虞國的譴責之意。

次段言晉大夫荀息向晉獻公獻計，用良馬、美玉利誘虞公答應借道。荀息料定虞小晉大，如果虞公不打算借道，想必不敢接受禮物，一旦接受了，那麼此計便可行。那些禮物只是暫時存放在虞國而已，晉國將不會有任何損失。晉獻公認為以宮之奇的聰明才智，必定不會讓虞公答應借道。荀息卻一眼看穿宮之奇這人發揮不了作用，因為他「達心則其言略，懦則不能強諫；少長於君，則君輕之。」一針見血指出宮之奇的弱點：內心明達，說話卻簡略；個性懦弱，故不能力諫；又和虞公一起長大，根本不受重視。何況虞公的智慧不高，「玩好在耳目之前，而患在一國之後」，他一定只看得到眼前可供賞玩的良馬、美玉，而看不見未來滅了虢國之後的禍患。這是他斷定送禮、借道之計可行的主要依據。

三段載宮之奇向虞公進諫，果然不被接受；他知虞國必亡，遂舉家逃跑。宮之奇諫曰：「晉國之使者，其辭卑而幣重，必不便於虞。」他以為晉國的使者，言辭謙卑且送來的禮物如此貴重，必定對虞國不利。但虞公不聽，收下了禮物，並答應借道給晉國。宮之奇再以「脣亡齒寒」的道理，比喻虞、虢二國的關係，力阻虞公借道。虞公還是聽不進去，他就帶著妻小逃到曹國去。

末段敘僖公五年晉滅虢、虞，完整交代此歷史事件之始末。最後，以「荀息牽馬操璧而前，曰：『璧則猶是也，而馬齒加長矣！』」作結。描寫荀息拿回先前送給虞公的禮物，牽著良馬，捧著美玉，重新獻回給晉獻公，志得意滿地說：「美玉還是老樣子，只不過馬的牙齒增長了些！」以此呼應第二段「取之中府而藏之外府，取之中廏而置之外廏」，可見美玉、良馬只是借放在虞國三年而已，如今都拿回來了，又多得了虞、虢二國土地，真是有利而無害！

《穀梁傳・僖公二年》

脣亡齒寒有道理

本文即對《春秋》經文「虞師晉師滅夏陽」的解說

宮之奇諫曰：「晉國之使者，其辭卑而幣重，必不便於虞。」虞公弗聽，遂受其幣而借之道。宮之奇又諫曰：「語曰：『脣亡則齒寒。』其斯之謂與？」挈其妻子以奔曹。

宮之奇：虞國大夫。／不便：不利。／與：通「歟」，疑問句句尾助詞。／挈：音「竊」，帶領。

大考停看聽

宮之奇向虞公進諫言說：「晉國的使者，言辭謙卑且送來的禮物貴重，必定對虞國不利。」虞公不聽，於是收下禮物，並借路給晉國。宮之奇又規諫道：「俗話說：『嘴脣沒了，牙齒就會感到寒冷。』大概就是這種情形吧？」虞公仍然不聽，他帶著妻小逃到曹國去。

1

★首段闡明《春秋》經的微言大義。

- 夏陽不是國家，而《春秋》用「滅」，代表其地理位置重要。
- 虞國未出兵卻稱「虞師」，指責其借道於晉，導致夏陽失守。

2

★次段言晉大夫荀息向晉獻公獻計，用良馬、美玉利誘虞公答應借道。

- 荀息料定如果虞公不借道，必不敢接受禮物；一旦接受禮物，只是暫存於虞國而已，晉國將不會有任何損失。
- 晉獻公認為宮之奇必不會讓虞公借道。荀息指出宮之奇個性懦弱，不能力諫；虞公智慧不高，一定只看到眼前玩好，看不見未來的禍患。——這是他斷定送禮、借道之計可行的主要依據。

3

★三段載宮之奇向虞公進諫，果然不被接受；他知虞國必亡，遂舉家逃往曹國。

- 宮之奇諫曰：「晉國之使者，其辭卑而幣重，必不便於虞。」
- 再以「脣亡齒寒」比喻虞、虢二國的關係，虞公不聽，他遂舉家逃走。

4

★末段敘僖公五年晉滅虢、虞，完整交代此歷史事件之始末。

- 最後，以「荀息牽馬操璧而前，曰：『璧則猶是也，而馬齒加長矣！』」作結。
- 呼應第二段「取之中府而藏之外府，取之中廄而置之外廄」，可見美玉、良馬只是借放在虞國三年，如今都拿回來了，又多得了虞、虢二國的土地。

UNIT 1-15
不及黃泉，無相見也！

《左傳》，全名為《春秋左氏傳》，亦稱《左氏春秋》，相傳為春秋時魯國太史左丘明所作。《左傳》採編年體記載春秋時代的歷史，以魯國為中心，從魯隱公元年（722B.C.）起，歷隱、桓、莊、閔、僖、文、宣、成、襄、昭、定、哀十二公，至魯哀公二十七年（468B.C.）止，凡二百五十五年間史事。

〈鄭伯克段于鄢〉，注解了《春秋》魯隱公元年夏五月「鄭伯克段于鄢」的經文。文中詳敘鄭莊公與其弟叔段爭國，母親姜氏全力支持叔段，而莊公在鄭國臣民的擁戴下，一舉打敗了叔段。之後一度將母親安置在城潁，終因潁考叔獻策，讓莊公與母親得以重修舊好。

全文可分為七段：首段記莊公出生時逆生（嬰兒腳先出來），讓母親姜氏吃足了苦頭，所以從小得不到母愛的溫暖。姜氏只疼愛小兒子叔段，一心立他為世子，可惜孩子的父親武公不同意。

次段記莊公即位後，姜氏先為叔段請求以形勢險要的制地（虎牢關）為封邑，莊公不許；再請求以面積廣大的京地為封邑，莊公只好答應。大夫祭仲來勸莊公京地不合乎先王之制，請及早削減叔段的封邑，無使其勢力滋生蔓延開來，否則事情將難以收拾。莊公卻冷冷地回應：「多行不義必自斃，子姑待之。」一副等著看自己親弟弟自食惡果的陰險嘴臉。

三段記叔段果然產生了野心，開始騷擾西鄙、北鄙偏遠地區，而莊公悶不吭聲。叔段得寸進尺，再將西鄙、北鄙等地占為己有，一路擴展自己的領土和勢力。大夫子封又來勸莊公不可再姑息養奸，該適時制止叔段了。莊公還是冷血以對：「不義不暱，厚將崩。」謂叔段做了這麼多不義的事，百姓不會親近他，再雄厚的勢力終將分崩瓦解。莊公仍然選擇靜待時機成熟。

四段記叔段終於要攻打莊公了，而且聽說姜氏將幫忙開城門作內應。莊公忍無可忍，派兵討伐叔段。京地百姓皆背叛叔段，叔段逃至鄢地。莊公親征，打敗了叔段，叔段逃往共地，永遠無法返回鄭國。

五段解釋《春秋》經「鄭伯克段于鄢」所隱含的微言大義：因為莊公和叔段全然不顧手足之情，像兩個國君一爭長短，所以不稱兄、弟。稱「鄭伯」，譏諷莊公未盡到教導幼弟的責任；稱「叔段」，諷刺他有失為臣、為弟之恭謹。不言叔段「出奔」，是因為同情他在母親的溺愛、兄長的縱容下，才鑄成大錯，實在不忍苛責。

六段記莊公因此事與母親決裂，將她安置在城潁，並發誓：「不及黃泉，無相見也！」意思是今生再也不想見到母親了。不久，後悔了。所幸潁考叔前來獻策，建議莊公與姜氏不妨在可以見到黃色地下水的墓道中相見，他們母子總算合好如初。

末段透過「君子曰」，引用《詩經》之語：「孝子不匱，永錫爾類。」稱讚潁考叔是個純孝之人，自己行孝，還能推己及人，讓莊公也能對母親盡孝道。

《左傳・隱公元年》

兄弟爭國干戈起

本文注解了《春秋》魯隱公元年夏五月「鄭伯克段于鄢」的經文

莊公寤生，驚姜氏，故名曰寤生，遂惡之。愛共叔段，欲立之。亟請於武公，公弗許。及莊公即位，為之請制。公曰：「制，巖邑也，虢叔死焉；他邑唯命。」請京。使居之，謂之京城大叔。

寤生：難產的一種，指嬰兒出生時腳先出來。寤，逆也。／亟：音「氣」，屢次。／制：即「虎牢關」，鄭國城邑，形勢險要，是中原西去關中的樞紐。／巖邑：形勢險要的都城。／唯命：「唯命是從」的省語。／京：鄭國城邑，面積廣大。

大考停看聽

莊公出生時逆生，嚇壞了姜氏，因此給他取名為「寤生」，於是厭惡他。姜氏只疼愛叔段，一心想立叔段為世子。屢次向武公請求，武公都不答應。等到莊公即位，姜氏為叔段請求以制地為封邑。莊公說：「制地是形勢險要的都城，當年虢叔就死在那裡；換成別的地方，我一定從命。」姜氏又請求京地。莊公把京地封給叔段，人稱他是「京城大叔」。

母不慈

1. 因莊公寤生，而惡莊公，只愛叔段。⇨**偏心**
2. 為叔段請制，不成；再請京。⇨**虧損大兒，以圖利小兒**
3. 叔段起兵時，她打算開城門作內應。⇨**虧損大兒，以圖利小兒**

⟷ 接受潁考叔獻策，在可以見到黃色地下水的墓道中相見，母子遂合好如初。

子不孝

1. 一再縱容母親之過，終至叔段釀成大禍，讓母親永遠失去疼愛的小兒子。
2. 叔段敗逃後，氣得將母親安置在城潁，並發誓：「不及黃泉，無相見也！」

兄不友

1. 以「多行不義必自斃，子姑待之。」回應祭仲請求削減叔段在京的勢力。⇨**未盡到教導幼弟的責任**
2. 以「不義不暱，厚將崩。」回應子封來勸該適時制止叔段。⇨**未盡到教導幼弟的責任**
3. 派兵討伐叔段。
4. 親征，打敗了叔段；叔段逃往共地，永遠無法返回鄭國。⇨**故意陷叔段於不義**

⟷ 兄弟關係決裂，永遠無法修補。

弟不恭

1. 騷擾西鄙、北鄙地區。
2. 將西鄙、北鄙等地占為己有。
3. 一路擴展自己的領土和勢力。
4. 整頓兵馬，以京為根據地，意圖造反。

★莊公不是好兄長，卻是好國君：

1. 得到鄭國臣子支持：如祭仲、子封（公子呂）、潁考叔　2. 獲得鄭國人民擁戴：如京地百姓
3. 他城府深沉，步步為營，處處以鄭國利益為考量

臣不忠

姜氏

1. 廢長立幼，出於私心，罔顧國家社稷。
2. 為叔段請制，不成；再請京。⇨**干政**
3. 叔段起兵時，她準備要開城門作內應。⇨**叛國**

叔段

1. 騷擾西鄙、北鄙地區。2. 將西鄙、北鄙等地占為己有。3. 一路擴展自己的領土和勢力。4. 整頓兵馬，試圖謀反。5. 背君叛國，戰敗，逃亡。

UNIT 1-16 苟信不繼，盟無益也

《左傳‧桓公十二年》記這年夏天，魯桓公和杞侯、莒子會盟於曲池，為了讓杞國、莒國可以議和。而魯桓公也想和宋國、鄭國議和。到了秋天，魯桓公和宋莊公在句瀆之丘會盟。由於不知道宋國對議和有沒有誠意，所以雙方又在虛地會面。冬天時，他們又在龜地相會。後來，宋莊公拒絕議和，因此魯桓公和鄭厲公在武父結盟。於是率兵進攻宋國，會發生這場戰爭，是因為宋國不講信用。君子曰：「苟信不繼，盟無益也。《詩》云：『君子屢盟，亂是用長。』無信也！」時人評論此事說：「如果一再不守信用，結盟也是沒有助益的。如《詩經》所說：『君子再三與人結盟，反而使動亂滋長。』就是不講信用造成的啊！」

再看當年國際間還發生楚人伐絞之事：楚國進攻絞國，軍隊駐紮在南門。莫敖（莫敖是楚國官職）屈瑕說：「絞小而輕，輕則寡謀，請無扞采樵者以誘之。」意思是絞國土地狹小、絞人生性輕浮，缺少謀略。請楚國派出不受保護的砍柴人，用來引誘絞人。楚武王聽從屈瑕的建議。絞人果然俘虜了三十個砍柴人，並以為楚軍不堪一擊，隔天爭相出城，把楚國的砍柴人全趕到山中。楚軍一面坐等在北門，一面在山下設了埋伏，終於一舉大敗絞軍，強迫絞國訂立城下之盟。在攻打絞國的戰役中，楚軍分兵渡過彭水。羅國準備攻打楚國，便派遣伯嘉去偵探，曾經三次遍數了楚軍的人數。

屈瑕打了勝仗後，開始驕傲居功。隔年，楚武王又派他進擊羅國；鬬伯比為他送行，回來卻對楚武王說此戰必敗，請求派兵增援。楚武王不以為然；而夫人鄧曼聽懂了鬬伯比的意思，故進言道：「鬬伯比認為屈瑕自以為是，必定輕視羅國，希望大王提前約束他，務必讓他知道戰敗的後果。」楚武王這才派人去追趕屈瑕，可惜沒趕上。果然屈瑕剛愎自用，一意孤行，軍紀渙散，對敵軍又毫無防備。所以一到羅國便慘遭兩面夾擊，潰不成軍，楚國大敗，屈瑕自盡身亡。原來早在屈瑕攻打絞國時，羅人就在一旁觀戰，這次他們有備而來。事後，楚將紛紛自囚，請求楚武王降罪，楚武王說：「這是寡人的過錯。」於是，放了諸位將領。

從此，南方的楚國穩定發展中，中原局勢依然不明朗，魯桓公十三（699B.C.）年，宋國因向鄭厲公索賄不成，鄭、宋交戰。因為鄭厲公先前受宋莊公襄助而登上鄭君之位，曾答應贈送財物以示答謝；如今鄭國內部隱憂已除，便打算食言。魯桓公十四年，鄭厲公與魯桓公再度會面，重修舊好。宋國又聯合幾個諸侯進攻鄭國，打到鄭國的都城，拆下了鄭國太廟的椽子拿回去當門板，極力羞辱鄭國人。

魯桓公這幾年除了到處與各國議和之外，倒也沒有什麼作為。彷彿正準備有一番作為，還未嶄露頭角，卻因「家事」搞不定，而被齊人殺害了。

《左傳・桓公十二年》

君子屢盟亦無用

公欲平宋、鄭。秋，公及宋公盟于句瀆之丘。宋成未可知也，故又會于虛。冬，又會于龜。宋公辭平，故與鄭伯盟于武父。遂帥師而伐宋，戰焉，宋無信也。

平：議和。／宋公：指宋莊公。／宋成未可知也：不知道宋國對議和有沒有誠意。／辭平：拒絕議和。／鄭伯：指鄭厲公。

大考停看聽

魯桓公想和宋國、鄭國議和。秋天，魯桓公和宋莊公在句瀆之丘會盟。由於不知道宋國對議和有沒有誠意，所以又在虛地會面。冬天，又在龜地相會。宋莊公拒絕議和，因此魯桓公和鄭厲公在武父結盟。於是率兵進攻宋國，會發生這場戰爭，是因為宋國不講信用的緣故。

魯桓公十二年／周桓公二十年／700B.C.

★夏，魯桓公和杞侯、莒子**會盟**於曲池。

★秋，魯桓公和宋莊公在句瀆之丘**會盟**，又在虛地**會面**。

★冬，魯桓公和宋莊公又在龜地**相會**。

★魯桓公和鄭厲公在武父**結盟**，遂率兵進攻宋國。

君子曰：「苟信不繼，盟無益也。《詩》云：『君子屢盟，亂是用長。』無信也！」

楚國進攻絞國，莫敖屈瑕大敗絞軍，強迫絞國立城下之盟。

魯桓公十三年／周桓公二十一年／699B.C.

楚武王又派屈瑕進擊羅國，慘遭兩面夾擊，楚國大敗。⇨**南方的楚國穩定發展中**

宋國向鄭厲公索賄不成，鄭、宋交戰。

鬬伯比早就料到屈瑕剛愎自用，又對敵軍毫無防備，驕兵必敗。

魯桓公十四年／周桓公二十二年／698B.C.

★鄭厲公與魯桓公再度會面，重修舊好。

★宋國又聯合諸侯攻鄭國，拆下鄭國太廟的椽子拿回當門板。

關於魯桓公

魯桓公姬允（約731B.C.～694B.C.），是魯惠公的嫡長子。魯惠公薨時，由於他尚年幼，故由庶兄魯隱公攝政。後公子翬派人殺了魯隱公，立他為君；他是春秋時期魯國第十五位國君，「桓」為其諡號。

魯桓公即位後，娶齊襄公之妹文姜為夫人。桓公十八年（694B.C.），終因發現其大舅子齊襄公與夫人文姜暗通款曲，而他在齊國慘遭殺害。後來由其嫡長子魯莊公繼位。

UNIT 1-17
肉食者鄙，未能遠謀

魯莊公十年（684B.C.），齊國討伐魯國，雙方於長勺開戰。戰爭的起因是齊桓公為了報復魯國曾幫助公子糾與他爭位。齊大魯小，魯國的處境十分危險，但魯國最後卻以小勝大，擊退了齊師。在《春秋》經文中僅以「十年春王正月公敗齊師于長勺」十三字記錄此事，而《左傳》卻用二百多字，生動述說長勺之戰的始末。

全文可分為四段：首段記齊、魯之戰爆發前夕，曹劌求見魯莊公。同鄉的人說：「肉食者謀之，又何間焉？」此事自有在位者謀劃，你又何必參與呢？曹劌回答：「肉食者鄙，未能遠謀。」那些在位者見識淺薄，不能深謀遠慮。於是，他抱著「國家興亡，匹夫有責」的心態，入見魯莊公。

次段記曹劌晉見魯莊公的過程，處處展現出曹劌的「遠謀」。曹劌「問何以戰（憑什麼去迎戰）」。魯莊公說：「衣食所安，弗敢專也，必以分人。」強調能與人分享錦衣玉食。曹劌認為這種小恩惠並未普遍，人民不會跟從。又說：「犧牲玉帛，弗敢加也，必以信。」強調對神靈的誠實。曹劌認為這種小誠實不足以讓神明降福。復說：「小大之獄，雖不能察，必以情。」強調盡心盡力審判斷案。曹劌認為這是忠於人民的表現，「可以一戰」，並請求隨軍出征。

三段承上文「可以一戰」而來，記戰爭的經過。魯莊公與曹劌同乘一部兵車出發，在長勺與齊軍交戰。魯莊公準備擊鼓進攻。曹劌說：「還不可以。」直到齊軍擊過三次戰鼓之後，曹劌終於說：「可以了。」魯軍便把敵人打得潰敗而逃。魯莊公打算乘勝追擊。曹劌說：「還不可以。」他先下車察看齊軍車輪輾過的痕跡，又爬上車前橫木眺望遠方，才說：「可以了。」於是追擊敵軍。其實還是圍繞著曹劌來寫，仍緊扣「遠謀」二字，刻劃出他深謀遠慮、沉著應戰的鮮明形象。

末段記戰後曹劌向魯莊公闡明自己所運用的戰略。分別承前文「鼓之」、「馳之」加以說明：前者針對擊鼓進攻，「夫戰，勇氣也。一鼓作氣，再而衰，三而竭。彼竭我盈，故克之。」是說作戰靠的是勇氣。第一次擊鼓士氣振作，第二次就衰退，第三次就耗盡了。敵方士氣耗盡而我方正充盈，所以戰勝他們。後者講追擊敗兵，「夫大國，難測也，懼有伏焉；吾視其轍亂，望其旗靡，故逐之。」但大國的虛實難以預測，怕他們有埋伏；我看到他們的車輪痕跡混亂，望見他們旌旗歪倒，才敢率兵追擊。還是不難看出曹劌的「遠謀」。但二、三段是寫其表面動作和效果，到了末段才道出其內在謀慮和依據。

〈曹劌論戰〉，篇名乃後人所加，意謂曹劌論述作戰的道理，以此概括全篇的思想內容。文中以曹劌為主，魯莊公為賓，透過兩人對齊、魯之戰的對話，闡明在政治上「取信於民」、在軍事上「後發制人」，實為敵大我小仍可一戰的主因。

 《左傳・莊公十年》 

曹劌論戰有遠謀

長勺之戰：《春秋》經文僅以「十年春王正月公敗齊師于長勺」十三字記錄此事

既克，公問其故。對曰：「夫戰，勇氣也。一鼓作氣，再而衰，三而竭。彼竭我盈，故克之。夫大國，難測也，懼有伏焉；吾視其轍亂，望其旗靡，故逐之。」

克：戰勝。／鼓：擊鼓。古代作戰，擊鼓進軍，鳴金收兵。／伏：埋伏。／轍：車輪輾過的痕跡。／靡：倒也。

大考停看聽

戰勝後，莊公問曹劌之所以這麼做的緣故。他回答：「作戰，靠的是勇氣啊。第一次擊鼓士氣振作，第二次就衰退，第三次就耗盡了。敵方士氣耗盡而我方正充盈，所以戰勝他們。但大國的虛實難以預測，怕他們有埋伏；我看到他們的車輪痕跡混亂，望見他們旌旗歪倒，才敢追擊。」

★魯莊公十年（684B.C.），齊國討伐魯國，雙方於長勺開戰。

★戰爭起因：齊桓公為了報復魯國曾幫助公子糾與他爭位。

★結果：魯國處境危急，但最後卻以小勝大，擊退了齊師。

1

★首段記齊、魯之戰爆發前夕，曹劌求見魯莊公。

- 鄉人說：「肉食者謀之，又何間焉？」
- 曹劌回答：「肉食者鄙，未能**遠謀**。」

2

★次段記曹劌晉見魯莊公，處處展現曹劌的「遠謀」。

遠謀

- 曹劌「問何以戰」。
- 莊公說：「衣食所安，弗敢專也，必以分人。」⇨曹劌認為「小惠未徧，民弗從也。」
- 莊公又說：「犧牲玉帛，弗敢加也，必以信。」⇨曹劌認為「小信未孚，神弗福也。」
- 莊公復說：「小大之獄，雖不能察，必以情。」⇨曹劌認為「忠之屬也，可以一戰。」並請求隨軍出征。

3

★三段承上文「可以一戰」而來，記戰爭的經過。

- 莊公與曹劌同乘一部兵車與齊軍交戰。
- 莊公準備擊鼓進攻，被曹劌阻止。直到齊軍擊過三次戰鼓後，曹劌才說可以出擊。⇨魯軍便把敵人打得潰敗而逃。
- 莊公打算乘勝追擊，被曹劌阻止。他先下車察看齊軍車輪的痕跡，又爬上車前橫木眺望遠方，才說可以進擊敵軍。⇨乘勝追趕齊軍。

4

★末段記戰後曹劌向莊公闡明所運用的戰略。

- 針對擊戰鼓，「夫戰，勇氣也。一鼓作氣，再而衰，三而竭。彼竭我盈，故克之。」
- 講追擊敗兵，「夫大國，難測也，懼有伏焉；吾視其轍亂，望其旗靡，故逐之。」

作文一點靈

評鑑賞析

通篇以曹劌為中心，分別從各個方面、不同層次表現了曹劌的「遠謀」。

首段曹劌素知「肉食者鄙，未能遠謀」，故「請見」；有別於鄉人的事不關己，這正是他的「遠謀」之處。次段透過三組對話，充分展現出曹劌對戰爭的「遠謀」。三段記戰爭的經過，雖隻字不提「遠謀」，但其深謀遠慮盡在其中矣。末段讓曹劌現身說法，明揭其「遠謀」之所在。

UNIT 1-18

鬼神非人實親，惟德是依

《左傳・僖公五年》有〈宮之奇諫假道〉一文，記宮之奇力諫虞公不可借路給晉獻公攻打虢國之事。全篇可分為六段：首段開門見山云：「晉侯復假道於虞以伐虢。」點明繼魯僖公二年（658B.C.）虞公借路給晉獻公伐虢之後，晉國又來向虞國借道。

次段敘宮之奇諫言的內容：「虢，虞之表也；虢亡，虞必從之。晉不可啟，寇不可翫；一之謂甚，其可再乎？諺所謂『輔車相依，脣亡齒寒』者，其虞虢之謂也。」他認為虢國是虞國的屏障；如果虢國滅亡了，虞國一定也會跟著亡國。因此不可以引發晉國的野心，也不可以輕忽強大的敵人；借一次已經很過分了，怎麼可以再來借第二次呢？俗諺說：「面頰和牙床相互依存，沒了嘴脣牙齒便會受寒。」正是虞國、虢國的最佳寫照。

三段載虞公與宮之奇的對話：虞公以為晉侯與他同宗（同是姬姓），又怎會加害於他呢？宮之奇歷數晉國迫害同宗的外國、同祖的親族，一樁樁、一件件例證，在在突顯出晉獻公的野心，反駁了虞公不切實際的想法，同時呼應上段「晉不可啟，寇不可翫」之說。虢國、虞國與晉國都是姬姓諸侯，皆為同宗，如今晉侯既會討伐虢國，又怎能相信他獨愛虞國而不會兵戎相見呢？何況桓叔、莊叔都是晉侯的親族，他們的子孫又有什麼罪過，卻全都被殺害了；不就是怕兩家勢大會侵逼公室嗎？「親以寵偪，猶尚害之，況以國乎？」對於侵逼公室的親族，尚且加以殺害，何況是國家呢？虞國之於晉獻公，能比桓叔、莊叔更親嗎？誰敢擔保晉國不會對虞國產生覬覦之心？

四段寫虞公自認祭祀虔誠，會得神明之庇佑；宮之奇不以為然，指出國家存亡在人而不在神，有德方能使百姓、神明共享。虞公有恃無恐地說：「吾享祀豐潔，神必據我。」以為只要祭祀的供品豐盛而潔淨，神明就會依從我。宮之奇清醒地告訴虞公：「鬼神非人實親，惟德是依。」鬼神並不會特別親近哪個人，只是依從有德的人。所以，沒有德行的人就不能使人民和諧、鬼神接受祭祀了。「神所馮（通『憑』）依，將在德矣。」鬼神所依從的，只有德行了。如果晉侯占領了虞國，而以明德作為馨香的祭品供神，神明難道還會吐出來不成？宮之奇抱持「成事在人」、「以民為本」的思想，有力駁斥了虞公想依賴鬼神的逃避心態。

五段言虞公仍答應借道給晉國；宮之奇帶著族人離開虞國，並預言虞國將亡，過不了今年的臘祭了。

末段交代是年冬季，晉侯滅了虢國，果然於回途中順便將虞國也一起滅了，並活捉虞公。印證了先前宮之奇的神預言。

文中宮之奇三處諫言，強調不可失去友邦、不可媚附大國、不可仰仗鬼神，極力反對借道給晉國。虞公卻盲目相信同宗之情誼、鬼神之庇護，不肯聽從忠告，最後落得國亡身執的下場，豈不是咎由自取？

《左傳・僖公五年》

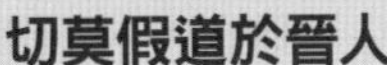

切莫假道於晉人

晉侯復假道於虞以伐虢。宮之奇諫曰：「虢，虞之表也；虢亡，虞必從之。晉不可啟，寇不可翫；一之謂甚，其可再乎？諺所謂『輔車相依，脣亡齒寒』者，其虞虢之謂也。」

晉侯：晉獻公。／表：外表，這裡引申為屏障、外圍之意。／啟：開啟、引發。／翫：通「玩」，去聲，輕忽也。／甚：過分。／輔車：指面頰和牙床。

晉侯又向虞國借道去攻打虢國。宮之奇進諫說：「虢國，是虞國的屏障；虢國亡了，虞國一定跟著滅亡。不可以引發晉國的野心，也不可以輕忽敵人；一次已經過分了，怎麼可以再來一次呢？俗諺所說『面頰和牙床相互依存，沒了嘴脣牙齒便會受寒』，正是虞、虢二國的寫照啊！」

大考停看聽

1

★首段開門見山云：「晉侯復假道於虞以伐虢。」

點明繼魯僖公二年（658B.C.）虞公借路給晉獻公伐虢之後，晉國又來向虞國借道。

2

★次段敘宮之奇諫言的內容：

- 虢國是虞國的屏障；如果虢國滅亡了，虞國一定也會跟著亡國。
- 「諺所謂『輔車相依，脣亡齒寒』者，其虞虢之謂也。」說明虞國、虢國好比面頰和牙床相互依存，沒了嘴脣牙齒便會受寒。

3

★三段載虞公與宮之奇的對話：

- 虞公以為晉侯與他同宗，怎會加害於他？
- 宮之奇歷數晉國迫害同宗的外國、同祖的親族，反駁了虞公不切實際的想法，同時呼應上段「晉不可啟，寇不可翫」之說。
- 虞國之於晉獻公，能比晉侯的親族桓叔、莊叔更親嗎？誰敢擔保晉國不會對虞國產生覬覦之心？

4

★四段寫虞公自認祭祀虔誠，會得神明庇佑。⇨宮之奇指出國家存亡在人不在神，有德方能使百姓、神明共享。

- 虞公有恃無恐地說：「吾享祀豐潔，神必據我。」
- 宮之奇告訴虞公：「鬼神非人實親，惟德是依。」⇨宮之奇抱持「成事在人」、「以民為本」的思想，力駁虞公想依賴鬼神的逃避心態。

5

★五段言虞公仍答應借道給晉國；宮之奇帶著族人離開虞國，並預言虞國將亡。

6

★末段交代是年冬，晉侯滅了虢國，果然於回途中順便將虞國滅了，活捉虞公。

作文一點靈

謀篇布局

「開門見山」是一種最簡單、也最實用的謀篇布局手法。文章一開頭，便單刀直入，切中要點，乾淨俐落，絕不拖泥帶水。如本篇從「晉侯復假道於虞以伐虢」寫起，敘述繼魯僖公二年（658B.C.）虞公借路給晉獻公伐虢之後，這是第二次虞國又答應借道於晉人。所以發生後來宮之奇力諫不成，預言虞國將亡，遂舉族遷往他國之事。

開門見山，使全文主旨一目了然，不失為記敘文、議論文、說明文，甚至是抒情文常見的謀篇方法。

第1章 經典篇

UNIT 1-19 晉、楚治兵遇於中原，其辟君三舍

春秋時期，晉國因「驪姬之亂」，導致世子申生受誣陷，自殺身亡；公子重耳為了全身遠禍，毅然決然帶著身邊親信流亡國外，長達十九年之久。直到晉獻公薨逝，晉國陷入一段時間的內亂，重耳終於在秦穆公派兵護送下返國，成為晉國的國君，就是歷史上鼎鼎有名的晉文公。

相傳重耳流亡到曹國，曹共公聽說他的肋骨長在一起，於是安排他洗澡，其實是好奇想偷看。曹國大夫僖負羈的妻子認為晉公子重耳身邊人才濟濟，將來必定有所作為；偏偏曹公有眼不識泰山，她希望丈夫能為曹國著想，做點事有別於曹公的行徑。於是，夫婦倆為重耳精心準備了豐盛的菜餚，並在其中埋入一塊玉璧，想請他飽餐一頓、送他個禮物，聊表心意。重耳接受了他們的飯菜，但把玉璧退還回去，對於這份好意他心領了。

後來，重耳一行人流浪到楚國，楚成王設宴款待他們。據《左傳・僖公二十三年》記載：宴會上，楚成王半開玩笑地問重耳：「公子若反晉國，則何以報不穀？」問他將來如果回到晉國、當上國君，打算怎麼報答寡人今日的恩情呢？重耳不卑不亢地回答：「子女玉帛，則君有之；羽毛齒革，則君地生焉；其波及晉國者，君之餘也。其何以報君？」是說美女侍從、珍寶絲綢，大王您一樣也不缺；珍禽的羽毛、象牙和獸皮，都是楚國盛產之物；即使流散到晉國來，也是您所剩餘的。我還能拿什麼來報答您呢？楚成王仍不死心，繼續追問：「儘管如此，總得報答我吧？」重耳於是許下「退避三舍」的承諾：「若以君之靈，得反晉國，晉、楚治兵遇於中原，其辟君三舍（古代軍隊進退三十里稱為『一舍』）。若不獲命，其左執鞭弭，右屬櫜鞬（音『高堅』），以與君周旋。」意思是如果託您的福，我能回到晉國執政，一旦晉、楚兩國交戰，我軍在戰場上一定先自動後退九十里來避開您。如果還是得不到您的諒解而退兵，我只好左手持著鞭子和弓箭，右手拿著箭袋和弓囊，陪您打上一仗。

楚國大夫子玉請求楚成王殺掉重耳。楚成王以為重耳是一介賢君，他的隨從個個是能臣，現在晉惠公內憂外患，無人親近，姬姓一族，唐叔之後，恐怕要靠重耳來振興了。「天將興之，誰能廢之？」天意不可違啊！違背天意，恐遭大禍。於是，楚成王派人把重耳送到了秦國。

秦穆公把自己的女兒文嬴及四個美女嫁給了重耳，喜結秦晉之好。終於在魯僖公二十四年（636B.C.）春天，秦穆公派兵護送重耳等人渡過黃河，進入晉國；隨即圍困令狐，攻下桑泉，又拿下臼衰。同年二月初四，晉懷公的部隊駐紮在廬柳。秦穆公派公子縶勸晉軍退兵。晉軍退至郇城。之後，狐偃與秦、晉大夫會盟於郇城。重耳便接管了晉國的軍隊，進入曲沃城，朝拜宗廟，最後殺了晉懷公，成為晉國的國君。

《左傳・僖公二十三年》

退避三舍報君恩

大考停看聽

楚子饗之曰：「公子若反晉國，則何以報不穀？」對曰：「子女玉帛，則君有之；羽毛齒革，則君地生焉；其波及晉國者，君之餘也。其何以報君？」

楚子：指楚成王。／饗：設宴款待也。／反：通「返」，回也。／不穀：楚成王謙稱自己，猶言「寡人」之謂。／波及：流散到。

楚王設宴款待重耳並問道：「公子如果回晉國當上國君，打算怎麼報答寡人呢？」重耳回答：「美女侍從、珍寶絲綢，大王您都有了；珍禽的羽毛、象牙和獸皮，都是楚國盛產之物；即使流散到晉國來，也是您所剩餘的。我還能拿什麼來報答您呢？」

流亡到曹國

★曹共公聽說重耳的肋骨長在一起，於是安排他洗澡，好奇想偷看。

★僖負羈夫婦為他準備豐盛的菜餚，並埋入一塊玉璧，聊表心意。

★重耳接受他們的飯菜，但把玉璧退還回去，這份好意他心領了。

重耳答楚子

★楚成王設宴款待他們。

★成王問重耳：「公子若反晉國，則何以報不穀？」

★重耳回答：「子女玉帛，則君有之；羽毛齒革，則君地生焉；其波及晉國者，君之餘也。其何以報君？」

★成王繼續追問，重耳於是許下「退避三舍」的承諾。

◎子玉請求成王殺掉重耳。成王以為「天將興之，誰能廢之？」⇨**遂派人把重耳送到了秦國**

秦晉結姻緣

★秦穆公把自己的女兒文嬴及四個美女嫁給了重耳。

★終於在魯僖公二十四年（636B.C.）春天，穆公派兵護送重耳等人渡過黃河，進入晉國。

★之後，重耳接管晉國的軍隊，進入曲沃城，朝拜宗廟，殺了晉懷公，成為晉國國君。

結草報恩

《左傳・宣公十五年》還有另一則報恩的故事：晉國大夫魏武子有個寵愛的小妾。當魏武子剛生病時，交代兒子魏顆，如果他死了，要將愛妾嫁給別人。魏武子病重時，再度叮嚀兒子，倘若他過世了，務必讓愛妾一起陪葬。不久，魏武子撒手人寰。魏顆決定遵照父親清醒時的遺願，安排這位小妾改嫁。

後來，魏顆與秦將杜回激戰時，竟然出現一位老人用地上的草打成許多結，將杜回絆倒，讓他得以活捉杜回，大敗秦軍。當晚，魏顆夢見老人自稱是小妾之父，特來結草報恩。

UNIT 1-20 天未絕晉，必將有主

《左傳・僖公二十四年》有〈介之推不言祿〉一文，記賢士介之推曾追隨晉公子重耳流亡國外，後來重耳返國，登上晉君寶座；介之推卻功成身退，隱居終老的事。

相傳介之推當年隨公子重耳避禍期間，一行人逃到衛國，衛國不敢收留他們。於是打算去齊國，途中面臨斷糧窘境，只好採食野菜充饑。重耳難以適應這樣的逃亡生活，餓到發昏，竟一病不起。病中，重耳突然好想吃一碗熱騰騰的肉羹湯。但出門在外，又身無分文，哪兒來的肉羹煮湯呢？於是，介之推靈機一動，居然真的做出一碗肉羹湯，請公子快點趁熱喝了。重耳吃完後，出了一身汗，病竟也神奇地不藥而癒。一群人高高興興繼續趕路。這時，重耳見介之推走路的樣子不太對勁，一問之下，才知道他吃的居然是介之推的大腿肉。重耳感動不已，並承諾日後必定厚賞介之推。

事隔多年後，重耳如願重返晉國，成為國君，就是晉文公；當然要好好封賞早年隨他流亡異地、患難與共的臣子。結果一夥人都得到了賞賜，只有介之推從來不曾談及賞賜，賞賜也沒有給過他。

介之推認為晉獻公的九個兒子，只有晉文公在世。晉惠公、晉懷公沒有親近的人，國內、外眾叛親離。「天未絕晉，必將有主。主晉祀者，非君而誰？」如果老天不滅絕晉國，必定會有君主。主持晉國祭祀的人，除了晉文公還有誰呢？這是天意要立他為君，那些隨行的人卻以為是自己的功勞，這不是欺騙的行為嗎？「竊人之財，猶謂之盜，況貪天之功以為己力乎？下義其罪，上賞其奸，上下相蒙，難與處矣。」是說竊取別人的財物，尚且稱作偷盜，何況冒取上天的功勞當作是自己的？在下位者把罪過當成合理，在上位者賞賜他們奸詐的作為，上下互相蒙騙，實在很難再跟他們相處了。

介母先勸兒子也去向晉文公討賞。介之推說：「尤而效之，罪又甚焉！且出怨言，不食其食。」表明自己既然批評了那些人，就不屑與之為伍；既然口出怨言了，就絕不接受國君的俸祿。介母再次確定兒子的心意：「也該讓君王知道，你覺得如何？」介之推堅決地回答：「言語，是身體的裝飾。身體即將歸隱，哪裡還用得著裝飾？裝飾是求顯達啊。」介母表明支持兒子的立場：「你能這樣做嗎？那我就跟你一起隱居。」於是，母子倆一直隱居到死。

關於介之推之死，又是另一段故事：後來，當晉文公知道介之推竟沒得到任何賞賜，心裡過意不去，於是下令遍尋介之推，想要請他出來作官。大臣奉命在緜山找到介之推母子時，介之推表示已經習慣隱居的生活，真的不願意出仕為官了。晉文公一心補償介之推，於是聽從大臣的建議下令燒山，以為這樣就能逼介之推下山，誰知竟活活燒死了介氏母子？最後，只能厚葬他們母子倆，並把緜上作為介之推的祭田。

《左傳・僖公二十四年》

退隱緜山介之推

晉侯賞從亡者；介之推不言祿，祿亦弗及。……其母曰：「亦使知之，若何？」對曰：「言，身之文也。身將隱，焉用文之？是求顯也。」其母曰：「能如是乎？與汝偕隱。」遂隱而死。

晉侯：指晉文公，名重耳。／介之推：也作「介推」、「介子推」，晉國貴族。／祿：賞賜。／文：去聲，文飾、裝飾。／是：此，指上文「文之」。

大考停看聽

晉文公封賞當年追隨他流亡的人；介之推從不談賞賜，賞賜也沒有給過他。……他的母親說：「也該讓他知道，你覺得如何？」介之推回答：「言語，是身體的裝飾。身體即將歸隱，哪裡還用得著裝飾？裝飾是求顯達啊。」他的母親說：「你能這樣做嗎？那我就跟你一起隱居。」於是一直隱居到死。

割股奉君

★介之推等人追隨重耳從衛國去齊國途中，採食野菜充饑。

★重耳餓到病倒了。病中，突然想吃一碗熱騰騰的肉羹湯。

★於是介之推割下自己的大腿肉，為重耳做出一碗肉羹湯。

★當重耳喝完肉羹湯，出了一身汗，病竟神奇地不藥而癒。

未受封賞

★多年後，重耳重返晉國，成為國君，就是晉文公。

★晉文公封賞早年隨他流亡的臣子，獨漏了介之推。

與母偕隱

★介之推認為：「天未絕晉，必將有主。主晉祀者，非君而誰？」

★天意要立晉文公為君，隨行的人卻冒取上天的功勞當成自己的。

★介母先勸兒子去向晉文公討賞，介之推表示不屑與那些人為伍。

★介母再確定兒子心意，介之推表明歸隱之志。母子遂隱居至死。

葬身火海

★後來，當晉文公知道介之推沒得到任何賞賜，下令遍尋介之推，想請他出來作官。

★大臣奉命在緜山找到介之推母子，介之推表示已經習慣隱居生活，不願出仕為官。

★晉文公聽從大臣建議下令燒山，原想逼介之推下山，誰知竟活活燒死了介氏母子？

★最後，厚葬介之推母子，並把緜上作為其祭田。以後介之推忌日，國內一律禁火。

寒食節的由來

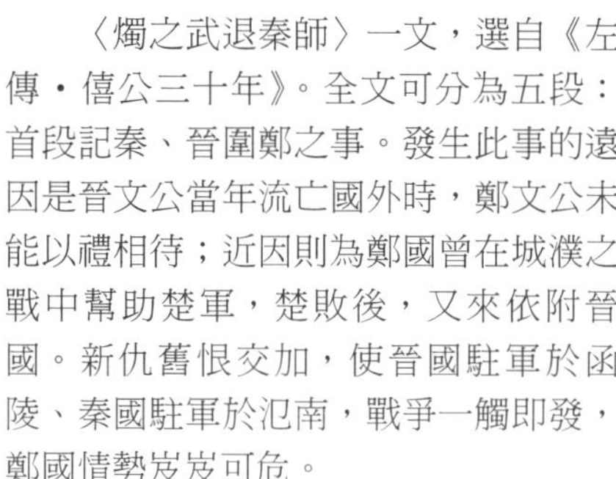

UNIT 1-21 若亡鄭而有益於君，敢以煩執事

〈燭之武退秦師〉一文，選自《左傳・僖公三十年》。全文可分為五段：首段記秦、晉圍鄭之事。發生此事的遠因是晉文公當年流亡國外時，鄭文公未能以禮相待；近因則為鄭國曾在城濮之戰中幫助楚軍，楚敗後，又來依附晉國。新仇舊恨交加，使晉國駐軍於函陵、秦國駐軍於氾南，戰爭一觸即發，鄭國情勢岌岌可危。

次段寫鄭國內部的因應之道。大夫佚之狐來向鄭伯（鄭文公）獻策：「若使燭之武見秦君，師必退。」佚之狐知道此時只有燭之武有能力讓秦國退兵，解救國家於危難之中。鄭文公立刻向燭之武求救。燭之武先委婉地推辭，說臣壯年時，尚且不如人；如今老了，更是不中用了。言外之意是從前不重用我，現在事態緊急才想到我，我當然不樂意幫您解決難題。鄭文公身段夠柔軟，立刻道歉：「從前不能及早重用你，如今事情緊急才來求你，是寡人的過錯。但是鄭國如果滅亡了，對你也沒有什麼好處呀！」的確，「覆巢之下，焉有完卵？」終於說服了燭之武答應出面遊說秦伯。

三段敘燭之武「夜，縋（音『綴』）而出。」夜裡，用繩子綁住身體，將燭之武送出城去。當他見到秦穆公，先「動之以情」：「秦、晉圍鄭，鄭既知亡矣。若亡鄭而有益於君，敢以煩執事。」採哀兵姿態，期能博取同情：在兩大國合攻之下，鄭國自然即將亡國。話鋒一轉，站在秦國的立場，如果滅亡鄭國，對秦國有好處的話，那麼倒值得勞煩秦伯左右執事的人採取行動了。次「曉之以理」：「越國以鄙遠，君知其難也。焉用亡鄭以陪鄰？鄰之厚，君之薄也。」是說越過別國（指晉國）而以偏遠的地方（指鄭國）作為邊邑，大王也知道這是困難的。既然如此，又何必滅亡鄭國來增加鄰國（指晉國）的領土呢？鄰國擴大了，秦國相對就削減了。聽他說得頭頭是道，合情合理。復「誘之以利」：「若舍鄭以為東道主，行李之往來，共其乏困，君亦無所害。」如果放棄亡鄭，讓鄭國作為東方道路上負責接待的主人，從此秦國使者往來，便有休息補給的處所，這樣對大王才真正有利。最後，不忘挑撥秦、晉兩國的關係：一、晉惠公背信忘義，曾答應割焦、瑕二邑給秦國，結果早上渡過黃河，晚上就築起城牆來防禦秦人。二、以晉國的野心，東邊取得鄭國的土地後，如想往西邊發展，勢必會損害秦國的領土。可見秦國、鄭國都是受害者，晉國才是兩國共同的敵人。

四段言秦伯決定與鄭人結盟，並派兵為鄭國協防。

末段載晉侯（晉文公）衡量得失後，亦決定退兵。晉國大夫子犯請求截擊秦軍。晉侯以為當初如果沒有秦伯相助，也不可能重返晉國執政，如此恩將仇報，便是「不仁」；何況秦、晉結盟，失去秦國這個盟友，便是「不知（通『智』）」；二國以分裂代替團結，則為「不武」。遂下令撤兵而去。

《左傳・僖公三十年》

夜縋出城見秦伯

秦、晉圍鄭，鄭既知亡矣。若亡鄭而有益於君，敢以煩執事。越國以鄙遠，君知其難也。焉用亡鄭以陪鄰？鄰之厚，君之薄也。若舍鄭以為東道主，行李之往來，共其乏困，君亦無所害。

執事：左右辦事的人。實指秦伯，不敢直言，表示尊敬。／鄙遠：以偏遠的鄭國為邊邑。鄙，動詞，以～為邊邑。／陪鄰：增加鄰國（指晉國）的土地。陪，音「賠」，增加。／行李：亦作「行理」，使者、外交人員。／共：通「供」。

大考停看聽

秦國、晉國圍攻鄭國，鄭國已知將滅亡了。如果滅鄭對大王有利，那倒值得勞煩大王左右辦事的人。但越過別國而以偏遠的地方作為邊邑，大王也知道這是困難的。又何必滅亡鄭國來增加鄰國的領土？鄰國擴大了，大王相對就削減了。如果放過鄭國，作為東方道路上負責招待的主人，使者的往來，鄭國可以供應所缺，對大王並沒有害處。

1

★首段記秦、晉圍鄭之事。

- 遠因：晉文公當年流亡國外時，鄭文公未以禮相待。
- 近因：鄭國於城濮之戰助楚軍，楚敗，又依附晉國。⇨晉國駐軍於函陵、秦國駐軍於氾南，鄭國情勢岌岌可危。

2

★次段寫鄭國內部因應之道。

- 佚之狐來向鄭伯獻策：「若使燭之武見秦君，師必退。」
- 燭之武先委婉推辭，鄭伯終於說服了他出面遊說秦伯。

3

★三段敘燭之武「夜，縋而出」，來見秦穆公。

- 先「**動之以情**」：「秦、晉圍鄭，鄭既知亡矣。若亡鄭而有益於君，敢以煩執事。」
- 次「**曉之以理**」：「越國以鄙遠，君知其難也。焉用亡鄭以陪鄰？鄰之厚，君之薄也。」
- 復「**誘之以利**」：「若舍鄭以為東道主，行李之往來，共其乏困，君亦無所害。」
- 最後，**挑撥離間**：
  1. 晉惠公背信忘義，曾答應割焦、瑕二邑給秦國，卻食言了。
  2. 以晉國的野心，如想往西邊發展，勢必會損害秦國的領土。

4

★四段言秦伯與鄭人結盟，並派兵為鄭國協防。

5

★末段載晉侯衡量得失後，亦決定退兵。

- 晉大夫子犯請求截擊秦軍。晉侯認為：恩將仇報，為「不仁」；失去盟友，為「不知」；以分裂代替團結，為「不武」。⇨遂下令撤兵而去

作文一點靈

思想情意

舉凡遊說之辭，皆須站在對方的立場，處處為被遊說者設想，才能成功說服他人。如本文燭之武以秦穆公的利益優先，終於瓦解了秦、晉聯軍，化敵為友，促成秦、鄭結盟，進而解除鄭國的危機。

UNIT 1-22 鄭有備矣，不可冀也

《左傳》魯僖公三十二年、三十三年記秦、晉殽之戰，是一場秦國與晉國爭奪中原霸權的戰爭。殽，通「崤」，在今河南洛寧西北。三十二年（628B.C.）冬，晉文公薨，秦穆公欲趁機伐鄭，藉以鞏固在中原的勢力。晉國於殽陵山區截擊，大敗返回的秦軍。

秦穆公不聽蹇叔忠告：「師勞力竭，遠主備之，無乃不可乎？」是說軍隊疲憊、戰力衰竭，加上遠方的鄭國有了準備，恐怕不成吧？秦穆公仍堅持派孟明、西乞、白乙從東門出兵。蹇叔哭著來送他們，因為他有預感眼看秦軍出發，卻看不見他們回來了。蹇叔的兒子也在軍中，他哭著送愛子，說：「晉人禦師必於殽。殽有二陵焉，其南陵，夏后皋之墓也；其北陵，文王之所辟風雨也。必死是間，余收爾骨焉。」意思是晉人一定會在殽山設伏兵攔擊秦軍。殽山南邊是夏后皋的墳墓、北邊是當年周文王避風雨的地方，蹇叔預言兒子必然死在這之間，他屆時再去替愛子收屍！於是，秦軍向東出發了。

隔年，秦軍到達滑國，鄭國商人弦高即將出門做買賣，恰巧碰上了秦軍。弦高先用四張熟牛皮當禮物，再拿十二頭牛去犒勞秦軍，佯稱奉鄭穆公之命而來，表示秦人行軍至此，如果要停留，鄭國將供應一天的物資；如果將離開，就提供一晚的戍衛。隨即，派人向鄭國通風報信。

鄭穆公得到消息，派人前往察看賓館的動靜，發現原本駐守於鄭國的杞子等人已經在捆束行裝、磨礪兵器、餵食戰馬了。鄭穆公派大夫皇武子來向杞子等人下逐客令，說：「你們久住在敝國，因此我們的乾肉、糧食、牲口全都供應完了。在你們即將離開之前，鄭國有個打獵的原圃，如同秦國有具囿一樣；你們自己去那裡獵取麋鹿，讓敝國休息一下，怎樣呢？」杞子等人於是逃奔到別國去了。

秦大夫孟明說：「鄭有備矣，不可冀也。攻之不克，圍之不繼，吾其還也。」鄭國已經有所防備了，不可以希求什麼。執意攻打，將不能取勝；包圍都城，又得不到後援；還是班師回國吧。因此，滅了滑國便撤兵。

晉國採納大夫原軫的建議：「秦違蹇叔，而以貪勤民，天奉我也。奉不可失，敵不可縱。縱敵患生，違天不祥。必伐秦師！」認為秦國不聽從蹇叔之諫，由於貪婪使人民勞苦，這是上天送給晉國的好機會啊。天賜良機不可喪失，敵人不可放走。放走敵人禍患將會發生，違背天意便是不吉利。所以一定要攻打秦軍！

於是晉襄公穿上染黑的喪服，下令出兵攻秦。這年夏季四月辛巳日，晉人在殽山打敗了秦軍，俘虜了秦將孟明、西乞、白乙而歸。然後，穿著黑色喪服來安葬晉文公。事後晉文公夫人文嬴（秦穆公之女）替三名秦將求情，晉襄公便放了人。大夫先軫以為這是毀掉晉國戰果、助長敵人氣焰的作法，氣得不顧君臣之禮向晉襄公吐了一口唾沫。晉襄公派人去追孟明等人，但他們已經上了船。

《左傳・僖公三十三年》

弦高勞軍救鄭國

魯僖公三十二年（628B.C.）冬，晉文公薨，秦穆公欲趁機伐鄭。晉國於殽陵山區截擊，大敗返回的秦軍。

使遽告于鄭，則束載，厲兵，秣馬矣。使皇武子辭焉，曰：「吾子淹久於敝邑，唯是脯資，餼牽竭矣。為吾子之將行也，鄭之有原圃，猶秦之有具囿也；吾子取其麋鹿，以閒敝邑，若何？」

束載：捆束行裝。／厲兵：磨礪兵器。／秣馬：餵食戰馬。／皇武子：鄭大夫。／辭：致辭，實為「下逐客令」。／脯資：乾肉、糧食。／餼牽：已宰殺的牲畜曰「餼（音『戲』）」，活的牲畜曰「牽」。／原圃、具囿：分別是鄭國、秦國豢養禽獸的地方。

大考停看聽

（弦高）派人立刻稟報鄭穆公，鄭穆公發現杞子等人已經在捆束行裝、磨礪兵器、餵食戰馬了。（鄭穆公）派大夫皇武子來向杞子等人下逐客令：「你們久住在敝國，因此我們的乾肉、糧食、牲口全都供應完了。在你們即將離開之前，鄭國有個打獵的原囿，如同秦國有具囿一樣；你們自己去那裡獵取麋鹿，讓敝國休息一下，怎麼樣呢？」

秦　蹇叔哭師

★秦穆公不聽蹇叔忠告，仍堅持從東門出兵。

・蹇叔哭著為將士們送行，因為他有預感看不見他們回來了。

・蹇叔預言晉人必在殽山設伏兵攔擊秦軍，愛子將死於其間。

鄭　弦高勞軍

★僖公三十三年，秦軍到達滑國，被鄭國商人弦高碰上了。

・弦高先佯稱奉君命前來勞軍。

・隨即，派人向鄭國通風報信。

★鄭穆公派人察看賓館的動靜，發現杞子等人已經在準備行裝。

・鄭穆公派人來向杞子等人下逐客令；杞子等逃奔到別國去了。

秦　滅滑捨鄭

★秦將孟明以為鄭國有所防備，故放棄襲擊鄭國。

・秦軍滅了滑國便撤退。

晉　天賜良機

★晉國採原軫之議，認為這是天賜良機，一定要攻打秦軍。

秦晉殽之戰

★晉襄公穿上染黑的喪服，下令出兵攻秦。

・三十三年四月，晉人在殽山打敗秦軍、俘虜秦將。

晉　先軫唾君

・晉文公夫人文嬴替秦將求情；晉襄公便放人。

・晉襄公派人去追被釋秦將，但他們已上了船。

・大夫先軫不顧君臣之禮，向晉襄公吐了唾沫。

UNIT 1-23
我聞忠善以損怨，不聞作威以防怨

〈子產不毀鄉校〉一文，選自《左傳・襄公三十一年》，標題為後人所加。子產（？～522B.C.），複姓公孫，名僑，「子產」是他的字，又字子美，春秋時鄭國知名政治家。他是鄭穆公的孫子，公子發（字子國）的兒子。曾出任鄭國卿相，實行一系列的政治改革，如承認私田的合法性，向土地私有者徵收軍賦；以及鑄刑書於鼎，是我國最早的成文法律。本文記載子產執政期間，主張保留「鄉校」，用來聽取民意，作為施政的參考。何謂「鄉校」？就是地方上的學校，既是鄉民學習的場所，也是遊樂、議政的地方。

全篇可分為兩段：首段敘子產反對廢掉鄉校，希望藉此來了解民心向背，一則讓民怨有發洩的管道，一則從中採取好的意見，提供執政者治國的方針。文云：「鄭人游于鄉校，以論執政。」是說鄭國百姓喜歡到鄉校去閒逛，大夥兒聚在一起議論國家施政的好壞。所以大夫然明向執政的子產建議說：「乾脆把鄉校廢除了，怎麼樣？」子產認為老百姓利用一天工作結束後來到鄉校閒逛，大家議論一下施政的好壞。人民喜歡的政策，我們就繼續推行；他們討厭的，我們就加以改正。這是我們執政者的老師啊。為什麼要廢掉鄉校呢？「我聞忠善以損怨，不聞作威以防怨。」子產以為曾聽說盡力做善事來減少怨恨，沒聽過靠擺威風來防止怨恨。何況防怨就像防止河水潰決一樣，河水大決口造成的損害，死傷者必然眾多，是無法挽救的災害；不如開個小口導流，好比為政者聽取人民的議論後，把它當作治國理民的良藥。然明曰：「蔑也今而後知吾子之信可事也。小人實不才。若果行此，其鄭國實賴之，豈唯二三臣？」子產這番話，終於讓然明（姓鬷，名蔑，字然明）心服口服地說：「我從現在起才知道您確實可以成就大事。小人實在沒什麼才能。如果真的這樣做，那麼鄭國真的就有了依靠，豈止有利於我們這些臣子而已？」於是，鄭國便保存了鄉校的傳統，讓人民閒暇時有個聚會休閒的場所，順便議論朝政，表達意見；為政者也可以虛心接受批評指教，從善去惡，進而達到美政的理想。

末段藉由孔子的話，表達對子產重視民意、施行仁政的作法，給予肯定。文云：「仲尼聞是語也，曰：『以是觀之，人謂子產不仁，吾不信也。』」孔子聽完這一番話之後，說：「從這樣看來，有人批評子產為政不仁，我是不相信的。」的確，子產施政因為能以民意為依歸，從善如流，所以深得百姓擁戴，全國上下一心，使鄭國強盛起來。

提到春秋時的「鄉校」，使人聯想起古希臘、羅馬時代的民主政治。但西方古代的民主政治，平民有選舉、被選舉權；我國的鄉校，人民只可議論政事而已，並無參政權，情況還是不同。只是在中國傳統封建制度下，可以讓百姓自由議論朝政，已屬難能可貴了！

《左傳・襄公三十一年》

不毀鄉校公孫僑

夫人朝夕退而游焉，以議執政之善否。其所善者，吾則行之；其所惡者，吾則改之。是吾師也。若之何毀之？我聞忠善以損怨，不聞作威以防怨。

退：工作完畢後。／游：閒逛。／善否：好壞。否，音「痞」，不善也。／忠善：盡力做善事。／損：減少。／作威：擺出威風。／防：防止。

大考停看聽

那些人利用一天工作結束後來到鄉校閒逛，大家議論一下施政的好壞。他們喜歡的政策，我們就繼續推行；他們討厭的，我們就加以改正。這是我們執政者的老師啊。為什麼要廢掉鄉校呢？我聽說盡力做善事來減少怨恨，沒聽過靠擺威風來防止怨恨。

1

★首段敘子產反對廢掉鄉校，希望藉此了解民心向背。

- 鄭人喜歡逛鄉校，議論政事。
- 大夫然明建議子產廢除鄉校。
- 子產反對廢除鄉校：1. 可以宣洩民怨。2. 可供施政參考。
- 然明對子產的執政心服口服。

2

★末段藉由孔子的話，肯定子產重視民意、施行仁政的作法。

鄭　公孫僑，字子產

子產（？～ 522B.C.），複姓公孫，名僑，「子產」是他的字，又字子美，春秋時鄭國知名政治家。他是鄭穆公的孫子，公子發（字子國）的兒子。曾出任鄭國卿相，實行一系列的政治改革，如承認私田的合法性，向土地私有者徵收軍賦；以及鑄刑書於鼎，是我國最早的成文法律。

鄉校　民意機關的雛形

何謂「鄉校」？就是地方上的學校，既是鄉民學習的場所，也是遊樂、議政的地方。提到春秋時的「鄉校」，使人聯想起古希臘、羅馬時代的民主政治。但西方古代的民主政治，平民有選舉、被選舉權；我國的鄉校，人民只可議論政事而已，並無參政權，情況還是不同。只是在中國傳統封建制度下，可以讓百姓自由議論朝政，已屬難能可貴了！

作文一點靈

名言佳句

與民意相關的格言例句，諸如：

1. 如肯・弗雷特《帝國之秋》所說：「身為領袖，他必須像水手利用風力一樣對待民意，讓國家這艘船能順風航向某方，但絕對不能逆風而行。」

2.「亂世，民意最可欺，民心最不可逆。」

3.「人心如秤，稱量誰輕誰重；民意似鏡，照出孰貪孰廉。」

UNIT 1-24

唯有德者能以寬服民，其次莫如猛

〈子產論政寬猛〉一文，選自《左傳・昭公二十年》，記子產在鄭國執政二十年，內、外政績卓著；臨終前，向大夫子大叔傳授為政寬猛之道，強調必須寬猛並濟，基於愛民、牧民的精神，才能把國家治理好。這是先秦儒家從歷代統治經驗中總結出的教訓，可作為後世治國理民者之借鏡。

全文可分為四段：首段敘鄭相子產病重，大夫子大叔來探病。子產預料自己辭世之後，代為執掌鄭國政柄的人必定是子大叔，所以具體地指點他將來為政治民之道：「唯有德者能以寬服民，其次莫如猛。夫火烈，民望而畏之，故鮮死焉。水懦弱，民狎而翫之，則多死焉，故寬難。」是說只有有德的人才能以寬厚的政策來使人服從，其次就不如採用嚴厲的措施了。因為火性猛烈，人們看了就害怕，所以很少有人死於火。水性柔弱，人們往往輕忽而玩弄它，則有許多人死於水。因此施政寬厚最困難。子產以水火來喻為政之寬猛：以水喻政令寬厚，卻會造成人民「多死」的後果；以火喻政策嚴厲，人們畏之，知所警惕，才能達到「鮮死」的目的。子產病了幾個月後就去世了。

次段交代子產死後，子大叔當家執政，但他沒有聽從子產的建議，因為「不忍猛而寬」，結果造成「鄭國多盜」，盜賊出沒於蘆葦、水澤一帶，四處劫掠百姓，人們不堪其擾。子大叔這時才後悔，當初如果早聽從子產的話，也不至於這樣了。「興徒兵以攻萑（音『環』）苻（音『福』）之盜，盡殺之，盜少止。」於是，派兵圍攻蘆葦、水澤一帶的盜賊，把他們全都殺了，盜匪才稍稍減少。子大叔出於愛民的動機，卻落個殺民的結局，這絕非他的本意。

三段載孔子評論子產論政寬猛並濟的道理：仲尼曰：「善哉！政寬則民慢，慢則糾之以猛。猛則民殘，殘則施之以寬。寬以濟猛，猛以濟寬，政是以和。」表示贊成子產的作法。因為政令寬厚人民就怠慢，怠慢就要用嚴厲的政策來加以糾正；政令嚴厲便使百姓受到傷害，傷害就要用寬厚的措施來加以安撫。必須寬厚和嚴厲相互調濟，政事才能平和。接著，引用《詩經・大雅・民勞》云：「民亦勞止，汔可小康。惠此中國，以綏四方。」是說人民已經很辛苦了，可以讓他們稍微安康。先行加惠王畿地區，用來安撫四方。——這是強調施政要寬厚。同詩又云：「毋從詭隨，以謹無良。式遏寇虐，慘不畏明。」是說不要放縱詭詐之人，用來約束邪惡的人。制止侵奪殘暴者，和那些不畏正道的強梁。——這是主張政策須嚴厲。唯有安撫遠方人民、親近近處百姓，才能定天下、保君王。因此施政必須不急不緩，不剛不柔，才能使國家和諧安定。

末段謂子產去世後，孔子聞此噩耗，流著眼淚，稱讚他是「古之遺愛也！」認為子產愛民如子，實在具有古人所遺留的仁愛風範！

《左傳・昭公二十年》

寬猛並濟愛人民

鄭子產有疾，謂子大叔曰：「我死，子必為政。唯有德者能以寬服民，其次莫如猛。夫火烈，民望而畏之，故鮮死焉。水懦弱，民狎而翫之，則多死焉。故寬難。」疾數月而卒。

子大叔：鄭國大夫游吉，字子太叔，一作「子大叔」。／猛：嚴厲。／懦弱：柔弱。／狎：音「霞」，輕忽。／翫：通「玩」，去聲，玩弄。

鄭相子產病重時，對大夫子大叔說：「我死之後，您必然執政。只有有德的人才能以寬厚的政策使人服從，其次不如採用嚴厲的措施。因為火性猛烈，人們看了就害怕，所以很少有人死於火。水性柔弱，人們往往輕忽而玩弄它，則有許多人死於水。因此施政寬厚最困難。」子產病了幾個月便辭世。

大考停看聽

1

★首段敘鄭相子產病重，大夫子大叔來探病。

- 子產指點子大叔為政治民之道：「唯有德者能以寬服民，其次莫如猛。」
- 子產病了幾個月後，就去世了。

2

★次段述子產死後，子大叔當家執政。

- 子大叔不忍心對人民施以嚴刑峻罰，故政策寬厚⇨造成「鄭國多盜」，人們不堪其擾。
- 子大叔這才後悔，沒有聽從子產的建議。於是，派兵圍攻盜賊，把他們全都殺了。

⇨子大叔出於愛民的動機，卻落個殺民的結局，這絕非他的本意。

3

★三段載孔子評論子產論政寬猛並濟的道理。

- 孔子贊成子產的作法，認為施政當寬猛並濟。
- 「民亦勞止，汔可小康。惠此中國，以綏四方」：人民已經很辛苦了，可以讓他們稍微安康。【施政要寬厚】
- 「毋從詭隨，以謹無良。式遏寇虐，慘不畏明」：制止侵奪殘暴者，和那些不畏正道的強梁。【政策須嚴厲】

⇨施政必須不寬不猛，不剛不柔，才能使國家和諧安定。

4

★末段孔子稱讚子產是「古之遺愛也」，具有古人仁愛的遺風。

作文一點靈

名言佳句

關於施政嚴厲、寬厚的警世名句，諸如：

1. 子產對子大叔所說：「唯有德者能以寬服民，其次莫如猛。」 2. 孔子說：「寬以濟猛，猛以濟寬，政是以和。」 3. 呂蒙正對宋太宗說：「治國之道，在乎寬猛得中。」 4. 郭沫若說：「寬不必善，猛不必惡，唯在性之所用。為人而除害者，則愈猛而愈善，對害人者而容縱之，則愈寬而愈惡。」 5. 孔子說：「苛政猛於虎。」 6. 柳宗元〈捕蛇者說〉云：「孰知賦斂之毒有甚是蛇者乎！」

UNIT 1-25
舉直錯諸枉，則民服

《論語》相傳為曾子的門人所記，大約成書於戰國初期。內容主要保存了孔子與弟子、時人應答的語錄，是一部語錄體的哲理散文，也是後人了解孔子思想最直接的文獻資料。西漢時，《論語》出現三種傳本：一是通行於魯國的《魯論》，二是通行於齊國的《齊論》，三是《古論》。西漢末安昌侯張禹（？～5B.C.）講授《論語》，以《魯論》為底本，兼採《齊論》，號稱《張侯論》；這是第一次對《論語》傳本加以整理。東漢鄭玄（127～200）再度綜合整理三種傳本，加以注解說明。直到南宋朱熹（1130～1200）作《四書章句集注》，將《論語》、《孟子》、〈大學〉、〈中庸〉合稱為「四書」，分別為之作注，通行至今。

孔子（551B.C.～479B.C.），名丘，字仲尼，春秋時魯國陬邑（今山東曲阜）人。其先世為宋國貴族，後來避難到魯國。孔子在魯國曾作過相禮（司儀）、委吏（管理糧倉）、乘田（管理畜牧）一類的小官，後出任中都宰（地方官）、司寇（掌刑罰），政績卓著。五十五歲開始周遊列國，到衛、曹、宋、陳、蔡、楚，宣揚其儒家治國理念，無奈得不到各國君主的賞識。至六十八歲，只好返鄉講學授徒，獻身教育事業；晚年又致力於整理古代文獻，刪《詩》《書》，訂《禮》《樂》，贊《周易》，修《春秋》。後被奉為儒家學派的始祖。

今本《論語》共二十篇，起於〈學而〉，終於〈堯曰〉，四百九十餘則。每篇篇名取自正文開頭「子曰」、「子謂」後第一句的前二、三字；這是先秦典籍篇目命名的通則，篇名常與其內容毫無相關。如〈為政〉第一則：子曰：「為政以德，譬如北辰，居其所，而眾星共（通『拱』）之。」（國君如能用道德來治理國家，就像北極星一樣，可以安居天的中樞，而眾星都環繞歸向它。）故以「為政」命篇，但並不是篇內每一則都講治國治民的為政之道。如第五至八則說明如何盡孝道。第十一則：「溫故而知新，可以為師矣。」強調為師之法。第十二則：「君子不器。」闡述君子之德。這正是語錄體的特色，偏重言語的紀錄，各則之間不具連貫性，結構鬆散。

以下就〈為政〉所錄，一探孔子的治國思想。如第三則：子曰：「道之以政，齊之以刑，民免而無恥；道之以德，齊之以禮，有恥且格。」論法治與德治的優劣：孔子認為，用法制禁令來領導人民，用刑罰來整頓他們，人人只求免於刑罰罷了，並沒有羞恥之心；只有用道德來感化人民，用禮教來整頓他們，人人不但具有羞恥心，而且可以到達善的境地。

第十九則：哀公問曰：「何為則民服？」孔子對曰：「舉直錯諸枉，則民服；舉枉錯諸直，則民不服。」談到治國使民之法：孔子以為舉用正直的人，安置在邪曲的人之上，老百姓便心悅誠服；反之，舉用邪曲的人，安置在正直的人之上，老百姓便無法服從了。

《論語・為政》

為政以德民信服

★子曰：「道之以政，齊之以刑，民免而無恥；道之以德，齊之以禮，有恥且格。」
★子曰：「溫故而知新，可以為師矣。」
★子曰：「君子不器。」

道：通「導」，引導也。／齊：整頓。／恥：羞恥心。／格：至。至於善也。／君子：指有才德的人。／器：器具。按：一種器具往往只有一種固定的用途，故云。

大考停看聽

★孔子說：「用法制禁令來領導人民，用刑罰來整頓他們，人人只求免於刑罰罷了，並沒有羞恥心；用道德來感化人民，用禮教來整頓他們，人人不但具有羞恥心，且可以到達善的境地。」
★孔子說：「溫習從前學過的知識而能體會出新的道理來，就可以成為別人的老師了。」
★孔子說：「有才德的君子，不像普通器具只有固定一種用途。」

法治德治優劣

子曰：「道之以政，齊之以刑，民免而無恥；道之以德，齊之以禮，有恥且格。」

用法令來領導人民，用刑罰來整頓他們

無羞恥心

用道德來感化人民，用禮教來整頓他們

到達善境

治國使民之法

哀公問曰：「何為則民服？」孔子對曰：「舉直錯諸枉，則民服；舉枉錯諸直，則民不服。」

舉用正直的人，安置在邪曲的人之上	舉用邪曲的人，安置在正直的人之上
老百姓心悅誠服	**老百姓無法服從**

至聖先師——孔子

孔子（551B.C.～479B.C.），名丘，字仲尼，春秋時魯國陬邑（今山東曲阜）人。其先世為宋國貴族，後來避難到魯國。

孔子在魯國曾作過相禮（司儀）、委吏（管理糧倉）、乘田（管理畜牧）一類的小官，後出任中都宰（地方官）、司寇（掌刑罰），政績卓著。

五十五歲開始周遊列國，到衛、曹、宋、陳、蔡、楚，宣揚其儒家治國理念，無奈得不到各國君主的賞識。

至六十八歲，返鄉講學授徒，獻身教育事業；晚年又致力於整理古代文獻，刪《詩》《書》，訂《禮》《樂》，贊《周易》，修《春秋》。

UNIT 1-26 願無伐善，無施勞

《論語‧公冶長》篇名取自第一則：子謂公冶長，「可妻（作動詞，去聲）也，雖在縲絏（音『雷謝』）之中，非其罪也。」以其子妻之。公冶長是孔子的學生，後來成為孔子的女婿。誠如孔子所說，公冶長這個人，可以把女兒嫁給他為妻，雖然他曾經入獄，但那不是他的罪過。後來真的把女兒嫁給他。〈公冶長〉以評論古今人物得失為主，如這則盛讚弟子公冶長之賢。

第二則孔子論弟子南容之賢：子謂南容，「邦有道，不廢；邦無道，免於刑戮。」以其兄之子妻之。是說孔子以為南容這個人，政治清明時，不會被廢棄；國家無道時，也不致被刑罰。於是把哥哥孟皮的女兒嫁給他為妻，南容便成為孔子的姪女婿。

第四則：子貢問曰：「賜也何如？」子曰：「女（通『汝』）器也。」曰：「何器也？」曰：「瑚璉也。」這是孔子對弟子子貢（姓端木，名賜）的評價。子貢曾當面問老師：「我這個人怎樣？」孔子回答：「你好比是一個器皿。」子貢問：「什麼器皿呢？」孔子說：「你是宗廟盛黍稷的瑚璉。」瑚璉為祭器的一種，華美而貴重，猶言稱讚子貢是廊廟之材。但孔子說過：「君子不器。」認為君子應該是個通才，不該局限於一才一藝，像器皿只有單一用途。可見孔子未將「君子」二字許以子貢。

第七則：子曰：「道不行，乘桴浮於海，從我者，其由與？」子路聞之喜。子曰：「由也，好勇過我，無所取材。」孔子自嘆政治理想不能實行，想乘著木筏到海外去，屆時跟隨身邊的，或許只有仲由（字子路，或稱季路）吧？子路聽了，心中很是歡喜。孔子順便評論子路這個人：「仲由啊，你比我還要好勇，就是不能裁度事理。」一針見血指出子路性格上的優、缺點，好勇有餘而謀略不足，給他一記當頭棒喝。

第十四則：子路有聞，未之能行，唯恐有（通「又」）聞。評論子路凡事勇於力行：他每聽到一個道理，在還未能付諸實行之前，唯恐又聽到新的道理。因為擔心來不及身體力行。

第二十六則：寫顏淵（顏回，字子淵）、季路隨侍孔子身邊。子曰：「盍各言爾志？」孔子要兩人何不談談自己的志向？子路曰：「願車馬、衣輕裘，與朋友共，敝之而無憾。」熱情、豪爽的子路先說：「我願意把自己的車馬、穿的皮衣，和朋友共用，就算破舊了也不覺得遺憾。」顏淵曰：「願無伐善，無施勞。」孔門模範生顏回接著說：「我願不誇耀自己的才能，不張揚自己的功勞。」這時，子路提出想聽聽老師的志願。子曰：「老者安之，朋友信之，少者懷之。」孔子也說出他的理想：「願老年人都能得到安養，朋友都能以信實相交，幼年人都能獲得關愛。」從這段對話中，不難看出子路的率直大方、顏回的謙虛為懷，以及孔子悲天憫人的仁者胸襟。

《論語・公冶長》

孔門弟子眾生相

子曰：「盍各言爾志？」子路曰：「願車馬、衣輕裘，與朋友共，敝之而無憾。」顏淵曰：「願無伐善，無施勞。」子路曰：「願聞子之志。」子曰：「老者安之，朋友信之，少者懷之。」

盍：音「合」，何不。／衣輕裘：穿的皮衣。衣，去聲，動詞。輕裘，質地好的皮衣。／敝：破舊。／伐善：誇耀自己的才能。／施勞：誇大自己的功勞。／懷：關愛。

大考停看聽

孔子說：「何不各自談談你們的志向？」子路說：「我願把自己的車馬、穿的皮衣，和朋友共用，就算破舊了也不覺得遺憾。」顏淵說：「我願不誇耀自己的才能，不張揚自己的功勞。」子路說：「我們也想聽聽老師的志願。」孔子說：「我願老年人都能得到安養，朋友都能以信實相交，幼年人都能獲得關愛。」

公冶長（孔子的女婿）

孔子說：可以把女兒嫁給他為妻，雖然他曾經入獄，但那不是他的罪過。

南容（孔子的姪女婿）

孔子說：政治清明時，他不會被廢棄；國家無道時，他也不致被刑罰。

顏淵（謙虛為懷）

顏淵說：「願無伐善，無施勞。」可見他是個行事低調，不自誇、不居功的人。

孔門四科十哲	
德行	顏淵、閔損（字子騫）、冉伯牛、仲弓
言語	宰我、子貢
政事	冉求、子路
文學	子游、子夏

子貢（廊廟之材）

孔子說：他是宗廟祭祀時盛放黍稷的瑚璉。瑚璉是一種祭器，華美而貴重，猶言稱讚子貢是廊廟之材。

但孔子說過：「君子不器。」認為君子不該像器皿只有單一用途。可見孔子不認為子貢是「君子」。

孔夫子

孔子的理想：「老者安之，朋友信之，少者懷之。」希望人人都能安養老年、誠信交友、關懷幼小，流露出悲天憫人的仁者胸襟。

子路

有勇無謀

★孔子自嘆政治理想不能實行，想乘著木筏到海外去，跟隨身邊的，或許只有子路吧？

★孔子說：子路比我好勇，就是不能裁度事理。

勇於力行

孔子說：他每聽到一個道理，在還未能付諸實行之前，唯恐又聽到新的道理。

熱情豪爽

子路說：願意把自己的車馬、穿的皮衣，和朋友共用，就算破舊了也不覺得遺憾。

UNIT 1-27
人不堪其憂，回也不改其樂

《論語・雍也》第一則：子曰：「雍也，可使南面。」仲弓問子桑伯子，子曰：「可也，簡也。」仲弓曰：「居敬而行簡，以臨其民，不亦可乎？居簡而行簡，無乃大簡乎？」子曰：「雍之言然。」記錄孔子與學生冉雍（字仲弓）的對話：孔子說：「冉雍啊，可以讓他做個南面的諸侯。」仲弓問孔子：「子桑伯子是不是也可以做個南面的諸侯呢？」孔子回答：「可以啊，他做事很簡約。」仲弓又說：「如果存心嚴肅而行事簡約，像這樣的人來治理百姓不也可以嗎？若是存心寬疏而行事簡約，未免太粗疏了吧？」孔子說：「冉雍的話說得很有道理。」可見孔子認為在位者治理人民應該「居敬而行簡」，態度謹慎、認真，但行事應簡約，以不擾民為主。

第二則孔子稱讚顏回好學：哀公問：「弟子孰為好學？」孔子對曰：「有顏回者好學，不遷怒，不貳過，不幸短命死矣！今也則亡（通『無』），未聞好學者也。」魯哀公問：「您的學生哪一位最好學？」孔子回答：「有一位叫顏回的好學，他從來不把心中的憤怒發洩到無關的人事上，同樣的錯誤從不犯第二次，不幸短命死了！現在沒有這樣的人了，再也沒聽說有好學的人了。」顏回不愧是孔門模範生，深得孔子如此的讚許。

第五則：子曰：「回也，其心三月不違仁，其餘，則日月至焉而已矣。」孔子評論門下弟子，並讚美顏回的仁德。孔子說：「顏回啊，他的內心可以長久不離開仁德，其他弟子，只有一天或一個月能偶爾達到仁德的境地罷了。」文中「三月」指長久的意思，「日月」指一日或一月，即偶爾，對比出顏回與其他學生的差別。

第九則：子曰：「賢哉回也！一簞食，一瓢飲，在陋巷，人不堪其憂，回也不改其樂。賢哉回也！」孔子盛讚顏回的安貧樂道：他每天吃著粗茶淡飯，住在簡陋的屋子裡，一般人都無法忍受這種貧困的生活，顏回卻依然好學向道，樂在其中。——顏回真是個賢人啊！文中「陋巷」，猶言陋室。因為古代里中的道路，稱為「巷」；人住的地方，亦稱作「巷」。

第十則：冉求曰：「非不說子之道，力不足也。」子曰：「力不足者，中道而廢，今女畫。」孔子勉勵弟子冉求（字子有）不可畫地自限，應力學不倦。冉求跟孔子抱怨，他也想追隨老師學習聖賢之道，只是力不從心。孔子藉機訓勉冉求：能力不夠的人，無法走完全程，往往半途而廢；現在你不是能力不夠，而是自我設限，不想繼續前進罷了。說明冉求是「不為也」，非「不能也」，適時點出他學習上的盲點。

第十八則：子曰：「知之者不如好之者，好之者不如樂（音『耀』，動詞）之者。」孔子指點後進：追求學問，了解它的人不如喜愛它的人，喜愛它的人不如樂在其中的人。畢竟用心深淺與所得之深淺恰好成正比！

《論語·雍也》

賢哉回也最好學

★子曰：「賢哉回也！一簞食，一瓢飲，在陋巷，人不堪其憂，回也不改其樂。賢哉回也！」

★冉求曰：「非不說子之道，力不足也。」子曰：「力不足者，中道而廢，今女畫。」

簞：音「單」，盛飯的竹器。／食：音「四」，飯，名詞。／瓢：將曬乾的瓠瓜剖半，作為盛水之具。／堪：忍受。／說：通「悅」。／女：通「汝」。／畫：畫地自限，是說可以前進而不想前進。

大考停看聽

★孔子說：「多賢良啊顏回！吃一小筐飯，喝一小瓢水，住在簡陋的房子裡，別人無法忍受這種貧苦，顏回啊卻不改變向道的樂趣。多賢良啊顏回！」

★冉求說：「不是不喜歡老師的道理，實在是我的能力不夠。」孔子說：「能力不夠的人，走到一半便停下來，如今你是畫地自限不想前進。」

孔子稱讚　顏回好學

哀公問：「弟子孰為好學？」孔子對曰：「有顏回者好學，不遷怒，不貳過，不幸短命死矣！今也則亡，未聞好學者也。」

孔子說顏回：

1. 從不把憤怒發洩到無關之事上
2. 同樣的錯誤從來不會犯第二次
3. 他是孔門弟子中最好學的一位

居敬而行簡：

★孔子認為在位者治理人民應該「居敬而行簡」，態度謹慎、認真，但行事應簡約，以不擾民為主。

孔子讚美　顏回仁德

子曰：「回也，其心三月不違仁，其餘，則日月至焉而已矣。」

按：文中「三月」指長久的意思，「日月」指一日或一月，即偶爾。

顏回	內心長久不離開仁德
其他弟子	只有一天或一個月能偶爾達到仁德的境地罷了

安貧樂道　弟子顏回

子曰：「賢哉回也！一簞食，一瓢飲，在陋巷，人不堪其憂，回也不改其樂。賢哉回也！」

按：「陋巷」，猶言陋室。因為古代里中的道路，稱為「巷」；人住的地方，亦稱作「巷」。

孔子說顏回：

- 吃粗茶淡飯　· 住簡陋屋子
- 一般人不堪貧困之憂
- 他依然好學向道

★子曰：「知之者不如好之者，好之者不如樂之者。」

☆孔子指點後進：追求學問，了解它的人不如喜愛它的人，喜愛它的人不如樂在其中的人。

UNIT 1-28
不義而富且貴，於我如浮雲

《論語・述而》主要記載孔子的容貌和言行。第一則：子曰：「述而不作，信而好古，竊比於我老彭。」孔子說：「我僅傳述舊聞而不創作，篤信而且喜愛古代的文物制度，我私自將自己比擬成我們殷商的賢大夫老彭。」這是孔子對自己學問、著述的剖析，並以前賢老彭自比；不難看出孔老夫子謙遜溫和的一面。

第二則：子曰：「默而識（音『至』，記住）之，學而不厭，誨人不倦，何有於我哉？」孔子說：「把所見所聞默記在心裡，努力學習而不厭棄，教導別人而不倦怠，這三件事對我來說有什麼難的呢？」可見孔子是個博聞強記、好學、對教育充滿熱忱的人。

第三則：子曰：「德之不修，學之不講，聞義不能徙（遷從也），不善不能改，是吾憂也。」孔子說：「品德不能好好修養，學問不能好好講習，聽到合宜的事不能趕緊身體力行，面對缺點不能立刻改進，這些都是我所憂慮的事。」孔子自述以不能進德修業、行善改過為憂，並以此勉勵他人。

第六則：子曰：「志於道，據於德，依於仁，游於藝。」孔子說：「立志向道，據守著德，不違背仁，游習於六藝之中。」這是孔子平生的志向，一心向道，行事作為皆依循仁義道德，並優游於禮、樂、射、御、書、數六藝之中。隱約勾勒出一位依仁行義、溫文爾雅的儒者形象。

第七則：子曰：「自行束脩以上，吾未嘗無誨焉。」孔子說：「凡是自動奉送一些微薄的敬師禮而來的人，我沒有不給予教誨的。」呼應第二則孔子說自己「誨人不倦」。這也是孔子「有教無類」的明證，所以能把學術從貴族壟斷普及到民間社會，造成教育事業的蓬勃發展。

第八則：子曰：「不憤不啟。不悱不發。舉一隅不以三隅反，則不復也。」孔子說：「教導學生，不到他心裡想求明白而不得時，我不去啟發他。不到他想說出來卻說不出時，我不去開導他。如果一個方形的物體，提示他一角，他卻不能推想到其他三個角，就不再教導他了。」孔子自述教學首重啟發，要循循善誘，讓學生有學習的動機，再去教導他。此則與《禮記・學記》云：「善待問者，如撞鐘，叩之以小者則小鳴，叩之以大者則大鳴，待其從容，然後盡其聲。」頗有異曲同工之處，都是強調自主學習的重要。因為唯有學生真正想學，老師的引導才能發揮作用。

第十一則：子曰：「富而可求也，雖執鞭之士，吾亦為之；如不可求，從吾所好。」正因為無法用正當的方法求得榮華富貴，不正當的手段又不屑為之，所以孔子才說寧可照著自己的喜好去做。

第十五則：子曰：「飯疏食，飲水，曲肱而枕之，樂亦在其中矣。不義而富且貴，於我如浮雲。」孔子自述安貧樂道的生活：粗茶淡飯，曲肱而枕，甘之如飴。寧可安守貧賤，也不屑以不義的手段謀求那虛無縹緲的富貴。

《論語・述而》

安貧守分做自己

★子曰：「富而可求也，雖執鞭之士，吾亦為之；如不可求，從吾所好。」
★子曰：「飯疏食，飲水，曲肱而枕之，樂亦在其中矣。不義而富且貴，於我如浮雲。」

而：如果。／執鞭之士：手執皮鞭做賤役的事。士，通「事」。／飯：吃，動詞。／疏食：粗飯。食，音「十」。／曲肱：彎著手臂。肱，手臂。／枕：去聲，動詞；當枕頭。

大考停看聽

★孔子說：「富貴如果可以求得，就是手執皮鞭做賤役的事，我也會去做；如果不可以強求，還是照我所喜好的去做吧。」
★孔子說：「吃粗米飯，喝水，彎著手臂當枕頭睡，樂趣也就在其中了。以不合理的方式求得富貴，對我來說只像天上的浮雲一樣。」

進德修業

子曰：「德之不修，學之不講，聞義不能徙，不善不能改，是吾憂也。」

孔子自述以不能進德修業、行善改過為憂，並以此勉勵他人。

子曰：「志於道，據於德，依於仁，游於藝。」

這是孔子平生的志向，一心向道，行事作為皆依循仁義道德，並優游於禮、樂、射、御、書、數六藝之中。

誨人不倦

子曰：「默而識之，學而不厭，誨人不倦，何有於我哉？」

可見孔子是個博聞強記、好學、對教育充滿熱忱的人。

子曰：「自行束脩以上，吾未嘗無誨焉。」

呼應孔子說自己「誨人不倦」，也是他「有教無類」的明證。

子曰：「述而不作，信而好古，竊比於我老彭。」

孔子自比為殷商賢大夫老彭，不難看出他謙遜溫和的一面。

安貧樂道

子曰：「富而可求也，雖執鞭之士，吾亦為之；如不可求，從吾所好。」

正因為無法用正當的方法求得榮華富貴，不正當的手段又不屑為之；所以孔子才說寧可照著自己的喜好去做。

子曰：「飯疏食，飲水，曲肱而枕之，樂亦在其中矣。不義而富且貴，於我如浮雲。」

孔子自述安貧：粗茶淡飯，曲肱而枕，甘之如飴。寧可安守貧賤，也不屑以不義的手段謀求那虛無縹緲的富貴。

UNIT 1-29

君子坦蕩蕩，小人長戚戚

《論語・述而》共有三十七則，我們再來看第十八則：葉公問孔子於子路，子路不對。子曰：「女奚不曰：『其為人也，發憤忘食，樂以忘憂，不知老之將至云爾！』」葉（音「設」）公，姓沈，名諸梁，字子高。他是一位楚國大夫，因食邑在葉，僭號稱公。葉公曾向子路問孔子的為人，子路一時不知該怎麼回答才好。孔子說：「你為什麼不這樣回答：『他這個人啊，勤奮起來連飯都忘了吃，快樂起來連憂愁都忘得一乾二淨，甚至連老年即將到來都渾然不察呢！』」這是孔子對自己的評述。可見他是一個性情中人，認真生活，盡其在我，進德修業，樂在其中。

第十九則：子曰：「我非生而知之者，好古，敏以求之者也。」孔子以自身為例，勸人應勤勉好學。他說：「我不是一生下來就知道許多道理的人，而是喜好古代的文物制度，勤快地求學得來的。」強調自己也不是天才「生而知之者」，而是後天勤奮學習的「敏以求之者」。因此，只要肯努力向學，人人都能有所成就。

第二十則：「子不語：怪、力、亂、神。」孔子所避而不談的，包括：怪異、暴力、悖亂、鬼神等事情。因為儒家聖賢志在「齊家、治國、平天下」，他們關心的是人倫日用之常道，而非現實人世之外的怪異現象；主張以德服人，非以力制人；重視以治為教，故不談及悖亂之事；探討人事，而不涉及鬼神祭祀。如〈先進〉所云：「未能事人，焉能事鬼？」〈雍也〉亦云：「敬鬼神而遠（動詞，去聲）之，可謂知（通『智』）矣。」可知孔子是一位務實的入世學者，著眼於現實人生的問題，不去探索難以捉摸、無法掌控的超自然世界，畢竟那些都是多言無益的事！——這是儒家的鬼神觀，心存敬畏，但不去鑽研，也絕不迷信。

第三十四則：子疾病，子路請禱。子曰：「有諸？」子路對曰：「有之。誄曰：『禱爾于上下神祇。』」子曰：「丘之禱久矣！」再度體現出孔子對鬼神的態度：當他病重時，子路請求代為向神明祈禱求福。他還問：「有祈禱求福這回事嗎？」子路肯定地回答說有。他卻不以為然地說：「我早就祈禱過了！」足見孔子依舊深信「生死有命，富貴在天」，不可能因為諂媚鬼神而改變什麼。既然如此，又何必多此一舉？

第三十六則：子曰：「君子坦蕩蕩，小人長戚戚。」孔子說：「有才德的君子，心地平坦而寬闊；無才無德的小人，內心總是憂戚不安。」明言君子胸襟光明磊落，頂天立地，故展現出從容自若的神情。小人則不同，因為心胸狹隘，又工於心計，凡事錙銖必較，自然經常流露出憂心忡忡的神色了。

第三十七則：「子溫而厲，威而不猛，恭而安。」側寫孔子的容貌：其人態度溫和而嚴厲，外表有威儀但不兇悍，神色恭敬但自然安詳。——正是一位溫和平正的謙謙君子！

《論語・述而》

光明磊落君子心

子疾病，子路請禱。子曰：「有諸？」子路對曰：「有之。誄曰：『禱爾于上下神祇。』」子曰：「丘之禱久矣！」

請禱：請代祈禱於鬼神。／有諸：猶言「有之乎」，有這回事嗎？／誄：通「讄」，祈禱文。／上下神祇：指天神地祇。

孔子生病了，子路請代老師祈禱求福。孔子說：「有祈禱求福這回事嗎？」子路回答：「有的。祈禱文上說：『請您向天神地祇祈禱。』」孔子說：「我早就祈禱過了！」

大考停看聽

孔子自述其為人：「發憤忘食，樂以忘憂，不知老之將至云爾！」

可見他是一個性情中人，認真生活，盡其在我，進德修業，樂在其中。

子曰：「我非生而知之者，好古，敏以求之者也。」

強調自己是靠後天勤奮學習的人，即「敏以求之者」。

★〈述而〉云：「子不語：怪、力、亂、神。」
★〈先進〉云：「未能事人，焉能事鬼？」
★〈雍也〉云：「敬鬼神而遠之，可謂知矣。」

這是儒家的鬼神觀，心存敬畏，但不去鑽研，也絕不迷信。

子曰：「君子坦蕩蕩，小人長戚戚。」

君子胸襟光明磊落，頂天立地，故展現出從容自若的神情。小人心胸狹隘，又工於心計，凡事錙銖必較，常流露出憂心忡忡的神色。

「子溫而厲，威而不猛，恭而安。」

側寫孔子的容貌：態度溫和而嚴厲，外表有威儀但不兇悍，神色恭敬但自然安詳。——正是一位溫和平正的謙謙君子！

作文一點靈

思想情意

《論語・述而》云：「子不語：怪、力、亂、神。」舉凡怪異、暴力、悖亂、鬼神諸事，是孔子所避而不談的。因為儒家聖賢志在「齊家、治國、平天下」，他們關心的是人倫日用之常道，而非現實人世之外的怪異現象；主張以德服人，非以力制人；重視以治為教，故不談及悖亂之事；探討人事，而不涉及鬼神祭祀。

孔子避談鬼神問題，不代表否認其存在，如〈先進〉所云：「未知生，焉知死？」他只是更看重人世現實而已。孔子是一位務實的學者，自然認為可以掌握的現實人生遠比那難以捉摸的怪、力、亂、神更重要，更值得人們去關注！

UNIT 1-30 士不可以不弘毅，任重而道遠

《論語・泰伯》二十一則，關於曾子（曾參）的記載有五則：如第三則：曾子有疾，召門弟子曰：「啟予足！啟予手！《詩》云：『戰戰兢兢，如臨深淵，如履薄冰。』而今而後，吾知免夫！小子！」是說曾子病重，召集門人弟子到床前，他說：「掀開被子看看我的腳吧！看看我的手吧！《詩經・小雅・小旻》說：『小心謹慎啊，好像面臨深水潭，好像行走在薄冰上。』從今以後，我知道身體可以免於受到毀傷了！弟子們！」曾子臨終前以戒慎恐懼，保全身體，克盡孝道，開示後學。與《孝經》所云：「身體髮膚，受之父母，不敢毀傷，孝之始也。」不謀而合。

第四則：曾子有疾，孟敬子問之。曾子言曰：「鳥之將死，其鳴也哀，人之將死，其言也善。君子所貴乎道者三：動容貌，斯遠（動詞，去聲）暴慢矣；正顏色，斯近信矣；出辭氣，斯遠鄙倍矣；籩豆之事，則有司存。」是說曾子病重，魯大夫孟敬子來探病。曾子自言自語道：「鳥將死之時，鳴叫聲是悲哀的，人將死之時，說的話是良善的。在上位的君子應重視待人接物的道理有三項：容貌舉止依禮而行，便可避免別人的粗暴和放肆；使臉色表情端莊，便容易讓人相信；使言辭語氣合宜得體，便可避免別人的鄙俗和不合理；至於祭祀時禮儀器用的瑣事，有專人管理，不必多操心。」強調為政者容貌、臉色、言辭應該合乎禮節，因為「人必自重而後人重之」，尤其居上位者唯有依禮自重，才能得到別人的敬重。

第七則：曾子曰：「士不可以不弘毅，任重而道遠。仁以為己任，不亦重乎！死而後已，不亦遠乎！」說明身為一個讀書人的使命：終其一生，把弘揚仁道視為自己的責任，這樣的責任是何等重大；直到嚥下最後一口氣，才能把重擔放下來，要走的路途是何等遙遠。因為如此「任重而道遠」，所以讀書人一定要立下弘大剛毅的志向，志氣弘大才足以擔起此重任，剛毅不屈才能夠堅持到底，完成這神聖的使命。

第十一則：子曰：「如有周公之才之美，使驕且吝，其餘不足觀也已！」孔子告誡人們千萬別成為驕傲、鄙吝之士：一個人如果擁有像周公那樣美好的智能和技藝，卻驕傲而吝嗇，即使還有其他才能也就不值得一看了。可見驕傲、鄙吝是多麼令人討厭的缺失，它將抹殺其餘的優點，掩蓋所有的長處，讓一個聰明、有才華的人成為不受歡迎的對象。

第十四則：子曰：「不在其位，不謀其政。」孔子說：「不在那個職位上，就不去謀劃那個職位所掌管的事務。」孔子勉人在社會上做事不要越職侵權。此則古代適用，即使兩千多年後的今天仍然受用：無論職場或官場上，「不在其位，不謀其政。」在權限、職掌範圍內，扮好自己的角色、善盡自己的本分即可，千萬別越俎代庖，做些吃力不討好的蠢事。

《論語・泰伯》

如臨深淵心忐忑

★曾子曰：「士不可以不弘毅，任重而道遠。仁以為己任，不亦重乎！死而後已，不亦遠乎！」

★子曰：「如有周公之才之美，使驕且吝，其餘不足觀也已！」

士：讀書人。／弘毅：弘大剛毅。／才之美：謂智能、技藝之美。／驕：驕傲。／吝：鄙嗇。

大考停看聽

★曾子說：「讀書人的志氣不可以不弘大而剛毅，因為所承擔的責任重大且要走的路程遙遠。把弘揚仁道視為自己的責任，這責任不是很重大嗎？直到死了才放下，這路程不是很遙遠嗎？」

★孔子說：「如果有人具有像周公那樣美好的智能和技藝，卻驕傲而吝嗇，即使他還有其他才能也不值一看了。」

孝子曾參

曾子有疾，召門弟子曰：「啟予足！啟予手！《詩》云：『戰戰兢兢，如臨深淵，如履薄冰。』而今而後，吾知免夫！小子！」

曾子臨終前，以戒慎恐懼，保全身體，克盡孝道，開示後學。

近似

《孝經》云：「身體髮膚，受之父母，不敢毀傷，孝之始也。」

曾子有疾，孟敬子問之。曾子言曰：「鳥之將死，其鳴也哀，人之將死，其言也善。君子所貴乎道者三：動容貌，斯遠暴慢矣；正顏色，斯近信矣；出辭氣，斯遠鄙倍矣；籩豆之事，則有司存。」

強調為政者容貌、臉色、言辭應合乎禮節，因為「人必自重而後人重之」，居上位者唯有依禮自重，才能得到別人的敬重。

曾子曰：「士不可以不弘毅，任重而道遠。仁以為己任，不亦重乎！死而後已，不亦遠乎！」

讀書人一定要立下弘大剛毅的志向，志氣弘大才足以擔起此重任，剛毅不屈才能夠堅持到底，完成這神聖的使命。

作文一點靈

名言佳句

談到讀書人的社會責任，相關的佳句名言，諸如：

1. 曾子曰：「士不可以不弘毅，任重而道遠。仁以為己任，不亦重乎！死而後已，不亦遠乎！」（《論語・泰伯》）謂讀書人當以弘揚仁道為己任，任重而道遠，死而後已。

2. 「窮則獨善其身，達則兼善天下。」（《孟子・盡心上》）亦即孔子所說：「用則行之，舍則藏之。」（《論語・述而》）有機會出仕，就造福人群，兼善天下；沉居下僚，則修身養性，砥志礪行。

3. 張載說：「為天地立心，為生民立命，為往聖繼絕學，為萬世開太平。」（《橫渠語錄》）意思是讀書人應當為天地確立合乎自然的理論體系，為百姓確立足以安身立命的處世之道，為古聖先賢繼承即將失傳的道德學問，為未來世世代代的人類開創永遠太平安定的偉大基業。

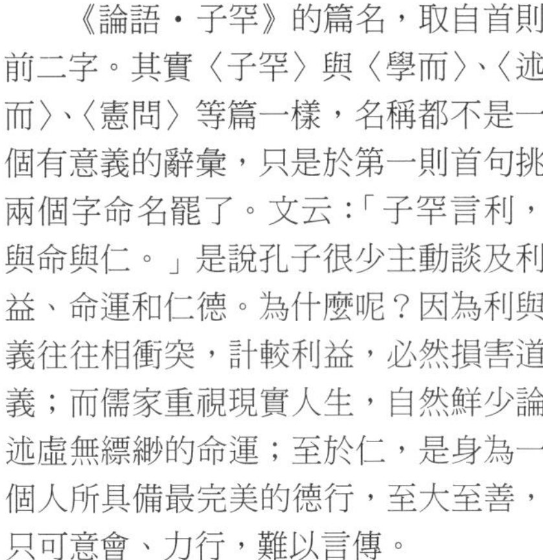

UNIT 1-31 仰之彌高，鑽之彌堅

《論語・子罕》的篇名，取自首則前二字。其實〈子罕〉與〈學而〉、〈述而〉、〈憲問〉等篇一樣，名稱都不是一個有意義的辭彙，只是於第一則首句挑兩個字命名罷了。文云：「子罕言利，與命與仁。」是說孔子很少主動談及利益、命運和仁德。為什麼呢？因為利與義往往相衝突，計較利益，必然損害道義；而儒家重視現實人生，自然鮮少論述虛無縹緲的命運；至於仁，是身為一個人所具備最完美的德行，至大至善，只可意會、力行，難以言傳。

第四則：子絕四：毋意，毋必，毋固，毋我。孔子所戒絕的四種缺失：不要憑空臆度，不要絕對肯定，不要拘泥固執，不要自以為是。這也是一般人常犯的毛病，孔子藉此勉人，亦自勉。

第六則：大（通「太」）宰問於子貢曰：「夫子聖者與（通「歟」）？何其多能也？」子貢曰：「固天縱之將聖，又多能也。」子聞之曰：「大宰知我乎！吾少也賤，故多能鄙事。君子多乎哉？不多也！」牢曰：「子云：『吾不試，故藝。』」此則透過時人（太宰）與子貢、琴牢（字子開）兩位弟子論孔子多才多藝之事：太宰（官名）問子貢：「你們的老師是聖人吧？不然為何如此多才多藝？」子貢回答：「這是上天縱使他成為大聖人，又縱使他多才藝。」孔子聽了之後說：「太宰真是太了解我了呀！我小時候貧賤，所以能做許多粗俗的事。君子必須多才多藝嗎？不必多才藝！」琴牢補充道：「老師說過：『我不為國家所用，所以才有空去學習這些技藝。』」從這裡可以看出太宰與孔子對「聖人」的定義不同：太宰以為「多能」者為聖；孔子明白說出：「君子多乎哉？不多也！」顯然認為在上位的君子不必「多能」。因為「術業有專攻」，無論聖人或為政者只要擁有良好的品德，掌握大原則即可，不須凡事親力親為。政治是管理眾人的事，應該分層負責，各司其職，大家齊心協力勝過一個人單打獨鬥。孔子自述之所以精通多項技藝，與幼時貧賤有關；這讓琴牢想起老師說過因為沒有機會出仕，所以學了這麼多技能。

第十則：顏淵喟然歎曰：「仰之彌高，鑽之彌堅，瞻之在前，忽焉在後。夫子循循然善誘人：博我以文，約我以禮。欲罷不能，既竭吾才，如有所立卓爾，雖欲從之，末由也已！」看孔子最得意的門生顏回怎麼稱讚自己的老師：他說孔子的道德學問博大精深，常人實在難以全盤掌握，愈仰望愈顯高遠，愈鑽研愈顯堅實，乍看好像出現在前方，忽然又到後方去了。次提及孔子教學的步驟，先教以文章典籍，讓學生博學；再教禮節，用來約束個人言行。顏回謙虛地說無論自己如何努力，竭盡所能，始終不能追上孔子的腳步。孔子之學、之道卓然自立，後生晚輩自是無法望其項背，顏回的言談中不經意流露出對老師的無限景仰。

《論語・子罕》

品德崇高孔聖人

顏淵喟然歎曰：「仰之彌高，鑽之彌堅，瞻之在前，忽焉在後。夫子循循然善誘人：博我以文，約我以禮。欲罷不能，既竭吾才，如有所立卓爾，雖欲從之，末由也已！」

喟然：嘆息聲。／瞻：向前看。／循循：有次序貌。／誘：誘導。／卓爾：卓然，形容立之樣貌。／末由也已：無路可從，猶言無從跟得上。末由，無從。

大考停看聽

顏回喟然嘆息說：「孔夫子的道理實在高深，愈仰望愈顯得高遠，愈鑽研愈顯得堅實，眼看好像出現在前方，忽然又到後方去了。夫子很有步驟地一步步誘導我：先教我博學文章典籍，再教禮節來約束我的行為。讓我想停止學習也不可能，已經竭盡了我的才力，而夫子的道依然卓然立在我的面前，我雖然想跟上夫子，卻無從跟得上！」

少年貧賤　多能鄙事

太宰問子貢：孔子是聖人吧？不然為何如此多才多藝？

子貢答：是上天縱使他成為大聖人，又縱使他多才藝。

孔子說：因為我小時候貧賤，所以能做許多粗俗的事。

琴牢道：老師說他不為國家所用，才有空學這些技藝。

何謂「聖人」？

- 太宰　「多能」者為聖
- 孔子　君子不必「多能」

孔子的父親叔梁紇（孔紇，字叔梁）為魯國陬邑的大夫，與元配施氏連生九個女兒；後納一妾，得一子孟皮，天生不良於行。

叔梁紇至七十二高齡，再娶十八歲的嚴徵在；由於兩人婚姻不合禮制，被史書稱為「野合」。相傳嚴徵在曾到尼丘山向山神祝禱，祈求子嗣；所以生下孔子後，取名丘，字仲尼。

四種缺失　與人共勉

「子絕四：毋意，毋必，毋固，毋我。」

- 孔子所戒絕的四種缺失：不要憑空臆度，不要絕對肯定，不要拘泥固執，不要自以為是。
- 這也是一般人常犯的毛病，孔子藉此勉人，亦自勉。

博大精深　難以追上

顏淵喟然歎曰：「仰之彌高，鑽之彌堅，瞻之在前，忽焉在後。夫子循循然善誘人：博我以文，約我以禮。欲罷不能，既竭吾才，如有所立卓爾，雖欲從之，末由也已！」

- 孔子的道德學問博大精深，常人難以全盤掌握。
- 孔子教學的步驟：先教以文章典籍，再傳授禮節。
- 顏回謙虛地說：自己始終無法追上孔子的腳步。

UNIT 1-32
歲寒，然後知松柏之後彫也

〈子罕〉第十二則：子貢曰：「有美玉於斯，韞匵（音『獨』；通『匱』）而藏諸？求善賈（通『價』）而沽諸？」子曰：「沽之哉！沽之哉！我待賈者也！」子貢說：「這裡有一塊美玉，把它放在櫃子裡藏起來呢？還是找個好價錢將它賣了呢？」孔子說：「賣掉吧！賣掉吧！我只是在等個好價錢出售啊！」此則表面上談子貢的那塊美玉，其實君子品格溫潤如玉，美玉象徵君子，彷彿孔子的化身。孔子希望找個好價錢出售美玉，言外之意是說自己也在「待價而沽」，等待良機出現，盼能得明君賞識，有機會施展所長，實現平生理想抱負。

第十六則：子在川上曰：「逝者如斯夫！不舍晝夜。」孔子站在河邊，說：「逝去的歲月就像這流水啊！日夜不停地奔流。」孔子感慨時光飛逝，一去不復返。——的確，無論聖賢或凡夫，任誰也無法挽留時間的腳步，日出日落，春去秋來，歲月如梭，這是永遠無法改變的事實。

第十八則：子曰：「譬如為山，未成一簣，止，吾止也；譬如平地，雖覆一簣，進，吾往也。」孔子說：「好比是堆土成山，只差一筐土而未完成，這時停下來，是我自己要停下來的啊；好比是在平地上要堆一座山，雖然才倒一筐土，繼續堆上去，這是我自己要堆上去的啊。」強調為學、做事或半途而廢，或努力不懈，最後的成敗都操之在我。

第二十六則：子曰：「衣敝縕袍，與衣狐貉者立，而不恥者，其由也與！『不忮不求，何用不臧？』子路終身誦之。子曰：『是道也，何足以臧？』」看孔子如何對子路「因材施教」：引用《詩經・邶風・雄雉》所說：「不加害於人、不為己貪求，還有什麼不好的呢？」讚美子路心胸磊落、不貪不求，即使衣衫襤褸站在穿著華貴的人身邊，也不會感到絲毫慚愧。子路得到老師的肯定，不免沾沾自喜，經常誦讀這兩句詩。孔子知道後，告誡他：「這只是做人根本的道理，怎能算是善呢？」教誨他千萬不要以此自滿，應該謙虛為懷，努力進德修業，精益求精才是！

第二十七則：子曰：「歲寒，然後知松柏之後彫（通『凋』）也。」孔子說：「天氣嚴寒，然後才知道松柏本性堅貞，在所有草木中是最後才凋落的。」松柏生性耐寒，於天寒地凍時節，依然蒼翠長青。一如君子品行堅貞，身處亂世中，仍舊不改其節操。此則善用借喻法，以歲寒喻亂世、松柏喻君子，道出孔子對君子人格操守的高度期許。

第二十八則：子曰：「知（通『智』）者不惑，仁者不憂，勇者不懼。」孔子說：「有智慧的人不會迷惑，有仁德的人不會憂愁，有勇氣的人不會害怕。」這是孔子對智、仁、勇「三達德」所下的註腳。據邢昺《論語注疏》云：「知者明於事，故不惑亂；仁者知命，故無憂患；勇者果敢，故不恐懼。」

《論語・子罕》

松柏長青喻君子

子曰：「衣敝縕袍，與衣狐貉者立，而不恥者，其由也與！『不忮不求，何用不臧？』」子路終身誦之。子曰：「是道也，何足以臧？」

衣：穿著，動詞，去聲。／縕：舊絲棉。／狐貉：指華貴的狐貉皮裘。／「不忮不求，何用不臧」：不加害於人、不為己貪求，還有什麼不好的呢？忮，音「至」，忌害。求：貪求。臧：善。

大考停看聽

孔子說：「穿著破舊的袍子，和穿狐貉皮裘的人站在一起，卻不感到慚愧的，恐怕只有仲由（子路）能夠吧！如《詩經・邶風・雄雉》所說：『不加害於人、不為己貪求，還有什麼不好的呢？』」子路經常誦讀這兩句詩。孔子說：「這只是做人根本的道理，何足以為善呢？」

待價而沽

子貢曰：「有美玉於斯，韞匵而藏諸？求善賈而沽諸？」子曰：「沽之哉！沽之哉！我待賈者也！」

此則表面上談子貢的那塊美玉，其實美玉象徵君子。孔子希望找個好價錢出售美玉，言外之意是說自己也在「待價而沽」，等待良機出現，盼能得明君賞識，實現平生理想抱負。

成敗在己

子曰：「譬如為山，未成一簣，止，吾止也；譬如平地，雖覆一簣，進，吾往也。」

孔子強調為學、做事或半途而廢，或努力不懈，最後的成敗都操之在我。

松柏長青

子曰：「歲寒，然後知松柏之後彫也。」

此則善用借喻法，以歲寒喻亂世、松柏喻君子，道出孔子對君子人格操守的高度期許。

時光飛逝

子在川上曰：「逝者如斯夫！不舍晝夜。」

孔子感慨時光流逝，一去不復返。

因材施教

★子路心胸磊落、不貪不求，即使衣衫襤褸站在穿著華貴的人身邊，也不會感到絲毫慚愧。

★子路得到老師的肯定，沾沾自喜；孔子告誡他：「這只是做人根本的道理，怎能算是善？」

釋三達德

子曰：「知者不惑，仁者不憂，勇者不懼。」

據邢昺《論語注疏》云：「知者明於事，故不惑亂；仁者知命，故無憂患；勇者果敢，故不恐懼。」

UNIT 1-33
唯酒無量，不及亂

《論語・鄉黨》以記載孔子的日常言行和生活習慣為主。如第一則：「孔子於鄉黨，恂恂如也，似不能言者。其在宗廟朝廷，便便言，唯謹爾。」描寫孔子平居鄉里，容貌恭敬溫和，總是沉默寡言；在宗廟、朝堂之上，卻能侃侃而談，只是始終謹言慎行。如實記錄了孔子閒居、仕宦時的不同風貌。

第二則：「朝與下大夫言，侃侃如也；與上大夫言，誾（音『銀』）誾如也。君在，踧踖（音『促及』）如也，與與如也。」是說孔子在朝廷上和下大夫交談時，展現出和氣而快樂的樣子；與上大夫交談時，表現出中正而適度的樣子。國君臨朝時，他外表恭敬而流露出內心不安的樣子，威儀適當而合乎禮節。可見孔子在朝中與下屬、上司、君王共事的情形，一言一行莫不得體合宜，彬彬有禮。

第八則談及孔子的飲食習慣：「食不厭精，膾不厭細。」米飯不嫌舂得精白，肉膾不嫌切得細薄。此外，他還有一堆飲食禁忌：食糧放久發臭，魚、肉腐壞了，不吃；東西變了色，不吃；味道改變了，不吃；食物煮壞了，不吃；不是正餐，不吃；宰殺豬牛羊的方式不當，不吃；沒有適合的沾醬；不吃；街上買回來的酒、肉，不吃；祭肉放超過三天，不吃。原來孔子對飲食如此講究，而且非常有節制：「肉雖多，不使勝食氣。唯酒無量，不及亂。……不撤薑食，不多食。」餐桌上肉再多，也不會吃得比飯還多。喝酒按照自己的酒量，絕不喝醉而酒後鬧事。他堅持餐桌上生薑不可以撤走，食物也不可以多吃。孔子還養成良好的生活習慣，「食不語，寢不言。」吃東西時不交談，睡覺時不講話。

第九則：「席不正不坐。」是說坐席沒擺正，便不入坐。孔子真是一個生活態度嚴謹的人，連坐都要求有個坐的樣子。俗話說：「坐得正，行得直。」凡事由小足以見大，我們從日常行事的細節中，不難看出孔子嚴以律己，一絲不苟的處世之道。

第十二則：廄焚。子退朝，曰：「傷人乎？」不問馬。記孔子重視人命甚於身家財產：某日，馬廄失火了。孔子退朝回來，先問有無人員受傷，不曾問馬燒傷了沒。畢竟人命關天，家人平安無事最重要，馬匹屬於個人財產，為身外之物，又何足掛齒？由此可見，孔子是一個悲天憫人、知所取捨的性情中人。

第十七則：升車，必正立，執綏。車中不內顧，不疾言，不親指。記孔子坐車的禮儀：上車時，必定端正站立，手拉上車的繩索。坐在車內，不回頭看，不急速地講話，不指東指西。此則時至今日，仍覺受益無窮：搭公車，上車時不也要手扶好、端正站好？在車廂內，不也應該不東張西望，不大聲喧嘩，不將頭、手伸出窗外指東指西嗎？坐私家轎車亦然，上車要繫安全帶，坐好，扶好。在車內不回頭，不急速攀談，不對駕駛指東指西。這一切基於禮貌，更攸關行車的安全。

《論語・鄉黨》

恂恂如也孔夫子

★孔子於鄉黨，恂恂如也，似不能言者。其在宗廟朝廷，便便言，唯謹爾。

★廄焚。子退朝，曰：「傷人乎？」不問馬。

鄉黨：鄉里。／恂恂如：溫和恭敬貌。恂，音「循」。如，猶然也。／便便：音「駢駢」，明辯貌。／廄：馬房。

大考停看聽

★孔子在自己的鄉里，容貌恭敬溫和，好像不太會說話似的。他在祭祀祖先的廟堂或處理國事的朝廷之上，說話清楚明暢，只是保持小心謹慎的態度。

★馬房失火了，孔子退朝回來，問道：「有沒有燒傷人？」不問馬燒傷了沒有。

謹言慎行

★「孔子於鄉黨，恂恂如也，似不能言者。其在宗廟朝廷，便便言，唯謹爾。」

★「朝與下大夫言，侃侃如也；與上大夫言，誾誾如也。君在，踧踖如也，與與如也。」

居鄉里	恭敬溫和，沉默寡言
在朝堂	侃侃而談，謹言慎行
與下屬	和氣而快樂
與上司	中正而適度
與君王	恭敬而不安

日常生活

★東西腐壞、走味了，不吃

★食物煮壞了，不吃

★不是正餐，不吃

★宰殺方式不當，不吃

★沾醬不對，不吃

★街上買回來的酒、肉，不吃

★祭肉放超過三天，不吃

★米飯舂得精白，肉膾切得細薄

★肉不會吃得比飯還多

★喝酒有所節制

★餐桌上一定要有生薑

★食物絕不多吃

★吃東西時不交談，睡覺時不講話

★坐席沒擺正，便不入坐

廄焚。子退朝，曰：「傷人乎？」不問馬。

⇨孔子重視人命甚於身家財產

「升車，必正立，執綏。車中不內顧，不疾言，不親指。」

⇨孔子注重坐車的禮儀

UNIT 1-34 夫子喟然歎曰：吾與點也！

《論語・先進》主要記孔子的言行和對諸位弟子的評論。

如第二十五則記錄孔子聽完四位弟子的志向後，道出自己最欣賞曾點的意境，並一一評述每個人的才器。某日，子路、曾晳（曾點）、冉有（冉求）、公西華陪孔子閒坐。孔子希望大家不要太拘束，不妨說出各自的志向！「子路率爾而對曰：『千乘之國，攝乎大國之間，加之以師旅，因之以饑饉，由也為之，比（音「必」）及三年，可使有勇，且知方也。』夫子哂（音『審』）之。」子路連忙回答：「假設有個千乘之國，外受大國脅迫，派軍隊來侵伐，國內又鬧饑荒，讓我來治理，只要三年，便可以使人民有勇氣，並懂得一些大道理。」孔子給他一個微笑。

孔子再問冉求的志向。對曰：「方六七十，如五六十，求也為之，比及三年，可以足民；如其禮樂，以俟君子。」冉求表示，他可以治理一個六、七十里或五、六十里的小國，只要三年，可以使百姓人人富足；至於修明禮樂，只能等待有才德的人出現了。

孔子接著問公西赤（字子華）。對曰：「非曰能之，願學焉！宗廟之事，如會同，端（玄端，古代禮服）章甫（古代禮帽），願為小相焉。」公西赤謙虛地回答，不敢說能做得很好，但是願意學習！像宗廟祭祀之事，諸侯會見之時，穿著禮服，戴著禮帽，我願意做個小司儀。

此時，曾點正在彈瑟；聽見老師叫他，隨即停下來，起身說：「我和三位同學的抱負不同。」孔子說：「有什麼關係？只是各人說說自己的志向罷了。」曾點說：「我希望暮春時，穿上剛做好的春服，邀五、六位成年人，六、七個小朋友，到沂水邊玩水洗洗手臉，再到舞雩那兒去兜兜風，然後唱著歌回來。」夫子喟然歎曰：「吾與點也！」孔子非常贊同曾點的主張。

其他三人相繼離開，曾點留下來。曾點問：「他們三位說得怎樣？」孔子回答：「不過各人說說自己的志向罷了！」曾點又問：「那老師為何笑子路？」孔子說：「為國以禮，其言不讓，是故哂之。」意思是治國講究禮義，他講話一點兒也不禮讓，所以才笑他。曾點認為，冉求所說好像不是治理一個國家？孔子反問：「怎見得六、七十里或五、六十里的土地，就不足以算是一個國家？」孔子繼續說：「宗廟會同的事，不是諸侯的事是什麼？公西赤願意只做個小相，那麼又有誰能做大相呢？」

從此則中可以看出子路生性豪爽，志氣不小，不但搶先發言，還一開口道出志在治理內憂外患頻仍的千乘之國，所以孔子笑他不知禮讓。冉求則希望治理小國家，使百姓都豐衣足食。公西赤雖說想在宗廟祭祀、諸侯會見時做個小相，依舊志在諸侯之事。可見三人都懷有積極入世的政治理想。只有曾點更嚮往達到儒家美政的境地，當教化普及後，如風行草偃，上行下效，人人悠然自得。

《論語・先進》

舞雩歸詠春風香

子路、曾皙、冉有、公西華侍坐。……（曾皙）曰：「莫春者，春服既成，冠者五、六人，童子六、七人，浴乎沂，風乎舞雩，詠而歸。」夫子喟然歎曰：「吾與點也！」

莫春：即暮春，農曆三月。／春服：指春天穿的單衣、夾衣。／冠者：指成年人；古代男子二十而冠。／浴：盥濯，指洗臉、洗手。／風乎舞雩：到舞雩去兜風。風，動詞，乘涼，猶言「兜風」。舞雩，地名；古代祭天祈雨的地方，風光明媚。／詠：歌詠。／與：贊同。

大考停看聽

子路、曾皙（曾點）、冉有、公西華陪侍孔子坐著。……（曾點）說：「暮春時，穿上剛做好的春服，邀五、六位成年人，六、七個小朋友，到沂水邊玩水洗洗手臉，再到舞雩那兒去兜兜風，然後唱著歌回來。」孔子感慨地嘆息說：「我贊同曾點的主張啊！」

1

★子路、曾點、冉求、公西華隨侍。

★孔夫子希望大家說出自己的志向。

2 子路搶先發言：「千乘之國，攝乎大國之間，加之以師旅，因之以饑饉，由也為之，比及三年，可使有勇，且知方也。」道出志在治理內憂外患頻仍的千乘之國。**⇨孔子笑他不知禮讓**

3 冉求說：「方六七十，如五六十，求也為之，比及三年，可以足民；如其禮樂，以俟君子。」希望治理小國家，使百姓都豐衣足食。

4 公西赤說：「非曰能之，願學焉！宗廟之事，如會同，端章甫，願為小相焉。」想在宗廟祭祀、諸侯會見時做個小司儀。**⇨依舊志在諸侯之事**

5

★孔子也要曾點說說自己的志向。

★曾點說：「莫春者，春服既成，冠者五、六人，童子六、七人，浴乎沂，風乎舞雩，詠而歸。」

★曾點嚮往達到儒家美政的境地，當教化普及後，人人悠然自得。

★夫子喟然歎曰：「吾與點也！」孔子贊同曾點的想法。

6

★其他三人相繼離開，曾點留下來。

★曾點問老師為什麼笑子路？孔子說：「為國以禮，其言不讓，是故哂之。」

★孔子認為冉求、公西赤皆志在諸侯之事。

子路	志在治理千乘之國	三人皆志在諸侯之事，可見都懷有積極入世的政治理想
冉求	**志在治理小國百姓**	
公西赤	志在宗廟朝會之事	
曾點	嚮往舞雩歸詠之樂	達到儒家美政之境

UNIT 1-35
君子固窮，小人窮斯濫矣！

《論語・衛靈公》記錄孔子與弟子們周遊列國期間，論及關於仁德方面的議題。

如第一則記孔子等人離開衛國，途中受困於陳國的事。在衛國時，衛靈公曾向孔子請教行伍布陣作戰的方法。孔子對曰：「俎豆之事，則嘗聞之矣；軍旅之事，未之學也。」表示曾聽說祭祀禮儀的事，卻從未學過軍隊征伐之事。隔天，一行人便離開了衛國。來到陳國境內時，竟遭困於此，且斷絕了糧食。跟隨的弟子一個個餓到都病倒了，有的甚至下不了床。子路慍見曰：「君子亦有窮乎？」這時，子路心裡不快，來問孔子：「君子也有這樣的窮困嗎？」子曰：「君子固窮，小人窮斯濫矣！」孔子回答：「君子就算窮困依然固守其節操，小人一旦窮困便胡作非為了。」道出君子、小人之別，在於君子能固窮守節，始終潔身自愛；而小人禁不起考驗，一時窮困便無惡不作。原因不外乎「君子懷德，小人懷土。君子懷刑，小人懷惠。」（〈里仁〉）畢竟君子在乎增進道德、遵行法度，小人則一心想著增加田產、獲得恩惠。

第八則：子曰：「志士仁人，無求生以害仁，有殺身以成仁。」孔子說：「那些有志之士、成德之人，不會為了保全生命而傷害仁德，只會犧牲生命來成全仁德。」此則彷彿為前述「君子固窮」下了最佳註腳。正因為仁人志士把仁義道德看得比自己的性命還貴重，所以無論身處何時何地都會謹守仁德，絕不做出任何違仁悖德之事。一如〈里仁〉所載：「君子無終食（一頓飯的時間，片刻也）之間違仁，造次必於是，顛沛必於是。」的確，仁人君子不會片刻離開仁德，倉促緊急時如此，顛沛困頓時亦是如此。

第十八則：子曰：「君子病無能焉，不病人之不己知也。」孔子說：「君子但愁自身沒有才能，不愁別人不知道自己。」勉人努力進德修業。可與〈里仁〉載：「不患無位，患所以立。不患莫己知，求為可知也。」相互印證。我們不必擔心得不到職位，應擔心自己沒有才德可以勝任該職位。不必憂愁沒人知道我，該憂愁自己有什麼才德可以讓別人知道。

第三十一則：子曰：「君子謀道不謀食。耕也，餒在其中矣；學也，祿在其中矣。君子憂道不憂貧。」孔子說：「君子追求的是聖賢之道，不謀求衣食的溫飽。農夫耕田，有時也難免要挨餓；學習聖賢之道，俸祿自然可以獲得。君子所擔憂的是聖賢之道無法施行，不必擔心貧困無以維生。」勸人宜勉力為學，一心向道，不以衣食貧賤為憂。故〈里仁〉載：「士志於道，而恥惡衣惡食者，未足與議也！」強調讀書人應致力求道，卻以穿不好、吃不好為恥辱，那麼便不值得和他討論大道了。

第二十則：子曰：「君子求諸己，小人求諸人。」是說君子凡事反求諸己，小人則處處要求別人。如此一來，自然「道不同，不相為謀」了。

《論語・衛靈公》

固窮守節是君子

衛靈公問陳於孔子。孔子對曰：「俎豆之事，則嘗聞之矣；軍旅之事，未之學也。」明日遂行。在陳絕糧。從者病，莫能興。子路慍見曰：「君子亦有窮乎？」子曰：「君子固窮，小人窮斯濫矣。」

陳：通「陣」，謂軍隊行伍之列。／俎豆：盛祭品之禮器。／軍旅：猶言軍隊，此指戰役。／興：起也。／固窮：固守窮困，即窮困時仍能固守其節操。／濫：氾濫，即胡作非為，無惡不作。

大考停看聽

衛靈公問孔子關於布陣作戰的方法。孔子回答：「關於祭祀禮儀的事，我曾聽說過；關於軍隊征伐的事，我從來沒學過。」隔天便離開了衛國。來到陳國，斷絕了糧食。跟隨的弟子們餓到病倒了，下不了床。子路心裡不快來見孔子問：「君子也有這樣的窮困嗎？」孔子回答：「君子就算窮困依然固守其節操，小人一旦窮困便胡作非為了。」

在衛國

★衛靈公曾向孔子請教行伍布陣作戰的方法。

★孔子對曰：「俎豆之事，則嘗聞之矣；軍旅之事，未之學也。」

在陳國：受困斷糧

★跟隨的弟子一個個餓到都病倒了，有的甚至下不了床。

★子路慍見曰：「君子亦有窮乎？」

★子曰：「君子固窮，小人窮斯濫矣。」⇨ **道出君子、小人之別，在於君子能固窮守節，始終潔身自愛；而小人禁不起考驗，一時窮困便無惡不作。**

子曰：「志士仁人，無求生以害仁，有殺身以成仁。」

★此則為前述「君子固窮」下了最佳註腳。

★正因仁人志士把仁義道德看得比自己的性命還貴重，所以無論身處何時何地都會謹守仁德，絕不做出任何違仁悖德之事。

子曰：「君子病無能焉，不病人之不己知也。」

勉人努力進德修業。不必憂愁沒人知道我，該憂愁自己有什麼才德可以讓別人知道。

子曰：「君子謀道不謀食。耕也，餒在其中矣；學也，祿在其中矣。君子憂道不憂貧。」

勸人宜勉力為學，一心向道，不以衣食貧賤為憂。

子曰：「君子求諸己，小人求諸人。」

是說君子凡事反求諸己，小人則處處要求別人。如此一來，自然「道不同，不相為謀」了。

UNIT 1-36 不患寡而患不均，不患貧而患不安

《論語・季氏》旨在論述君子修身、治國之道。

修身方面，如第四則勸人應慎擇良友：孔子曰：「益者三友，損者三友：友直，友諒，友多聞，益矣；友便辟，友善柔，友便佞，損矣。」明揭和正直的人、誠信的人、博學多聞的人做朋友，有益於進德修業。但如果與逢迎攀附的人、諂媚不信的人、口辯無實的人交朋友，便有害修身養性，君子宜敬而遠之。

第五則戒人當慎擇愛好：孔子曰：「益者三樂，損者三樂：樂（音『耀』，動詞）節禮樂（音『月』），樂道人之善，樂多賢友，益矣；樂驕樂（音『勒』），樂佚遊，樂宴樂，損矣。」以行事合乎禮樂、稱道別人的好處、多結交賢德的朋友為可使人受益的愛好，而奢侈驕縱之樂、閒散遊蕩之樂、沉迷於宴飲之樂為可使人受害的愛好。孔子希望人們多親近對人有益的喜好，並遠離對人有害的嗜好。

第七則：孔子曰：「君子有三戒：少之時，血氣未定，戒之在色；及其壯也，血氣方剛，戒之在鬬；及其老也，血氣既衰，戒之在得。」孔子認為君子自少至老應以三事為戒：少年時，血氣未固定，當以女色為戒，別把精力消磨在男女之事上；到了壯年，血氣正旺盛，宜以暴力為戒，別把氣力浪費在逞凶鬥狠之事上；步入老年，血氣已衰退，該以貪婪為戒，別把精神消耗在貪得無厭之事上。一針見血指出人生各階段修身養性的重點，格外發人省思！

治國方面，如第六則：孔子曰：「侍於君子有三愆：言未及之而言，謂之躁；言及之而不言，謂之隱；未見顏色而言，謂之瞽。」孔子說：「侍奉有德位的君子時，容易犯三種過失：不該說話卻搶著說話，稱作急躁；該說話卻又不說，稱作隱瞞；不看清對方的臉色而輕率發言，稱作盲目。」此則就臣下事奉君長而言，闡明說話的時機很重要，不該說就別輕易開口，遇到該說時應該暢所欲言，還有要懂得察言觀色，場合不對、氣氛不對，千萬別貿然進言！一如〈憲問〉所載公明賈評論衛大夫公孫拔：「時然後言，人不厭其言。」在該說話時開口，人們自然不會討厭他所說的話了。應用在現今職場上更是如此，在對的時機說對的話，當然句句金玉良言，足以振聾發聵。

第一則中，孔子與冉求論及魯卿季氏準備去討伐附庸國顓臾的事。因為冉求和子路當時出任季氏的家臣，兩人勸不動季氏，回來向孔子請益。孔子引用古代良史周任的話：「陳力就列，不能者止。」告訴他們擔任某項職務就該盡力去做，如果不能盡其才力便應離職求去。孔子還藉機闡述其治國理念：「不患寡而患不均，不患貧而患不安。蓋均無貧，和無寡，安無傾。」說明國內貧富差距小，就不會顯出貧窮；人民相處和諧，就不覺得人口少；境內安定，國家就不會傾覆。時至今日，貧富懸殊問題依舊考驗著為政者的治理能力。

《論語・季氏》

友直友諒友多聞

大考停看聽

★孔子曰：「益者三友，損者三友：友直，友諒，友多聞，益矣；友便辟，友善柔，友便佞，損矣。」

★孔子曰：「益者三樂，損者三樂：樂節禮樂，樂道人之善，樂多賢友，益矣；樂驕樂，樂佚遊，樂宴樂，損矣。」

直：正直。／諒：誠信。／便辟：音「駢闢」，習於威儀而不正直。／善柔：工於諂媚而少誠信。／便佞：音「駢濘」，善於口語而無見聞。／樂：音「耀」，愛好；動詞。／節禮樂：指一言一行皆以禮樂為節度。／驕樂：以奢侈驕縱為樂。／佚遊：閒散遊蕩也。／宴樂：宴飲之樂。

★孔子說：「有益的朋友有三種，有害的朋友也有三種：和正直的人交朋友，和誠信的人交朋友，和博學多聞的人交朋友，便有益了；和逢迎攀附的人交朋友，和諂媚不信的人交朋友，和口辯無實的人交朋友，便有害了。」

★孔子說：「使人受益的愛好有三種，使人受害的愛好也有三種：愛好行事以禮樂為節度，愛好稱道別人的好處，愛好多結交賢德的朋友，可使人受益；愛好奢侈驕縱之樂，愛好閒散遊蕩，愛好沉迷於宴飲之樂，則使人受害。」

修身

慎擇良友

孔子曰：「益者三友，損者三友：友直，友諒，友多聞，益矣；友便辟，友善柔，友便佞，損矣。」

明揭和正直的人、誠信的人、博學多聞的人做朋友，有益於進德修業。但如果與逢迎攀附的人、諂媚不信的人、口辯無實的人交朋友，便有害修身養性，君子宜敬而遠之。

慎擇愛好

孔子曰：「益者三樂，損者三樂：樂節禮樂，樂道人之善，樂多賢友，益矣；樂驕樂，樂佚遊，樂宴樂，損矣。」

以行事合乎禮樂、稱道別人的好處、多結交賢德的朋友為可使人受益的愛好，而奢侈驕縱之樂、閒散遊蕩之樂、沉迷於宴飲之樂為可使人受害的愛好。孔子希望人們多親近對人有益的喜好，並遠離對人有害的嗜好。

君子三戒

孔子曰：「君子有三戒：少之時，血氣未定，戒之在色；及其壯也，血氣方剛，戒之在鬪；及其老也，血氣既衰，戒之在得。」

少年	血氣未固定	別把精力消磨在男女之事上
壯年	血氣正旺盛	別把氣力浪費在逞凶鬥狠上
老年	血氣已衰退	別把精神消耗在貪得無厭上

治國

時然後言

孔子曰：「侍於君子有三愆：言未及之而言，謂之躁；言及之而不言，謂之隱；未見顏色而言，謂之瞽。」

不該說話卻搶著說話	急躁
該說話卻又不說	隱瞞
不看對方臉色而輕率發言	盲目

貧富差距

★孔子與冉求論及魯卿季氏準備去討伐附庸國顓臾的事。孔子告訴冉求和子路：擔任某項職務就該盡力去做，如果不能盡其才力便應離職求去。

★孔子還藉機闡述了他的治國理念：「不患寡而患不均，不患貧而患不安。蓋均無貧，和無寡，安無傾。」

UNIT 1-37 君子學道則愛人，小人學道則易使也

《論語・陽貨》即以第一則首二字為篇名，文云：陽貨欲見孔子，孔子不見，歸（通「饋」，贈送）孔子豚。孔子時其亡也，而往拜之，遇諸塗（通「途」）。謂孔子曰：「來，予與爾言。」曰：「懷其寶而迷其邦，可謂仁乎？」曰：「不可。」「好從事而亟失時，可謂知（通『智』）乎？」曰：「不可。」「日月逝矣，歲不我與！」孔子曰：「諾，吾將仕矣！」陽貨，一名陽虎，為季孫氏的家宰，一度「陪臣執國命」，控制三桓，掌握魯國的實權，後來造反失敗，逃奔晉國。據說陽虎與孔子相貌神似，曾率兵攻打匡邑（今河南長垣一帶），匡人恨之入骨；後來孔子周遊列國至匡邑，一度被誤認是陽虎，而身陷險境。其實孔子對陽虎專橫跋扈的作風，深感不齒。陽虎想召孔子出仕，孔子怎麼也不肯。

此則記陽虎要會見孔子，孔子不想見他，於是他送給孔子一隻蒸熟的小豬。孔子找個陽虎不在家時，去回拜他，不巧兩人卻在路上遇見了。陽虎對孔子說：「來，我跟你說話。」陽虎問：「一個人懷藏道德才能而不去解救國家的迷亂，這樣可以說是仁愛嗎？」孔子回答：「不可以。」他又問：「一個人喜歡為國家做事卻屢次錯失機會，這樣可以說是明智嗎？」孔子回答：「不可以。」陽虎說：「時光一去不復返，歲月不會等我們的！」孔子說：「好，我即將出來作官。」孔子真的聽從陽虎勸說出仕為官嗎？當然沒有！孔子明知此人蠻橫無理，刻意口頭上順從，但求明哲保身而已。俗話說：「好漢不吃眼前虧。」孔子當然深諳箇中道理。

第四則記孔子來到武城，聽到弦歌之聲，不絕於耳，心中欣慰。因為當時弟子子游（言偃）出任武城宰，可見他極注重禮樂教化，邑人皆能弦歌。「夫子莞爾而笑曰：『割雞焉用牛刀？』」這時，孔子笑咪咪地說：「殺雞怎用得上牛刀呢？」子游回答：「昔者，偃也聞諸夫子曰：『君子學道則愛人，小人學道則易使也。』」意思是從前聽老師說過：「在上位的君子學了禮樂之道就懂得愛護人民，庶民學了禮樂之道就容易聽從教令。」孔子終於鬆口道：「諸位！子游講得很對，我剛才所說只是開玩笑而已！」原來孔子也挺幽默的，見到子游能行聖人治民之道，以禮樂教化百姓，一時高興竟和大家開起玩笑來。

第十三則：子曰：「鄉原（通『愿』），德之賊也。」何謂「鄉愿」？就是鄉里那些外表忠厚、內心巧詐，專門欺世盜名的偽君子。孔子以為像這種表裡不一、偽善媚俗的傢伙，真是戕害道德的敗類啊！

第十四則：子曰：「道聽而塗說，德之棄也！」孔子說：「在路上聽來那些沒根據的言論，也在路上將它說出去，這是拋棄道德的行為啊！」在這言論自由的時代，生活中動輒「八卦」、流言滿天飛，孔子此話彷彿暮鼓晨鐘，格外警醒人心！

《論語・陽貨》

弦歌不輟明教化

子之武城，聞弦歌之聲，夫子莞爾而笑曰：「割雞焉用牛刀？」子游（時為武城宰）對曰：「昔者，偃也聞諸夫子曰：『君子學道則愛人，小人學道則易使也。』」子曰：「二三子！偃之言是也，前言戲之耳！」

莞爾：微笑貌。／偃：即言偃，字子游，孔子的學生。／諸：之於。／君子：指在上位者。／小人：庶民。／易使：容易聽從在上位者的教令。

大考停看聽

孔子來到武城，聽到弦歌的聲音，微笑地說：「殺雞怎用得上牛刀呢？」時為武城宰的子游回答：「從前，我聽老師說過：『在上位的君子學了禮樂之道就懂得愛護人民，庶民學了禮樂之道就容易聽從教令。』」孔子說：「諸位！言偃（子游）講得很對，我剛才所說只是開玩笑而已！」

孔子貌似陽貨

★陽貨，一名陽虎，為季孫氏的家宰，一度「陪臣執國命」，控制三桓，掌握魯國的實權，後來造反失敗，逃奔晉國。

★據說陽虎與孔子相貌神似，曾率兵攻打匡邑（今河南長垣一帶），匡人恨之入骨；後來孔子周遊列國至匡邑，一度被誤認是陽虎，而身陷險境。

倒楣

★其實孔子對陽虎專橫跋扈的作風，深感不齒。陽虎想召孔子出仕，孔子怎麼也不肯。

孔子也用這招

★陽虎要會見孔子，孔子不想見他，於是他送給孔子一隻蒸熟的小豬。

★孔子找個陽虎不在家時，去回拜他，不巧兩人卻在路上遇見了。

快閃

★陽虎又想勸孔子出來作官，孔子明知此人蠻橫無理，刻意在口頭上順從，事後當然不把它當一回事。

孔子愛開玩笑

★孔子來到武城，聽到弦歌之聲，不絕於耳，心中很是欣慰。因為當時弟子子游出任武城宰，可見他極注重禮樂教化，邑人皆能弦歌。

高興

子曰：「道聽而塗說，德之棄也！」

散布那些道聽塗說、流短蜚長，毫無根據的話，真是敗德的行為！

子曰：「鄉原，德之賊也。」

何謂「鄉愿」？就是鄉里那些外表忠厚、內心巧詐，專門欺世盜名的偽君子。

★夫子莞爾而笑曰：「割雞焉用牛刀？」子游回答：「昔者，偃也聞諸夫子曰：『君子學道則愛人，小人學道則易使也。』」

★原來孔子見到子游能行聖人治民之道，以禮樂教化百姓，一時高興竟開起玩笑來。

UNIT 1-38 鳥獸不可與同群！吾非斯人之徒與而誰與？

《論語・微子》共十一則，除了記載古代聖賢事跡，還收錄孔子等人周遊列國途中的言行。

如第一則：微子去之，箕子為之奴，比干諫而死。孔子曰：「殷有三仁焉！」是說紂王暴虐無道，其庶兄微子啟選擇離開；其叔父箕子因直諫被囚，成了奴隸；另一位叔父比干苦諫不成，遭剖腹而死。孔子認為這三位都是殷商末年的仁人君子！此外，第八則評論古代的逸民，如伯夷、叔齊、虞仲、柳下惠等；第十則記周公訓誡兒子伯禽的話；第十一則錄周代八位賢士。——這些都是古聖先賢的遺跡。

第六、七則保留了孔子周遊列國時，與隱者之間的互動。孔子一行人從楚國到蔡國，途中迷了路，於是派子路向在田裡耕作的隱士長沮、桀溺打聽過河的渡口在哪裡。長沮問：「在車上拉著轡繩的那位是誰？」子路回答：「是孔丘。」長沮確定是孔子之後，竟說：「那他應該知道渡口在哪裡！」子路又跑去問桀溺，桀溺問：「你是誰？」子路回答：「我是仲由。」桀溺確定他是孔子的學生後，說：「滔滔者，天下皆是也，而誰以易之？且而與其從辟人之士也，豈若從辟世之士哉？」意思是滔滔亂世，天下都是如此，誰能改變這種局面呢？要子路與其跟著孔子這位逃避壞人的人，不如來跟隨他們這些逃避亂世的人！說完，仍然不停地犁土覆種。子路回來把這番話告訴孔子，「夫子憮然曰：『鳥獸不可與同群！吾非斯人之徒與而誰與？天下有道，丘不與易也。』」孔子悵然地說：「人不可以跟山林的鳥獸同群！我不跟世人生活在一起，跟誰生活在一起呢？如果天下太平無事，那我孔丘也不必出來改變這局勢了。」顯然長沮、桀溺為出世的隱者，只想「獨善其身」；而孔子是入世的儒者，一心「兼善天下」。他們畢竟「道不同，不相為謀」，所以永遠不可能會有交集。

第七則：子路跟孔子走失了，半路遇見一位隱居的長者，這位丈人用拐杖挑著除草的竹器。子路問他有沒有看見我的老師。丈人曰：「四體不勤，五穀不分，孰為夫子？」是說你四肢不勞動，五穀也分不清楚，誰是你的老師？於是，扶著拐杖去除草。子路拱手恭敬地站著。後來，丈人留子路在家過夜，殺雞做飯招待他，還叫兩個兒子出來拜見他。第二天，子路找到了孔子，並把此事告訴孔子。孔子讓子路再去看丈人。不巧，丈人出去了。子路便對他的兩個兒子說：「不仕無義。長幼之節，不可廢也；君臣之義，如之何其廢之？欲潔其身，而亂大倫。君子之仕也，行其義也。道之不行，已知之矣！」是說不出仕為官等於廢棄君臣之大義。長幼的禮節、君臣的大義，皆不可廢棄。怎麼可以為了潔身自愛，而悖亂君臣的大倫？君子出來做事，是實行君臣的大義，政治理想不能實現又有何妨？展現出儒者積極入世的熱情。

《論語・微子》

子路問津於隱士

大考停看聽

子路曰：「不仕無義。長幼之節，不可廢也；君臣之義，如之何其廢之？欲潔其身，而亂大倫。君子之仕也，行其義也。道之不行，已知之矣！」

大倫：指人倫之大者，即五倫：君臣有義，父子有親，夫婦有別，長幼有序，朋友有信。／行其義也：是說出仕為官，所以行君臣之義。

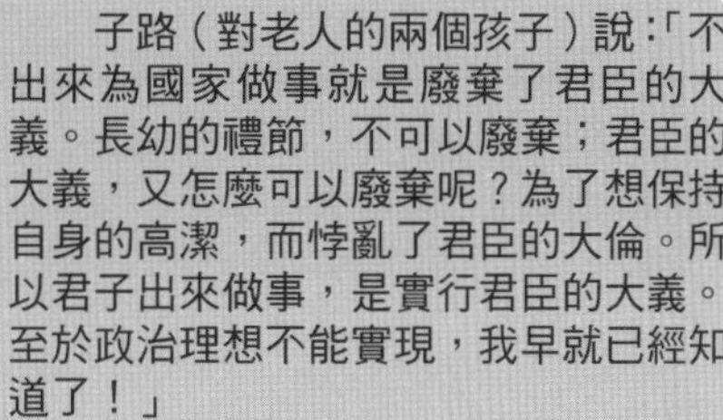
子路（對老人的兩個孩子）說：「不出來為國家做事就是廢棄了君臣的大義。長幼的禮節，不可以廢棄；君臣的大義，又怎麼可以廢棄呢？為了想保持自身的高潔，而悖亂了君臣的大倫。所以君子出來做事，是實行君臣的大義。至於政治理想不能實現，我早就已經知道了！」

★孔子一行人從楚國到蔡國，途中迷了路，派子路向在田裡耕作的隱士長沮、桀溺打聽過河的渡口在哪裡。

★長沮問：「在車上拉著轡繩的那位是誰？」子路回答：「是孔丘。」

★長沮確定是孔子之後，竟說：「那他應該知道渡口在哪裡！」

★子路又跑去問桀溺，桀溺問：「你是誰？」子路回答：「我是仲由。」

★桀溺確定他是孔子的學生後，說：「滔滔者，天下皆是也，而誰以易之？且而與其從辟人之士也，豈若從辟世之士哉？」說完，仍然不停地犁土覆種。

★子路回來把這番話告訴孔子，「夫子憮然曰：『鳥獸不可與同群！吾非斯人之徒與而誰與？天下有道，丘不與易也。』」

顯然長沮、桀溺為出世的隱者，只想「獨善其身」；而孔子是入世的儒者，一心「兼善天下」。

☆子路跟孔子走失了，半路遇見一位隱居的長者，這位丈人用拐杖挑著除草的竹器。

☆子路問他有沒有看見我的老師。丈人曰：「四體不勤，五穀不分，孰為夫子？」於是，扶著拐杖去除草。

☆後來，丈人留子路在家過夜，殺雞做飯招待他，還叫兩個兒子出來拜見他。

☆第二天，子路找到了孔子，並把此事告訴孔子。孔子讓子路再去看丈人。不巧，丈人出去了。

☆子路便對他兩個兒子說：「君子之仕也，行其義也。道之不行，已知之矣！」⇨**展現出儒者積極入世的熱情**

第1章 經典篇

UNIT 1-39
先王有不忍人之心，斯有不忍人之政矣！

《孟子》一書，完成於戰國中、後期，內容以記錄孟子的思想言論為主。關於本書作者，歷來看法不一：或說孟子自著，弟子萬章、公孫丑等人亦有參與；或說全出自孟子手筆；或說為弟子萬章、公孫丑等人追記而成。目前學界以為第一說較為可信，應是孟子與弟子們合力編纂成書。綜觀孟子的學說以性善論為出發點，提出「仁政」、「王道」思想，主張德治。據《史記》記載，《孟子》共有七篇：〈梁惠王〉、〈公孫丑〉、〈滕文公〉、〈離婁〉、〈萬章〉、〈告子〉、〈盡心〉。篇名皆取自篇首的前幾字，了無深意。直到東漢趙岐《孟子章句》，又將書中每篇析為上、下兩卷，始成今日七篇十四卷之樣貌。

如《孟子‧公孫丑上》論及人性本善，天生具有仁、義、禮、智四端之心，故應努力擴充此仁心善性，近以事父母，遠而保四海。孟子此番言論可分為四段：首段闡明人人天生的本心善性：「人皆有不忍人之心。先王有不忍人之心，斯有不忍人之政矣！以不忍人之心，行不忍人之政，治天下可運之掌上。」是說凡是人都有不忍別人受害的心。古代帝王有了不忍別人受害的心，於是就有不忍別人受害的仁政！憑著不忍別人受害的心，施行不忍別人受害的仁政，治理天下就好像可以輕易將它放在手掌上運轉似的。

次段舉例說明何謂「不忍人之心」：孟子說，譬如有人見到一個小孩子即將掉進井裡去，無論與他認識、不認識的人，都會立刻產生「怵惕（恐懼）惻隱（傷痛）之心」。此種心情完全出於天性，並不是想藉機結交那孩子的父母，也不是想博得鄰里朋友的稱讚，更不是憎惡落得殘忍、狠心的惡名才如此。

三段進而點出人天生具有四端之心：何謂「四端之心」呢？文云：「惻隱之心，仁之端也；羞惡之心，義之端也；辭讓之心，禮之端也；是非之心，智之端也。」意思是憐憫傷痛的心，是仁的善端；羞恥憎惡的心，是義的善端；辭謝退讓的心，是禮的善端；分辨是非的心，是智的善端。孟子認為如果缺少任何一端都算不得是個人。因為一個人與生俱來心裡就具有這四個善端，好比他身上擁有手、足四肢一樣，都是天生自然的。而人有了這四端卻說自己不能行善，便是賊害自己本性的人了；卻說他的國君不能行善，便是賊害國君本性的人了。可見行善是人天生的良知良能，必能做到，不假外求；如果未能行善，是不為也，非不能也！

末段言擴充四端之心的效用：如果能將此四端之心加以推廣、擴充，那麼善端就像火苗慢慢燃燒起來，像泉水緩緩騰湧而出，將會愈來愈壯盛。「苟能充之，足以保四海；苟不充之，不足以事父母。」強調擴充四端之心，便可以用來保有四海；如不加以推廣、擴充，連事奉父母恐怕都做不好。

《孟子・公孫丑上》

仁義禮智為四端

惻隱之心，仁之端也；羞惡之心，義之端也；辭讓之心，禮之端也；是非之心，智之端也。人之有是四端也，猶其有四體也；有是四端而自謂不能者，自賊者也；謂其君不能者，賊其君者也。

惻隱：悲憫傷痛也。／羞惡：羞恥憎惡也。惡，音「物」，動詞。／辭讓：辭謝退讓也。／是非：分辨是非也。／四體：四肢。／賊：害也。

大考停看聽

憐憫傷痛的心，是仁的善端；羞恥憎惡的心，是義的善端；辭謝退讓的心，是禮的善端；分辨是非的心，是智的善端。人的內心有這四個善端，就像他天生具有手、足四肢一樣；有了這四個善端卻說自己不能行善，便是賊害自己本性的人了；卻說他的國君不能行善，便是賊害國君本性的人了。

《孟子・公孫丑上》論及人性本善，天生具有仁、義、禮、智四端之心，故應努力擴充此仁心善性，近以事父母，遠而保四海。

1

★首段闡明人人天生的本心善性：

「人皆有不忍人之心。先王有不忍人之心，斯有不忍人之政矣！以不忍人之心，行不忍人之政，治天下可運之掌上。」

2

★次段舉例說明何謂「不忍人之心」：

「今人乍見孺子將入於井，皆有怵惕惻隱之心；非所以內交於孺子之父母也，非所以要譽於鄉黨朋友也，非惡其聲而然也。」

3

★三段進而點出人天生具有四端之心：

「惻隱之心，仁之端也；羞惡之心，義之端也；辭讓之心，禮之端也；是非之心，智之端也。」

4

★末段言擴充四端之心的效用：

「凡有四端於我者，知皆擴而充之矣，若火之始然，泉之始達。苟能充之，足以保四海；苟不充之，不足以事父母。」

行善是人天生的良知良能，不假外求

四端之心	
仁的善端	憐憫傷痛的心
義的善端	羞恥憎惡的心
禮的善端	辭謝退讓的心
智的善端	分辨是非的心

缺少任何一端
都不算是個人

第1章 經典篇

UNIT 1-40

孟子道性善，言必稱堯舜

孟子（372B.C. ～ 289B.C.），名軻，鄒國（今山東鄒城）人。戰國時代儒家的代表人物，曾與弟子萬章、公孫丑等人合纂《孟子》一書，繼承並發揚孔子的思想，世稱「亞聖」，且與孔子並稱「孔孟」。據說孟子三歲喪父，母親含辛茹苦將他撫育成人，從「孟母三遷」、「斷杼教子」等故事，可知母親對他期望甚深，管教十分嚴格。

《孟子・滕文公上》開篇記滕文公向孟子請教之事：當滕文公還是個世子時，有一次要到楚國去，聽說孟子人在宋國，特地來見孟子。文云：「孟子道性善，言必稱堯舜。」是說孟子為滕文公講述人性本善的道理，講述過程中，不斷列舉古代聖王堯、舜的言行事跡作為佐證。

當滕文公從楚國回來，再度拜訪孟子。孟子反問他：「世子懷疑我的話嗎？天下的道理，只有一個行善罷了。」又舉古人之例：成覸謂齊景公曰：「彼，丈夫也；我，丈夫也；吾何畏彼哉？」從前齊國的勇士成覸（音「見」）對齊景公說：「他是個男子漢，我也是個男子漢，我為什麼要怕他呢？」成覸所言是勇力，孟子以此比喻人當自立自強。顏淵曰：「舜何人也？予何人也？有為者亦若是。」孔門模範生顏回也說：「舜是什麼人？我是什麼人？有作為的人也應該像舜一樣。」公明儀曰：「文王我師也，周公豈欺我哉？」魯國賢士公明儀說：「文王是我的導師，周公難道會欺騙我嗎？」孟子藉由顏回、公明儀的話，指點世人應以古聖賢為行善致聖的典範。

孟子再提點滕文公：「今滕絕長補短，將五十里也，猶可以為善國。」是說如今滕國雖小，截長補短，差不多還有五十方里的領土，只要悉心治理，仍然有機會成為一個完善的國家。誠如《書經》所說：「若藥不瞑眩，厥疾不瘳（音『抽』，病癒）。」意思是假使藥力太弱，吃了之後不引起病人眼花心亂的感覺，他的病是不會好的。這裡孟子援引《書經》之說，以病人服藥為喻，告誡滕文公勿以堯、舜之道難行而放棄，就像生病吃藥一樣，剛開始感到頭暈目眩，藥效才能發揮出來；行聖人之道，起初難免力不從心，唯有堅持到底，終能克服一切難關。

後來，滕定公薨，滕文公繼位，以禮聘孟子，孟子至滕國。滕文公向他請教為政治國之道。孟子提出修學校、勸禮義、敕民事、正經界、均井田、賦什一等具體的治理方針。如「夫仁政，必自經界始。經界不正，井地不均，穀祿不平；是故暴君汙吏，必慢其經界。經界既正，分田制祿，可坐而定也。」強調施行仁政，必須從劃正田畝的界限開始。因為如此一來，井田的大小才能均勻，徵收的米穀才能公平，暴君和貪官才無法從中牟取利益。分配田地，制定官俸，一切行政措施才能步上正軌。孟子非常推崇古代的井田制度，認為這是維持當時社會、經濟穩定的重要政策，應加以變通，貫徹施行。

《孟子・滕文公上》

文王周公豈欺我

大考停看聽

孟子曰：「世子疑吾言乎？夫道，一而已矣。成覸謂齊景公曰：『彼，丈夫也；我，丈夫也；吾何畏彼哉？』顏淵曰：『舜何人也？予何人也？有為者亦若是。』」

世子：天子、諸侯的嫡長子。／成覸：齊國的勇士。

孟子說：「世子懷疑我的話嗎？天下的道理，只有一個行善罷了。從前齊國勇士成覸對齊景公說：『他是個男子漢，我也是個男子漢，我為什麼要怕他呢？』顏回說：『舜是什麼人？我是什麼人？有作為的人也該像舜一樣。』」

滕文公初訪孟子

★當滕文公還是世子時，有一次要到楚國去，聽說孟子人在宋國，特地來見孟子。

★「孟子道性善，言必稱堯舜。」孟子列舉堯、舜事跡，為他講述人性本善的道理。

滕文公禮聘孟子

★後來，滕定公薨，滕文公繼位，以禮聘孟子，孟子至滕國。

★滕文公向他請教為政治國之道。孟子提出修學校、勸禮義、敕民事、正經界、均井田、賦什一等具體的治理方針。

★如「夫仁政，必自經界始。經界不正，井地不均，穀祿不平；是故暴君汙吏，必慢其經界。經界既正，分田制祿，可坐而定也。」強調施行仁政，必須從劃正田畝的界限開始。

孟子非常推崇古代的井田制度

滕文公再訪孟子

★當滕文公從楚國回來，再度拜訪了孟子。

★孟子又舉古人之例，指點滕文公應以古聖賢為行善致聖的典範。

★成覸謂齊景公曰：「彼，丈夫也；我，丈夫也；吾何畏彼哉？」成覸所言是勇力，孟子以此比喻人當自立自強。

★顏淵曰：「舜何人也？予何人也？有為者亦若是。」顏回也認為：有作為的人也該像舜一樣。

★公明儀曰：「文王我師也，周公豈欺我哉？」魯國賢士公明儀認為：應師法文王、周公。

孟子再提點滕文公：「今滕絕長補短，將五十里也，猶可以為善國。」並援引《書經》之說，以病人服藥為喻，告誡滕文公勿以堯、舜之道難行而放棄，就像生病吃藥一樣，剛開始感到頭暈目眩，藥效才能發揮出來；只要堅持到底，終能克服一切難關。

UNIT 1-41 且一人之身，而百工之所為備

《孟子‧滕文公上》另記孟子以堯舜之大道，力闢許行的農家學說。

相傳農家學者許行從楚國來到滕國，投靠滕文公。滕文公給他一處住所，他就帶著幾十個學生，穿著粗布衣服，靠編織麻鞋、草蓆過日子。又有一對原本服膺儒家思想的兄弟陳相、陳辛，背著耕田的耒耜也來到滕國。陳相遇見了許行，大大悅服，便完全拋棄儒學，轉而向許行學習。

有一回，陳相來見孟子，轉述了許行的言論：「賢者與民並耕而食，饔飧而治。」認為真正的賢君，應該和人民一起耕種過活，一面早晚燒飯，一面治理國事。孟子又從陳相口中得知，許行等人自己種粟米來吃，並拿粟米去換取布料、農具等日常用品。孟子反問：「為什麼不每樣生活必需品都自己製造呢？」陳相回答：「百工之事，固不可耕且為也。」是說各種工人的事，本來就不可能一面耕田一面兼著做啊。

因而引出孟子這樣的看法：那麼，治理天下獨獨可以一面耕田，一面兼著做嗎？天下事原有兩種：有行政施教是在上位者的事，有耕田製器是在下位者的事。「且一人之身，而百工之所為備。如必自為而後用之，是率天下而路也。」況且一個人身上所需，必須靠各種工匠製成的物品才能齊備。如果一定要自己做了才能使用，簡直是率領天下人忙碌地在路上奔走。故曰：「或勞心，或勞力。」勞心的人管理人，勞力的人被人管理；被人管理的人供養人，負責管理的人則受人供養；這是天下通行的道理。

唐堯的時候，洪荒之世天下還未安定，大水氾濫成災，禽獸逼害人類，堯為天下蒼生擔憂，於是舉用舜去治理。舜便派伯益放火驅獸，野獸紛紛逃走了。禹也奉命疏通九河，有效疏導洪水，使人民可以在中國的土地上耕種取食。孟子說：「當是時也，禹八年於外，三過其門而不入；雖欲耕，得乎？」以為正當那時候，禹在外治水八年，多次路過自家門口都沒空進去看看；像這樣公而忘私的人，即使想親自耕種，有此閒工夫嗎？

水患平息後，后稷又奉命教人民種植五穀，使百姓得以豐衣足食，安逸度日。「聖人有憂之，使契為司徒，教以人倫：父子有親，君臣有義，夫婦有別，長幼有序，朋友有信。」聖人又憂心百姓不知禮義，與禽獸無異，於是派契擔任司徒之官，教導人民做人的大道理：父子間要有親愛的感情，君臣間要有相敬的禮義，夫妻間要有內外的分別，長幼間要有大小的次序，朋友間要有誠信的交誼。像堯治理人民，慰勉勞苦的，體恤來歸的，匡正行為偏邪的，糾正行事乖僻的，務必使他們都能奉行禮教，領悟做人的大道理。「聖人之憂民如此，而暇耕乎？」古代聖人這樣替人民憂慮操煩，哪有閒暇去耕種呢？孟子強調堯舜治理天下，有太多地方讓他們用心思，只是不用在耕種上罷了。

《孟子・滕文公上》

勞心勞力各分工

有大人之事，有小人之事。且一人之身，而百工之所為備。如必自為而後用之，是率天下而路也。故曰：「或勞心，或勞力。」勞心者治人，勞力者治於人；治於人者食人，治人者食於人；天下之通義也。

大人之事：謂人君行教化也。／小人之事：即農、工、商也。／路：動詞，奔走於道路，一刻不得閒也。／食：音「四」，動詞，供養。／通義：通行的道理。

大考停看聽

有行政施教是在上位者的事，有耕田製器是在下位者的事。況且一個人身上所需，必須靠各種工匠製成的物品才能齊備。如果一定要自己做了才能使用，簡直是率領天下人忙碌地在路上奔走。所以說：「有的人勞心，有的人勞力。」勞心的人管理人，勞力的人被人管理；被人管理的人供養人，負責管理的人受人供養；這是天下通行的道理。

農家學者許行

★許行從楚國來到滕國，投靠滕文公。他帶著幾十個學生，穿著粗布衣服，靠編織麻鞋、草蓆過日子。

★陳相、陳辛兄弟背著耕田的耒耜也來到滕國。陳相遇見了許行，便完全拋棄儒學，轉而向許行學習。

凡事自食其力

★陳相來見孟子，並轉述了許行的言論：「賢者與民並耕而食，饔飧而治。」

★孟子又從陳相口中得知，許行等人自己種粟米來吃，並拿粟米去換取布料、農具等日常用品。

★孟子反問：「為什麼不每樣生活必需品都自己製造？」陳相回答：「百工之事，固不可耕且為也。」

勞心勞力之別

★孟子以為：那麼，治理天下的事獨獨可以一面耕田，一面兼著做嗎？

★天下的事原有兩種：有行政施教是在上位者的事，有耕田製器是在下位者的事。

★「且一人之身，而百工之所為備。如必自為而後用之，是率天下而路也。」

★「或勞心，或勞力。」勞心的人管理人，勞力的人被人管理；被人管理的人供養人，負責管理的人受人供養；這是天下通行的道理。

無暇並耕而食

★唐堯時，水患、猛獸侵逼人類，堯憂心蒼生，舉用舜治理天下。

★舜派伯益放火驅獸，禹也奉命疏通九河，使人民可以耕種取食。

★后稷又奉命教人民種植五穀，使百姓得以豐衣足食，安逸度日。

★「聖人有憂之，使契為司徒，教以人倫：父子有親，君臣有義，夫婦有別，長幼有序，朋友有信。」

「聖人之憂民如此，而暇耕乎？」

UNIT 1-42
孔子，聖之時者也

《孟子・萬章下》記伯夷、伊尹、柳下惠三人的品行，都各有所偏重；唯獨孔子之道，則兼全於眾理。

孟子認為，伯夷「目不視惡色，耳不聽惡聲。非其君不事，非其民不使。治則進，亂則退。橫政之所出，橫民之所止，不忍居也。」伯夷眼睛不看不正當的顏色，耳朵不聽不正當的聲音。不是他心目中的國君便不事奉，不是他心目中的人民便不使喚。治世就出來作官，亂世就退隱。行暴政的國家，亂民聚集的地方，他都不忍心居住。所以才會在商紂時隱居於北海邊上，等候天下清平。「故聞伯夷之風者，頑夫廉，懦夫有立志。」因此舉凡聽到伯夷風節的人，頑鈍的貪夫會變廉潔，怯弱的懦夫會立定志向。

伊尹曾說：「何事非君？何使非民？」什麼樣的君主不能事奉？什麼樣的人民不能使喚？所以治世出仕為官，亂世也出仕為官。他認為天下人，不論男女，要是有人未受到堯、舜的恩澤，就像自己把他推入水溝中一樣。「其自任以天下之重也」，這是他要自己擔負起天下的重任啊！

柳下惠「不羞汙君，不辭小官；進不隱賢，必以其道。遺佚而不怨，阨窮而不憫；與鄉人處，由由然不忍去也。」是說他不以事奉昏君為恥，不嫌棄官職卑微，為官做事絕不隱藏自己的才能，一定要按著正道去做。當他被摒棄時不抱怨，生處窮困時也不憂傷；即使和無知的鄉人相處，他也能悠然自得地不捨離去。因為柳下惠覺得不論誰站在他身旁，都無法因此玷汙了他。「故聞柳下惠之風者，鄙夫寬，薄夫敦。」是說聽到柳下惠風範的人，鄙吝的人也會變寬宏，刻薄的人也會變敦厚。

而孔子呢？當他離開齊國時，急得連米都來不及淘好，便走了；離開魯國時，卻說：「我要慢慢地走啊！」因為不忍心拋下他的祖國。「可以速而速，可以久而久，可以處而處，可以仕而仕，孔子也。」孔子凡事順勢而為，不勉強，可以速去便速去，可以久留便久留，可以隱居便隱居，可以出仕便出仕，毫不勉強。

所以，孟子說：「伯夷，聖之清者也；伊尹，聖之任者也；柳下惠，聖之和者也；孔子，聖之時者也。」以為伯夷是聖人中最清高的，伊尹是聖人中最負責任的，柳下惠是聖人中最隨和的，孔子是聖人中最合時宜的。孔子可以說集聖人之大成了。

此外，孟子曾告誡弟子萬章：什麼人交什麼朋友，從交友對象便可看出一個人是什麼樣的人了。文云：「一鄉之善士，斯友一鄉之善士；一國之善士，斯友一國之善士；天下之善士，斯友天下之善士。」讀書人進德修業，如果以為和才德冠於天下的人做朋友還不夠，那麼就再向上考論古人吧。至於如何尚友古人？「頌其詩，讀其書，不知其人可乎？是以論其世也。」不只要朗誦古人的詩，研讀古人的書，還要考論古人的身世；唯有做到知人論世，才能真正和古人交朋友。

《孟子·萬章下》

進德修業友善士

一鄉之善士，斯友一鄉之善士；一國之善士，斯友一國之善士；天下之善士，斯友天下之善士。以友天下之善士為未足，又尚論古之人。頌其詩，讀其書，不知其人可乎？是以論其世也。是尚友也。

尚：上也。／頌：通「誦」。

大考停看聽

才德冠於一鄉的人，就和才德冠於一鄉的人做朋友；才德冠於一國的人，就和才德冠於一國的人做朋友；才德冠於天下的人，就和才德冠於天下的人做朋友。如果以為和才德冠於天下的人做朋友還不夠，那麼就再向上考論古人。朗誦古人的詩，研讀古人的書，卻不知道他的為人可以嗎？所以更要考論古人的身世。這就是向上和古人做朋友了。

伯夷，聖之清者也

★「目不視惡色，耳不聽惡聲。非其君不事，非其民不使。治則進，亂則退。橫政之所出，橫民之所止，不忍居也。」

★伯夷治世就出來作官，亂世就退隱。所以才會在商紂時隱居於北海邊上，等候天下清平。

★【貢獻：】「故聞伯夷之風者，頑夫廉，懦夫有立志。」

聖人中最清高的

柳下惠，聖之和者也

★「不羞汙君，不辭小官；進不隱賢，必以其道。遺佚而不怨，阨窮而不憫；與鄉人處，由由然不忍去也。」

★柳下惠覺得不論誰站在他身旁，都無法因此玷汙了他。

★【貢獻：】「故聞柳下惠之風者，鄙夫寬，薄夫敦。」

聖人中最隨和的

伊尹，聖之任者也

★伊尹曾說：「何事非君？何使非民？」
⇨「其自任以天下之重也」

★他治世出仕為官，亂世也出仕為官。因為他認為天下人，不論男女，要是有人未受到堯、舜的恩澤，就像自己把他推入水溝中一樣。

聖人中最負責任的

孔子，聖之時者也

★孔子離開齊國時，急得連米都來不及淘好，便走了；離開魯國時，卻說：「我要慢慢地走啊！」因為不忍心拋下自己的祖國。

★「可以速而速，可以久而久，可以處而處，可以仕而仕，孔子也。」

聖人中最合時宜的

集聖人之大成

UNIT 1-43
一日暴之，十日寒之

《孟子・告子上》記載孟子勉勵人主應專心致志的言論。文云：「無或（通『惑』）乎王之不智也，雖有天下易生之物也，一日暴（通『曝』）之，十日寒之，未有能生者也。」是說不要怪那齊王（疑指齊宣王）不聰明，雖然有天下最容易生長的東西，如果只有一天曝曬它，卻有十天讓它備受陰寒，也就不能生長了。孟子覺得自己晉見齊王的機會已經很少了，但當他退出時，那些使齊王受到陰寒的小人就擠到身邊去。孟子不忍心齊王的善心才剛萌芽，就被抹煞殆盡。所以舉個例子來說明專心的重要性：「弈秋，通國之善弈者也。使弈秋誨二人弈，其一人專心致志，惟弈秋之為聽；一人雖聽之，一心以為有鴻鵠將至，思援弓繳而射之，雖與之俱學，弗若之矣。為是其智弗若與？曰：非然也。」譬如說，精通棋藝的弈秋收了兩個徒弟，一個用心聽從弈秋的傳授，另一個雖然也在聽，但心裡總以為大雁即將飛來，想著拿起弓繳去射雁。結果呢？一心射雁的徒弟自然比不上專心學習的那位，是因為他的資質不如人嗎？當然不是，只是不夠專注罷了。

再看孟子論人面對危急存亡時刻，生命與仁義又該如何取捨呢？他說：魚是我喜愛的食物，熊掌也是我喜愛的食物，當兩者不能同時得到之際，我就放棄魚而選擇熊掌。同理，「生，亦我所欲也；義，亦我所欲也；二者不可得兼，舍生而取義者也。」生命，是我所珍視的；仁義，也是我所珍視的；當二者無法同時保有時，我寧可捨棄生命而擁有仁義。孟子以為雖然生命是我所看重的，但還有比生命更值得看重的，所以絕不做苟且偷生的事；雖然死亡是我所厭惡的，但還有比死亡更令人厭惡的，因此有些禍患我就不逃避了。這裡所說比生命更貴重的，無疑是仁義；而比死亡更討厭的，便是不仁不義了。誠如《論語・衛靈公》所載：「子曰：『志士仁人，無求生以害仁，有殺身以成仁。』」強調仁人君子絕不會為了保全生命而傷害仁德，在必要時刻，只有犧牲性命來成全仁德。

孟子進一步闡明：人得到一籃飯、一碗湯就可以活命，但如果是呼叱著、用腳踐踏著給人吃，再飢餓的人或乞丐都不會接受。如果今天有一萬鍾的奉祿，不辨明禮義就接受下來，那對我又有什麼好處呢？「為宮室之美，妻妾之奉，所識窮乏者得我與？鄉（通『曏』，音『向』，昔也）為身死而不受，今為宮室之美為之；鄉為身死而不受，今為妻妾之奉為之；鄉為身死而不受，今為所識窮乏者得我而為之；是亦不可以已乎？此之謂失其本心。」是為了房屋的華美、妻妾的侍奉，和所認識的窮朋友感謝我的周濟嗎？以前寧願死也不肯接受，現在卻為了這些無關緊要的理由而接受了。這難道不可以罷手嗎？這就是喪失了人與生俱來的良心啊！

《孟子・告子上》

魚與熊掌難兼得

弈秋，通國之善弈者也。使弈秋誨二人弈，其一人專心致志，惟弈秋之為聽；一人雖聽之，一心以為有鴻鵠將至，思援弓繳而射之，雖與之俱學，弗若之矣。為是其智弗若與？曰：非然也。

弈秋：古代精通棋藝的人，名秋。弈，棋也。秋，人名。／繳：音「卓」，以繩繫矢而射也。

大考停看聽

弈秋，是全國最擅長下棋的人。讓弈秋教兩個人下棋，其中一人非常用心，靜聽弈秋所傳授的話；另一人雖然也在聽，心裡卻以為大雁即將飛來，想著拿起弓繳去射牠，雖然和人家一起學習，總是比不上人家。是因為他的聰明才智不如人嗎？我說：當然不是啊。

一曝十寒

✻文云：「無或乎王之不智也，雖有天下易生之物也，一日暴之，十日寒之，未有能生者也。」

★孟子用「一日暴之，十日寒之」，來形容施行善政不能一心一意，貫徹始終。

★他覺得晉見齊王的機會已經很少，當他退出時，那些小人又擠到齊王身邊。

★他不忍齊王的善心才剛萌芽，就被抹煞殆盡。故舉「弈秋誨棋」加以說明。

一心以為有鴻鵠將至

★弈秋教兩個徒弟下棋：一個非常用心學習；另一個也在聽，但總以為大雁即將飛來，想著要拿起弓繳去射雁。

★結果，一心射雁的徒弟自然比不上專心學習的那位，只因為他不夠專注罷了。

魚與熊掌不可兼得

✻孟子說：「魚，我所欲也；熊掌，亦我所欲也；二者不可得兼，舍魚而取熊掌者也。生，亦我所欲也；義，亦我所欲也；二者不可得兼，舍生而取義也。」

譬喻	魚	生命	捨生
	熊掌★	仁義★	取義★

雖然生命是被看重的，但仁義比生命更值得被看重，所以絕不做苟且偷生的事；雖然死亡是被厭惡的，但不仁不義比死亡更令人厭惡，因此與其違背仁義而苟活，不如守住仁義而罹禍、喪命。

作文一點靈

修辭絕技

譬喻修辭，正是《詩經》所謂「賦比興」之「比」法，即用性質相近的事物加以比方、取譬之意。如本文孟子用「魚」比喻生命，用「熊掌」比喻仁義，藉以說明有時候事情無法兩全其美，寧可捨魚而取熊掌；一如生命與仁義不可兼得之際，讀書人不惜犧牲性命，也要成全仁德，因為這是生而為人最珍貴的價值所在。

UNIT 1-44

然後知生於憂患，而死於安樂也

《孟子‧告子下》敘賢愚之別：聖賢安於困窮，知是上天考驗；凡人因而感激，於是奮其智慮；愚人耽於逸樂，終將自取敗亡。

此章一開始孟子連舉六例，以證明古聖賢皆曾身處困厄，終於憑著勤奮不懈的努力、百折不撓的毅力，成為名垂千古的聖賢人物。「舜發於畎畝之中，傅說舉於版築之間，膠鬲舉於魚鹽之中，管夷吾舉於士，孫叔敖舉於海，百里奚舉於市。」藉由舜曾在歷山下耕種，因受到堯的賞識而獲得重用，最後將天下禪讓於他，使他由田野之間起而為天子。傅說（音「悅」）曾在傅巖築版牆做苦力，後被殷高宗武丁舉用為相，治理百姓。膠鬲起初隱身於市井之中，以販賣魚、鹽維生，後來周文王將他推薦給商紂，成為殷商的賢臣。管仲（名夷吾）當初因替公子糾爭位失利，幽囚受辱，被獄官所看管；後來受到好友鮑叔的舉薦，齊桓公任為齊相，他助桓公九合諸侯，一匡天下，建立霸業。楚人蔿敖，字孫叔，其父蔿賈被殺後，他為了逃難隱居淮海之濱；後楚莊王用他為令尹（楚相），施政導民，歷經三個月楚國大治。百里奚原是奴隸，後來逃走被楚國捉到，秦穆公用五張黑羊皮將他贖回，人稱「五羖大夫」；一度被任命為秦相。

文云：「故天將降大任於是人也，必先苦其心志，勞其筋骨，餓其體膚，空乏其身，行拂亂其所為，所以動心忍性，曾益其所不能。」孟子以為古聖賢身處困頓，當知那是上天的磨練：因為老天即將把重責大任託付給一個人時，一定先使他心志困苦，筋骨勞累，身軀挨餓，身家困乏，讓他事事不順心，為的是激發他的心志、堅忍他的性情，增加他本來所欠缺的能力。唯有通過這層層的考驗，讓他砥志礪行，動心忍性，能力倍增，老天才能真正安心賦予他重任，他也才足以勝任此重擔。

又云：「人恆過，然後能改；困於心，衡於慮，而後作；徵於色，發於聲，而後喻。」孟子認為一般人總是犯了錯，然後才能改正；心志困頓，思慮梗塞，然後才能奮發振作；察看別人不悅的臉色，發覺別人不滿的聲音，然後才能了解自身的缺失。這是凡人因犯下過錯而知所悔改，思慮困頓而有所醒悟，從別人的反應而明白自己的不足。雖然有別於「先知先覺」的聖賢，屬於「後知後覺」者，但畢竟還有所自覺，若能及時修正、奮發，仍大有可為。

孟子說：「入則無法家拂（通『弼』）士，出則無敵國外患者，國恆亡。然後知生於憂患，而死於安樂也。」意思是國內沒有守法的大臣和輔弼的賢士，國外沒有敵對的國家和外來的禍患，這個國家注定要滅亡。然後我們終於知道：在憂患的環境中才能生存，在安樂的環境中便將難逃敗亡厄運。只有那些「不知不覺」的愚人，才會耽溺於安樂而渾然不察，最後落得一敗塗地的結局，後悔莫及。

《孟子・告子下》

殷憂啟聖勵人心

故天將降大任於是人也，必先苦其心志，勞其筋骨，餓其體膚，空乏其身，行拂亂其所為，所以動心忍性，曾益其所不能。人恆過，然後能改；困於心，衡於慮，而後作；徵於色，發於聲，而後喻。

空乏其身：使其身乏資絕糧。／拂：戾也。使他所為皆事與願違。／曾：通「增」。／衡於慮：使他思慮梗塞不通。／徵於色：察看別人的臉色。徵，徵驗。色，臉色。

大考停看聽

因此上天將把重任交給這個人時，必定先使他心志困苦，筋骨勞累，身軀挨餓，身家困乏，讓他事事不順心，為的是激發他的心志、堅忍他的性情，增加他本來所欠缺的能力。人總是犯了錯，然後才能改正；心志困頓，思慮梗塞，然後才能奮發振作；察看別人不悅的臉色，發覺別人不滿的聲音，然後才能了解自身的缺失。

先知先覺者　聖賢安於困窮，知是上天考驗

大舜耕田歷山下　傅說築版做苦力　管仲曾陷監獄裡

◆膠鬲隱身魚鹽中
◆孫叔逃難淮海濱
◆五羖大夫百里奚

「故天將降大任於是人也，必先苦其心志，勞其筋骨，餓其體膚，空乏其身，行拂亂其所為，所以動心忍性，曾益其所不能。」

後知後覺者　凡人因而感激，於是奮其智慮

＊「人恆過，然後能改；困於心，衡於慮，而後作；徵於色，發於聲，而後喻。」
孟子認為凡人雖然屬於「後知後覺」者，但畢竟還有所自覺，若能及時修正、奮發，仍大有可為。

不知不覺者　愚人耽於逸樂，終將自取敗亡

＊「入則無法家拂士，出則無敵國外患者，國恆亡。然後知生於憂患，而死於安樂也。」
只有「不知不覺」的愚人，才會耽溺於安樂而渾然不察，最後落得一敗塗地的結局，後悔莫及。

UNIT 1-45 故觀於海者難為水，遊於聖人之門者難為言

《孟子・盡心上》談及人應該秉持本心善性，修身成德，明道致用，行諸天下，方能無處而不善。如首章闡明盡心竭性，足以承天；無論殀壽禍福，都要秉心不違。孟子曰：「盡其心者，知其性也。知其性，則知天矣。存其心，養其性，所以事天也。殀壽不貳，修身以俟之，所以立命也。」是說能夠盡自己靈明本心的人，就可以知道自己受之於天的本性。能夠知道自己的本性，就可以知曉天道了。能夠保存自己靈明的本心，順養自己天賦的本性，便是事奉上天的方法了。無論生命的長短都絲毫不在意，只是修養身心，等候天命，便是確立天命的方法了。此處點明人人皆具有本心，此心根源於與生俱來的善性，而善性為上天所賦予，與天道相同無別。所以人只要盡其心，便能知其性，進而知曉天道。存心養性，便是實踐天道了。

第三則旨在說明為仁由己，富貴在天。孟子曰：「求則得之，舍則失之，是求有益於得也，求在我者也。求之有道，得之有命，是求無益於得也，求在外者也。」強調仁義禮智是人的本性中所具有，只要追求便能得到，而富貴利達乃身外之物，雖然有方法可以追求，但不保證一定能求到。既然如此，我們只能追求仁心善性，並順從自己的喜好罷了。

第十五則：孟子曰：「人之所不學而能者，其良能也；所不慮而知者，其良知也。」不必學習自然就會的，是人的良能；不必思考自然就知道的，是人的良知。舉例來說，懷抱中的小娃兒，沒有不知道要親愛父母的；等長大了，沒有不知道要敬愛兄長的。因為「親親，仁也；敬長，義也。無他，達之天下也。」親愛父母，是仁；敬愛兄長，是義。這其中並沒有別的緣故，只因普天下的人都具有仁義的善性啊。如此見父知孝，見兄知敬，都是人不學而能、不慮而知的良能良知，是仁義之本性，可放諸四海而皆準。

第二十四則言聖人之道，大而有本；學習聖道者，必須循序漸進，才能有所得。孟子曰：「孔子登東山而小魯，登泰山而小天下。故觀於海者難為水，遊於聖人之門者難為言。」先舉例說，孔子登上東山就覺得魯國太小了，登上泰山就感到天下也變小了。所以見過大海的人就覺得任何河流都無法和它相比，遊學於聖人門下的人就感到任何言論都無法與之相提並論。又云：「觀水有術，必觀其瀾；日月有明，容光必照焉。流水之為物也，不盈科不行；君子之志於道也，不成章不達。」再論觀看水源是否充沛的方法，一定要看它的波瀾是不是壯闊；就像日月有了發光的本體，凡是能容納光線的地方一定都能照到。而流水，不注滿是不會向前流的；一如君子立志求道，不累積到文章外現的程度，就不能通達聖人的大道。可見君子立身求道，積善成德，必須日累月積，持之以恆，始能有所成。

《孟子·盡心上》

盡心知性則知天

孔子登東山而小魯，登泰山而小天下。故觀於海者難為水，遊於聖人之門者難為言。觀水有術，必觀其瀾；日月有明，容光必照焉。流水之為物也，不盈科不行；君子之志於道也，不成章不達。

東山：魯國東邊的高山。／科：坎也。／成章：指內在積累深厚，美好的文采彰顯於外。／達：通達於聖人之道。

大考停看聽

孔子登上東山就覺得魯國太小了，登上泰山就感到天下也變小了。所以見過大海的人就覺得任何河流都無法和它相比，遊學於聖人門下的人就感到任何言論都無法與之相提並論。觀看水源是否充沛有方法，一定要看它的波瀾是不是壯闊；日月有了發光的本體，凡是能容納光線的地方一定都能照到。流水這種東西，不注滿是不會向前流的；君子立志求道，不累積到文章外現的程度，就不能通達聖人的大道。

＊孟子曰：「盡其心者，知其性也。知其性，則知天矣。存其心，養其性，所以事天也。殀壽不貳，修身以俟之，所以立命也。」

此處點明人人皆具有本心，此心根源於與生俱來的善性，而善性為上天所賦予，與天道相同無別。所以人只要盡其心，便能知其性，進而知曉天道。存心養性，便是實踐天道了。

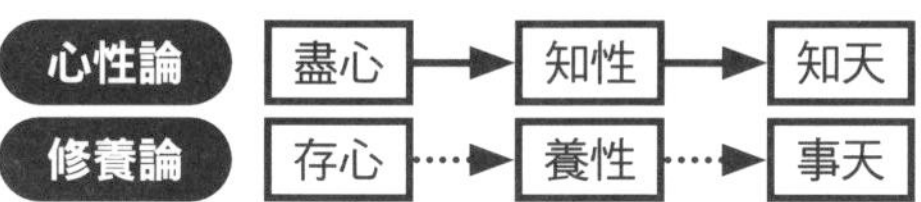

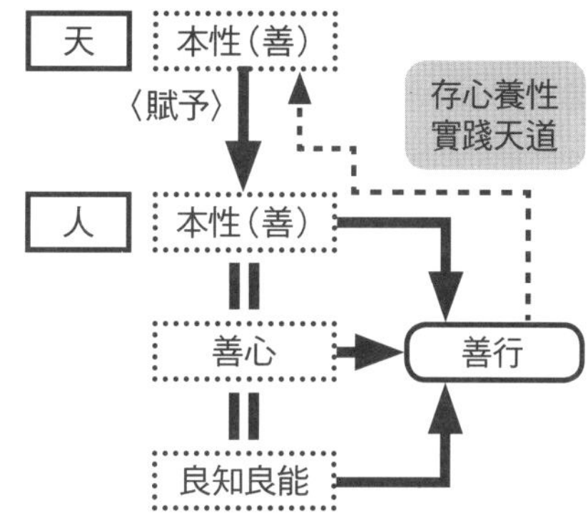

為仁由己　富貴在天

＊孟子曰：「求則得之，舍則失之，是求有益於得也，求在我者也。求之有道，得之有命，是求無益於得也，求在外者也。」

強調仁義禮智是人的本性中所具有，只要追求便能得到，而富貴利達乃身外之物，雖然有方法可以追求，但不保證一定能求到。

仁心善性是與生俱來的，不假外求

良知良能　人人有之

＊孟子曰：「人之所不學而能者，其良能也；所不慮而知者，其良知也。」

★每個人天生具有「良知」、「良能」，是不必學習、不必思考自然就明白的。

★如懷抱中的小娃兒，沒有不知道要親愛父母；等長大了，沒有不知道要敬愛兄長。因為「親親，仁也；敬長，義也。無他，達之天下也。」

★如此見父知孝，見兄知敬，都是人不學而能、不慮而知的良能良知，是仁義之本性，可放諸四海而皆準。

UNIT 1-46 掘井九軔而不及泉，猶為棄井也

《孟子・盡心上》第二十五則：孟子曰：「雞鳴而起，孳孳為善者，舜之徒也；雞鳴而起，孳孳為利者，蹠之徒也。欲知舜與蹠之分，無他，利與善之間也。」明揭虞舜與盜蹠（音「直」）品行相去十萬八千里，但二人的分別僅在義與利之間而已。孟子認為，一早雞鳴便起來，勤勉不懈地行善，是虞舜一類的聖賢；而天亮雞啼便起身，勤勉謀求私利，是盜蹠一類的凡夫。虞舜與盜蹠的分別，沒有別的，只在行善、謀利之間罷了。

第二十六則分別評論楊朱、墨翟和魯賢人子莫之道，皆有所偏頗。孟子曰：「楊子取為我，拔一毛而利天下，不為也。」批評楊朱主張「為我」，自私自利，即使拔一根毛而對天下人有利，他也絕對不肯。又云：「墨子兼愛，摩頂放（音『訪』）踵利天下，為之。」再批駁墨子主張「兼愛」，刻苦自勵，就算摩禿頭頂、走破腳後跟，只要對天下人有利，他都願意去做。復云：「子莫執中，執中為近之；執中無權，猶執一也。」而子莫執守楊、墨二家之中道，然而，執中似乎是近道了嗎？執中如果不能通權達變，仍然是執守一偏之見。人們之所以厭惡這些執守一偏的人，是因為他們傷害了中正之道，舉用一事而廢棄了百事。由此可見，儒家聖賢所持仁義之道才是不偏不倚的中正之道，值得人們朝夕惕勵，貫徹到底。

第二十九則：孟子曰：「有為者，辟若掘井——掘井九軔而不及泉，猶為棄井也。」指點人進德修業未達目標，不可以半途而廢；否則，終將徒勞無功。孟子善用譬喻法，說明想要有所作為的人，好比開挖水井一般：雖然挖到九仞深，但還沒看見泉水就收手了，那仍是一口廢井，毫無用處。

第四十二則：孟子曰：「天下有道，以道殉身；天下無道，以身殉道；未聞以道殉乎人者也。」是說天下有道時，大道就隨著君子現身，普遍施行於天下。反之，天下無道時，君子就隨著大道淪陷，沒沒退隱於山林。孟子以為人應該順著大道而行，從來沒有讓大道來遷就俗人的道理。

第四十五則：孟子曰：「君子之於物也，愛之而弗仁；於民也，仁之而弗親。親親而仁民，仁民而愛物。」是說君子對於草木鳥獸，應該愛護牠們，卻不該以待人的仁德對待牠們；對於黎民百姓，應該仁愛以待之，卻不該以對待親人的親情對他們。儒家強調有等差的愛，君子應該先親愛自己的親人，再推己及人，進而仁愛百姓；從仁愛百姓，然後推及草木鳥獸等萬物之上。由親人而人民而萬物，由親而疏，由人而物，這種親疏遠近的倫理關係，與楊朱的「為我」、墨子的「兼愛」自然不同，所以孟子才會力斥：「楊氏為我，是無君也；墨氏兼愛，是無父也；無父無君，是禽獸也！」（《孟子・滕文公下》）批判楊朱、墨子缺乏君父思想，簡直不配為人，與禽獸無異！

《孟子・盡心上》

無君無父禽獸也

★孟子曰：「有為者，辟若掘井——掘井九軔而不及泉，猶為棄井也。」

★孟子曰：「天下有道，以道殉身；天下無道，以身殉道；未聞以道殉乎人者也。」

辟：通「譬」。／軔：通「仞」。八尺為一仞。／有道：王道得以施行。／殉：通「徇」，從也。

大考停看聽

★孟子說：「有作為的人，譬如掘井一般——雖然挖掘到九仞（七十二尺）深但還沒看見泉水就罷手了，那仍然是一口無用的廢井啊。」

★孟子說：「天下有道的時候，大道就隨著君子現身而施行；天下無道的時候，君子就隨著大道淪陷而退隱；我沒聽說過拿大道來遷就俗人的。」

墨翟「兼愛」

***孟子云：「墨子兼愛，摩頂放踵利天下，為之。」**

批駁墨子主張「兼愛」，刻苦自勵，只要對天下人有利，他都願意去做。

孟子曰：「墨氏兼愛，是無父也。」

楊朱「為我」

***孟子曰：「楊子取為我，拔一毛而利天下，不為也。」**

批評楊朱主張「為我」，自私自利，不肯為別人做半點事。

孟子曰：「楊氏為我，是無君也。」

「無父無君，是禽獸也！」

儒家「仁愛」

***孟子曰：「君子之於物也，愛之而弗仁；於民也，仁之而弗親。親親而仁民，仁民而愛物。」**

★儒家強調有等差的愛，君子應該先親愛自己的親人，再推己及人，進而仁愛百姓；從仁愛百姓，然後推及草木鳥獸等萬物之上。

★由親人而人民而萬物，由親而疏，由人而物，這種親疏遠近的倫理關係，是儒家聖賢所提倡的正道，不偏不倚，絕無過與不及，才是人們應該朝夕惕勵，貫徹到底的處世之道。

墨翟	兼愛	兼愛天下人	無父	過
楊朱	為我	只愛我自己	無君	不及
儒家	仁愛	有等差的愛	合乎中道	勝

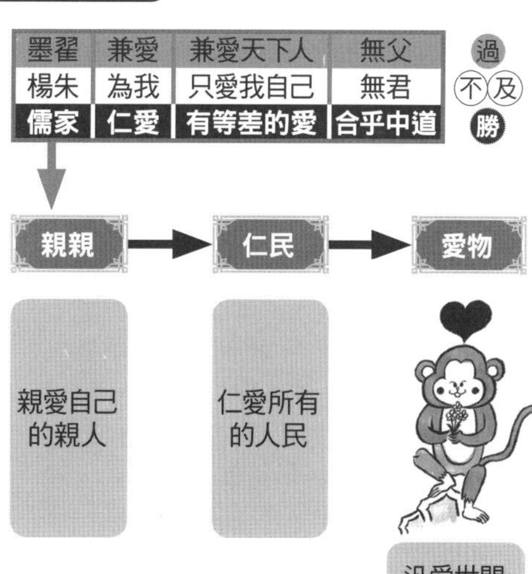

UNIT 1-47 自天子以至於庶人，壹是皆以修身為本

〈大學〉原為《禮記》第四十二篇。朱熹作《四書章句集注》，將〈大學〉、〈中庸〉獨立而出，與《論語》、《孟子》合稱「四書」。從此，「四書」與「五經」成為科舉考試必考之書。關於〈大學〉的作者，據朱熹〈大學章句〉指出：「經一章，蓋孔子之言，而曾子述之；其傳十章，則曾子之意，而門人記之也。」以為「經」是曾子傳述孔子之言，為曾子所作；「傳」是門人記述曾子的話，出自曾子門人之手。由於文中屢次徵引孔子、曾子的言論，一般學者只能確定〈大學〉為孔、曾之後，西漢戴聖（編有《小戴禮記》四十九篇）之前的儒者所作，非靠一人之力完成。

何謂「大學」？如鄭玄《三禮目錄》所云：「名曰大學者，以其記博學可以為政也。」就是博學的意思。朱熹〈大學章句〉亦云：「大學者，大人之學也。」就是古代教人窮理、正心、修己、治人等成為大人的學問。可見大學即博大精深的學問，是成為大人必備的學問。此外，「大學」也是古代官方設立的學校，如《大戴禮記・保傅》云：「古者……束髮而就大學，學大藝焉，履大節焉。」是知「大學」中教育的內容正是「博大的學問」，是「大人之學」，與一般童子學習「灑掃、應對、進退之節，禮樂、射御、書數之文」的「小子之學」迥別。

〈大學〉依據孔子、孟子「仁政」的思想，以先總括、後條分的形式，闡釋儒家修身、齊家、治國、平天下的主張。首先，提出「三綱」、「八目」之說。所謂「三綱」，指大人之學的三個進階目標，即「明明德（彰顯自身天賦靈明的德性）」、「親民（親愛民眾、使他們才德日新）」、「止於至善（使人人達到至善的境界）」。所謂「八目」，指大人之學的八個步驟，即「格物」、「致知」、「誠意」、「正心」、「修身」、「齊家」、「治國」、「平天下」。而「三綱」、「八目」之間有著本末、終始、先後的關係：「格、致、誠、正、修」是「明明德」的工夫，即修己之道；「齊、治、平」是「親民」的工夫，即治人之道。由「明明德」至「親民」，恰好是從「內聖」到「外王（動詞，去聲）」的進程，最終達到「止於至善」的境地，便是大人之學的終極目標。

〈大學〉原不分章節，朱熹作〈大學章句〉乃據程頤之意，分為經一章、傳十章。〈經一章：大學之道〉，標題為後人所加。全文可分為六段：首段揭示三綱領。次段以「定（志有定向）、靜（心不妄動）、安（處事安適）、慮（思慮周詳）、得（達到至善的境界）」為五程序。三段明本末終始之關係。四段從「平天下」至「格物」，逆推八條目。五段從「物格」至「天下平」，順推八條目。六段言「自天子以至於庶人，壹是皆以修身為本。」因為修己才能治人，故大學之道當以修身為本。

《四書・大學》

齊家治國平天下

大學之道：在明明德，在親民，在止於至善。知止而后有定，定而后能靜，靜而后能安，安而后能慮，慮而后能得。物有本末，事有終始，知所先後，則近道矣。

后：通「後」。／定：志有定向。／靜：心不妄動。／安：所處而安，指安於目前的處境。／慮：思慮周詳。／得：得其所止，即達到至善的境界。

大考停看聽

大學所講的道理：在彰顯自身天賦靈明的德性，在親愛民眾、使他們才德日新，在使人人達到至善的境界。知道要達到至善的境界，然後才能志有定向；志有定向，然後才能心不妄動；心不妄動，然後才能處事安適；處事安適，然後才能思慮周詳；思慮周詳，然後才能達到至善的境界。任何一件東西都有根本和末梢，任何一件事情都有終了和起始，知道何者該先、何者該後，就符合大學所講修己治人的道理。

〈大學〉原為《禮記》第四十二篇 → 朱熹將它獨立而出，收入「四書」 → 「四書」、「五經」成為科舉所必考

〈大學〉的作者	為孔子、曾子之後，西漢戴聖之前的儒者所作，**非靠一人之力完成**
「大學」釋義	1. 鄭玄《三禮目錄》云：「名曰大學者，以其記博學可以為政也。」亦即**博學**之意。 2. 朱熹〈大學章句〉云：「大學者，大人之學也。」就是古代教人**成為大人的學問**。 3.《大戴禮記》云：「古者……束髮而就大學，學大藝焉，履大節焉。」也是古代**官方設立的學校**。

〈大學〉的內容

〈大學〉依據孔子、孟子「仁政」的思想，以先總括、後條分的形式，闡釋儒家修身、齊家、治國、平天下的主張。

三綱領	大人之學的三個進階目標	「明明德」⇨「親民」⇨「止於至善」
五程序	大人之學的五個程序	「定」⇨「靜」⇨「安」⇨「慮」⇨「得」
八條目	大人之學的八個步驟	「格物」⇨「致知」⇨「誠意」⇨「正心」⇨「修身」⇨「齊家」⇨「治國」⇨「平天下」

修己　內聖：**「明明德」**的工夫——格、致、誠、正、修 ⇢ 治人　外王：**「親民」**的工夫——齊、治、平 ⇢ 大人之學的**｛終極目標｝**：**「止於至善」**

第1章 經典篇

UNIT 1-48 君子戒慎乎其所不睹，恐懼乎其所不聞

〈中庸〉原為《禮記》第三十一篇，朱熹將它與〈大學〉獨立而出，和《論語》、《孟子》合稱「四書」。何謂「中庸」?「中」即「中和（中正平和）」、「不偏（沒有偏差）」、「無過不及（恰到好處）」的意思。「庸」含有「用」、「恆常」、「平常」之意，亦即倫理常道是人人平常所必須奉行遵守的。可見〈中庸〉旨在闡述中和之道及其實踐效用。〈中庸〉本無卷次與章節，唐代孔穎達奉命編纂《五經正義》時，將之分為兩卷、三十三段；南宋朱熹作〈中庸章句〉，進一步標明章次，始成今貌。

朱熹《朱子語類》云：「讀書以〈大學〉為先，次《論語》，次《孟子》，次〈中庸〉。〈中庸〉功夫密，規模大。」因為〈中庸〉內容廣泛，涉及儒家學說的各個層面，是「孔門傳授心法」，如朱熹〈中庸章句〉引程頤所說：「其書始言一理，中散為萬事，末復合為一理。……其味無窮，皆實學也。善讀者玩索而有得焉，則終身用之有不能盡者矣。」〈中庸〉就是這樣一門實用的學問。以今本〈中庸〉為例，首章說明道之本源，即朱熹所謂「一篇之體要」，即「始言一理」；第二至二十章前半分論關於修身、為政等事，即「中散為萬事」；最後第二十章後半至三十三章結束，又「合為一理」，論「誠」、「一以貫之」的道理。

如〈第一章：天命謂性〉，標題為後人所加。文分三段：首段：「天命之謂性，率性之謂道，修道之謂教。道也者，不可須臾離也；可離，非道也。」推究道的本源，源自於上天所賦予。上天賦予每個人的本質稱作「性」，依循人的本性而行便稱作「道」，而遵照「道」的原則修養自身即稱作「教」。這個「道」根源於天，深植在人人的本性之中，所以我們片刻都無法離開它；如果能離開，那就不是「道」了。

次段提出「道」的實踐要領，在於「慎獨」。文云：「是故，君子戒慎乎其所不睹，恐懼乎其所不聞。莫見乎隱，莫顯乎微，故君子慎其獨也。」是說君子常心存戒慎恐懼，於別人看不見、聽不見的地方時時反躬自省。一個人的行為可以由小知大，從隱晦處、細節處看出端倪，因此，君子在獨處時應該特別戒慎恐懼啊。此處「慎獨」的工夫，即〈大學〉所謂「誠意」，端正自身的意念也。

末段闡明中和之道及其功效。文云：「喜怒哀樂之未發，謂之中；發而皆中（去聲）節，謂之和。中也者，天下之大本也；和也者，天下之達道也。」是說喜怒哀樂的情緒在心中未發動以前，稱為「中」，這是天下事物自然的本性；喜怒情緒發動以後都合於節度，無過與不及，稱為「和」，這是天下事物普遍通行的準則。「致中和，天地位焉，萬物育焉。」如能完全推廣中和之道，便可使天地安得其所，萬物順利成長，世間一切井然有序。

《四書・中庸》

君子慎獨誠意念

天命之謂性，率性之謂道，修道之謂教。道也者，不可須臾離也；可離，非道也。是故，君子戒慎乎其所不睹，恐懼乎其所不聞。莫見乎隱，莫顯乎微，故君子慎其獨也。

性：本質。／道：從依循本性而行的軌跡，引申為天地間存在的真理。／教：指禮樂刑罰等後天人為的教化。／須臾：片刻。／戒慎：警戒謹慎。／見：通「現」。

大考停看聽

上天賦予人的本質稱作「性」，依循本性而行稱作「道」，遵照「道」的原則修養自身稱作「教」。這個「道」啊，我們片刻也不可以離開它；如果可以離開，那就不是「道」了。因此，君子在人看不見的地方也常警戒謹慎，在人聽不見的地方也常惶恐畏懼。因為沒有比隱晦處更暴露的，沒有比細微處更顯著的，所以君子在獨處時特別戒慎恐懼啊。

〈中庸〉原為《禮記》第三十一篇 → 朱熹將它獨立而出，收入「四書」 → 「四書」、「五經」成為科舉所必考

〈中庸〉的作者	★《史記》說是孔子的孫子子思所作 ★應是出於子思，經漢儒闡發，收入《禮記》
「中庸」釋義	★「中」：「中和」、「不偏」、「無過不及」的意思。 ★「庸」：為「用」、「恆常」、「平常」之意，亦即倫理常道是人人平常所必須奉行遵守的。 ⇨〈中庸〉旨在闡述中和之道及其實踐效用

〈中庸〉是一門實用的學問

首章	第二至二十章前半	第二十章後半至三十三章結束
說明道之本源	論關於修身、為政等事	又「合為一理」，論「誠」、「一以貫之」的道理
朱熹所謂「一篇之體要」，即「始言一理」	即「中散為萬事」	

〈第一章：天命謂性〉，標題為後人所加

1

首段推究道的本源，源自於上天所賦予。

★上天賦予每個人的本質：「性」
★依循每個人的本性而行：「道」
★遵照「道」來修養自身：「教」

2

次段提出「道」的實踐要領，在於「慎獨」。

此處「慎獨」功夫，即〈大學〉所謂「誠意」

3

末段闡明「中和之道」及其功效。

★喜怒哀樂未發動以前：「中」
★情緒發動後都合節度：「和」
★推廣中和之道一切井然有序

UNIT 1-49 君子居易以俟命，小人行險以徼幸

關於〈中庸〉的作者，據《史記・孔子世家》記載：「伋，字子思，年六十二。嘗困於宋。子思作〈中庸〉。」子思是孔子的孫子孔伋。但此說受到宋代以後學者的質疑，因為〈中庸〉的思想與《論語》不同，且其中出現《孟子》的文字，還有不少漢代儒者的雜記之筆，可見應該不是子思所作。近代學者認為〈中庸〉應當出自子思，經秦漢儒者的推衍闡發，而後收入《禮記》中。這種說法似乎比較客觀、公允。

雖說如此，我們還是得藉機認識一下子思為何許人也。子思（483B.C.～402B.C.），姓孔，名伋，魯國陬邑（今山東曲阜）人。為「宗聖」曾參的弟子，基於家學、師學的薰染，也是一位著名的儒家學者。由於宋代以前學者相信〈中庸〉出自子思之手，皆以為他傳授孔門心法，紹述「至聖」孔子之業，而尊之為「述聖」。著有《子思》二十三篇。

如〈第十四章：素位而行〉，標題為後人所加；用以申明道不可離之義。文分二段：首段論君子應安分行事：「君子素其位而行，不願乎其外。素富貴，行乎富貴；素貧賤，行乎貧賤；素夷狄，行乎夷狄；素患難，行乎患難。君子無入而不自得焉！」是說君子只在自己的地位上安分行事，不願去貪慕分外的事。身處富貴的地位，就做富貴者應做的事；身處貧賤的地位，就做貧賤者應做的事；處在夷狄的環境中，就做夷狄輩該做的事；處在患難的境遇裡，就做患難時該做的事。唯有這樣，君子無論置身何處，才能隨遇而安，心中沒有不感到自在快樂的。

這裡可與《論語・里仁》中孔子所說：「富與貴，是人之所欲也，不以其道得之，不處也。貧與賤，是人之所惡也，不以其道得之，不去也。君子去仁，惡（通『烏』，何也）乎成名？君子無終食之間違仁，造次必於是，顛沛必於是。」都是強調君子不因貧賤富貴、順逆治亂而離開仁，因為仁即天賦予人身上的良心善性，即宇宙人生最高的原理原則——「道」，它不可片刻離開我們，所以我們無時無刻都要與仁同在，倉促急遽時如此，顛仆困頓時亦是如此！

末段論君子素位正己，不怨天尤人。「在上位不陵下，在下位不援上。正己而不求於人，則無怨。上不怨天，下不尤人，故君子居易以俟命，小人行險以徼幸。」點出君子、小人之別，在於君子能安於自身所處的狀態，地位高的不欺凌下位的人，地位低的不攀附上位者。只要自己立身正直，不會去求別人，因此不致有所埋怨。對上不埋怨天，對下不怨恨人，所以君子能夠安於平素的地位，等候天命的到來。小人卻不是如此，他們往往寧可去冒險妄求，希望得到非分的收穫。故孔子說：「射有似乎君子，失諸正鵠，反求諸其身。」以射箭比喻君子為人處世之道，如果射不中靶心，應該反過來檢討自己，而不是去苛責別人或環境。

《四書・中庸》

君子無入不自得

在上位不陵下，在下位不援上。正己而不求於人，則無怨。上不怨天，下不尤人，故君子居易以俟命，小人行險以徼幸。

陵：欺凌也。／援：攀附。／尤：怨恨。／居易：安於素位。／徼幸：得到不當得之聲名或東西。

大考停看聽

地位高的人不欺凌下位的人，地位低的人不攀附上位的人。只要自己立身正直不去求別人，就不致有所埋怨。對上不埋怨天，對下不怨恨人，所以君子能夠安於平素的地位，等候天命的到來；小人卻要冒險妄求，希望得到非分的收穫。

子思作〈中庸〉？

1. 思想與《論語》不同
2. 出現《孟子》的文字
3. 參雜漢儒的雜記之筆

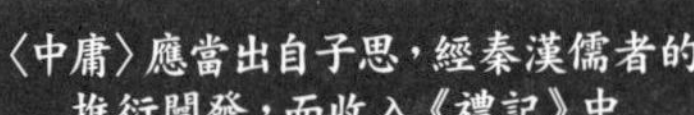

〈中庸〉應當出自子思，經秦漢儒者的推行闡發，而收入《禮記》中

「述聖」子思

子思（483B.C.～402B.C.），姓孔，名伋，魯國陬邑（今山東曲阜）人。為「至聖」孔子的孫子，「宗聖」曾參的弟子，他基於家學、師學的薰染，也是一位著名的儒家學者。

由於宋代以前學者相信〈中庸〉出自子思之手，皆以為他傳授孔門心法，紹述孔子之業，而尊之為「述聖」。

〈第十四章：素位而行〉，用以申明道不可離之義

首段論君子應安分行事

★「君子素其位而行，不願乎其外。素富貴，行乎富貴；素貧賤，行乎貧賤；素夷狄，行乎夷狄；素患難，行乎患難。君子無入而不自得焉！」

★君子應在自己的地位上安守本分，不願去貪慕分外的事。唯有這樣，無論置身何處，才能隨遇而安，心中沒有不感到自在快樂的。

末段論君子素位正己，不怨天尤人

★「在上位不陵下，在下位不援上。正己而不求於人，則無怨。上不怨天，下不尤人，故君子居易以俟命，小人行險以徼幸。」

★點出君子、小人之別：**君子**能安於所處的狀態，耐心等候天命的到來。**小人**卻寧可冒險妄求，就想得到非分的收穫。

UNIT 1-50 凡事豫則立，不豫則廢

《中庸‧第二十章：哀公問政》記孔子為魯哀公闡明為政之道，在於取人修身，履行五達道、三達德；並闡明治天下國家，行九經之法，在於至誠，在於豫前謀之。

取人修身方面，子曰：「故為政在人，取人以身，脩身以道，脩道以仁。仁者，人也，親親為大；義者，宜也，尊賢為大。親親之殺（音『曬』，等差），尊賢之等，禮所生也。」是說為政者應得人才的輔佐，取得人才則有賴自身的修養，修養自身有賴於人道的修明，修明人道有賴於仁德的發揮。所謂仁，就是人性的表現，其中以親愛自己的親人為最重要；所謂義，就是合宜的行為，其中以尊重賢能的人為最重要。親愛親族有親疏的等差，尊重賢人也有高下的等級，禮就由此產生了。論儒家修己治人之道，揭示「仁」、「義」、「禮」的重要性。

何謂五達道、三達德？「君臣也，父子也，夫婦也，昆弟也，朋友之交也，五者，天下之達道也；知（通『智』）、仁、勇，三者，天下之達德也；所以行之者，一也。」天下人所共同履行的五種倫理：君臣、父子、夫婦、兄弟、朋友的交往；天下人所共有的三種德性：智、仁、勇。用來實行這五達道、三達德的，只有一個「誠」字而已。

治理天下國家，有所謂「九經之法」：「脩身也，尊賢也，親親也，敬大臣也，體群臣也，子庶民也，來百工也，柔遠人也，懷諸侯也。」意思是修養自身，尊重賢人，親愛親族，禮敬大臣，體恤群臣，愛民如子，招徠百工，安撫遠方來的人，感召各國的諸侯。為政者如果做到以上九點，必能使天下人畏敬、歸服。而其具體的作法：齋戒明潔，不合禮法便不輕舉妄動，是修身的方法；遠離女色、財貨，重視道德，是勸勉賢人的方法；升官加祿，迎合他的好惡，是勸人親愛親族的方法；部屬眾多，足供差遣，是勸勉大臣的方法；待以至誠，俸祿優厚，是勸勉低階官吏的方法；定時役使、薄收賦稅，是勸勉老百姓的方法；按時查驗、考核，給予和工作相當的報酬，是勸勉百工的方法；歡送走的、迎接來的，嘉獎優良的、撫恤無能的，是安慰遠來的人的方法；延續世系已絕的諸侯，振興政事已廢的國家，定時朝貢聘問，送禮豐厚、受貢微薄，是感召各國諸侯的方法。總之，治理天下國家雖有九個常法，但賴以實行的仍只有一個「誠」字啊！

文云：「凡事豫則立，不豫則廢；言前定，則不跲（音『夾』，躓也）；事前定，則不困；行前定，則不疚；道前定，則不窮。」強調做任何事預先有準備就能成功，沒準備終將失敗。無論說話、做事、行動、做人處世都是如此，凡事有備才能無患；沒有充分的準備，必然一敗塗地。為政治民亦不例外，上位者當做好準備，勉力做到至誠的地步，堅持到底，絕不放棄，如此必能做出一番成績來。

《四書・中庸》

哀公問政於孔子

　　時時薄斂，所以勸百姓也；日省月試，既稟稱事，所以勸百工也；送往迎來，嘉善而矜不能，所以柔遠人也；繼絕世，舉廢國，治亂持危，朝聘以時，厚往而薄來，所以懷諸侯也。

既稟稱事：指視工作績效而給予相當的俸祿。既，通「餼（音「戲」）」，禾米也。稟，通「廩」，賜穀也。稱，音「秤」，相當。／朝聘以時：按一定的時日朝聘之意。

大考停看聽

　　定時役使、薄收賦稅，是勸勉老百姓的方法；每日查驗、按月考核，給予和工作相當的報酬，是勸勉百工的方法；歡送走的、迎接來的，嘉獎優良的、撫恤無能的，是安慰遠來的人的方法；延續世系已絕的諸侯，振興政事已廢的國家，為其平定禍亂、扶持危難，定時的朝貢聘問，送去的禮物要豐厚、收受的貢品要微薄，是感召各國諸侯的方法。

〈第二十章：哀公問政〉，記孔子為魯哀公闡明為政之道

取人修身方面

論儒家修己治人之道，揭示「仁」、「義」、「禮」的重要性。

仁	人性的表現，以親愛自己的親人為最重要
義	合宜的行為，以尊重賢能的人為最重要
禮	親愛親族、尊重賢人有差等，便產生禮

五達道

★「君臣也，父子也，夫婦也，昆弟也，朋友之交也，五者，天下之達道也。」

★天下人所共同履行的五種倫理：君臣、父子、夫婦、兄弟、朋友。

三達德

★「知（通『智』）、仁、勇，三者，天下之達德也。」

★天下人所共有的三種德性：智、仁、勇。

↓

用來實行「五達道」、「三達德」的，只有一個「誠」字

治國理民方面

九經之法		
	脩身也	修養自身
	尊賢也	尊重賢人
	親親也	親愛親族
	敬大臣也	禮敬大臣
	體群臣也	體恤群臣
	子庶民也	愛民如子
	來百工也	招徠百工
	柔遠人也	安撫遠方來的人
	懷諸侯也	感召各國的諸侯

↓

治理天下雖有九個常法，賴以實行的仍只有一個「誠」字

無論取人修身或為政治民都一樣，「凡事豫則立，不豫則廢」，都要預先做好準備，勉力做到至誠的地步，堅持到底，才能做出一番成績來。

第2章
史論篇

文公伐原，令以三日之糧，三日而原不降，公令疏軍而去之。

UNIT 2-1 得原而失信，何以使人？

《國語》記錄上起穆王征犬戎（約947B.C.），下迄三家滅智（453B.C.），將近五百年間，周王室和魯、齊、晉、鄭、楚、吳、越等諸侯國的歷史。全書二十一卷，依國別編排，為中國國別史之祖；清人《四庫全書》列入「史部・雜史類」。《國語》舊題左丘明撰，因此稱《左傳》為「春秋內傳」、《國語》為「春秋外傳」，認為二書同出自左丘明手筆。但左丘明何許人也，至今仍是個謎，當然也就無法釐清《國語》的作者問題了。

「文公伐原」一事，見載於《國語・晉語》。說晉文公曾出兵討伐原國，臨行前下令只帶三天的糧草。大軍包圍原國後，到了第三天，原國還是頑強抵抗，不肯投降。於是，文公命兵士全部撤退。根據探子出城回報：「原國已彈盡糧絕，頂多再撐個一、兩天罷了。」軍官向文公報告此事，文公仍然堅持撤兵道：「得原而失信，何以使人？夫信，民之所庇也，不可失也。」意思是得到原國而失去了誠信，日後將如何使喚人民？誠信，是人民所賴以生存的保障，因此絕對不可失信於民！於是，晉軍浩浩蕩蕩地離開，到了孟門，原國宣布投降。

此事在《韓非子・外儲說上》、《呂氏春秋・離俗覽・為欲》中也有記載，二書內容雷同，但與《國語》略有出入。是說晉文公起兵討伐原國，事先跟身邊的謀士說好七天攻下原國，結果七天到了，還沒攻下原國，於是命令晉軍班師回朝。有個謀士進言：「眼看原國就要攻下了，請將士們再多等一些時間。」

文公說：「信，國之寶也，得原失寶，吾不為也。」文公認為誠信是立國的珍寶，他絕不能因為想得到原國，而失去誠信這個珍貴的寶物。於是，率領晉軍打道回府。隔年，他又率師伐原，並在出發前跟謀士約好這次一定要攻下原國才回來。原國人聽說文公誓在必得，也就投降了。衛國人聽到傳聞，認為文公能以誠信治國，便前來歸順。

「故曰：『攻原得衛者』，此之謂也。」所以說：「討伐原國而得到衛國」，就是這樣的說法。「文公非不欲得原也，以不信得原，不若勿得也。必誠信以得之，歸之者非獨衛也。文公可謂知求欲矣。」認為文公是知道自己想要什麼的：他想得到原國，更想擁有誠信，所以只能以誠信的方式取得原國。因此，讓衛人心悅誠服，請求歸順。何況以誠信治國，來歸附的又何止衛人而已？

如《呂氏春秋・離俗覽・貴信》云：「凡人主必信，信而又信，誰人不親？……以言非信則百事不滿也，故信之為功大矣。」強調人主必須以誠信立天下，如此則誰不想親近、依附他呢？如不講誠信，那麼諸事都不圓滿，「誠信」的功用之大，可想而知。

關於晉文公伐原一事，兩種說法雖然不盡相同，但我們可以看出文公以誠信治國，不願失信於民，終於贏得百姓信服。果然高瞻遠矚，具有一代霸主的風範！

《國語・晉語四》

文公伐原不失信

文公伐原，令以三日之糧，三日而原不降，公令疏軍而去之。諜出曰：「原不過一二日矣。」軍吏以告，公曰：「得原而失信，何以使人？夫信，民之所庇也，不可失也。」乃去之，及孟門，而原請降。

原：原國，姬姓小國。／疏軍：撤兵。疏，散、撤。／諜：間諜，刺探敵方軍情的人，俗稱「探子」。／信：誠信。／庇：庇護，即賴以生存之意。／孟門：原國地名。

大考停看聽

晉文公出兵討伐原國，命令只帶三天的糧草，到了第三天原國還是不投降，文公下令晉軍撤退。據探子出城回報：「原國頂多再撐一、兩天罷了。」軍官將此事向文公報告，文公說：「得到原國而失去誠信，日後將如何使喚人民？誠信，是人民所賴以生存的保障，因此不可失信於民。」於是晉軍離開，到了孟門，原國宣布投降。

《國語》

記錄上起穆王征犬戎（約947B.C.），下迄三家滅智（453B.C.），將近五百年間，周王室和魯、齊、晉、鄭、楚、吳、越等諸侯國的歷史。

國別史

★凡二十一卷，依國別編排，為國別史之祖。
★清人《四庫全書》列入「史部・雜史類」。

春秋外傳

★作者問題至今成謎；舊題左丘明撰。
★因此稱《左傳》為「春秋內傳」、《國語》為「春秋外傳」，認為二書同出左丘明手筆。

文公伐原

★晉文公出兵討伐原國，下令只帶三天的糧草。
★到了第三天，原國仍然頑強抵抗，不肯投降。
★據探子回報：原國頂多再撐個一、兩天罷了。
★文公堅持撤兵：「得原而失信，何以使人？」
★晉軍遂離開，才到孟門，原國就宣布投降了。

《國語・晉語》

攻原得衛

★文公起兵伐原，事先跟身邊謀士說好七天攻下原國。
★七天到了，還沒攻下原國，於是命令晉軍班師回朝。
★謀士進言：原國就要攻下，請將士們多等一些時間。
★文公說：「信，國之寶也，得原失寶，吾不為也。」
★隔年，文公又率師伐原，說好這次一定要攻下原國。
★原國人知文公誓在必得，便投降。衛國人也來歸順。

《韓非子・外儲說上》、《呂氏春秋・離俗覽・為欲》

UNIT 2-2 今土木勝，臣懼其不安人也

《國語》在內容上較偏重於記述歷史人物的言論，不過敘事「繁蕪蔓衍」，不如《左傳》文筆洗鍊，歷來備受批評。在思想上，《國語》具有強烈的倫理觀念，弘揚德的精神，尊崇禮的規範，以為「禮」是治國之本，且特別強調「忠君」思維，一般認為是當時貴族教育重要的教材。整體而言，《國語》的思想比較駁雜，由於書中重在記實，所以思想並不侷限一家，往往隨著所記人物、言行而有不同。全書二十一卷，〈晉語〉就占了九卷，其次是〈周語〉三卷，再其次是二卷、一卷，難怪有人戲稱《國語》為「晉史」。

我們先來看「智果論智瑤必滅宗」一事：晉卿智宣子（即智甲，為晉國的貴族）想立兒子智瑤（即智伯）為繼承人。大夫智果強力反對，認為不如讓庶子智宵接班比較恰當。宣子說：「智宵剛愎凶狠。」智果回答：「宵之佷（通『狠』）在面，瑤之佷在心。心佷敗國，面佷不害。瑤之賢於人者五，其不逮者一也。美鬢長大則賢，射御足力則賢，伎藝畢給則賢，巧文辯惠則賢，強毅果敢則賢。如是而甚不仁。以其五賢陵人，而以不仁行之，其誰能待之？若果立瑤也，智宗必滅。」智果以為智瑤內心凶狠，雖然擁有俊美高大、力氣充沛、多才多藝、聰慧善文、剛毅果斷五大優點，只有不仁一項缺點，但如果他用這五大長處去幹不仁的勾當，誰又能寬容他？所以堅信若由智瑤來繼承，智氏家族必然滅亡。宣子偏不信邪。智果於是到太史那兒和智氏分族，改姓輔氏。等到智氏滅亡時，只有輔果一支保全下來。智果眼光獨到，別具先見之明，故能全身遠禍。

後來，智瑤還是繼位為晉卿，就是智伯；智氏一族果然亡在他手中。我們再來看「士茁謂土木勝懼其不安人」一則：智襄子（智伯的謚號）把房屋建造得美輪美奐，家臣士茁夜間來訪。智伯問：「我的房子美嗎？」士茁回答：「美則美矣，抑臣亦有懼也。」他說美是美極了，但還是讓人有點兒擔憂。智伯又問：「擔憂什麼呢？」士茁說：「臣以秉筆事君。志有之曰：『高山峻原，不生草木。松柏之地，其土不肥。』今土木勝，臣懼其不安人也。」他引用傳記上的記載：「高山峻嶺上，不生長草木。種松柏的土地，通常不肥沃。」說明房子蓋得太華麗，可能不會使人安寧的道理。果不其然，房屋建成三年之後，智氏就被滅亡了。士茁也是一位智者，能從智伯的奢靡中，預見其日後之敗亡。

又有一次，智伯與韓康子、魏桓子在晉國境內藍臺舉行宴會。智伯居然戲弄韓康子，又侮辱魏相段規。氣得段規回國後，首先策劃發難。五年後，就爆發了晉陽之難。據說當時晉大夫智伯國還勸智伯因為羞辱了人家的君主和國相日後行事一定要格外防備才好。智伯頗不以為然。誰知最後智伯竟在軍中被段規給殺了，智氏因此滅亡。

《國語・晉語九》

智果士茁神預言

智襄子為室美，士茁夕焉。智伯曰：「室美夫？」對曰：「美則美矣，抑臣亦有懼也。」智伯曰：「何懼？」對曰：「臣以秉筆事君。志有之曰：『高山峻原，不生草木。松柏之地，其土不肥。』今土木勝，臣懼其不安人也。」室成，三年而智氏亡。

智襄子：即智伯，襄子為其諡號。／士茁：智伯的家臣。

大考停看聽

智襄子把房屋建造得美輪美奐，士茁夜間來訪。智伯問：「這房子美嗎？」士茁回答：「美是美極了，但是我也有點兒擔憂。」智伯又問：「擔憂什麼呢？」士茁說：「我以掌管文筆來事奉您。傳記上有句話說：『巍峨的高山、陡峭的峻嶺之上，不生長草木。種植松柏的土地，土壤通常不肥沃。』如今把房子蓋得如此華麗，我擔心它不會使人安寧啊。」房屋建成三年後，智氏就被滅亡了。

《國語》

在內容上	較偏重於記述歷史人物的言論，不過敘事「繁蕪蔓衍」，歷來備受批評。
在思想上	具有強烈的倫理觀念，以為「禮」是治國之本，特別強調「忠君」思維。
被戲稱為「晉史」	全書總共 21 卷，〈晉語〉就占了 9 卷，〈周語〉3 卷，其餘為 2 卷、1 卷。

智果論智瑤必滅宗

★晉卿智宣子想立兒子智瑤為繼承人。

★大夫智果認為智瑤內心凶狠，若由他繼承，智氏家族必然滅亡。

★宣子偏不信邪。

★智果於是到太史那兒和智氏分族，改姓輔氏。

↓

智瑤還是繼位為晉卿，就是智伯；智氏一族果然亡在他手中。

↓

等到智氏滅亡時，只有輔果一支得以全身遠禍保全下來。

士茁謂屋美不安人

★智襄子（智伯的諡號）把房屋建造得美輪美奐，家臣士茁夜間來訪。

★智伯問：「我的房子美嗎？」士茁回答：「美則美矣，抑臣亦有懼也。」

★士茁說：「……志有之曰：『高山峻原，不生草木。松柏之地，其土不肥。』今土木勝，臣懼其不安人也。」

★果不其然，房屋建成三年之後，智氏就被滅亡了。

⇨**士茁也是一位智者，能從智伯的奢靡中，預見其日後之敗亡**

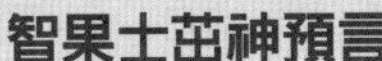

UNIT 2-3

君美甚，徐公何能及君也？

《戰國策》凡三十三篇，又名《國策》、《國事》、《事語》、《短長》、《長書》、《脩書》等，非一時、一地、一人之作，為西漢劉向所編，北宋曾鞏加以校訂。全書以記戰國時策士遊說的言論為主，依國別編排，屬於「國別史」。書中保存了豐富的戰國史料，為司馬遷《史記》之所本；其文長於議論、刻劃，語言鋪張雄辯，極具文學價值。

〈鄒忌諫齊王〉一文，選自《戰國策・齊策》。單篇原無題目，或作〈鄒忌諷齊王納諫〉、〈鄒忌攬鏡諷諫〉等，皆後人所加，所以沒有固定的篇名。內容大概敘述鄒忌以切身經驗諷諭齊威王廣開言路、虛心納諫的故事，充滿鋪陳、刻劃、論析、談辯，展現出策論散文鋪張揚厲、滔滔雄辯的特色。

通篇可分為三段：首段先從美男子鄒忌的親身遭遇寫起，「鄒忌脩八尺有餘，而形貌昳（音『逸』）麗。」說鄒忌又高又帥，相貌堂堂，容光煥發。當他穿戴整齊站在鏡子前，問妻子：「我孰與城北徐公美？」妻子回答：「君美甚，徐公何能及君也？」然而，城北徐公是齊國出了名的大帥哥，鄒忌還是不太有自信，又問小妾；小妾也說徐公比不上他。天亮後，有客人來訪，他再度提問：我跟城北徐公誰比較俊美？客人立刻回答：徐公不如您俊俏！隔天，終於見到徐公的廬山真面目，鄒忌自嘆不如。當晚，他墊高枕頭仔細想：妻子愛我，小妾怕我，客人有求於我，所以他們都沒對我說實話。

次段寫鄒忌於是進宮諷諫齊威王。他舉自身經歷為例，對於自己與城北徐公誰俊一事，尚且遭到妻子、小妾及客人的欺瞞；何況是齊王身為一國之君，擁有千里的疆域、上百座城池，所受蒙蔽自然有過之而無不及。「宮婦左右，莫不私王；朝廷之臣，莫不畏王；四境之內，莫不有求於王。由此觀之，王之蔽甚矣！」想到宮裡的姬妾、身邊的近臣，沒有人不愛齊王；朝中的官員，沒有人不怕齊王；國內所有百姓，沒有人不有求於齊王。由此看來，齊王遭受的蒙騙實在太嚴重了！

末段記齊王接受了鄒忌的忠告，從此察納雅言，勵精圖治，贏得國人及鄰邦一致的擁戴。齊王怎麼做呢？──他下令：當面指正過失者，受上等的獎賞；上書規諫君主者，受中等的獎賞；公開批評朝政者，受下等的獎賞。「令初下，群臣進諫，門庭若市；數月之後，時時而間進；朞（通『期』）年之後，雖欲言，無可進者。」此處採層遞法，描寫齊王納諫的成效：命令剛下達時，弊端一堆，群臣爭相勸諫，宮門被擠得像菜市場一樣，喧鬧不已；幾個月後，還是不時有人來進諫；滿一年以後，即使有人想諫言，卻已無話可說了。這事傳開後，鄰國知道齊王英明，紛紛前來歸附，齊國國勢因此蒸蒸日上。文中鄒忌、齊威王，歷史上真有其人；但鄒忌諫齊王之事，於史無考。

《戰國策・齊策》

城北徐公比我美

臣之妻私臣，臣之妾畏臣，臣之客欲有求於臣，皆以美於徐公。今齊地方千里，百二十城。宮婦左右，莫不私王；朝廷之臣，莫不畏王；四境之內，莫不有求於王。由此觀之，王之蔽甚矣！

私：動詞，偏愛。／皆以美於徐公：都說我比徐公俊美。／方：方圓。／宮婦：宮裡的姬妾。／左右：身邊的近臣。／四境之內：全國境內所有百姓。／蔽：受到的蒙蔽。

大考停看聽

我的老婆愛我，我的小老婆怕我，我的客人有事想求我，所以他們都說我比徐公俊美。如今齊國擁有方圓千里的土地，一百二十座城池。宮裡的姬妾、身邊的近臣，沒有人不愛大王；朝中的官員，沒有人不怕大王；全國境內所有百姓，沒有人不有求於大王。從這裡看來，大王受到的蒙蔽太嚴重了！

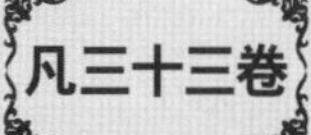

《戰國策》

又名為《國策》、《國事》、《事語》、《短長》、《長書》、《脩書》等

凡三十三卷　非一時、一地、一人之作，為西漢劉向所編，北宋曾鞏加以校訂。

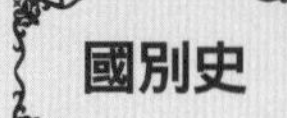

國別史

★記錄**戰國時策士遊說的言論**，依國別編排，屬於「國別史」。

★書中保存了豐富的戰國史料，為司馬遷《史記》所本；其文長於議論、刻劃，語言**鋪張雄辯**，極具文學價值。

1

★首段先從美男子鄒忌的親身遭遇寫起：

・妻子說他比城北徐公俊美。

・小妾也說那徐公比不上他。

・客人還說徐公不如他俊俏。

・但鄒忌發現自己遠不如徐公帥。

⇨**悟出：妻子愛我，小妾怕我，客人有求於我，所以都沒對我說實話**

2

★次段寫鄒忌於是進宮諷諫齊威王。

・他舉自身經歷為例，對於自己與城北徐公誰俊一事，尚且遭到妻子、小妾及客人的欺瞞；何況是齊王身為一國之君，擁有千里的疆域、上百座城池，所受蒙蔽自然有過之而無不及。

・「宮婦左右，莫不私王；朝廷之臣，莫不畏王；四境之內，莫不有求於王。由此觀之，王之蔽甚矣！」

3

★末段記齊王接受了鄒忌的忠告，從此察納雅言，勵精圖治，贏得國人及鄰邦一致的擁戴。

・齊王下令：「群臣吏民能面刺寡人之過者，受上賞；上書諫寡人者，受中賞；能謗譏於市朝，聞寡人之耳者，受下賞。」

・「令初下，群臣進諫，門庭若市；數月之後，時時而間進；朞年之後，雖欲言，無可進者。」

UNIT 2-4
長鋏歸來乎！食無魚

〈馮諼客孟嘗君〉一文，選自《戰國策・齊策》。敘孟嘗君的食客馮諼曾三次彈鋏而歌，要求吃魚、坐車、養家，孟嘗君皆如其所願。後來馮諼為主人「鑿三窟」：焚券市義、遊說梁王、請立宗廟於薛（今山東滕州），使孟嘗君從此安享富貴，高枕無憂。馮諼，《史記・孟嘗君列傳》作「馮驩」，內容大致相同。孟嘗君即田文，戰國時齊國的貴族，封邑在薛，又稱薛公；他與趙國平原君趙勝、魏國信陵君魏無忌、楚國春申君黃歇皆以善養士聞名，合稱「戰國四公子」。

本文標題為後人所加。通篇可分為八段：首段寫馮諼貧困無以維生，請求寄食於孟嘗君門下；因無所喜好與才能，備受輕視，「食（音『四』）以草具」，只給他吃粗劣的食物，被當成下等門客對待。

次段記馮諼三次彈鋏而歌，分別唱出「食（音『十』）無魚」、「出無車」、「無以為家（無法養家）」的訴求，左右之人皆認為他貪得無厭而厭惡他，孟嘗君卻二話不說一一滿足他的需求。

三段說孟嘗君在自己的封邑薛地放款謀利，使當地百姓債臺高築，無力償還。這回徵求有能力的門客替他去收債，明知是吃力不討好的差事，馮諼卻自告奮勇前往。臨行前，他問孟嘗君：「責（通『債』）畢收，以何市而反？」收完債，買什麼回來呢？孟嘗君回答：看我們家少什麼就買什麼。

四段載馮諼到了薛地，召集欠債的人民都來核對券契，然後假傳孟嘗君旨意，當眾宣布所有債務一筆勾銷，並放火燒光那些債券，薛民樂得高呼萬歲。隨即，馮諼驅車趕回齊國，告訴孟嘗君為他「市義」而回。孟嘗君雖不以為然，但也沒多說什麼。

五段言一年後孟嘗君被免官，返回薛地，「未至百里，民扶老攜幼，迎君道中。」老百姓感恩戴德，夾道熱烈歡迎。這時，他才對馮諼說：「先生所為文市義者，乃今日見之。」原來「市義」就是收攬民心！

六段述馮諼又為孟嘗君去遊說梁惠王，說諸侯誰先請到孟嘗君就可以富國強兵，讓梁王立刻空出相位，派人重禮往聘孟嘗君。馮諼再搶先一步趕回告誡主人，不可以接受梁國的聘用。

七段謂齊王得知梁使來回三次迎聘孟嘗君之事，深感不安，於是也遣人帶著禮物、書信來迎接孟嘗君復位。此時馮諼向主人建議，希望能使齊王將祭祀先王的宗廟設立在薛地，這樣一來，如狡兔已鑿成三個藏身洞穴，日後才能高枕為樂！

末段云：「孟嘗君為相數十年，無纖介之禍者，馮諼之計也。」馮諼形象至此渾圓飽滿，從首段的無好、無能，到這裡堪稱深謀遠慮、高瞻遠矚，採先抑後揚筆法，令人對這號人物完全改觀。此外，前四段藉由馮諼的特立獨行，突顯孟嘗君的寬宏大量；後四段則以孟嘗君的宦海浮沉，烘托出馮諼的謀略過人；運用映襯法，以馮諼為主、孟嘗君為賓，賓主相襯，相輔相成。

《戰國策・齊策》

狡兔三窟樂無憂

孟嘗君予車五十乘，金五百斤，西遊於梁，謂惠王曰：「齊放其大臣孟嘗君於諸侯，諸侯先迎之者富而兵強。」於是梁王虛上位，以故相為上將軍，遣使者黃金千斤，車百乘，往聘孟嘗君。

乘：音「勝」，古代計算車輛的單位。／金：指銅。／梁：即魏國。因在惠王時遷都大梁（今河南開封西北），故又稱梁。／虛上位：空出相位。

大考停看聽

孟嘗君給馮諼五十輛車、五百斤黃銅，到西邊的大梁（魏國）去遊說，對梁惠王說：「齊國放出大臣孟嘗君要送給諸侯，諸侯誰先請到他就可以富國強兵。」於是梁王空出相位，把原來的相國調為上將軍，派遣使者，攜帶黃銅千斤、車子百輛，前往聘請孟嘗君。

1 首段寫馮諼貧困無以維生，請求寄食於孟嘗君門下；因無所喜好與才能，「食以草具」，被當成是下等門客。

2 次段記馮諼三次彈鋏而歌，唱出「食無魚」、「出無車」、「無以為家」的訴求，孟嘗君一一滿足他的需求。

3 三段說馮諼自告奮勇往薛地收債，臨行前問孟嘗君：「責畢收，以何市而反？」孟嘗君回答：看家裡缺少什麼。

4 四段載馮諼假傳旨意，燒光那些債券，薛民高呼萬歲。隨即，驅車趕回齊國，告訴孟嘗君為他「市義」而回。

5 五段言孟嘗君被免官，返回薛地，「未至百里，民扶老攜幼，迎君道中。」終於看到馮諼為他「市義」的效果。

6 六段述馮諼又為孟嘗君去遊說梁惠王，讓他派人重禮往聘孟嘗君。隨後，卻趕回告誡主人不可接受梁國聘用。

7 七段謂齊王得知梁使三次迎聘孟嘗君之事，也遣人來迎接孟嘗君復位。馮諼建議，希望能使齊王將宗廟設在薛地。

8 末段云：「孟嘗君為相數十年，無纖介之禍者，馮諼之計也。」

作文一點靈

謀篇布局

文中描寫馮諼，從首段無好、無能到後來鑿成「三窟」讓孟嘗君從此高枕無憂，堪稱深謀遠慮、高瞻遠矚。作者採「先抑後揚」的筆法，令讀者對此人完全改觀。這種謀篇布局法也稱作「欲擒故縱」，明明要寫馮諼的高明睿智，卻從其貧困、無能著手，隨即，開展出一連串令人意想不到的情節，層層遞進，處處驚奇，終至人物形象渾圓而飽滿。此外，全文八段中，運用映襯法：前四段藉由馮諼的特立獨行，突顯孟嘗君的寬宏大量；後四段則以孟嘗君的宦海浮沉，烘托出馮諼的謀略過人。

UNIT 2-5
今者項莊拔劍舞，其意常在沛公也

司馬遷〈鴻門宴〉一文，節選自《史記・項羽本紀》，標題為後人所訂。秦末大亂，六國後裔紛紛起兵，項羽、劉邦同為楚軍將領，楚懷王曾與諸將相約：「先破秦入咸陽者王之。」其後，項羽大破秦兵後，率諸侯聯軍西進，與秦朝主力軍決戰於河北。這時，劉邦已從武關（今陝西商洛西南）入咸陽，並派兵戍守函谷關，阻止諸侯進入。項羽眼看被劉邦捷足先登，原想挾優勢兵力擊退劉邦，卻因項伯而促成鴻門（今陝西臨潼東）之會。項羽宴請劉邦，范增力主於宴席間殺掉此人以除後患，項羽錯失良機，因而種下日後楚、漢相爭慘敗的禍根。

本文可分為四段：首段敘劉邦已破咸陽，又派兵把守函谷關，令項羽怒不可遏；加上曹無傷從中挑撥離間，項羽下令明早出兵攻打劉邦。「當是時，項羽兵四十萬，在新豐鴻門；沛公（劉邦）兵十萬，在霸上。」足見雙方兵力懸殊。謀臣范增卻看出劉邦入關卻不取財物、美色，「此其志不在小」；以及據說他所在的上空會出現五彩的雲氣，這是真命天子的象徵，因此主張儘快消滅他，不可錯失良機！

次段記項羽的季父（叔叔）項伯素與張良友好，連夜趕至霸上，向張良通風報信，想勸他速速離開劉邦。張良堅持「亡去不義，不可不語」，不但沒要逃走，還急著把消息告訴劉邦。劉邦藉機向項伯輸誠，尊他為兄長、約為兒女親家，先取得其信任，再請他代為向項羽轉達自己的一片赤忱：「所以遣將守關者，備他盜之出入與非常（意外狀況）也。日夜望將軍至，豈敢反乎？」項伯相信了，答應幫忙求情，並催促劉邦明日親自去跟項羽說個清楚。

三段寫劉邦親赴鴻門向項羽解釋：「今者有小人之言，令將軍與臣有郤（通『隙』，嫌隙）。」項羽請他留下來喝酒。宴會上，范增一再暗示項羽趁機殺劉邦，項羽猶豫不決。范增只好召來項莊，令他拔劍起舞，見機行事；誰知項伯「亦拔劍起舞，常以身翼蔽（掩護）沛公」？張良見情況危急，連忙至軍門告訴樊噲：「今者項莊拔劍舞，其意常在沛公也。」樊噲於是與張良同入帳內，瞋目怒視；項羽喜其英雄氣概，賜他酒肉，並容他辯解。他說劉邦勞苦功高未受封賞，項羽卻反聽信讒言，要殺有功之人，這與亡秦暴政何異？令項羽啞口無言。

末段交代鴻門宴的結果。樊噲入座後，又過一會兒，劉邦借如廁之便，召樊噲出帳。然後伺機脫身回營，留下張良向項羽獻禮，並謝罪。張良等劉邦抄小路返抵霸上時，才入帳見項羽，說明「沛公不勝桮杓（音『杯韶』），不能辭。」佯稱劉邦喝醉了，所以不告而別，請項羽見諒。氣得范增破口大罵：「唉！豎子不足與謀！奪項王天下者，必沛公也。吾屬今為之虜矣！」明斥項莊，暗譏項羽，實在無法共謀大事，並預言劉邦將君臨天下，項軍將淪為敗俘。

《史記・項羽本紀》

項劉相會鴻門宴

今沛公先破秦入咸陽，毫毛不敢有所近，封閉宮室，還軍霸上，以待大王來。故遣將守關者，備他盜出入與非常也。勞苦而功高如此，未有封侯之賞，而聽細說，欲誅有功之人，此亡秦之續耳，竊為大王不取也。

沛公：即劉邦。因從沛縣（今江蘇沛縣）起兵，故稱。／咸陽：秦朝的首都，位於今陝西咸陽東北。／毫毛：細毛，指極微小的東西。／霸上：位於今陝西西安東。／細說：小人的讒言。／亡秦之續：亡秦暴政的延續。

大考停看聽

如今沛公先攻破秦軍進入咸陽城，任何一點兒東西都不敢碰，封閉了宮室，軍隊退守到霸上，等候大王到來。之所以派遣將士駐守函谷關，是為了防備其他盜賊出入及意外情況。這樣的辛苦付出、功勞卓著，大王沒有封侯來獎賞他，反而聽信小人的讒言，想殺掉有功勞的人，這種做法是亡秦暴政的延續而已，我認為大王不該這樣做。

1

首段敘劉邦已破咸陽，派兵把守函谷關，項羽怒不可遏；加上曹無傷從中挑撥，項羽下令明早出兵攻打漢軍。

2

次段記項羽的叔父項伯連夜趕來向張良報信。劉邦藉機向項伯輸誠，項伯催促劉邦明日親自跟項羽說清楚。

3

三段寫劉邦親赴鴻門解釋；宴會上，范增欲藉項莊舞劍殺掉劉邦。張良急找樊噲入帳內，說得項羽啞口無言。

4

末段交代鴻門宴的結果。劉邦借如廁之便，召樊噲出帳。然後伺機脫身回營，留下張良向項羽獻禮，並謝罪。

作文一點靈

名言佳句

出自〈鴻門宴〉一文的名言佳句，諸如：

1.「鴻門宴」：用來代稱不懷好意的邀約。猶如劉邦險些兒在宴會上淪為項莊的劍下亡魂，所幸他機靈，靠「尿遁法」，順利逃過一劫。 2.「項莊舞劍，意在沛公」／「項莊舞劍，志在沛公」：用來形容一個人說話或行動，其實別有居心的意思。 3.「大行不顧細謹，大禮不辭小讓」：意思是做大事的人不必拘泥於那些瑣碎的繁文縟節。 4.「人為刀俎，我為魚肉」：比喻別人就像刀和砧板一樣，而我們卻好似魚和肉，即將任人宰割了。

UNIT 2-6

此天之亡我，非戰之罪也！

司馬遷《史記・項羽本紀》中，敘項羽之敗亡，後世歸納出「四面楚歌」、「天亡我，非戰之罪」、「無顏見江東父老」等成語。

話說楚、漢相爭後期，項羽駐軍垓下，彈盡糧絕，又被漢兵和諸侯聯軍重重包圍。夜裡聽到漢營四面八方傳來楚地的民間歌謠，項羽大為震驚說：「莫非漢兵已經攻下楚地了，為何營中有這麼多楚人？」於是連夜起身，在軍帳中飲酒。此時，寵妾虞姬隨侍左右，再看看愛馬「騅」，項羽百感交集，慷慨悲歌，唱道：「力拔山兮氣蓋世，時不利兮騅不逝，騅不逝兮可奈何？虞兮虞兮奈若何？」一連唱了幾遍，虞姬也與他唱和。項羽流下數行英雄淚，諸將也都為之熱淚盈眶，大夥兒泣不成聲。隨即，項羽騎上駿馬騅，一馬當先，突圍而出。他的手下壯士八百多人亦騎馬隨從，趁著半夜向南方飛馳脫逃。

到天亮，漢軍才派人追捕。項羽半途迷了路，向一田父（老農夫）問路，被田父所騙，身陷大澤中，耽擱了許久，終於被漢軍追上。項羽再度突出重圍，隨他逃出的只有二十八名騎兵，項羽自知無法脫身，對他們說：我這八年來，身經七十餘場大小戰役，「所當者破，所擊者服，未嘗敗北（吃敗仗），遂霸有天下。」如今被困在這裡，「此天之亡我，非戰之罪也！」無論如何，我要為你們與漢軍一決死戰，殺出重圍，讓你們知道是上天要使我滅亡，絕不是我不會作戰的過失啊！

項羽又斬殺漢軍近百人，而他不過損失兩個人馬。當他帶領剩餘二十六名騎兵，退至烏江西岸，打算渡江東歸。烏江亭長「檥（通『艤』）船待」（把船停靠在岸邊等候），並對項羽說：「江東雖小，地方千里，眾數十萬人，亦足王也。」江東雖然小，也有千里土地，數十萬民眾，足以使您稱霸一方。項羽卻笑著說：「天之亡我，我何渡為？且籍（項羽名籍，字羽）與江東子弟八千人，渡江而西，今無一人還，縱江東父兄憐而王我，我何面目見之？縱彼不言，籍獨不愧於心乎？」他認為是上天要亡他，渡江有何用？何況他帶著八千江東子弟，渡江西進，如今沒有一個生還，只剩他一人回去，縱使江東父老依舊擁立他為王，他將有何面目去面對他們？實在問心有愧啊！此即「無顏見江東父老」之典故出處。項羽於是把愛馬送給亭長，獨自與漢軍短兵相接，最後自知寡不敵眾，揮劍自刎而死。

太史公對西楚霸王項羽的評價：一、肯定他的貢獻：無尺寸之地，乘勢起於田野之中，三年間，竟能成為五國諸侯的統帥而消滅秦朝；且分封天下，宰制諸侯，一切政令皆由他而出，故將他列入〈本紀〉。二、批評他剛愎自用：背棄先入關者為王之約，又東歸彭城，後殺義帝而自立，盡失民心、地利；最後身死東城，仍不自悟，還說：「天亡我，非用兵之罪也。」真是荒謬至極！

《史記・項羽本紀》

四面楚歌別愛妾

項王軍壁垓下，兵少食盡，漢軍及諸侯兵，圍之數重。夜聞漢軍四面皆楚歌，項王乃大驚曰：「漢皆已得楚乎？是何楚人之多也！」項王則夜起飲帳中，有美人名虞，常幸從。駿馬名騅，常騎之。於是項王乃悲歌忼慨。

壁：動詞，紮營。／垓下：位於今安徽固鎮城東。垓，音「該」。／楚歌：楚地的民間歌謠。／有美人名虞：指虞姬，姓虞氏。古代婦人從夫姓，而以己姓為名。／騅：音「追」，毛色黑白相間的馬。／忼慨：即「慷慨」也。

大考停看聽

項羽的軍隊駐紮在垓下，士兵所剩無幾，糧食即將耗盡，又被漢軍和諸侯兵馬重重包圍。夜裡聽到漢營中四面八方傳唱著楚地的民間歌謠，項羽大為震驚地說：「難道漢兵已經攻下楚地了嗎？為何漢營中有這麼多楚人！」他便連夜起身，在軍帳中飲酒。有一位美人名叫虞姬，經常隨侍身邊。有一匹駿馬名叫「騅」，他經常騎乘。於是，項羽百感交集，慷慨悲歌。

★項羽駐軍垓下，彈盡糧絕，又被漢兵和諸侯的聯軍重重包圍。

★夜裡聽到漢營四處傳來楚地民歌聲，以為漢兵已攻下楚地。

★項羽起身與虞姬飲酒悲歌，大夥兒泣不成聲，隨即突圍而出。

★項羽率八百多人向南方飛馳脫逃。到天亮，漢軍才派人追捕。

★項羽半途迷路，被田父所騙，身陷大澤中，終於被漢軍追上。

★項羽帶二十八名騎兵突出重圍：「此天之亡我，非戰之罪也！」

★項羽帶二十六名騎兵，退至烏江西岸，打算渡江東歸。

★烏江亭長告訴他：江東地雖小，亦足以使您稱霸一方。

★項羽因「無顏見江東父老」，於烏江畔揮劍自刎而死。

★太史公對西楚霸王項羽的評價：

一、肯定他的貢獻：無尺寸之地，乘勢起於田野之中，三年間，竟能成為五國諸侯的統帥而消滅秦朝；且分封天下，宰制諸侯，一切政令皆由他而出，故將他列入〈本紀〉。

二、批評他剛愎自用：背棄先入關者為王之約，又東歸彭城，後殺義帝而自立，盡失民心、地利；最後身死東城，仍不自悟，還說：「天亡我，非用兵之罪也。」真是荒謬至極！

作文一點靈

名言佳句

出自本文的成語金句，諸如：1.「四面楚歌」：形容腹背受敵，身陷重圍之意。 2.「天亡我，非戰之罪」：借指一切都是天意，並非人為疏失造成的挫敗。 3.「無顏見江東父老」：未能達成既定目標，辜負了眾望，因愧對鄉親的愛護而感到無地自容。

UNIT 2-7 蜚鳥盡，良弓藏；狡兔死，走狗烹

《史記・越王句踐世家》從春秋末期吳、越兩國的宿怨寫起，越王允常與吳王闔廬結下仇恨。後來句踐繼位，闔廬起兵伐越；句踐派出敢死隊擊退吳軍，並用箭射傷闔廬。闔廬死後，夫差即位。句踐聽說夫差日夜練兵準備伐越，於是先下手為強，主動興兵攻吳；誰知竟被困在會稽山上？句踐後悔當初沒聽范蠡忠告，才會落得如此窘境。於是，派文種到吳國去求和。吳王打算接受，卻遭伍子胥反對。文種轉而利誘吳國太宰伯嚭，終於說服吳王收兵而去。

句踐回到越國後，臥薪嘗膽，刻苦自勵，時時提醒自己：莫忘會稽之恥！他「身自耕作，夫人自織，食不加肉，衣不重采，折節下賢人，厚遇賓客，振貧弔死，與百姓同其勞。」如此勤政愛民、禮賢下士，並把政務託付給文種，派范蠡到吳國當人質，一心只想報復吳國。兩年後，吳王放回了范蠡。

當吳王伐齊凱旋而歸時，文種故意向吳國請求借穀子，藉機試探吳王對越國的態度。結果雖然伍子胥力諫不能借，但吳王還是借了，代表對越國已無戒心。不久，越國利用貪婪的伯嚭向吳王進讒言，間接除掉伍子胥這個吳國忠臣。伍子胥一再預言吳國將為越所滅，臨死，還交代：「必取吾眼置吳東門，以觀越兵入也！」從此，吳國的朝政大權落入伯嚭手中。

過了三年，句踐打算攻吳，范蠡告訴他時機未到。直到隔年春天，吳王夫差帶著精銳部隊到黃池去會盟諸侯，范蠡才讓句踐出兵伐吳，一舉將留守的吳軍打敗了。越國自知暫時無法滅吳，就先與他們講和。

四年後，句踐再度興兵討吳，大敗吳軍；越兵包圍吳國整整三年，把吳王困在姑蘇的山上。吳王向句踐求和，句踐一度心軟；范蠡適時提醒他：「君忘會稽之厄（困頓）乎？」吳王最後被迫自殺身亡，臨終，「乃蔽其面，曰：『吾無面以見子胥也！』」吳王真後悔當初沒聽伍子胥的忠言。句踐安葬了吳王，並殺掉伯嚭。

句踐消滅吳國以後，引兵北上，與齊國、晉國的諸侯會盟於徐州，並向周王室進貢。周天子策命他為「伯」。之後他渡過淮南，將淮水上游之地送給楚國，把吳國併吞宋國的土地還給宋人，將泗水東方百里之地給魯國，這時諸侯都來祝賀，稱句踐為霸王。

范蠡在句踐復興越國後，便離開了；到了齊國，寫一封信給文種。信中說：「蜚（通『飛』）鳥盡，良弓藏；狡兔死，走狗烹。越王為人長頸鳥喙，可與共患難，不可與共樂。子何不去？」意思是飛鳥射盡，良弓就該收藏起來；狡兔已死，獵犬就會被煮來吃。越王句踐的長相脖子長、嘴巴尖，只可共度患難，不可共享安樂。故奉勸文種及早遠離是非之地。文種見信後，稱病不上朝，但句踐還是聽信讒言，對他說：「你有七條計策可以對付吳國，我才用三計，吳國就亡了，剩下四計你去獻給先王吧！」文種只好自殺了。

《史記・越王句踐世家》

臥薪嘗膽雪國恥

（句踐）乃令大夫種行成於吳，膝行頓首曰：「君王亡臣句踐使陪臣種敢告下執事：句踐請為臣，妻為妾。」吳王將許之。子胥言於吳王曰：「天以越賜吳，勿許也。」種還，以報句踐。句踐欲殺妻子，燔寶器，觸戰以死。種止句踐曰：「夫吳太宰嚭貪，可誘以利，請間行言之。」

種：文種，越國大夫。／行成：求和。／陪臣：自稱是家臣的意思。／下執事：指侍從左右供使喚的人。／伍子胥：即伍員，楚人，後事吳，死於吳。／燔：音「凡」，燒也。／觸戰：拚一死戰。／太宰嚭：伯嚭，時任太宰。／間行：猶言「潛行」，從小路走。

大考停看聽

（句踐）於是命令大夫文種到吳國去求和，文種跪著行走、向吳王磕頭說：「君王，您逃亡的臣子句踐派家臣文種我，大膽地來向您手下的執事先生報告：句踐請求做您的臣子，他的妻子做您的侍妾。」吳王打算答應他。伍子胥卻對吳王說：「上天有意把越國賜給吳國，切勿答應！」文種回來，向句踐報告此事。句踐就想殺掉妻子，焚毀寶器，拚一死戰。文種制止句踐說：「吳國的太宰伯嚭十分貪心，可以用利益來引誘，請讓我祕密前往遊說他。」

越國 ⟷ 宿怨 ⟷ **吳國**

越國	吳國
句踐繼位	**闔廬**起兵伐越
句踐派出敢死隊擊退吳軍，並用箭射傷闔廬	闔廬死後，**夫差**即位，志在報殺父之仇
句踐先下手為強，主動伐吳	夫差將句踐君臣困在會稽山上

★派文種到吳國求和 ⇨ 遭伍子胥反對
★利誘吳國太宰伯嚭 ⇨ 說服吳王收兵

★句踐回到越國後，臥薪嘗膽：莫忘會稽之恥！
★他把政務託付給文種，派范蠡到吳國當人質，一心只想報復吳國。

吳

★吳王伐齊凱旋而歸，文種故意向吳國借穀子⇨吳王不顧伍子胥反對借穀子給越國

★越國利用伯嚭向吳王進讒言，間接除掉吳國忠臣伍子胥。伍子胥遺言：「必取吾眼置吳東門，以觀越兵入也！」

★夫差帶著精銳部隊到黃池去會盟諸侯，范蠡才讓句踐出兵伐吳，一舉將留守的吳軍打敗了。

★越國自知暫時無法滅吳，就先與他們講和。

★四年後，越國再度興兵討吳，大敗吳軍；越兵包圍吳國整整三年，把吳王困在姑蘇的山上。

★吳王向句踐求和，范蠡適時提醒：「君忘會稽之厄乎？」吳王最後被迫自殺身亡。

越

句踐滅吳後，引兵北上，與齊國、晉國的諸侯會盟於徐州，並向周王室進貢。周天子策命他為「伯」。

UNIT 2-8
孺子，下取履！

《史記‧留侯世家》是漢高祖劉邦謀臣張良的傳記，記載了留侯張良一生的事跡。由於張良為劉邦「運籌策帷帳之中，決勝千里外」，平定了自秦末以來的混亂局面，是漢代開國元勛，馬上封侯，功績卓著，締造太平，影響至深，所以司馬遷將之列於〈世家〉中。

張良（字子房）是韓國貴族，祖父、父親皆曾出任韓相。當韓國被秦國攻破時，張良家境十分富有，便拿出所有家產招募刺客，一心謀刺秦始皇，只想為韓國報仇。張良曾經募到一位大力士，又訂製了一百二十公斤重的大鐵錐。聽說秦始皇將到東邊巡遊，他事先埋伏在博浪沙，等秦始皇的車隊一出現，就派大力士持大鐵錐行刺，結果「誤中副車」，誤殺了皇帝的侍從車輛。從此，張良改名換姓，躲藏到下邳（今江蘇徐州）一帶。

有一天，張良閒逛到下邳的橋上。一位穿著粗布短衣的老翁，走過來，故意把鞋子丟到橋下，回頭對張良說：「孺子（年輕人），下取履（鞋）！」張良氣得直想揍他，又看他年紀大，只好強忍住怒氣，跑下去替他撿鞋。老翁又要他幫忙穿上。張良恭敬地直著身體長跪而下，老翁伸出腳讓他穿鞋，穿好後沒道謝就笑著離開了。不久，老翁又回來，對他說：「孺子可教矣！後五日平明，與我會此。」認為張良是個可塑之材，約他五天後在此見面。

五天後，張良天一亮就來赴約，但老翁比他先到，便指責他跟老人家約會居然遲到，再約五天後會面。五天後，張良五更雞啼就出發，結果還是讓老翁搶先一步，他又受到責難，復約好五天後相見。這次，張良還沒半夜就動身，果然比老翁早到了一會兒。老翁從懷中取出一卷《太公兵法》交給他，並說：「讀此則為王者師矣。後十年興，十三年孺子見我濟北，穀城山下黃石即我矣。」研讀這部兵書就可以作帝王的老師，並預言十年後時局將有變動，十三年後他們將於濟北再見，那穀城山下的黃石便是老翁本尊。

之後，張良再也沒見過老翁。十年後，天下局勢大變，他追隨漢高祖起兵；三年後，路過濟北，果然看到穀城山下有塊黃石，於是取來供奉。張良壽終正寢後，連同黃石一起下葬。家人每次掃墓，祭張良，也祭黃石。太史公評論此事：「學者多言無鬼神，然言有物。至如留侯所見老父予書，亦可怪矣。」司馬遷以為學者們多說世上沒有鬼神，但又說物質（黃石）能成精成怪。至於張良所遇老翁贈兵書，也算是怪事一樁！

蘇軾〈留侯論〉提出不同的看法：「然亦安知其非秦之世，有隱君子者出而試之？觀其所以微見其意者，皆聖賢相與警戒之義；而世不察，以為鬼物，亦已過矣。且其意不在書。」認為黃石公不是鬼怪，應是秦末隱士出來試探張良，藉機傳授聖賢之道。何況黃石老人贈兵書不是重點，以聖賢之意相與警戒更富有深意！

《史記・留侯世家》

圯上老人授兵書

良嘗閒從容步游下邳圯上。有一老父，衣褐，至良所，直墮其履圯下，顧謂良曰：「孺子，下取履！」良愕然，欲毆之。為其老，彊忍，下取履。父曰：「履我。」良業為取履，因長跪履之。父以足受，笑而去。

圯：音「宜」，橋也。／老父：老翁。／衣褐：音「意荷」，即穿著粗布短衣。／至良所：走到張良的身邊。／履：鞋子。／顧：回頭。／孺子：原指年幼的孩子，此作後生、年輕人之意。／愕然：驚奇貌。／長跪：直身屈膝，使身體呈九十度的跪禮，以示莊重恭敬。

大考停看聽

張良曾經信步閒遊經過下邳的橋上。有一位穿著粗布短衣的老翁，走到張良身邊，故意把鞋子丟到橋下，回頭對張良說：「年輕人，下去把鞋撿起來。」張良大吃一驚，真想揍他。看他年紀大，強忍住脾氣，下去替他撿鞋。老翁說：「幫我穿上。」張良已替他撿起鞋，便直直地跪下來替他穿鞋。老翁伸出腳來讓他穿，穿好後就笑著離開。

由於張良為劉邦「運籌策帷帳之中，決勝千里外」，平定了自秦末以來的混亂局面，是漢代開國元勛，馬上封侯，功績卓著，締造太平，影響至深，所以司馬遷將之列於〈世家〉中。

★博浪沙行刺，誤中副車，避禍下邳

- 張良的祖、父皆為韓相。
- 韓亡，張良曾募力士，行刺秦始皇。

★為圯上老人取履，獲授兵書

- 老翁故意把鞋丟到橋下，對張良說：「孺子，下取履！」
- 張良替老翁撿起鞋，又替他穿上鞋。
- 老翁說：「孺子可教矣！後五日平明，與我會此。」
- 五天後，張良遲到；再約五天後，老翁先到，復約五天後相見。
- 張良終於比老翁早到，老翁送他一卷《太公兵法》。
- 老翁說：「讀此則為王者師矣。……穀城山下黃石即我矣。」

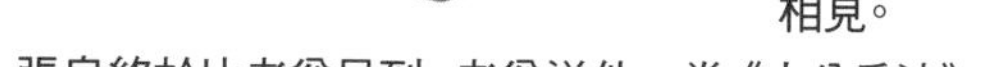

★追隨漢高祖起兵，看到穀城山下黃石，取來供奉

- 張良壽終正寢後，連同黃石一起下葬。
- 家人每次掃墓，祭拜張良，也祭黃石。

作文一點靈

思想情意

太史公評云：「學者多言無鬼神，然言有物。至如留侯所見老父予書，亦可怪矣。」認為張良所遇老翁乃黃石所幻化，約會面、贈兵書等，皆為靈異事件。

蘇軾〈留侯論〉則提出不同的看法，以為黃石公不是鬼怪，應是秦末隱士出來試探張良，藉機傳授他聖賢之道。著眼於人的修養、「忍」的工夫，畢竟黃石老人贈兵書不是重點，提點他「小不忍則亂大謀」的奧義才是關鍵。

UNIT 2-9

伯夷、叔齊雖賢，得夫子而名益彰

〈伯夷列傳〉是《史記》七十篇〈列傳〉的首篇，記殷商時孤竹國君的兩個兒子伯夷、叔齊事跡；雖題作〈伯夷列傳〉，實為伯夷、叔齊之合傳。

據《韓詩外傳》、《呂氏春秋》等書記載：孤竹國君生前想把王位傳給小兒子叔齊。老國王辭世後，叔齊要讓位給大哥伯夷；伯夷堅持這是父王的遺命，不肯接受，逃走了。叔齊也拒絕接班，離開了孤竹國。國人只好立老國王的第二個兒子為王。這時，夷、齊兄弟聽說西伯昌能敬老尊賢，於是前往歸附。誰知到了周地，西伯已死；武王載著父親的「木主（神主）」，並追封他為文王，說遵奉遺命要向東討伐商紂。夷、齊扣住武王的馬韁繩諫諍說：「父死不葬，爰及干戈，可謂孝乎？以臣弒君，可謂仁乎？」指責武王父親死了不安葬，卻要發動戰爭，真是不孝；身為臣子卻要殺害君主，真是不仁。武王左右的人想要殺掉他倆，姜太公呂尚及時阻止道：「此義人也。」派人攙扶他倆離開。

等到武王平定天下以後，「伯夷、叔齊恥之，義不食周粟，隱於首陽山，采薇而食之。」夷、齊以為武王的行為可恥，堅決不吃周朝的粟米，隱居在首陽山中，摘採野菜來充飢。即將餓死時，作了一首歌：「登彼西山兮，采其薇矣。以暴易暴兮，不知其非矣。神農、虞、夏忽焉沒兮，我安適歸矣？于（通『吁』，音『須』）嗟（音『皆』）徂（ㄘㄨˊ，往也，指死亡）兮，命之衰矣！」感慨武王伐紂，以暴制暴，還不知道自己的錯誤。像神農、虞、夏那樣美好的時代匆匆而逝，教人該何去何從呢？唉，死期將近，命運真是坎坷啊！於是餓死在首陽山中。

史遷有感而發道：像夷、齊這樣「積仁絜行」的善人，為何竟落得餓死的下場？孔門弟子中，顏回最好學，卻簞瓢屢空，經常餓肚子，而且早死。上天是這樣回報好人的嗎？反之，「盜跖（音『直』）日殺不辜（通『辜』，罪也），肝人之肉，暴戾恣睢（音『資雖』，恣意怒視貌），聚黨數千人，橫行天下，竟以壽終，是遵何德哉？」盜跖（亦作「盜蹠」）成天殺害無辜，吃人肉，殘暴放縱，聚集幾千名黨羽，橫行霸道，卻能終其天年，這又依照什麼德行呢？時至近代，同樣為非作歹的人，卻終身安逸，累世富貴；而奉公守法、時然後言者，卻總是遭遇橫禍。凡此種種，不禁使人迷惑：所謂天道到底是對呢？還是錯呢？——作者意在借題發揮，他為李陵辯解，何嘗不是出於道德勇氣？孰料竟慘遭宮刑之禍，老天是這樣對待善人的嗎？

文末云：「伯夷、叔齊雖賢，得夫子而名益彰；顏淵雖篤學，附驥尾而行益顯。……悲夫！閭巷之人，欲砥行立名者，非附青雲之士，惡（通『烏』，何也）能施於後世哉？」藉夷、齊、顏回受到孔子的稱讚，才能彰顯其美德，慨嘆鄉野小民如果沒有德高望重者的提拔，又怎能名垂千古呢？

不食周粟隱首陽

或曰：「天道無親，常與善人。」若伯夷、叔齊，可謂善人者，非邪？積仁絜行如此而餓死，且七十子之徒，仲尼獨薦顏淵為好學，然回也屢空，糟糠不厭，而卒蚤夭。天之報施善人，其何如哉？

邪：通「耶」。／絜行：修養品行。絜，通「潔」。／七十子之徒：指孔門精通六藝的七十二位大弟子這群人。徒，輩。／顏淵：名回，字子淵，孔子的得意門生。／屢空：經常貧窮。／糟糠不厭：連最粗劣的食物都吃不飽。糟糠，指酒滓和穀皮。厭，通「饜」，飽足。／蚤夭：很早夭折。蚤，通「早」。

大考停看聽

有人說：「天道沒有偏愛，只是常幫助好人。」像伯夷、叔齊可以算是好人，難道不是嗎？積聚仁義、修養品行，這樣的人竟然餓死了。而孔門七十二位弟子這群人中，孔子獨獨稱讚顏淵好學，但他經常身處窮困，連最粗劣的食物都吃不飽，且最後英年早逝。上天對好人的報償，怎麼是如此的呢？

兄弟讓國

★孤竹國君生前想把王位傳給小兒子叔齊。

★後來，叔齊要讓位給大哥伯夷；伯夷堅持這是父王的遺命，不肯接受，逃走了。

★叔齊也拒絕接班，離開了孤竹國。國人只好立老國王的第二個兒子為王。

歸附西伯

★夷、齊兄弟聽說西伯昌能敬老尊賢，於是前往歸附。

★到了周地，西伯已死，武王載著父親的「木主」，說遵奉遺命要向東討伐商紂。

★夷、齊前來諫諍：「父死不葬，爰及干戈，可謂孝乎？以臣弒君，可謂仁乎？」

★武王左右的人想殺掉夷、齊，姜太公呂尚及時阻止，並派人攙扶他倆離開。

采薇而食

★武王平定天下後，「伯夷、叔齊恥之，義不食周粟，隱於首陽山，采薇而食之。」

★臨死前，歌曰：「登彼西山兮，采其薇矣。以暴易暴兮，不知其非矣。神農、虞、夏忽焉沒兮，我安適歸矣？于嗟徂兮，命之衰矣！」二人於是餓死首陽山中。

◆史遷有感而發道：

★**好人竟沒好報：**夷、齊落得餓死的下場；顏回簞瓢屢空且早死。

★**惡人卻有善報：**盜跖成天殺害無辜竟以壽終。

★**懷疑有無天理：**為非作歹者，累世富貴；奉公守法者，遭遇橫禍。
⇨作者意在借題發揮，他為李陵辯解，何嘗不是出於道德勇氣？孰料竟慘遭宮刑之禍，老天是這樣對待善人的嗎？

★**千里馬盼伯樂：**「伯夷、叔齊雖賢，得夫子而名益彰；顏淵雖篤學，附驥尾而行益顯。……閭巷之人，欲砥行立名者，非附青雲之士，惡能施於後世哉？」
⇨言外之意，司馬遷自許是千里良駒，而識馬、懂馬的伯樂在哪裡？千里馬如不遇伯樂，終將與尋常馬兒一起老死在馬槽、馬廄之間，辜負如此的天賦異稟，豈不可惜、可悲！

UNIT 2-10
生我者父母，知我者鮑子也

《史記・管晏列傳》是管仲、晏嬰的合傳。管仲，名夷吾，字仲，春秋時潁上（今安徽潁上）人。從年輕時就與鮑叔交好，後來「鮑叔事齊公子小白，管仲事公子糾。及小白立為桓公，公子糾死，管仲囚焉。鮑叔遂進（推薦）管仲。」鮑叔果然具有識人之明，齊桓公任用管仲後，「九合諸侯，一匡天下」，成為一代霸主。

管仲曾感慨道：我從前和鮑叔一起做生意，分紅時總是自己多拿；鮑叔不認為我貪婪，知道我窮。我替鮑叔謀劃事情，越幫越忙；鮑叔不認為我笨，知道時機不利。我曾多次出仕、多次被罷免；鮑叔不認為我沒才能，知道我時運不濟。我曾多次出征、多次敗逃；鮑叔不認為我膽怯，知道我家中有老母。公子糾失敗後，召忽自殺，而我忍辱被囚；鮑叔不認為我無恥，知道我不拘小節，而以功名不能顯揚於天下為恥。「生我者父母，知我者鮑子也！」鮑叔果真是世上最了解管仲的人。

話說鮑叔把管仲推薦給桓公後，自己還甘願作他的僚屬。因此，「天下不多管仲之賢，而多鮑叔能知人也。」大家不稱讚管仲的賢能，而稱讚鮑叔能識拔人才。司馬遷描寫「管鮑之交」的深厚情誼，除了記錄史實之外，字裡行間更隱藏著弦外之音：管仲有鮑叔的信任與薦舉，所以能一展長才，得償所願；而他的知音在哪裡？想當初遭遇李陵之禍，如果有好友力挺，想必今天也不致淪為刑餘之人、殘廢之身？

管仲掌管齊國政事以後，「以區區之齊在海濱，通貨積財，富國彊兵，與俗同好惡。」使位於海邊、小小的齊國，能流通貨物、聚積錢財，因此國家富裕，兵力強大，且與百姓的好惡相一致，故深得民心。一如《管子・牧民》云：「倉廩實而知禮節，衣食足而知榮辱，上服度則六親固。」是說倉庫充實，才能知道禮節；衣食充足，才能知道榮辱；君王服行法度，眾親戚才會團結和睦。「下令如流水之原，令順民心。」強調政令當順應民心，從善如流。

此外，管仲處理政務，善於因禍得福、轉敗為功，並謹慎斟酌輕重、權衡得失。如桓公其實是痛恨少姬（盪舟戲弄桓公，被迫歸蔡）改嫁才南侵蔡國；管仲勸他趁機攻楚，責備楚國不向周天子進獻菁茅（祭祀漉酒用之香草）之罪。又桓公北伐山戎以救燕；事成後，管仲勸燕國重修召公時的政治。桓公原想背棄與曹沫在柯地所訂的盟約；管仲使他遵守承諾，以昭信於天下，因此諸侯都來歸附齊國。這正是《管子・牧民》所云：「知與之為取，政之寶也。」知道給與就是獲取，是為政的法寶。

傳末云：「管仲富擬於公室，有三歸（三歸之家）、反坫（諸侯宴會時用來放置空酒杯的土臺），齊人不以為侈。」管仲富可敵國，有三個公館，以及宴會時用來放酒杯的土坫（音「店」），但齊國人不認為他奢侈。不過，孔子卻批評他志奢意滿，而譏其器量狹小。

《史記・管晏列傳》

鮑叔知人薦管仲

吾嘗三戰三走，鮑叔不以我為怯，知我有老母也。公子糾敗，召忽死之，吾幽囚受辱；鮑叔不以我為無恥，知我不羞小節，而恥功名不顯於天下也。生我者父母，知我者鮑子也！

走：逃跑。／鮑叔：姓鮑，字叔，名牙，春秋時齊國大夫。與管仲友好，後事公子小白（齊桓公），管仲事公子糾；公子糾敗，鮑叔向桓公力薦管仲。／公子糾：齊襄公之弟。齊亂，小白奔莒，公子糾奔魯，後小白立為桓公，公子糾死於魯。／召忽：春秋時齊人，事公子糾。

大考停看聽

我曾多次出征作戰、多次敗亡逃走，鮑叔不認為我膽怯，知道我家中有老母。公子糾爭位失敗後，召忽自殺，我忍辱被囚；鮑叔不認為我無恥，知道我不羞小節，而以功名不能顯揚於天下為恥。生養我的人是父母，了解我的人是鮑先生啊！

★管仲和鮑叔一起做生意，分紅管仲多拿
⇨ **鮑叔不認為他貪，知道他窮。**

★管仲替鮑叔謀劃事情，卻越幫越忙
⇨ **鮑叔不認為他笨，知道時機不利。**

★管仲曾多次出仕、多次被罷免
⇨ **鮑叔不認為他沒才能，知道時運不濟。**

★管仲曾多次出征、多次敗逃
⇨ **鮑叔不認為他膽怯，知道他家中有老母。**

★公子糾失敗，管仲忍辱被囚
⇨ **鮑叔不認為他無恥，知他想做一番大事。**

管仲：「生我者父母，知我者鮑子也！」

管仲政績

管仲，名夷吾，字仲，春秋時潁上（今安徽潁上）人。

從年輕時就與鮑叔交好，後來「鮑叔事齊公子小白，管仲事公子糾。及小白立為桓公，公子糾死，管仲囚焉。鮑叔遂進管仲。」

★齊桓公任用管仲後，「九合諸侯，一匡天下」，成為一代霸主。

★管仲執政，「以區區之齊在海濱，通貨積財，富國彊兵，與俗同好惡。」

★他處理政務，善於因禍得福、轉敗為功，並謹慎斟酌輕重、權衡得失。

★桓公因痛恨少姬改嫁而南侵蔡國；管仲勸他趁機攻楚，責備楚國不向周天子進獻菁茅之罪。

★桓公北伐山戎以救燕；事成後，管仲勸燕國重修召公時的政治。

★桓公原想背棄與曹沫在柯地所訂的盟約；管仲使他遵守承諾，以昭信於天下，因此諸侯都來歸附齊國。

◆文中隱含弦外之音：

・鮑叔推薦了管仲之後，自己甘願作他的僚屬。　・「天下不多管仲之賢，而多鮑叔能知人也。」

⇨ 管仲有鮑叔的信任與薦舉，所以能一展長才，得償所願；而作者的知音在哪裡？想當初遭遇李陵之禍，如果有好友力挺，想必今天也不致淪為刑餘之人、殘廢之身？

UNIT 2-11

余雖為之執鞭，所忻慕焉

雖然管仲、晏嬰的時代相差了一百多年，但兩人先後出任為齊相，故《史記》將他們合為一傳，即〈管晏列傳〉。

再看晏子，名嬰，字平仲，萊州夷維（山東掖縣）人。曾事奉齊靈公、莊公、景公，他「以節儉力行重於齊」，生活相當儉樸，不同於管仲的奢靡成性，「既相齊，食不重（音『崇』）肉，妾不衣（音『意』）帛。」都當了齊國國相，每餐不吃兩種以上的肉類，姬妾不穿綢緞衣服。他在朝廷做事，「君語及之，即危言（直言）；語不及之，即危行（正直的行為）。國有道，即順命；無道，即衡命。」國君問他，就直言無隱；不問他，就正直行事。政治上軌道，就順從法令而行；政治不上軌道，就權衡命令而後行。

晏子曾經外出途中，遇到「越石父（音『甫』）賢，在縲紲（音『雷謝』，監獄）中」，賢能的越石父卻被囚禁起來，於是「解左驂贖之（解下左邊駕車的一匹馬為他贖罪）」，然後載他回家。回到家後，晏子沒向越石父說一聲就進入內室，很久才出來。越石父這時要求絕交，離開晏子家。晏子吃了一驚，連忙向他道歉：「我晏嬰雖然沒有仁德，但總是解除了您的危難，為何這麼快要離開呢？」越石父說：「不然。吾聞君子詘（通『屈』）於不知己，而信（通『伸』）於知己者。方吾在縲紲中，彼不知我也。夫子既以感寤（通『悟』）而贖我，是知己！知己而無禮，固不如在縲紲之中。」意思是君子被不知己者冤屈，但在知己面前可以得到伸張。他們不了解我而囚禁我，您既然了解我，並贖我出來，就是知己。知己對我無禮，還不如被囚禁。晏子聽了，請他進內室奉為上賓。

晏子做了齊相，有一天乘車出門；他的車夫之妻從門縫偷看丈夫。「其夫為相御，擁大蓋，策駟馬，意氣揚揚，甚自得也。」看見她丈夫替國相駕車，坐在大傘蓋下，鞭打著駕車的四匹馬，洋洋得意，自以為了不起。車夫回來後，妻子請求離婚。車夫問她原因，妻子回答：「人家晏子身材矮小，身為齊相，名聞各國。今天我看他外出時，志慮深遠，時常表現出謙讓的樣子。而您體格高大，卻做人家的車夫，看您還露出一副志得意滿的神情，因此我想跟您離婚。」之後車夫處處自我收斂。晏子看到車夫的改變，不禁好奇問他怎麼回事；車夫據實以告。後來晏子推薦他做大夫。

文末太史公評論了晏子伏尸而哭之事：周靈王二十四年（548B.C.），崔杼弒齊莊公，晏子伏尸而哭，禮盡而出。史遷認為：「成禮，然後去，豈所謂見義不為無勇者邪？」稱讚他做到應有的禮節，然後從容離去，是見義勇為的表現。又讚美他不惜冒犯君主，也要進諫忠言的行事作風。「假令晏子而在，余雖為之執鞭，所忻慕焉。」倘若晏子還活著，就算為他駕車，都心甘情願！景仰之情，溢於言表。

《史記・管晏列傳》

見義勇為晏平仲

妻曰：「晏子長不滿六尺，身相齊國，名顯諸侯。今者妾觀其出，志念深矣，常有以自下者。今子長八尺，乃為人僕御，然子之意自以為足，妾是以求去也。」其後夫自抑損。

不滿六尺：謂身材矮小。下文「八尺」，謂體格高大。／妾：古代婦人之謙稱。／志念深矣：志向、思想深遠。／自下：自謙。／僕御：車夫。／抑損：收斂。

大考停看聽

妻子說：「晏子身高不滿六尺，身為齊相，名聞各國。今天我看他外出時，志慮深遠，時常表現出謙遜退讓的樣子。如今您身高八尺，卻做人家的車夫，而看您的神情還一副志得意滿的樣子，我因此要求離婚。」之後她的丈夫處處自我收斂。

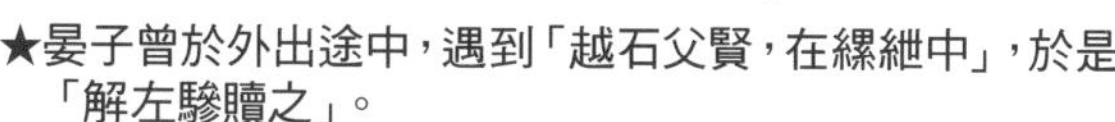

禮遇越石父

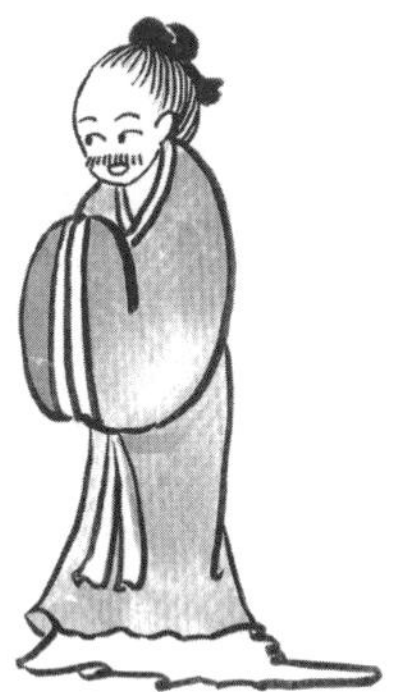

★晏子曾於外出途中，遇到「越石父賢，在縲紲中」，於是「解左驂贖之」。

★回到家後，晏子沒向越石父說一聲就進入內室；越石父要求絕交並離開。

★越石父說：「吾聞君子詘於不知己，而信於知己者。方吾在縲紲中，彼不知我也。夫子既以感寤而贖我，是知己！知己而無禮，固不如在縲紲之中。」

★晏子聽了之後，連忙請越石父進內室，奉為上賓。

晏子，名嬰，字平仲，萊州夷維（山東掖縣）人。

・「以節儉力行重於齊」，「既相齊，食不重肉，妾不衣帛。」

・「君語及之，即危言；語不及之，即危行。國有道，即順命；無道，即衡命。」

推薦車夫

★晏子為齊相時，乘車出門；其車夫之妻從門縫偷看丈夫。

★車夫為晏子駕車，神情十分得意。

★車夫回來後，妻子請求離婚。

★妻子說：「晏子身材矮小，身為齊相，卻表現出謙讓的樣子；而您體格高大，做人家的車夫，還露出一副志得意滿的神情，因此我想跟您離婚。」

★之後車夫處處自我收斂。 ★晏子好奇車夫的改變；車夫據實以告。後來晏子推薦他做大夫。

◆太史公評論晏子伏尸而哭之事：

・周靈王二十四年（548B.C.），崔杼弒齊莊公，晏子伏尸而哭，禮盡而出。

⇨史遷稱讚他做到應有的禮節，然後從容離去，是見義勇為的表現；又讚美他不惜冒犯君主，也要進諫忠言的行事作風。

⇨「假令晏子而在，余雖為之執鞭，所忻慕焉。」景仰之情，溢於言表。

UNIT 2-12
韓非知說之難，為〈說難〉書甚具

《史記・老子韓非列傳》是一篇老子、莊子、申不害和韓非四人的合傳；之所以將他們合為一傳，間接說明了漢朝人對道、法二家的看法，認為法家思想實淵源於道家，是對道家學說的一種反省與修正。

老子，姓李，名耳，字聃（音「單」），楚國人，做過周朝藏書室的管理員。也有人說，與孔子同時的老萊子是老子。還有人說，晚於孔子百餘年的周太史儋（音「單」）是老子。可以確定的是，老子是個隱君子。孔子曾問禮於老子。老子回答：您所說的人，他們的人和骨頭都已經腐朽了，只有言論還在而已。……「良賈深藏若虛，君子盛德容貌若愚。」優秀商人深藏著寶貨，看來像個窮鬼；賢人君子身懷盛德，外表像個呆瓜。去掉您的驕氣、欲望，姿色、貪念等，這些對您都沒有好處。而孔子私下稱讚道：「吾今日見老子，其猶龍邪！」將老子比喻為「乘風雲而上天」的龍。

莊子，名周，蒙地人，曾做過蒙地漆園的官吏；與梁惠王、齊宣王同時代。他的學說無所不包，但都根源於老子思想；所寫著作十多萬字，多為寓言故事。楚威王曾派人請莊子出來作官，莊子笑著說：您沒見過天子祭祀時的牲牛嗎？「衣以文繡，以入太廟」，穿戴漂亮，被供起來當祭品。到了那時，想做隻小豬還能辦到嗎？所以請回去吧，「我寧游戲汙瀆（臭水溝）之中自快，無為有國者所羈（束縛）」，寧可在臭水溝中打滾，也不願出仕為官失去自由！

申不害，京縣（今河南滎陽東南）人。原為鄭國賤臣，後來學了刑名之法術，為韓昭侯國相；十五年間，國治兵強，沒人敢侵犯韓國。「申子之學，本於黃老，而主刑名」，說明其學說源於黃老之學（道家），卻主張刑名之術（法家）。著有《申子》二篇。

韓非是韓國的貴族，「為人口吃（音『即』），不能道說，而善著書。」其人不善言說，但文筆奇佳。他與李斯都是儒家傳人荀子的學生，皆喜刑名法術之學。漢人以為法家思想出於黃老之道，其實韓非等主張嚴刑峻法，何嘗不是對荀子「性惡（人性無善）」說的繼承與開展？韓非屢次上書規諫韓王，痛恨君主不能以法制來治國、用權術來御下，因為不能任用賢才，所以無法富國強兵。又悲傷忠臣不見容於朝中，故作〈孤憤〉、〈五蠹〉等。「然韓非知說之難，為〈說難〉書甚具。」他知道遊說的困難，故在〈說難〉中寫得特別完備；可惜他自己不能身體力行，才會被李斯害死於秦國。

〈說難〉中，敘彌子瑕是個美男子，被衛靈公寵愛時，無論他偷駕君車出去、把咬一口的桃子給衛君吃，都贏得稱讚與好評；年老色衰後，衛君開始指責他的種種不是。旨在說明彌子瑕沒有變，變的是衛君的愛憎之情，藉以提醒遊說之士，不能不明察君王的喜愛與憎厭，更不可觸犯人主的逆鱗，才能成為一名成功的策士。

《史記・老子韓非列傳》

老莊申韓同一傳

故諫說之士不可不察愛憎之主而後說之矣。夫龍之為蟲也，可擾狎而騎也。然其喉下有逆鱗徑尺，人有嬰之，則必殺人。人主亦有逆鱗，說之者能無嬰人主之逆鱗，則幾矣。

愛憎：喜愛、憎厭。憎，音「增」，厭惡。／說：遊說。／擾狎：馴養、親近。狎，音「霞」，親近。／逆鱗：龍喉下倒生的鱗片，引申為對人主大不敬或觸犯其威嚴的意思。／嬰：觸犯。

大考停看聽

因此勸諫遊說之士不能不觀察人主的喜愛、憎厭，然後再去遊說他。好比龍這種蟲類啊，可以馴養、親近並騎乘牠，但牠的喉下有一尺長逆生的鱗片，人們如果去碰觸牠，那麼牠一定會咬人。而人主也有逆生的鱗片，遊說之士如能不去觸犯人主的逆鱗，那麼差不多可以算是善於遊說的了。

老子

（資料來源：故宮典藏圖像資料庫）

・老子，姓李，名耳，字聃，楚國人，做過周朝藏書室的管理員。

・或說他是老萊子，或說他是周太史儋，確定他是一位隱君子。

★孔子曾問禮於老子，老子回答：「良賈深藏若虛，君子盛德容貌若愚。」強調去掉驕氣、欲望，姿色、貪念等，因為這些對人都沒有好處。

⇨**孔子說：「吾今日見老子，其猶龍邪！」**

韓非

★韓非是韓國貴族，「為人口吃，不能道說，而善著書。」

★他與李斯同為荀子弟子，皆喜刑名法術之學。

★韓非屢次上書規諫韓王，痛恨君主不能以法制、權術來治國，不能任用賢才，故無法富國強兵。又悲傷忠臣不見容於朝中，作〈孤憤〉、〈五蠹〉等。

★「然韓非知說之難，為〈說難〉書甚具。」他精通遊說之術，可惜不能身體力行，才會被李斯害死於秦國。

莊子

・莊子，名周，蒙地人，曾做過蒙地漆園的官吏；與梁惠王、齊宣王同時代。

・其學說無所不包，都根源於老子思想；所寫著作十多萬字，多為寓言故事。

★楚威王曾派人請莊子出來作官，莊子笑著說：「衣以文繡，以入太廟」，屆時想做隻小豬都辦不到了。「我寧游戲汙瀆之中自快，無為有國者所羈」，寧可在臭水溝中打滾，也不願出仕為官失去自由！

申不害

★申不害，京縣（今河南滎陽東南）人。

★原為鄭國賤臣，後來學了刑名之法術，為韓昭侯國相；十五年間，國治兵強，沒人敢侵犯韓國。

★「申子之學，本於黃老，而主刑名」，其學說源於黃老之學，卻主張刑名之術。著有《申子》二篇。

UNIT 2-13 今吳之有越，猶人之有腹心疾也

《史記‧伍子胥列傳》是一篇記錄伍子胥個人生平事跡的傳記，屬於單傳。以伍子胥為主，涉及太子建、白公勝、申包胥、太宰嚭等相關人物；以楚、吳史事為骨幹，涵蓋了鄭、齊、越諸國的歷史。

伍子胥，名員，楚國人。其父伍奢為楚平王時太子建的太傅，由於佞臣費無忌挑撥離間，導致太子建出走，伍奢及其長子伍尚皆遇害。次子伍員為報父兄之仇，逃離了楚國。太子建輾轉到了鄭國，後為子產所殺；建的兒子勝，遂與伍子胥逃往吳國。

伍子胥到了吳國，吳王僚正當權，而公子光做將領。他曾想透過公子光晉見吳王僚，藉機說服吳王出兵攻楚，但遭到公子光反對。於是，他與勝兩人退隱山林。五年後，楚平王薨，吳王僚趁機伐楚；公子光又趁國內空虛，派人刺殺吳王僚，事成之後自立為王，便是吳王闔廬。

闔廬重用伍子胥，為他謀劃國事。九年後，吳軍破楚，楚昭王出奔。「始伍員與申包胥為交，員之亡也，謂包胥曰:『我必覆楚。』包胥曰:『我必存之。』及吳兵入郢，伍子胥求昭王。既不得，乃掘楚平王墓，出其尸，鞭之三百，然後已。」伍子胥、申包胥這對好友，一個誓言滅楚，一個立志守護楚國。當吳兵直入郢都時，伍子胥找不到楚昭王，便挖掘楚平王的墳墓，鞭打其屍體三百下，以洩心頭之恨。逃亡中的申包胥派人來指責伍子胥做得太過分了。伍子胥說:「為我謝申包胥曰:『吾日暮途遠，吾故倒行而逆施之。』」託人回覆申包胥：我急著復仇，像太陽快下山了，還得走很遠的路，怕等不及了，才會違背事理地胡來，實在管不了那麼多！

後來吳軍攻打越國，卻被越王句踐打敗了；闔廬傷了腳趾，隨即薨逝。其子夫差繼位為吳王，任用伯嚭為太宰，加緊練兵，準備報復句踐。兩年後，句踐被困在會稽山上，派文種前來談和，請求以全國作為吳國的臣妾。伍子胥力諫不可，但夫差用太宰嚭的計策，接受了越國求和。

五年後，吳王將北伐齊國，伍子胥進諫說:「句踐食不重味，弔死問疾，且欲有所用之也。此人不死，必為吳患。今吳之有越，猶人之有腹心疾也。」他早就看出越王句踐不是真心臣服，越國才是吳國的心腹大患，因此請求先討伐越國。吳王不聽，遂在艾陵大敗齊軍，威名大振；從此，更加疏遠伍子胥。

伍子胥知道吳國將亡，於是藉由出使齊國之便，把兒子託付給齊國的鮑牧。太宰嚭素與伍子胥不睦，日夜向吳王進讒言。夫差於是派人賜給伍子胥一把屬鏤之劍，要他自我了斷。伍子胥仰天長嘆:「我令您父親成為霸王，用生命為您爭取王位，而您竟誤信讒臣而殺害長者！」他臨終遺言:「抉吾眼縣（通『懸』）吳東門之上，以觀越寇之入滅吳也。」吳王聽後大怒，下令將他的屍首裝在皮革袋內，讓它漂浮在長江中。吳國人同情他，為他在江邊立了祠堂。

《史記・伍子胥列傳》

懸眼東門觀吳滅

伍子胥諫曰：「句踐食不重味，弔死問疾，且欲有所用之也。此人不死，必為吳患。今吳之有越，猶人之有腹心疾也。而王不先越而乃務齊，不亦謬乎？」吳王不聽，伐齊，大敗齊師於艾陵，遂威鄒、魯之君以歸。益疏子胥之謀。

重味：兩種以上的菜色。重，音「崇」。／弔死問疾：弔唁死者，慰問病人。／欲有所用之：想用到老百姓的緣故。／謬：謬誤。／艾陵：齊地。

大考停看聽

伍子胥進諫說：「越王句踐不吃兩種以上的菜色，弔唁死者，慰問病人，看來是想用到老百姓的緣故。這個人一天不死，終將成為吳國的憂患。如今吳國有越國在旁，猶如人患有腹心的疾病。大王不先討伐越國而致力攻打齊國，不是搞錯了嗎？」吳王不聽，照樣攻齊，在艾陵大敗齊軍，於是威震鄒國、魯國的國君才班師回朝。從此，更加不用伍子胥的謀略了。

伍子胥，名員，楚國人。其父伍奢為楚平王時太子建的太傅，由於佞臣費無忌挑撥離間，導致太子建出走，伍奢及其長子伍尚皆遇害。次子伍員為報父兄之仇，逃離了楚國。太子建輾轉到了鄭國，後為子產所殺；建的兒子勝，遂與伍子胥逃往吳國。

吳國 **吳王僚正當權，公子光做將領。** 他曾想透過公子光晉見吳王僚，藉機說服吳王出兵攻楚，但遭公子光反對。於是，他與勝退隱山林。

五年後

★楚平王薨，吳王僚趁機伐楚；公子光又趁國內空虛，派人刺殺吳王僚，事成之後自立為王，便是吳王闔廬。

★闔廬重用伍子胥，為他謀劃國事。 **九年後** 吳軍破楚，楚昭王出奔。

★伍子胥誓言滅楚，申包胥立志守護楚國。當吳兵直入郢都時，伍子胥找不到楚昭王，便挖掘楚平王的墳墓，鞭打其屍體三百下，以洩心頭之恨。

★逃亡中的申包胥派人來指責伍子胥做得太過分了。伍子胥說：「為我謝申包胥曰：『吾日暮途遠，吾故倒行而逆施之。』」復仇心切管不了那麼多！

吳軍攻打越國，被越王句踐打敗了；闔廬傷了腳趾，隨即薨逝。

夫差繼位為吳王，任用伯嚭為太宰，加緊練兵，準備報復句踐。

兩年後 吳軍將句踐困在會稽山上，越國派文種來談和；伍子胥力諫不可，但夫差用太宰嚭之計，接受了求和。

五年後 吳王將北伐齊國，伍子胥看出越國才是吳國的心腹大患，請先伐越。吳王不聽，遂在艾陵大敗齊軍，威名大振；從此，更加疏遠他。

伍子胥知道吳國將亡，藉由出使齊國，把兒子託付給齊國鮑牧。

太宰嚭向吳王進讒言。夫差於是派人賜劍，讓伍子胥自行了斷。

★伍子胥仰天長嘆：「我令若父霸。自若未立時，諸公子爭立，我以死爭之於先王，幾不得立。若既得立，欲分吳國予我，我顧不敢望也。然今若聽諛臣言以殺長者。」

★臨終遺言：「抉吾眼縣吳東門之上，以觀越寇之入滅吳也。」

★吳王聽後，大怒，下令將他的屍首裝在皮革袋內，讓它漂浮在長江中。

UNIT 2-14 若善守汝國，我顧且盜而城！

《史記・張儀列傳》記縱橫遊說之士張儀的生平事跡，與〈蘇秦列傳〉為姊妹篇。戰國時，蘇秦、張儀系出同門，皆師事鬼谷子習術業；而蘇秦自認比不上張儀。

張儀學成之後，便去遊說諸侯。有一次，和楚相一起喝酒；楚相丟了一塊玉璧。大家懷疑是被張儀偷走了，不分青紅皂白地將他拘捕起來，並嚴刑拷打。張儀始終不屈服，最後查無罪證，只好將人放回。張儀遍體鱗傷地返家，妻子說：「如果你不去讀書遊說，又怎會受到這樣的侮辱呢？」張儀連忙張開嘴巴問道：「幫我看看，舌頭還在嗎？」妻子回答：「在啊。」張儀才放心地說：「這就夠了！」因為身為策士，就靠這三寸不爛之舌闖天下，只要舌頭還在，一切都仍有希望！

蘇秦先得到趙王重用，提出「合縱」之策，成功說服趙國邀約各諸侯聯合抗秦。張儀來見老朋友，沒想到蘇秦竟出言羞辱他：「以子之材能，乃自令困辱至此。吾寧不能言而富貴子，子不足收也！」說張儀不值得被收留，所以才不想推薦他、使他富貴。張儀憤而入秦，因為只有秦國能讓趙國吃盡苦頭。

張儀離開後，蘇秦卻告訴下屬：「能用秦柄者，獨張儀可耳。然貧無因以進，吾恐其樂小利而不遂，故召辱之，以激其意。子為我陰奉之。」原來是擔心張儀貧窮沒有進身之階，而沉溺於小利益，不能成就大事業，才召他來加以侮辱，無非想藉此激勵其心志。於是，命手下暗中資助張儀。

張儀到了秦國，以「連橫」之策遊說秦惠王，主張秦國與各諸侯交好，然後再各個擊破。當他出任秦相後，「為文檄，告楚相曰：『始吾從若飲，我不盜而璧，若笞（音「吃」，鞭打）我。若善守汝國，我顧且盜而城！』」張儀寫了一封信給楚相說：從前我陪您喝酒，我沒偷您的玉璧，您卻鞭打我。您好好守住您的國家吧，我回頭將掠奪您的城池！

秦王想攻打齊國，但齊、楚相約合縱。張儀出使楚國，遊說楚懷王道：「大王誠能聽臣，閉關絕約於齊，臣請獻商、於之地六百里，使秦女得為大王箕帚之妾，……長為兄弟之國。」楚王不顧陳軫的反對，答應與齊國斷交，而與秦國結盟。張儀回到秦國，假裝不小心從車上摔下來，三個月不上朝。楚王為了取信於張儀，派人到北方去辱罵齊王；氣得齊王情願自貶身分與秦國往來。秦、齊建交後，張儀才上朝見楚國使者，改口說有秦王賜的土地六里，願獻給楚王。楚王大怒，出兵攻秦。

秦、齊聯軍合力擊楚，殺死八萬楚軍，奪取丹陽、漢中等地。結果楚軍慘敗，向秦國請和。楚王表示願意獻出黔中地方，只求得到張儀。張儀自己請求出使楚國；人一到，楚王就將他囚禁起來，恨不得殺之而後快。但張儀早就買通楚大夫靳尚，由寵妃鄭袖日夜勸楚王放了張儀；張儀才被赦免，還沒離開楚國，就聽到蘇秦去世的消息。

《史記・張儀列傳》

戰國策士逞口舌

蘇秦已而告其舍人曰：「張儀，天下賢士，吾殆弗如也。今吾幸先用，而能用秦柄者，獨張儀可耳。然貧無因以進，吾恐其樂小利而不遂，故召辱之，以激其意。子為我陰奉之。」

舍人：此指侍從的屬官，猶言「下屬」。／殆：恐怕。／秦柄：秦國政權。／進：進身、進用。／不遂：不能成就大業。／辱之：侮辱他。／以激其意：用以激發他的心志。／子：猶言「您」，第二人稱敬辭。／陰奉之：暗中送些錢財給他。

大考停看聽

不久，蘇秦告訴他的下屬：「張儀是天下難得的賢士，我恐怕比不上他。如今我幸運地先被錄用，但能掌握秦國政權的人，只有張儀而已。但他貧窮沒有進身之階，我擔心他沉溺於小利益而不能成就大事業，所以召他來加以侮辱，用以激發他的心志。您替我暗中送些錢財給他。」

★張儀師事鬼谷子習術業，學成，便去遊說諸侯。
★某天，他和楚相一起喝酒；楚相丟了一塊玉璧。
★大家懷疑被張儀偷走了，將他拘捕並嚴刑拷打。
★張儀始終不屈服，查無罪證，只好將人放回去。
★張儀遍體鱗傷返家，張嘴問妻：「舌頭還在嗎？」
★妻回答：「在。」他才放心地說：「這就夠了！」

老朋友羞辱他

◆蘇秦先得到趙王重用，提出「合縱」之策，成功說服趙國邀約各諸侯聯合抗秦。
◆張儀來見老朋友，蘇秦竟出言羞辱他：「以子之材能，乃自令困辱至此。吾寧不能言而富貴子，子不足收也！」

暗地裡資助他

◆張儀憤而入秦，因為只有秦國能讓趙國吃盡苦頭。
◆張儀離開後，蘇秦交代下屬：「能用秦柄者，獨張儀可耳。然貧無因以進，吾恐其樂小利而不遂，故召辱之，以激其意。子為我陰奉之。」

為檄文告楚相

◆張儀到了秦國，以「連橫」之策遊說秦惠王，主張秦國與各諸侯交好，然後再各個擊破。
◆當他出任秦相後，「為文檄，告楚相曰：『始吾從若飲，我不盜而璧，若笞我。若善守汝國，我顧且盜而城！』」

★張儀遊說楚王與齊斷交：「臣請獻商、於之地六百里，使秦女得為大王箕帚之妾，……長為兄弟之國。」
★楚王決定與齊斷交，與秦結盟。張儀佯裝成摔車，故意三個月不上朝。楚王為了取信於張儀，派人辱罵齊王。齊王一氣之下，情願自貶身分與秦國往來。
★秦齊建交後，張儀才上朝見楚國使者；改口有秦王賜的土地六里，願獻給楚王。⇨楚王大怒，出兵攻秦。

★秦、齊聯軍合力擊楚，殺死八萬楚軍，奪取丹陽、漢中等地。
★楚軍慘敗，向秦國請和。楚王願獻出黔中地方，只求得到張儀。
★張儀自請出使楚國；人一到，就被囚禁起來。
★張儀買通楚大夫靳尚，由寵妃鄭袖勸楚王釋放張儀；他才被赦免，就聽到蘇秦去世的消息。

UNIT 2-15 風蕭蕭兮易水寒，壯士一去兮不復還

《史記・刺客列傳》記曹沫、專諸、豫讓、聶政、荊軻五位刺客的事跡，屬於「類傳」（敘列事跡相類、品行相當諸人為一傳）。全文五千多字，而用三千餘字寫荊軻，可見荊軻為本篇之核心人物。

荊軻，先世本為齊人，後來移居衛國，衛人稱他「慶卿」；到了燕國，人們才以「荊卿」稱呼他。荊軻在燕國，和殺狗的屠夫、善於擊筑的高漸離友好，三人天天在街市上喝酒，好不快活！燕國處士田光知道荊軻不平凡，便客氣地接待他。

燕國太子丹曾在趙國當人質，與在趙國出生的秦王政一度十分要好。等嬴政當上秦王，太子丹恰巧質押在秦國；但秦王待太子丹不好，因此太子丹趁機逃回燕國。太子丹一心想報復秦王，無奈燕國勢單力薄。後來透過田光引薦，得與荊軻相識。太子丹離席叩首分析當時的國際情勢：強秦貪婪，燕國弱小，當今救亡圖存之道，唯有派刺客挾持秦王，逼他歸還所侵占的土地；或藉機除掉他，使秦國陷入內亂，再聯合各諸侯一起抗秦。

荊軻自以為無法勝任此事，太子丹再三懇求，他才答應效命。於是，太子丹尊荊軻為上卿，天天到館舍來問候，供給他錦衣玉食、奇珍異寶、美女與車馬。過了很久，荊軻還沒打算出使秦國。此時，秦軍攻破趙國，俘虜了趙王，且兵臨燕國的邊境。「太子丹恐懼，乃請荊軻曰：『秦兵旦暮渡易水，則雖欲長侍足下（長期侍奉先生），豈可得（辦到）哉？』」荊軻提出要帶樊於期的人頭、燕國督亢的地圖獻給秦王，他才有辦法前往行刺。太子丹不忍心取樊於期性命。荊軻親自出馬，說服樊於期自殺；再取其頭顱，裝進匣中備用。

荊軻在等待一個朋友，一起到秦國去。但太子丹懷疑他反悔了，一直催他速速上路。荊軻無奈，只好與秦舞陽先出發了。太子丹和其賓客全都穿戴白衣、白帽，來到易水邊為荊軻送行。飲酒餞行之後，高漸離擊筑，荊軻相和而歌，大夥兒不由得流下淚來。「風蕭蕭兮易水寒，壯士一去兮不復還！」荊軻頭也不回地坐車啟程。

秦王在咸陽宮召見燕國的使者。「荊軻奉樊於期頭函，而秦舞陽奉地圖匣，以次進（依序晉見）。」秦舞陽神色慌張，荊軻卻談笑自若。秦王要秦舞陽獻上地圖來，荊軻便取了地圖，呈上去。「秦王發（展開）圖，圖窮而匕首見。因左手把秦王之袖，而右手持匕首揕（刺）之。未至身，秦王驚，自引而起，袖絕。」秦王想拔劍，但劍太長，一時情急卻拔不出來。

倉促之間，秦王驚慌失措，又沒武器可以攻擊荊軻，只能赤手空拳與他搏鬥。這時，侍醫夏無且用藥箱投擊荊軻。秦王正好繞著柱子逃跑，倉促緊急之際，聽到侍從們喊道：「大王，背劍！」才把劍背起來，拔劍擊殺荊軻，砍斷了他的左腿。一陣廝殺後，荊軻身中八刀，最後壯烈成仁了。

《史記・刺客列傳》

易水餞行送荊軻

方急時，不及召下兵，以故荊軻乃逐秦王。而卒惶急，無以擊軻，而以手共搏之。是時侍醫夏無且，以其所奉藥囊提荊軻也。秦王方環柱走，卒惶急，不知所為。左右乃曰：「王負劍。」負劍，遂拔以擊荊軻，斷其左股。

卒惶急：倉促、惶恐、緊急。／侍醫：侍從醫官。／夏無且（音「居」）：侍醫之名。／提：打、投擊。／環柱走：繞著柱子逃跑。走，跑也。／左右：身邊的侍從。／負劍：背劍。／左股：左大腿。

大考停看聽

正當危急時刻，來不及傳喚侍衛，因此荊軻才能追趕秦王。倉促之間，惶恐而急迫，秦王又沒有武器可攻擊荊軻，只能赤手空拳與他搏鬥。這時侍從醫官夏無且，用他所捧的藥箱投擊荊軻。秦王正好繞著柱子逃跑，倉促緊急之際，不知該如何是好。侍從們於是喊道：「大王，背劍！」秦王才把劍背起來，拔劍擊殺荊軻，砍斷了他的左腿。

★荊軻先世為齊人，後來移居衛國，人稱「慶卿」；到了燕國，才以「荊卿」稱呼他。

★荊軻在燕國，和殺狗的屠夫、善於擊筑的高漸離友好，三人天天在街市上喝酒。

★處士田光知道荊軻不平凡，便客氣地接待他。

◆燕太子丹曾在趙國當人質，與在趙國出生的秦王嬴政十分要好。

◆當嬴政當上秦王，太子丹質押在秦國；但秦王待太子丹不好，太子丹趁機逃回燕國。

◆太子丹一心想報復秦王，透過處士田光的引薦，得與荊軻相識。

★於是，太子丹尊荊軻為上卿，天天到館舍來問候，供給他錦衣玉食、奇珍異寶、美女與車馬。

★過了很久，荊軻還沒打算出使秦國。此時，秦軍攻破趙國，俘虜了趙王，且兵臨燕國的邊境。

★「太子丹恐懼，乃請荊軻曰：『秦兵旦暮渡易水，則雖欲長侍足下，豈可得哉？』」

★荊軻提出要帶樊於期的人頭、燕國督亢的地圖獻給秦王，才有辦法前往行刺。

★太子丹不忍取樊於期性命。荊軻親自說服樊於期自殺；再取其頭顱裝進匣中。

◆荊軻在等一個朋友，一起到秦國去。太子丹一直催他上路。

◆荊軻只好與秦舞陽先出發。太子丹和賓客來到易水邊送行。

◆飲酒餞行之後，高漸離擊筑，荊軻相和而歌，大夥兒不由得流下淚來⇨**荊軻頭也不回地啟程**

★「荊軻奉樊於期頭函，而秦舞陽奉地圖匣，以次進。」

★荊軻呈上地圖，「秦王發圖，圖窮而匕首見。因左手把秦王之袖，而右手持匕首揕之。未至身，秦王驚，自引而起，袖絕。」

★秦王想拔劍，一時情急卻拔不出。赤手空拳與之搏鬥。

★侍醫夏無且用藥箱投擊荊軻。秦王繞著柱子逃跑，突然聽到侍從們喊：「大王，背劍！」才背起劍，拔劍砍斷荊軻的左腿。

★一陣廝殺後，荊軻身中八刀，最後壯烈犧牲了。

UNIT 2-16 士不產於秦，而願忠者眾

李斯〈諫逐客書〉一文，選自《史記・李斯列傳》。其寫作背景為：秦王政十年（237B.C.），秦國發現韓國派來的水利專家鄭國，打著發展水利的名號，其實是想藉機消耗秦國國力。於是，大臣主張驅逐所有來自六國的客卿。李斯為楚國上蔡（今河南上蔡）人，自然也在被逐之列，故於出境途中作此書，力陳客卿有功於秦，逐客將不利於秦的利害關係，終於讓秦王取消逐客之令。「書」，古代臣子上呈君王的奏疏，也稱「上書」。因此，本文一名〈上秦始皇書〉。

作者善於揣摩秦王心思，處處從秦國的利益出發，緊扣他想成就帝業之雄心，反覆闡明逐客對秦不利的道理。通篇議論精闢，舉證詳實，故說服力十足，終能使人主回心轉意，達到上書諫諍的目的。全文可分為五段：首段以開門見山法，明揭逐客之過，論點明確。以下各段皆從此一「過（錯誤）」字，展開層層論述，立論十分周延。

次段引史為證，歷舉繆（通「穆」）公用由余等五位客卿，遂稱霸西戎；孝公用衛人商鞅變法，而富國強兵；惠王用魏人張儀之計，功業延續至今；昭王用魏人范雎（音「居」）之策，為大秦帝業奠定基礎。在在證明了客卿對於秦國的富強，著實功不可沒！

三段以物為證，列舉陛下一向樂於享用各國奇珍異寶，對外國音樂、異國美女更是情有獨鍾。為何單單排斥他國的人才，難道是重寶物而輕賢士嗎？如今「不問可否，不論曲直，非秦者去，為客者逐。」這樣賢愚不辨、是非不分，一味地驅逐客卿，絕非一統天下、成就霸業的帝王之術。

四段舉事為證，先就正面立說：以泰山容納眾土壤，才能成就它的高大；河海匯聚眾小川，才能成就它的深廣；君王接納眾臣民，才能彰顯他的盛德。強調君王應該明白「有容乃大」的道理，唯有延攬、包容各國人才，才能讓秦國四時充美、天下無敵。再從反面立說：「今乃棄黔首（借代為百姓）以資敵國，卻賓客以業諸侯，使天下之士，退而不敢西向，裹足不入秦，此所謂藉寇兵而齎（音『基』，贈送）盜糧者也。」現在擯棄百姓而資助敵國，斥逐賓客而幫諸侯成就功業，使天下的賢士退避而不敢西進，停下腳步不敢到秦國來，這正是所謂借敵人武器、送盜賊糧食啊！足見逐客之不智。

末段採前後呼應法總結全文，「夫物不產於秦，可寶者多；士不產於秦，而願忠者眾。」呼應二、三段，正面主張客卿之利於秦。「今逐客以資敵國，損民以益讎，內自虛而外樹怨於諸侯，求國無危，不可得也。」呼應一、四段，反面申明逐客之過，甚至可能陷國家於危殆不安的嚴重後果，望秦王三思而後行啊！

作者善用鋪陳手法，活用排比、對偶等修辭技巧，使文章氣勢奔放、辭藻斑爛、音韻鏗鏘，故本篇歷來公認是漢賦崛起的先聲。

《史記・李斯列傳》

君王逐客大不智

臣聞地廣者粟多，國大者人眾，兵彊者則士勇。是以泰山不讓土壤，故能成其大；河海不擇細流，故能就其深；王者不卻眾庶，故能明其德。是以地無四方，民無異國，四時充美，鬼神降福，此五帝、三王之所以無敵也。

兵彊：指軍力強大。彊，通「強」。／讓：推辭、捨棄。／不卻眾庶：不拒絕任何地方的人民。／明其德：顯揚君王的聖德。／五帝、三王：即「三皇五帝」，古代傳說中的帝王。據《史記》之說：三皇指伏羲、神農、女媧；五帝指黃帝、顓頊（音「專序」）、嚳（音「庫」）、堯、舜。

大考停看聽

臣聽說土地廣的米糧繁多，國家大的人民眾多，軍力強的士兵勇猛。因此泰山不捨棄任何土壤，才能成就它的高大；河海不挑揀任何細流，才能成就它的深邃；君王不拒絕任何百姓，才能彰顯他的盛德。所以地不分東西南北，人不論本國外國，一年四季都充實美好，鬼神也會降下福澤，這是五帝、三王所以無敵的原因。

李斯為楚國上蔡（金河南上蔡）人，自然也在被逐之列，故於出境途中作此書，力陳客卿有功於秦，逐客將不利於秦的利害關係，終於讓秦王取消逐客之令。

秦王政十年（237B.C.），秦國發現韓國派來的水利專家鄭國，打著發展水利的名號，其實是想藉機消耗秦國國力。於是，大臣主張驅逐所有來自六國的客卿。

「書」，古代臣子上呈君王的奏疏，也稱「上書」。故本文一名〈上秦始皇書〉。

諫逐客書

★首段明揭逐客之過，論點明確。以下各段皆從此一「過」字，展開層層論述。

★次段**引史為證**，證明客卿對於秦國的富強，功不可沒。如繆公用由余等五位客卿，遂稱霸西戎；孝公用衛人商鞅變法，而富國強兵；惠王用魏人張儀之計，功業延續至今；昭王用魏人范雎之策，為大秦帝業奠定基礎。

★三段**以物為證**，列舉陛下樂於享用各國奇珍異寶，對外國音樂、異國美女更是情有獨鍾。為何單單排斥他國的人才，難道是重寶物而輕賢士嗎？如今「不問可否，不論曲直，非秦者去，為客者逐。」一味地驅逐客卿，絕非一統天下、成就霸業的帝王之術。

★四段**舉事為證**，先正面立說：以泰山容納眾土壤、河海匯聚眾小川，比喻君王應「有容乃大」，唯有包容各國人才，才能讓秦國四時充美、天下無敵。再反面立說：「今乃棄黔首以資敵國，卻賓客以業諸侯，使天下之士，退而不敢西向，裹足不入秦，此所謂藉寇兵而齎盜糧者也。」足見逐客之不智。

★末段總結全文，「夫物不產於秦，可寶者多；士不產於秦，而願忠者眾。」正面主張客卿之利於秦。「今逐客以資敵國，損民以益讎，內自虛而外樹怨於諸侯，求國無危，不可得也。」反面申明逐客之過，甚至可能陷國家於危殆不安，望秦王三思而後行。

作文一點靈

修辭絕技

寫作時口說無憑須舉例加以證實，可使用「舉例法」。如本文或引史為證，或以物為證，或舉事為證，就是援引歷史舊事、列舉現實人物或事件來為作者的論點背書。為了避免文章內容空洞，言之無物，不妨舉出一個個具體的例子作為佐證，這樣一來，將大大提升全文的可信度與說服力。

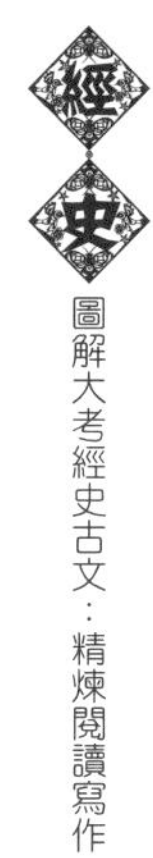

UNIT 2-17
相君之背，貴乃不可言！

《史記・淮陰侯列傳》敘淮陰侯韓信傳奇的一生。韓信，淮陰人。早年貧困，無以維生，經常到南昌亭長家吃閒飯。久而久之，亭長妻子對他很反感，故意提早開飯，讓他來時沒東西吃；韓信很生氣，於是和他們斷絕往來。後來，他到淮水畔釣魚，有位漂母（在水邊漂洗絲絮的婦人）見他挨餓，就帶飯給他吃。韓信向漂母道謝，並說以後一定加倍奉還。漂母表明不敢奢求回報，只是看他大丈夫卻不能養活自己，可憐他罷了！韓信身材高大，喜歡佩帶刀劍，有一次竟被一群惡少公然挑釁：「不怕死，就來刺我；怕死，就從我的褲襠下鑽過。」韓信見對方人多勢眾，只好受此「胯下之辱」，大家都笑他是個膽小鬼！

韓信決定去投軍，輾轉入項梁、項羽、劉邦麾下，始終沒沒無聞。有次犯了軍法，將問斬；他臨刑前，大喊：「上不欲就天下乎？何為斬壯士？」監斬官滕公看他相貌不凡，釋放了他，並引薦給主公劉邦、相國蕭何。劉邦不覺得韓信與眾不同，蕭何卻對他另眼相待。許久，韓信還是不受重用，索性逃走。蕭何親自把他追回來，並力勸劉邦拜他為大將，從此，終於得以一展長才，破趙軍，殺龍且（音「居」），逮齊王，立下了赫赫戰功。

謀士蒯（ㄎㄨㄞˇ）通明白韓信此時對天下大勢具有絕對的影響力，試著點醒他：「相君之面，不過封侯，又危不安；相君之背，貴乃不可言！」藉由相人之術，暗示他如果繼續臣服於漢王，不過拜將封侯，位極人臣而已，日後還可能落得危殆不安；但如果背棄劉邦，取而代之，一切仍大有可為！韓信回答：「漢王遇我甚厚，載我以其車，衣（音『意』）我以其衣，食（音『四』）我以其食。……吾豈可以鄉（通『向』）利倍（通『背』）義乎？」認為自己身受劉邦大恩，堅決不做見利忘義之人。

韓信先被封為齊王，後來有人造謠說他意圖謀反，降為淮陰侯。天下太平後，韓信知道劉邦忌憚他的才能，故意稱病不上朝。有一回，他與漢高祖閒聊時，討論領兵作戰之本事。他說陛下帶兵最多不超過十萬人，而自己則是多多益善。高祖笑著說：「那你怎麼會落入我手中？」他回答：「陛下不善率兵，擅長駕馭將領；這是天生的才能，誰也學不會！」

晚年，韓信又按捺不住，與陳豨（音「希」）密謀造反。當高祖御駕親征陳豨之亂時，韓信託病留在長安，其實是想裡應外合，共謀大業。不料有人向呂后告密，事先走漏了風聲。呂后於是與蕭何商議，派人謊稱皇上已殺了陳豨，群臣紛紛進宮道賀。兩人聯手將韓信騙進宮，呂后早就埋伏武士，立刻將人綑綁起來，就在長樂宮鐘室將他殺害了。「信方斬曰：『吾悔不用蒯通之計，乃為兒、女子所詐，豈非天哉？』」韓信臨死前後悔當初沒聽從蒯通的建議，才會被小人、女子算計；最後落得如此下場，難道是天意嗎？

《史記・淮陰侯列傳》

生死成敗因蕭何

上問曰：「如我，能將幾何？」信曰：「陛下不過能將十萬。」上曰：「於君，何如？」曰：「臣，多多而益善耳。」上笑曰：「多多益善，何為為我禽？」信曰：「陛下不能將兵，而善將將，此乃信之所以為陛下禽也。且陛下所謂天授，非人力也。」

將：音「江」，統御、率領。／陛下：古代臣子對君王的敬稱。／多多而益善：士兵愈多愈好。／禽：通「擒」，捉住。／將將：音「江醬」，統御將領。將，平聲作動詞，率領；仄聲作名詞，將士。

大考停看聽

高祖問：「像我這樣的才能，能率領多少兵馬？」韓信回答：「陛下最多不超過十萬人。」高祖又問：「對你來說，能帶多少兵？」回答：「臣是兵士愈多愈好！」高祖笑著說：「愈多愈好，怎麼還會被我捉住？」韓信說：「陛下不善帶兵，但擅長統御將領，這就是韓信被陛下捉住的原因。何況陛下這種才能是天生的，不是人力所能辦到！」

★韓信早年貧困，無以維生，常到南昌亭長家吃閒飯。
★久之，亭長妻子故意提早開飯，讓他來時沒東西吃。

★韓信到淮水畔釣魚，漂母見他挨餓，帶飯給他吃。

★他跟漂母說以後將加倍奉還。漂母表明不求回報。

★韓信曾被一群惡少挑釁：「信，能死刺我？不能死，出我袴下。」

★韓信見對方人多勢眾，只好受此「胯下之辱」，大家都笑他是個膽小鬼！

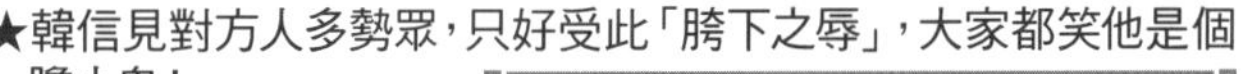

成也蕭何

★韓信去投軍，輾轉入項梁、項羽、劉邦麾下，始終沒沒無聞。

★有次犯軍法，將問斬；監斬官滕公看他相貌不凡，為他引薦。

★許久，韓信仍不受重用，將逃走。蕭何把他追回，力勸劉邦拜為大將。

★韓信終於得以一展長才，破趙軍，殺龍且，逮齊王，立下了赫赫戰功。

◆蒯通知韓信對天下深具影響力，提醒他：「相君之面，不過封侯，又危不安；相君之背，貴乃不可言！」

◆韓信說：「漢王遇我甚厚，載我以其車，衣我以其衣，食我以其食……吾豈可以鄉利倍義乎？」

★韓信被封為齊王，後來有人造謠說他意圖謀反，降為淮陰侯。

★天下太平後，韓信知道劉邦忌憚他的才能，故意稱病不上朝。

★有一回，他與漢高祖閒聊，討論領兵作戰之本事。

★他說陛下帶兵最多不超過十萬人，自己則多多益善。

★高祖笑著說：「那你怎麼會落入我手中？」

★他說：「陛下不善率兵，擅長駕馭將領；這是天生的才能，誰也學不會！」

敗也蕭何

◆晚年，韓信與陳豨密謀造反。　◆當高祖御駕親征陳豨之亂時，韓信託病留在長安，其實是想裡應外合，共謀大業。　◆不料有人向呂后告密，事先走漏了風聲。　◆呂后與蕭何聯手將韓信騙進宮，呂后埋伏武士在長樂宮鐘室將他殺害。　◆「信方斬曰：『吾悔不用蒯通之計，乃為兒、女子所詐，豈非天哉？』」

UNIT 2-18 君有疾在血脈，不治恐深

《史記・扁鵲倉公列傳》為合傳，記錄戰國時扁鵲、西漢初淳于意（太倉公）兩位名醫的生平。

扁鵲，勃海郡鄚（音「茂」）人，一作鄭人（據考證勃海郡無鄭縣，應為「鄚」字之訛）。年輕時曾在一家客館當掌櫃，後得到長桑君的祕方，學會了透視能力；用來替人看病，可以「盡見五臟癥結」，但表面上還是先為患者把脈。他在趙國行醫時，號稱「扁鵲」，也曾到齊國給人治病。

有一次，他上朝謁見齊桓侯，開口就說：「君有疾在腠理（皮肉間），不治將深。」桓侯說：「寡人無疾。」事後，桓侯對身邊的臣子說：「醫之好利也，欲以不疾者為功。」認為扁鵲想藉沒病的人來邀功。五天後，他再見桓侯，說：「君有疾在血脈，不治恐深。」桓侯堅持沒生病，且心裡頗不高興。又五天後，他見到桓侯時，說：「君有疾在腸胃間，不治將深。」桓侯氣得不吭一聲。再過五天之後，他見到桓公，拔腿就跑走了。桓侯派人來問他到底怎麼回事，扁鵲回答：「疾病在皮肉間，用湯劑、藥熨就可以治好；在血脈中，用針灸、砭灸也可以治好；在腸胃內，用藥酒還是可以治好；到了骨髓裡，即使是神仙也莫可奈何。如今齊侯的病已深入骨髓，我無能為力了。」再過五天後，桓侯果然患了重病，派人召請扁鵲，扁鵲已經逃離齊國。最後，桓侯病逝了。

扁鵲名聞天下，曾到邯鄲、洛陽、咸陽等地為人治病，無論婦科、眼科、耳科、風溼、小兒科都能藥到病除。秦國太醫令李醯（音「海」）自知醫術不如扁鵲，便暗中派人將他殺害。時至今日，天下談脈道的醫生都以扁鵲為開山祖師。

淳于意，臨淄人，曾任齊國太倉縣長，世稱「太倉公」。漢初，他向公乘陽慶拜師學醫，盡得其傳，故成為一代名醫。淳于意醫術高明，「然左右行遊諸侯（四處與權貴交遊），不以家為家，或不為人治病，病家多怨之者。」他經常不在家，看診時還看患者是什麼病，有些病不願意替人治療，許多病人因此埋怨他。

漢文帝時，有人上書控告淳于意，他因罪被判處肉刑，將押至長安受刑。五個女兒跟在後頭，哭哭啼啼。「意怒，罵曰：『生子不生男，緩急無可使者！』於是少女緹縈傷父之言，乃隨父西。上書曰：『妾父為吏齊中，……今坐法當刑，……妾願入身為官婢，以贖父刑罪，使得改行自新也。』書聞，上悲其意，此歲中亦除肉刑法。」此即「緹縈救父」故事。幼女緹縈上書自願替父親贖罪，但求老父免受肉刑之苦；終於感動了漢文帝，不但赦免淳于意，還廢除了肉刑。

文末太史公感嘆道：「女無美惡，居宮見妒；士無賢不肖，入朝見疑。故扁鵲以其伎見殃，倉公乃匿迹自隱而當刑。」扁鵲醫術了得而遇害，淳于意如此明哲保身，還差點遭受肉刑，可見「美好者，不祥之器。」言之有理！

《史記・扁鵲倉公列傳》

緹縈上書贖父罪

扁鵲曰：「疾之居腠理也，湯熨之所及也；在血脈，鍼石之所及也；其在腸胃，酒醪之所及也；其在骨髓，雖司命無奈之何。今在骨髓，臣是以無請也。」後五日，桓侯體病，使人召扁鵲，扁鵲已逃去。

腠理：皮膚和臟腑的紋理，此指皮膚與肌肉之間。腠，音「湊」。／湯熨：湯劑、藥熨。／鍼石：針灸、砭灸，皆中醫治病之術。／醪：音「勞」，濁酒，此指藥酒。／司命：古傳說中掌管人們命運的神明。／體病：身體已病入膏肓。

大考停看聽

扁鵲說：「疾病在皮肉間，用湯劑、藥熨就可以治好；在血脈中，用針灸、砭灸也可以治好；在腸胃內，用藥酒還是可以治好；到了骨髓裡，即使是神仙也莫可奈何。如今齊侯的病已深入骨髓，我無能為力了。」再過五天後，桓侯果然患了重病，派人召請扁鵲，扁鵲已經逃離齊國。

扁鵲

扁鵲，勃海郡鄭人，一作鄚人。

★曾在客館當掌櫃，後得到長桑君的祕方，學會了透視能力；用來替人看病，可以「盡見五臟癥結」，但表面上還是先為患者把脈。

★在趙國行醫時，號稱「扁鵲」，也曾到齊國給人治病。

- 有一次，扁鵲上朝謁見齊桓侯，說：「君有疾在腠理，不治將深。」
- 桓侯說：「寡人無疾。」事後，桓侯對臣子說：「醫之好利也，欲以不疾者為功。」
- 五天後，扁鵲再見桓侯，說：「君有疾在血脈，不治恐深。」⇨桓侯堅持沒生病，心裡不高興
- 又五天後，扁鵲對桓侯說：「君有疾在腸胃間，不治將深。」⇨桓侯氣得不吭聲
- 再過五天之後，他見到桓公，拔腿就跑。
- 桓侯派人來問他怎麼回事，扁鵲回答：「疾病在皮肉間，用湯劑、藥熨就可以治好；在血脈中，用針灸、砭灸也可以治好；在腸胃內，用藥酒還是可以治好；到了骨髓裡，即使是神仙也莫可奈何。如今齊侯的病已深入骨髓，我無能為力了。」
- 再過五天，桓侯果然患了重病，派人召請扁鵲，扁鵲已經逃離齊國。⇨最後，桓侯病逝了

淳于意

淳于意，臨淄人，曾任齊國太倉縣長，世稱「太倉公」。

★他曾向公乘陽慶拜師學醫，盡得其傳，成為一代名醫。

★淳于意醫術高明，「然左右行遊諸侯，不以家為家，或不為人治病，病家多怨之者。」

緹縈救父

- 淳于意因罪被判處肉刑，將押至長安。
- 他的五個女兒聞訊，跟在後頭，哭哭啼啼。
- 淳于意罵：「生子不生男，緩急無可使者！」
- 小女兒緹縈很傷心，隨父親來到京城。
- 緹縈上書：妾願入身為官婢，以贖父刑罪。
- 感動了漢文帝，赦免淳于意，再廢除肉刑。

太史公感嘆道：「女無美惡，居宮見妒；士無賢不肖，入朝見疑。故扁鵲以其伎見殃，倉公乃匿迹自隱而當刑。」扁鵲醫術了得而遇害，淳于意如此明哲保身，還差點遭受肉刑，可見「美好者，不祥之器。」

- **扁鵲名聞天下，精通婦科、眼科、耳科、風溼、小兒科。**
- **秦國太醫令李醯自知醫術不如扁鵲，派人將他殺害。**

UNIT 2-19 其言必信，其行必果

《史記・游俠列傳》是一篇敘列游俠的「類傳」，記朱家、劇孟、郭解等俠客事跡。史遷開宗明義闡述作傳之旨趣：「其行雖不軌於正義，然其言必信，其行必果，已諾必誠，不愛其軀，赴士之阨困，既已存亡死生矣，而不矜其能，羞伐其德，蓋亦有足多者焉。」認為游俠之士的言行雖未必合乎正義，但他們「言必信，行必果」，重然諾，輕性命，願意傾其所有，助人度過難關；事成後，卻不居功，也不求回報，實在有值得稱讚之處。

魯國的朱家，與漢高祖同時代。受他庇護而救活的豪傑之士數以百計，至於一般人受他幫助者更是多到數不完。但他既不張揚自己的才能，也不要別人感謝他，就怕再遇到曾經接受過他救助的人。他「家無餘財，衣不完采，食不重味，乘不過軥（音『渠』）牛。專趨人之急，甚己之私。」可見朱家家境普通，生活簡約，出門只乘坐牛車而已；卻專心救濟別人的急難，把助人脫困看得比自己的私事還重要。他曾暗中解救季布的困厄；後來季布顯貴了，他從此避不見面，不想接受任何感恩或報答。因此函谷關以東的人，沒有不景仰其風範，希望和他做朋友。

洛陽游俠劇孟，以經商為生。漢景帝三年（154B.C.），吳、楚諸王興兵叛變，太尉周亞夫趕到洛陽，把劇孟請到軍中；高興地說：「吳、楚舉大事而不求孟，吾知其無能為已矣。」意思是吳、楚造反卻不聘請劇孟，必定沒什麼作為。可見周亞夫把劇孟看得如同一個敵國那麼重要，其影響力自是不言而喻了。相傳劇孟的母親過世時，從遠方趕來送葬的車馬竟有千輛之多，不難看出他平時交遊廣闊。「及劇孟死，家無餘十金之財。」因為急公好義，故死後家無餘財。

郭解，字翁伯，軹（今河南濟源）人。此人短小精悍，不喝酒。年少時，心性殘忍，殺人無數，又屢犯法紀，為非作歹，所幸每次都能逢凶化吉，平安脫險。「及解年長，更折節為儉（通『檢』，檢點），以德報怨，厚施而薄望；然其自喜為俠益甚。」長大後，他便改變節操、自我收斂，用恩德回報仇怨，施予豐厚，不求報答；更以行俠仗義而感到滿足。他雖然不誇耀自己的功勞，但「其陰賊著於心，卒（通『猝』）發於睚眦（音『崖字』）如故云。」是說郭解雖然成為一名游俠，但陰狠的本性仍根深蒂固，突然遇到一點兒小事必會怒目相視，脾氣還是跟從前一樣。

某次，軹縣有個儒生公開反駁眾人對郭解的評價：「郭解專以姦犯公法，何謂賢？」郭解的同伴聽見後，就殺了這名儒生，並割下他的舌頭。官吏因此要求郭解交出殺人犯，郭解實在不知那人是誰，後來被判無罪。但御史大夫公孫弘議曰：「解布衣為任俠行權，以睚眦殺人，解雖弗知，此罪甚於解殺之。」公孫弘認為這比郭解殺人還嚴重，就判他大逆無道的罪，將他殺了。

《史記・游俠列傳》

急功好義游俠兒

今游俠，其行雖不軌於正義，然其言必信，其行必果，已諾必誠，不愛其軀，赴士之阸困，既已存亡死生矣，而不矜其能，羞伐其德，蓋亦有足多者焉。且緩急，人之所時有也。

不軌：猶言「不合」。／果：果敢決斷。／已諾：已經答應別人的事。／軀：身軀，引申為生命之意。／阸困：艱難困厄。／矜、伐：誇耀。／多：稱讚。／緩急：偏義複詞，指急迫。

大考停看聽

當今游俠之士，他們的言行雖不合於正義，但是他們說話必定守信用，行事必然果敢決斷，已經答應別人的事必定講誠信，不惜犧牲自己的性命，也要去救濟別人的艱難困苦，可以說經歷了生死存亡的關頭了，還不去誇耀自己的才能，羞恥於表彰自身的德義，實在有值得稱讚的地方。況且事出緊急，也是人生所難免的。

朱家

- 魯國的朱家，與漢高祖同時代。
- 受他庇護的豪傑之士數以百計，受他幫助的人多到數不完。
- 他「家無餘財，衣不完采，食不重味，乘不過軥牛。專趨人之急，甚己之私。」

★他曾暗中解救季布的困厄；後來季布顯貴了，他從此避不見面，不想接受任何感恩或報答。

劇孟

- 洛陽游俠劇孟，以經商為生。

★漢景帝三年（154B.C.），吳、楚諸王興兵叛變，太尉周亞夫趕到洛陽，把劇孟請到軍中；高興地說：「吳、楚舉大事而不求孟，吾知其無能為已矣。」其影響力，不言而喻。

- 相傳劇孟的母親過世時，從遠方趕來送葬的車馬竟有千輛之多，不難看出他交遊廣闊。
- 「及劇孟死，家無餘十金之財。」因為急公好義，故死後家無餘財。

郭解

- 郭解，字翁伯，軹（今河南濟源）人。
- 郭解年少時，心性殘忍，殺人無數，又屢犯法紀，但每次都能平安脫險。
- 「及解年長，更折節為儉，以德報怨，厚施而薄望；然其自喜為俠益甚。」
- 郭解雖然從不誇耀自己的功勞，但「其陰賊著於心，卒發於睚眦如故云。」

★軹縣有儒生公開反駁眾人對郭解的評價：「郭解專以姦犯公法，何謂賢？」 ★郭解的同伴聽見後，就殺了這名儒生，並割下他的舌頭。 ★官吏要求郭解交出殺人犯，郭解實在不知那人是誰，後來被判無罪。

⇨御史大夫公孫弘認為這比郭解殺人還嚴重，就以大逆無道之罪，將郭解誅殺了。

作文一點靈

名言佳句

與游俠、仗義相關的嘉言名句，諸如：

1.「言必信，行必果」：出自《論語・子路》，孔子回答子貢問：怎樣才能算是真正的「士」？曰：「言必信，行必果；硜硜然，小人哉！抑亦可以為次矣。」像這種說到做到，不問是非固執己見，當然是小人！但也可以算是最次等的「士」了。

2. 古人說：「仗義半從屠狗輩，負心多是讀書人。」

3. 時下有句俗話說：「江湖路，是場賭注；一旦下注，不能做主。」

UNIT 2-20
鳳皇不與燕雀為群，而賢者亦不與不肖者同列

《史記・日者列傳》，所謂「日者」即卜筮者也。本文為卜筮者立傳，內容敘中大夫宋忠、博士賈誼兩人利用假日（按：漢代官員十天一休，曰「旬休」，或「湯沐浴日」）前往拜訪卜者司馬季主，藉由傳主司馬季主之口，闡明當時卜筮者的精神面貌。

開篇云：「自古受命而王，王者之興，何嘗不以卜筮決於天命哉？其於周尤甚，及秦可見。……太卜之起，由漢興而有。」說明卜筮的重要性，古代君王的產生都是透過卜筮取決於天命。從周代、秦代都是如此，到了漢代，才有卜筮之官的設立。

司馬季主，楚國人，曾在長安東市開設卜館。宋忠、賈誼「同日俱出洗沐，相從論議」。賈誼感慨道：「吾聞古之聖人，不居朝廷，必在卜、醫之中。今吾已見三公九卿，朝士大夫皆可知矣。試之卜數中以觀采。」聽說古代聖賢不在朝廷作官，就一定在醫生、卜者的行列。他見過那些為官者，也了解他們的情況，今天就去一睹卜算者的風采！

宋忠、賈誼到了卜館，聽司馬季主暢論天地之道、日月之運、道德仁義、陰陽吉凶，滔滔不絕，侃侃而談，不由得對他刮目相看，並好奇地問：「吾望先生之狀，聽先生之辭，小子竊觀於世，未嘗見也。今何居之卑？何行之汙？」問他為何置身如此卑微的行業，從事這種汙誕的行徑呢？

司馬季主回答：「賢之行也，直道以正諫，三諫不聽則退。其譽人也不望其報，惡人也不顧其怨，以便國家利眾為務。」是賢者就該以國家民眾的利益為己任，官位、俸祿不是他所應得就不接受，因此得到並不覺得可喜，失去了也不感到遺憾。「今公所謂賢者，皆可為羞矣。」怎麼說呢？他們趨炎附勢，貪贓枉法，作威作福，不忠不孝，狡詐虛偽，這些為官之人果真是賢者嗎？

司馬季主又說：「且夫卜筮者，……而以義置數十百錢，病者或以愈，且死或以生，患或以免，事或以成，嫁子娶婦，或以養生；此之為德，豈直數十百錢哉？」卜算者為人占卜吉凶、斷言禍福、指點迷津，對一般群眾有大利，但他們不過收取數十百個銅錢，收入微薄，可謂「利大而謝（酬勞）少」。

「故騏驥不能與罷驢為駟，而鳳皇不與燕雀為群，而賢者亦不與不肖者同列。」因為不屑同流合汙，所以君子常居處下位、避開人群，精微地鑽研天理人情、世間萬象，以趨吉避凶，輔佐上天養育眾生，自己卻不追名求利。「公之等喁喁者也，何知長者之道乎？」司馬季主斥責宋忠、賈誼是隨便發議論的人，又怎會明白長者的道理？兩人於是悵然若失地告辭了。

文末交代：「宋忠使匈奴，不至而還，抵罪。而賈誼為梁懷王傅，王墮馬薨，誼不食，毒恨而死。」說他們都是講求權位斷絕根本、華而不實的人。太史公特作此傳，以表揚像司馬季主這樣隱身草野、默默付出的卜者。

《史記．日者列傳》

司馬季主論卜者

　　賢之行也，直道以正諫，三諫不聽則退。其譽人也不望其報，惡人也不顧其怨，以便國家利眾為務。故官非其任不處也，祿非其功不受也。見人不正，雖貴不敬也；見人有汙，雖尊不下也。得不為喜，去不為恨。非其罪也，雖累辱而不愧也。

三諫：多次勸諫。／譽人：稱讚別人。／惡人：憎惡別人。惡：音「物」，動詞，憎惡、討厭。／不下：不願屈居其下。／恨：遺憾。／累辱：屢受屈辱。累，屢次。／不愧：不感到愧疚。

大考停看聽

　　賢者的行為，都是用正直的言論進行正直的勸諫，多次正言直諫不被採納就引退下來。他們稱讚別人不圖回報，憎惡別人也不顧其怨恨，只以對國家百姓有利為己任。所以官職不是他能勝任就不出任，俸祿不是自己的功勞所應得就不接受。看到有人心術不正，即使身分顯貴，也不敬重他；看到有人行為有汙點，即使身居尊位，也不願屈居其下。得到官位不覺得可喜，失去了也不感到遺憾。如果不是他的罪過，即使屢受屈辱，內心也不會有愧疚。

假日訪卜者

★司馬季主，楚國人，在長安東市開卜館。

★中大夫宋忠、博士賈誼假日前往拜訪。

司馬遷的評論

★文末云：「宋忠使匈奴，不至而還，抵罪。而賈誼為梁懷王傅，王墮馬薨，誼不食，毒恨而死。」說他們都是講求權位斷絕根本、華而不實的人。

★太史公特作此傳，以表揚像司馬季主這樣隱身草野、默默付出的卜者。

作文一點靈

名言佳句

　　與命運相關的名言例句，諸如：1. 俗話說：「生死有命，富貴在天。」2. 俗諺云：「命中若有終須有，命裡無時莫強求。」3. 貝多芬說：「我要扼住命運的咽喉，絕不讓命運所壓倒。」4. 安比爾斯說：「命運，是暴君做惡的權力，也是傻瓜失敗的藉口。」

為何做卜者

★宋忠、賈誼到了卜館，聽司馬季主暢論天地之道、日月之運、道德仁義、陰陽吉凶，滔滔不絕，侃侃而談，不由得對他刮目相看。

★於是，問他為何置身如此卑微的行業，從事這種汙誕的行徑？

★司馬季主回答：「賢之行也，直道以正諫，三諫不聽則退。其譽人也不望其報，惡人也不顧其怨，以便國家利眾為務。」

★司馬季主又說：「且夫卜筮者，……而以義置數十百錢，病者或以愈，且死或以生，患或以免，事或以成，嫁子娶婦，或以養生；此之為德，豈直數十百錢哉？」

★「騏驥不能與罷驢為駟，而鳳皇不與燕雀為群，而賢者亦不與不肖者同列。」

落實辭卜者

★司馬季主斥責宋忠、賈誼是隨便發議論的人，又怎會明白長者的道理？

★兩人遂悵然若失地告辭了。

UNIT 2-21 小子不敏，請悉論先人所次舊聞

〈太史公自序〉是司馬遷完成這部史學著作後所撰，自述創作緣由、心路歷程、全書旨趣與體例等的一篇文章，放在全書之末。《史記》原名《太史公書》，「史記」一辭本為史書的通稱，後世遂成為《太史公書》之專名，一般史書不再稱為「史記」。

〈太史公自序〉開篇先自述家世，說明司馬氏源於周宣王時，世代掌管周史；到了其父司馬談為漢朝太史令，著有〈論六家要旨〉。然後闡述發憤撰史的經過：他十歲能誦讀古書；二十歲，遍遊名山大川，探訪名勝古蹟；二十二歲，回到長安；隔年，擔任郎中，其後奉命出使巴、蜀。三十六歲，隨天子參加封禪大典，歸途驚聞老父病危，他在病榻答應替父親完成遺願，寫作一部貫通古今的偉大史書。「遷俯首流涕曰：『小子不敏，請悉論先人所次舊聞，弗敢闕。』」可見他在父親所蒐集史料的基礎上，繼續撰成此書。

司馬遷繼任為太史令，與壺遂等人訂定《太初曆》後，四十二歲著手修史。六年後，因替李陵辯白，而遭受宮刑之辱。「太史公遭李陵之禍，幽於縲紲（監獄），乃喟然而歎曰：『是余之罪也夫！是余之罪也夫！身毀不用矣！』」但他想到文王、孔子、屈原、韓非等古聖賢都在困厄之時，努力著述，所以他也「述往事、思來者，於是卒述陶唐以來至于麟止」，記敘陶唐以來的史事，從黃帝開始，到漢武帝獲白麟為止，完成我國第一部通史。

次敘全書體例、篇數、字數等：「罔羅天下放失舊聞，王迹所興，原始察終，見盛觀衰，論考之行事，略推三代，錄秦漢，上記軒轅，下至于茲，著十二〈本紀〉，……並時異世，年差不明，作十〈表〉。禮樂損益，律歷（曆）改易，兵權山川鬼神天人之際，承敝通變，作八〈書〉。……輔拂股肱之臣配焉，忠信行道，以奉主上，作三十〈世家〉。扶義俶儻（倜儻），不令己失時，立功名於天下，作七十〈列傳〉。」全書凡一百三十卷，以〈本紀〉十二卷記帝王生平、國家大事，〈表〉十卷編年以記重要史事，〈書〉八卷記典章制度、山川地理等，〈世家〉三十卷記各諸侯國（王）的歷史，〈列傳〉七十卷記各行各業的臣民事跡，共五十二萬餘言。

最後，司馬遷說：「略以拾遺補蓺，成一家之言，……藏之名山（藏書府庫），副在京師，俟後世聖人君子。」本書大略藉以收拾散佚，彌補缺漏，而為自成一家的著述。並把正本珍藏在藏書府庫中，副本放在京師，留待後世聖人君子繼以發揚光大。誠如他在〈報任少卿書〉云：「亦欲以究天人之際，通古今之變，成一家之言。」又云：「僕誠以著此書，藏諸名山，傳之其人，通邑大都，則僕償前辱之責，雖萬被戮，豈有悔哉！」由於〈太史公自序〉、〈報任少卿書〉二文皆出自司馬遷手筆，堪稱是古今研讀《史記》最重要的第一手資料。

《史記・太史公自序》

藏諸名山待來者

二十而南游江、淮，上會稽，探禹穴，闚九疑；浮於沅、湘，北涉汶、泗；講業齊、魯之都，觀孔子之遺風，鄉射鄒、嶧；戹困鄱、薛、彭城，過梁、楚以歸。於是遷仕為郎中，奉使西征巴、蜀以南，南略邛、筰、昆明，還報命。

會稽：音「桂基」，在今浙江紹興；相傳為夏禹當年會眾計功之所。／九疑：山名，相傳虞舜崩於南巡途中，葬身九疑山上。／戹困：即「困厄」，遇到困難。

大考停看聽

二十歲時，南下遊歷長江、淮河一帶，登上會稽山，探尋傳說中的禹穴，勘察舜帝葬身的九疑山；泛舟於沅水、湘水之上，北返渡過汶水、泗水；到齊、魯的大都市和學士大夫討論學術，考察孔子的遺風，在鄒縣、嶧山行鄉射之禮；在鄱縣、薛縣、彭城等地遇到一些困難，再繞道梁、楚之地回到家鄉。這時擔任郎中，奉命出使，征討巴、蜀以南地區，往南經略邛、筰、昆明等地，事成回來向朝廷覆命。

〈太史公自序〉｜放在全書之末｜司馬遷完成這部史學著作後所撰，自述創作緣由、心路歷程、全書旨趣與體例等的一篇文章

自述成書經過

★先自述家世，說司馬氏源於周宣王時，世代掌管周史。

★到了其父司馬談為漢朝太史令，著有〈論六家要旨〉。

★闡述他發憤撰史的經過：10 歲，誦讀古書 ⇨ 20 歲，遊名山，訪古蹟 ⇨ 22 歲，回長安 ⇨ 23 歲，任郎中 ⇨ 奉命出使巴、蜀 ⇨ 36 歲，參加封禪大典，歸途驚聞老父病危，他答應替父親完成遺願，寫作一部貫通古今的偉大史書。

★司馬遷繼任為太史令，與壺遂等人訂定《太初曆》⇨ 42 歲，著手修史。⇨ 48 歲，因替李陵辯白，而遭受宮刑之辱。⇨忍辱負重，完成我國第一部通史，記錄從黃帝起到漢武帝獲白麟期間的史事。

次述全書體例

- 〈本紀〉12 卷：記帝王生平、國家大事
- 〈表〉10 卷：編年以記重要史事
- 〈書〉8 卷：記典章制度、山川地理等
- 〈世家〉30 卷：記各諸侯國（王）的歷史
- 〈列傳〉70 卷：記各行各業的臣民事跡

★全書 130 卷，共 52 萬餘言

〈太史公自序〉、〈報任少卿書〉二文，為後世研究司馬遷《史記》最重要的第一手資料

闡明著作旨趣

文末云：「略以拾遺補蓺，成一家之言，……藏之名山，副在京師，俟後世聖人君子。」

如司馬遷〈報任少卿書〉云：「亦欲以究天人之際，通古今之變，成一家之言。」又云：「僕誠以著此書，藏諸名山，傳之其人，通邑大都，則僕償前辱之責，雖萬被戮，豈有悔哉！」

UNIT 2-22

少公道讖言劉秀當為天子，或曰是國師劉子駿也

《東觀漢記》凡一百四十三卷，記錄東漢一朝史事，起於光武帝，終於靈帝。該書以紀傳體寫成，是我國第一部官修的當代史。由於修史館設於東觀（觀，應讀去聲）而得名，時人稱之為《東觀記》。《東觀漢記》於明帝、安帝、桓帝、靈帝時，經過四次修纂，成於眾人之手，至東漢以後仍有續補，但始終沒人加以連貫、統整，所以出現前後筆調不一致的情形。因此唐代以後，其重要性為范曄《後漢書》所取代。不過，其中保存了豐富的原始史料，仍具有參考價值。

在〈世祖光武皇帝〉中，記載光武帝生平事跡：說他出生時，紅光普照，照得屋內大放光明。那年當地莊稼大豐收，有嘉禾一莖九穗，故取名為劉秀（字文叔）。劉秀長大後，身材高大，美鬚髯，仁智明遠，多權略，加以樂善好施，行事謹慎，一天到晚勤於耕種。而他的兄長劉縯（字伯升）為人豪爽，有俠士之風，經常笑他像個莊稼漢，並將他比喻成漢高祖的兄長劉喜。

劉秀九歲時，父親劉欽過世，由叔父劉良撫養。後來他到長安，跟隨中大夫許子威學《尚書》。「資用乏，與同舍生韓子合錢買驢，令從者僦，以給諸公費。」由於缺少生活費，就跟同舍友人湊錢合買驢子，讓侍從把驢子租出去，用來供給大家的生活用度。他大概了解書中的內容後，轉而學習經世濟民之事。「朝政每下，必先聞知，具為同舍解說。」朝中政令一頒布下來，他必定先得知，然後為大夥兒詳加解說。此外，他也樂於當個游俠兒，藉由鬥雞、走馬活動，了解民間百態、吏治得失。

後來，隨其兄劉縯率舂陵弟子起兵，於昆陽之戰中，以寡擊眾，聲名遠播。劉縯亦攻下宛城。劉氏兄弟聲望如日中天之際，引來更始帝的猜忌，因而對劉縯痛下殺手。劉縯死後，「光武飲食語笑如平常，獨居輒不御酒肉，枕席有涕泣處。」由於他善於隱忍，才稍稍消除更始帝心中的忌憚，得以保全自身。更始帝復命他為大司馬，派他前往經營河北。劉秀先後破邯鄲，誅王郎，再擊滅銅馬兵，一步步平定北方。最後，接受象徵天命所歸的赤伏符，即皇帝位，改元建武，並定都於洛陽。

「初，王莽時，上（劉秀）與伯升及姊婿鄧晨、穰人蔡少公燕語（閒話家常），少公道讖言劉秀當為天子，或曰是國師劉子駿（即劉歆，後更名劉秀）也。上戲言：『何知非僕耶？』坐者皆大笑。」劉秀可能怎麼也沒想到，當初一句玩笑話，竟一語成讖，他真的成了九五至尊的天子。

同書〈光烈陰皇后〉云：「上微時，過新野，聞后美，心悅之。後至長安，見執金吾（音『御』）車騎甚盛，因歎曰：『仕宦當作執金吾，娶妻當得陰麗華。』」這是劉秀貧賤時的心願：作官要做禁兵的中尉（負責守護皇城），娶妻當得美麗的陰家千金。陰麗華，為劉秀原配，初封貴人，後立為皇后，即明帝生母。

《東觀漢記・世祖光武皇帝》

天命所歸即帝位

年九歲而南頓君卒，隨其叔父在蕭，入小學，後之長安，受《尚書》於中大夫廬江許子威。資用乏，與同舍生韓子合錢買驢，令從者僦，以給諸公費。大義略舉，因學世事。朝政每下，必先聞知，具為同舍解說。

南頓君：指其父劉欽。／其叔父：劉良。／資用乏：缺少生活費。／僦：音「就」，租借。／給：音「擠」，供給。／大義略舉：大概了解書中的內容。／具：詳盡。

大考停看聽

光武帝九歲時父親劉欽過世，他跟著叔父劉良住在蕭地，進入私塾讀書，後來到長安，由中大夫廬江許子威傳授《尚書》。由於缺少生活費，就跟同宿舍的太學生韓先生湊錢合買驢子，讓侍從把驢子租出去，用來供給大家的生活用度。他大概了解書中的內容，轉而學習經世濟民之事。朝中政令一頒布下來，他一定先聽說，詳盡地為同宿舍太學生講解、分析一番。

《東觀漢記》 紀傳體

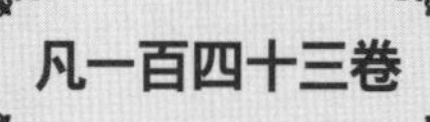

凡一百四十三卷

★記錄東漢一朝史事
★起於光武帝，終於靈帝

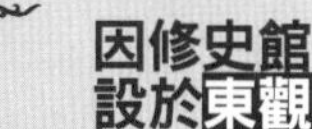

因修史館設於東觀

★我國第一部官修的當代史
★唐代以後為范曄《後漢書》所取代

漢光武帝——劉秀

出生時 屋內紅光普照。當地莊稼大豐收，有嘉禾一莖九穗，故取名為秀，字文叔。

九歲時 父親劉欽過世，由叔父劉良撫養。兄長劉縯，字伯升，為人豪爽，有俠士之風，經常笑劉秀像個莊稼漢，將他比喻成漢高祖的兄長劉喜。

到長安 跟隨中大夫許子威學《尚書》。

長大後 身材高大，美鬚髯，仁智明遠，多權略，樂善好施，行事謹慎，且勤於耕種。

- 具有經濟頭腦：「資用乏，與同舍生韓子合錢買驢，令從者僦，以給諸公費。」
- 學習經世濟民之事
- 關心朝政得失：「朝政每下，必先聞知，具為同舍解說。」
- 也樂於當個游俠兒，藉由鬥雞、走馬活動，了解民間百態、吏治得失

劉秀當為天子

- 劉秀隨其兄長劉縯率舂陵弟子起兵，反抗新莽。
- 劉秀於昆陽之戰，聲名遠播；劉縯亦攻下宛城。
- 劉氏兄弟功高震主，導致劉縯慘遭更始帝殺害。
- 劉縯死後，「光武飲食語笑如平常，獨居輒不御酒肉，枕席有涕泣處。」
- 更始帝復命劉秀為大司馬，派他前往經營河北。
- 劉秀先後破邯鄲，誅王郎，擊滅銅馬兵，一步步平定北方。
- 最後，接受赤伏符，即皇帝位，改元建武，定都於洛陽。

UNIT 2-23 長房旦日復詣翁，翁乃與俱入壺中

范曄《後漢書》與司馬遷《史記》、班固《漢書》、陳壽《三國志》，合稱為「四史」，是我國古代重要的歷史著作。在《後漢書》中，有〈方術列傳〉上、下二篇，以記錄方外術士、醫生等奇人異士之傳記，屬於「類傳」。本篇先來介紹《後漢書・方術列傳下》的醫生，如郭玉、費長房。此外，華佗生平亦見於《三國志》，故留待後文探述。

〈郭玉傳〉云：「郭玉者，廣漢雒人也。」「初，有老父不知何出，常漁釣於涪（音『浮』）水，因號涪翁。……見有疾者，時下針石，輒應時而效，乃著《針經》、《診脈法》傳於世。」這是郭玉的太師父涪翁。而他的師父程高亦遁跡江湖，不曾出仕。郭玉師事程高，學成後，步上仕途。漢和帝時，曾出任太醫丞；醫術高明，備受肯定。有一回，和帝令近臣、美人躲在幕後各伸出一手，讓郭玉診治；郭玉把脈後，斷言：「左陽右陰，脈有男女，狀若異人。」他知道一定有人在搞鬼，不然，世上哪有這種不男不女的怪物？

「玉仁愛不矜，雖貧賤廝養，必盡其心力，而醫療貴人，時或不愈。」皇帝於是讓貴人換上破衣服就診，扎一針病就好了。皇帝找來郭玉問明原因，郭玉表示他替貴人看病，內心戒慎恐懼，加上有四大難處：病人或不信任他，或不愛惜自己的身體，或本身筋骨不強壯，或天生好逸惡勞，讓他很難集中精神專心醫治，病當然就治不好。皇上聽完他的解釋，十分認同這種說法。

〈費長房傳〉云：「費長房者，汝南人也，曾為市掾（音『院』，屬官也）。」說他做過管理市集的屬官。市集上有個賣藥老翁，總在店門口懸掛一個葫蘆，打烊後，老人家就跳入葫蘆裡。這一幕剛好被費長房撞見，於是帶著酒肉去與老翁做朋友。老翁知道他的來意，便約他明日再來。「長房旦日復詣翁，翁乃與俱入壺中。」

原來葫蘆裡頭別有洞天，瓊樓玉宇，酒菜滿桌，老翁邀費長房共飲，並告訴他：「我神仙之人，以過見責，今事畢當去，子寧能相隨乎？」老翁想把一身絕技傳授給他。他怕家人擔心，「翁乃斷一青竹，度與長房身齊，使懸之舍後。家人見之，則長房形也，以為縊死，大小驚號，遂殯葬之。」從此，他與老翁到了深山，老翁讓他一個人獨留山中，猛虎、毒蛇他都不怕，「翁還，撫之曰：『子可教也！』復使食糞，糞中有三蟲，臭穢特甚，長房意惡之。」所以沒通過這一關。

後來，老翁給他一根竹杖、一道符。「長房乘杖，須臾來歸，自謂去家適經旬日，而已十餘年矣。」他覺得離家才十天，其實已有十多年了。家人都說他死了很久，請人挖開墳墓，發現當時葬的是一根竹棍。費長房「遂能醫療眾病，鞭笞百鬼，及驅使社公（謂遣土地神）。」此後，他經常獨自發脾氣，他說那是正審問犯法的鬼。

《後漢書・方術列傳下》

懸壺濟世方外士

市中有老翁賣藥，懸一壺於肆頭，及市罷，輒跳入壺中。市人莫之見，唯長房於樓上睹之，異焉，因往再拜奉酒脯。翁知長房之意其神也，謂之曰：「子明日可更來。」長房旦日復詣翁，翁乃與俱入壺中。

壺：即葫蘆；古時大夫會將藥材放在葫蘆中。／肆頭：店門口。／覩：通「睹」，親眼所見。／酒脯：美酒、肉乾。／子：猶言「您」，第二人稱敬辭。／旦日：隔天天亮。／詣：音「意」，往、到。

大考停看聽

市集上有個賣藥老翁，總在店門口懸掛一個葫蘆，等打烊後，他自己就跳入葫蘆裡。市集上的人都沒看見這一幕，只有費長房在樓上親眼目睹，覺得很奇怪，因此帶著美酒、肉乾前去拜見老翁。老翁知道費長房是因為自己的神乎其技而來，便對他說：「您明天可以再來。」費長房隔日天明又到老翁這兒來，老翁於是帶著他一起進入葫蘆裡。

懸壺濟世

★費長房，汝南人，做過管理市集的屬官。

★有個賣藥老翁，總在店門口懸掛一個葫蘆，打烊後，老人家就跳入葫蘆裡。

★這一幕剛好被費長房撞見，於是帶著酒肉去與老翁做朋友。

★老翁知道他的來意，便約他明日再來。

★隔天，老翁竟帶費長房一起進入葫蘆裡。

修練仙術

★葫蘆內瓊樓玉宇，酒菜滿桌，老翁邀費長房共飲，並說自己是神仙，如今事畢當去。

★老翁想把一身絕技傳給費長房。費長房怕家人擔心，老翁於是斬一根青竹，叫他懸掛在屋後，讓費家人以為他已上吊死了，哭哭啼啼將為他埋葬。

★從此，費長房與老翁到了深山，老翁讓他一個人獨留山中，猛虎、毒蛇他都不怕。

★老翁又讓他吃糞便，糞中有三蟲，既髒且臭；他實在辦不到，所以沒通過這一關。

學成歸來

★後來，老翁給費長房一根竹杖、一道符。

★他乘杖歸來，感覺離家才十天，其實已過了十年。

★家人說他死了很久，請人挖開墳墓，發現當時葬的是一根竹棍。

◆**費長房從此能醫眾病，鞭笞百鬼及調遣土地神。**

◆**他經常獨自發脾氣，他說那是正審問犯法的鬼。**

作文一點靈

名言佳句

關於醫生行醫的名句，諸如：

1. 范仲淹說：「不為良相，則為良醫。」 2. 孫思邈說：「學者須博極醫源，精勤不倦。」 3. 美國布雷克威爾說：「真正的醫生肯定人的價值，醫匠的眼中，病人只是消費者。醫生看的是生病的人，醫匠看的是填病歷的表。」 4. 張曉風〈唸你們的名字〉說：「你陪同人類走過生、老、病、死，你扮演的是一個怎樣的角色啊！一個真正的醫生怎能不是一個聖者？」

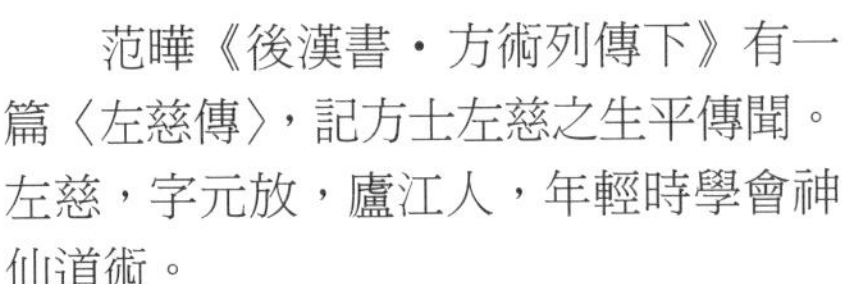

UNIT 2-24 珍羞略備，所少吳松江鱸魚耳！

范曄《後漢書・方術列傳下》有一篇〈左慈傳〉，記方士左慈之生平傳聞。左慈，字元放，廬江人，年輕時學會神仙道術。

有一回，他在曹操的司空府上作客，曹操對滿座貴賓說：「今日高會，珍羞略備，所少吳松江鱸魚耳！」左慈立刻回應說可以辦到。於是找來一個銅盤裝水，用竹竿、魚餌向盤中垂釣，不一會兒工夫就釣出一條鱸魚。曹操鼓掌大笑，與會賓客莫不嘖嘖稱奇。曹操又說：「一條哪裡夠吃，可以再釣一條嗎？」左慈復把竹竿放入水中，一下子又釣起一條活蹦亂跳的魚兒。

曹操覺得太有意思了，接著說：「既已得魚，恨無蜀中生薑耳。」左慈表示這個容易！曹操怕他就近買薑充數，故意出難題，要他到了蜀地，順便跟先前派去買蜀錦的官員說多買兩匹布回來。話才說完，買薑的人回來了，還帶回買錦官員的書信。後來買錦官員多買了兩匹布，也回來了；問他前幾日買薑的人去找他的時間、情景，都與那天宴會相吻合。

某日，曹操帶著一百多名官吏、隨從外出，「（左）慈乃為齎（音『基』，贈送）酒一升、脯（肉乾）一斤，手自斟酌，百官莫不醉飽。」曹操覺得奇怪，派人追查那些酒肉的來源，結果發現附近店家的酒肉突然都不見了。於是下令捉拿左慈，「慈乃卻入壁中，霍然不知所在」。有人在市集上看到左慈，派人追捕時，所有人都變成左慈的模樣，無法辨識了。又有人發現左慈跑到羊群裡，曹操派人來喊話，說沒有要殺你，只是測試你的法術而已。有一頭老公羊開口說：「怎麼會突然這樣呢？」一下子所有羊都變成老公羊，也都開口說了同樣的話。

同書〈方術列傳上〉有一篇〈樊英傳〉，為術士樊英的傳記。樊英，字季齊，南陽魯陽人，精通風角（古代卜占法的一種）、星算等方術。曾經有暴風從西方起，樊英對弟子說：「成都市火甚盛。」於是含著水向西方潄去，並讓弟子記下時間、日期。之後有人從四川來，說當時還好有烏雲突然從東方升起，一會兒下起大雨，火才被澆滅。從此，大家都很佩服樊英的術藝高超。

漢順帝曾召樊英入朝為官，他堅決辭以病重；皇上派人強送他進京，到了京城，他仍稱病不起。皇上又派人強帶他入宮，他竟不肯行禮。「帝怒，謂英曰：『朕能生君，能殺君；能貴君，能賤君；能富君，能貧君。君何以慢朕命？』」樊英回答：「臣的性命受之於天，生死由天，陛下又怎能主宰呢？臣不屑立身於暴君的朝廷，做個布衣，住在一堵之牆內，安然自得，用萬乘之尊來換我還不肯，陛下又怎能使我尊貴或卑賤呢？臣不屑領非禮的俸祿，如能順從我的心志，就算粗茶淡飯也甘之如飴，陛下又怎能使我富足或貧困呢？」皇上非但不能使他屈服，反而更敬重他的人品。於是，讓他到太醫院養病，每月還賞賜他一些羊和酒。

《後漢書・方術列傳下》

左慈施法釣鱸魚

左慈……少有神道。嘗在司空曹操坐，操從容顧眾賓曰：「今日高會，珍羞略備，所少吳松江鱸魚耳！」慈於下坐應曰：「此可得也。」因求銅盤貯水，以竹竿餌釣於盤中，須臾引一鱸魚出。操拊掌大笑，會者皆驚。

司空：古代官名。／珍羞：精緻的食物。羞，通「饈」。／吳松江：即吳淞江，源於江蘇太湖，至上海合黃浦江入海。／須臾：一下子。／拊掌：鼓掌也。／會者：與會人士，指在座眾賓。

大考停看聽

左慈……年輕時學會神仙之術。曾在司空曹操那兒作客，曹操從容不迫地對在座眾貴賓說：「今日難得的盛會，山珍、園蔬大致都準備了，只缺少吳松江的鱸魚而已！」左慈在下面回應說：「這個可以辦到！」於是找來一個銅盤裝水，用竹竿魚餌向盤中垂釣，不一會兒工夫就釣出一條鱸魚。曹操鼓掌大笑，與會人士都感到十分驚奇。

銅盤釣鱸魚

★左慈，字元放，廬江人，精通神仙道術。

★宴會上，曹操對貴賓說：「今日高會，珍羞略備，所少吳松江鱸魚耳！」

★左慈找來一個銅盤裝水，用竹竿、魚餌向盤中垂釣，不一會兒工夫竟釣出一條鱸魚。

★曹操鼓掌大笑，與會的賓客嘖嘖稱奇。

◆曹操又說：「一魚不周坐席，可更得乎？」

◆左慈復把竹竿放入水中，一下子又釣起一條活蹦亂跳的魚兒。

蜀地買生薑

★曹操接著說：「既已得魚，恨無蜀中生薑耳。」左慈說這個容易。

★曹操要他到了蜀地，順便跟先前派去買蜀錦的官員說多買兩匹布回來。

★話才說完，買薑的人回來了，還帶回買錦官員的書信。

◆後來買錦官員多買了兩匹布回來；問他前幾日買薑的人去找他的時間、情景，都與那天宴會相吻合。

市集捉左慈

★曹操帶一百多名官吏、隨從外出，左慈送來酒一升、肉乾一斤，大夥兒吃得津津有味。

★曹操派人追查那些酒肉的來源，結果發現店家的酒肉突然都不見了。

★於是下令捉拿左慈；左慈逃入壁中，瞬間不知所在。

◆有人在市集上看到左慈；派人追捕時，所有人都變成左慈的模樣了。

◆又有人發現左慈跑到羊群裡；曹操派人來喊話，說沒有要殺你，只是測試你的法術而已。

◆一頭老公羊開口說：「怎會突然這樣呢？」所有羊都變成老公羊，也都開口說了同樣的話。

UNIT 2-25
吾悔殺華佗，令此兒彊死也

陳壽《三國志・魏書・華佗傳》，記載神醫華佗的事跡。華佗，一名旉（音「敷」），字元化，沛國譙（今安徽亳州）人。他是東漢名醫，精通內、婦、兒、針灸各科，尤擅長外科。「若病結積在內，針藥所不能及，尚須刳割者，便飲其麻沸散，須臾便如醉死無所知，因破取。病若在腸中，便斷腸湔洗，縫腹膏摩，四五日差（病癒），不痛，人亦不自寤，一月之間，即平復矣。」「麻沸散」類似今日的麻醉藥，這是我國外科手術最早的紀錄，堪稱傳統醫學的一大創舉。

縣吏尹世為四肢燥熱、口乾舌燥所苦，且不想聽到別人說話聲，小便也不順暢。華佗曰：「試作熱食，得汗則愈；不汗，後三日死。」尹世照做，結果吃了熱食卻沒出汗。華佗預言：五臟的元氣已斷絕在體內，應該會哭泣而死。果然如華佗所說，尹世哭喊著，終至氣絕身亡。

廣陵太守陳登患病，「胸中煩懣，面赤不食。」華佗為他切脈，說是吃生魚、生肉所致，患者腹中有幾升的寄生蟲。馬上做了二升湯藥，讓陳登先喝下一升，過一會兒再把剩餘的全部喝完。經過約一頓飯的時間，「吐出三升許蟲，赤頭皆動，半身是生魚膾（小蟲的半身還是生魚片的樣子）也。」當他把三升多的小蟲吐出來後，病就好了。華佗交代：三年後，還會宿疾復發；遇到良醫才能得救。果如其言，但那時華佗已死，陳登因此沒救了。

華佗「本作士人（讀書人），以醫見業，意常自悔。」說華佗向來以讀書人自許，學醫只想自己養生，不願成為替人治病的大夫（因為古代醫生是一種低賤的職業）。曹操（曹丕篡漢後，追尊為武皇帝，廟號太祖）犯有頭痛的老毛病，因此讓華佗隨侍身邊；發病時，心情煩亂，頭暈目眩，只要華佗一扎針，病情便好轉了。華佗長期離鄉背井，想回去探親；到家後，託言妻子罹病，再三推託不肯復出。曹操多次催促，華佗自恃才能，厭惡被人使喚，遲遲不上路。曹操很生氣，派人前往查看，發現華佗蓄意欺騙，罪無可赦，於是將他逮捕入獄。

荀彧代為求情道：「佗術實工，人命所懸，宜含宥之。」意思是華佗醫術高明，關係著人的性命，應該包容他、寬恕他。曹操震怒地說：「不憂，天下當無此鼠輩耶？」以為不必擔憂，天下還怕沒有這樣的鼠輩嗎？華佗臨死前，曾把一卷醫書交給獄吏，說：「此可以活人！」獄吏礙於法律，不敢接受。華佗只好索火燒醫書。

華佗死後，曹操的頭疼依舊沒有好，但他並不後悔殺華佗，因為他知道：華佗明明有能力治好這個病，就是故意不治好，藉以拉抬自己的身價；就算不殺此人，他的頭風也絕不會根治的。直到後來他的愛子曹沖（字倉舒）病危，「太祖（曹操）歎曰：『吾悔殺華佗，令此兒彊死也！』」他終於後悔殺了華佗，如今必須眼睜睜看著兒子死去。

《三國志・魏書・華佗傳》

華佗索火燒醫書

縣吏尹世苦四支煩，口中乾，不欲聞人聲，小便不利。佗曰：「試作熱食，得汗則愈；不汗，後三日死。」即作熱食而不汗出，佗曰：「藏氣已絕於內，當啼泣而絕。」果如佗言。

四支：猶言「四肢」，指雙手、雙腳。／煩：燥熱。／愈：痊癒。／啼泣：哭泣。

大考停看聽

縣吏尹世苦於四肢燥熱，口中乾燥，不想聽到人的說話聲，小便不順暢。華佗說：「試著做熱食來吃，出了汗就能痊癒；如不出汗，之後三天內將死。」立即做熱食來吃但不出汗，華佗說：「五臟的元氣已斷絕在體內，應該會哭泣而死。」果然如華佗所說。

★華佗，一名旉，字元化，沛國譙(今安徽亳州)人。

★他是東漢名醫，精通內、婦、兒、針灸各科。

★尤擅長外科，是我國外科手術最早的紀錄。

病例

縣吏尹世為四肢燥熱、口乾舌燥所苦，且不想聽到說話聲，小便也不順暢。

醫囑

華佗曰：「試作熱食，得汗則愈；不汗，後三日死。」

結果

尹世照做，結果沒出汗。如華佗所預言，尹世哭喊著，終至氣絕身亡。

病例

廣陵太守陳登患了病，「胸中煩懣，面赤不食。」

醫囑

華佗為他切脈，說腹中有幾升的寄生蟲。馬上做了二升湯藥，讓陳登先喝下一升，過一會兒再把剩餘全喝完。／華佗交代：「三年後，還會宿疾復發；遇到良醫才能得救。」

結果

經過約一頓飯的時間，當陳登把三升多的小蟲吐出來後，病就好了。／後來陳登再發病時，華佗已死，他因此沒救了。

1

★華佗以讀書人自許，學醫只想自己養生，不願成為替人治病的大夫。

★曹操犯有頭痛的老毛病，因此讓華佗隨侍身邊；發病時，只要華佗一扎針，病情便好轉了。

★華佗長期離鄉背井，想回去探親；到家後，託言妻子罹病，再三推託不肯復出。

2

★曹操多次催促，華佗自恃才能，厭惡被人使喚，遲遲不上路。

★曹操很生氣，派人前往查看，發現華佗蓄意欺騙，於是將他逮捕入獄。

★荀彧代為求情：「佗術實工，人命所懸，宜含宥之。」

★曹操震怒道：「不憂，天下當無此鼠輩耶？」

3

★華佗臨死，曾把一卷醫書交給獄吏。

★獄吏不敢接受，華佗只好將書燒了。

4

★華佗死後，曹操的頭疼沒有好，但他不後悔殺華佗。

★直到愛子曹沖病危之際，曹操終於後悔當初殺華佗。

作文一點靈

名言佳句

與醫生行醫濟世相關的佳句，諸如：

1. 美國愛默生說：「只要生命還可珍貴，醫生這個職業就永遠備受崇拜。」 2. 愛略特說：「無知固然沒有欺騙可惡，但醫生的無知的危害卻要比欺騙大得多。」 3.「現代醫學之父」威廉・奧斯勒說：「好的醫生治病，優秀的醫生治病人。」

UNIT 2-26 鵬飛萬里，其志豈群鳥能識哉？

元末明初，羅本（字貫中）在《全相三國志平話》、元雜劇及民間傳說的基礎上，參考陳壽《三國志》，將三國故事改編成《三國志通俗演義》（簡稱《三國演義》）。該書問世後，各種插圖、批評、增刪本相繼而出，風行三百餘年。至清初，毛宗崗改寫成一百二十回本《三國演義》，從此成為坊間最受歡迎的本子。

《三國演義》第四十三回「諸葛亮舌戰群儒　魯子敬力排眾議」，敘劉備新敗，退守夏口，曹操大軍壓境，諸葛亮（字孔明）隻身隨魯肅（字子敬）過江，遊說東吳君臣共同聯兵抗敵。由於當時東吳上下苟安，一味主降，諸葛亮與群臣展開脣槍舌戰，經過一番激辯、攻防，終於說服了孫權君臣，達成孫、劉結盟力抗曹軍的局面。

話說魯肅回報孫權後，隔天，孫權安排諸葛亮與文武百官升堂議事。一早，諸葛亮見張昭、顧雍等一班東吳官員峨冠博帶，整衣端坐。張昭料到諸葛亮意在遊說，率先開口試探道：「久聞先生高臥隆中，自比管、樂。此語果有之乎？」諸葛亮當然不否認曾自比為輔佐齊桓公的管仲、扶持燕昭王的樂毅。張昭追問道：「如今荊、襄一下拱手讓給了曹操，不知您們是何用意？」諸葛亮心想：張昭是東吳第一謀士，若不先難倒他，如何說服得了孫權？於是回答：「我主劉豫州躬行仁義，不忍奪同宗之基業，……劉琮孺子，聽信佞言，暗自投降，致使曹操得以猖獗。」

張昭譏諷諸葛亮出佐劉備後，一連「棄新野，走樊城，敗當陽，奔夏口」，反使蜀漢更陷窘境，又怎能與管、樂相提並論？諸葛亮笑著說：「鵬飛萬里，其志豈群鳥能識哉？」再三強調劉備的大仁大義，不忍奪同宗之業，不願棄百姓於不顧。何況勝敗乃兵家常事，想漢高祖當年不也多次敗給項羽？最後靠著韓信的良謀才得以成就王業。國家大事，天下安危，需要謀劃，哪能憑一張嘴說得天花亂墜？——光說不練才教天下人恥笑！

說得張昭百口莫辯，接著由虞翻迎戰；當虞翻無言以對之際，換步騭出場；步騭語塞了，薛綜、陸績、嚴畯、程德樞輪番上陣，結果都不敵諸葛亮的對答如流、滔滔雄辯，逐一敗下陣來。張溫、駱統準備繼續問難，這時黃蓋從外面進來，厲聲道：「曹操大軍臨境，不思退敵之策，乃徒鬥口耶！」於是黃蓋帶著諸葛亮去見孫權，魯肅一再叮嚀：「見到我家主公，千萬別說曹操兵多。」

諸葛亮見到孫權後，卻覺得此人只能用話激他，不能光講道理。當孫權問曹操有多少人馬時，諸葛亮回答有一百多萬。他還故意說孫權如果有能力就消滅曹操，若做不到就真正投降；不要像這樣表面降服，又心有不甘，拿不定主意，遲早要大禍臨頭了。說得孫權臉色大變，起身拂袖而去。後來，聽說諸葛亮有破曹之計，孫權才又出來與他商討良策。

《三國演義》第四十三回

舌戰群儒獻良策

張昭先以言挑之曰：「昭乃江東微末之士，久聞先生高臥隆中，自比管、樂。此語果有之乎？」孔明曰：「此亮平生小可之比也。」昭曰：「近聞劉豫州三顧先生於草廬之中，幸得先生，以為如魚得水，思欲席捲荊襄。今一旦以屬曹操，未審是何主見？」

挑：故意引起話題，猶言「試探」。／隆中：位於湖北襄陽以西，諸葛亮隱居之所。／管、樂：管仲和樂毅，古代賢臣。／劉豫州：即劉備，字玄德，蜀漢開國國君。／席捲：囊括所有的一切。

大考停看聽

張昭先用言語試探說：「我乃江東微不足道的讀書人，長期以來聽說先生隱居於隆中，以管仲、樂毅自比。果真有這樣的事嗎？」孔明回答：「我自認平生稍微可以和管、樂二人相比。」張昭又說：「近來聽聞劉備曾三次到茅屋探訪先生，慶幸得到您的相助，以為如魚得水般，想要囊括荊州、襄陽一帶的地方。如今荊襄卻一下拱手讓給了曹操，不知您們是何用意？」

★劉備新敗，曹軍壓境，諸葛亮隨魯肅過江，遊說東吳君臣。

★魯肅回報孫權後，隔天，安排諸葛亮與文武百官升堂議事。

◆張昭開口試探道：「久聞先生高臥隆中，自比管、樂。此語果有之乎？」⇨諸葛亮當然不否認曾自比為管仲、樂毅

◆張昭追問：「如今荊、襄一下拱手讓給了曹操，不知您們是何用意？」

◆諸葛亮回答：「我主劉豫州躬行仁義，不忍奪同宗之基業，……劉琮孺子，聽信佞言，暗自投降，致使曹操得以猖獗。」

◆張昭譏諷諸葛亮出佐劉備後，一連「棄新野，走樊城，敗當陽，奔夏口」，反使蜀漢更陷窘境，怎能與管、樂相提並論？

◆諸葛亮笑著說：「鵬飛萬里，其志豈群鳥能識哉？」強調劉備的大仁大義，不忍奪同宗之業，不願棄百姓於不顧。國家大事，天下安危，需要謀劃，哪能憑一張嘴說得天花亂墜？

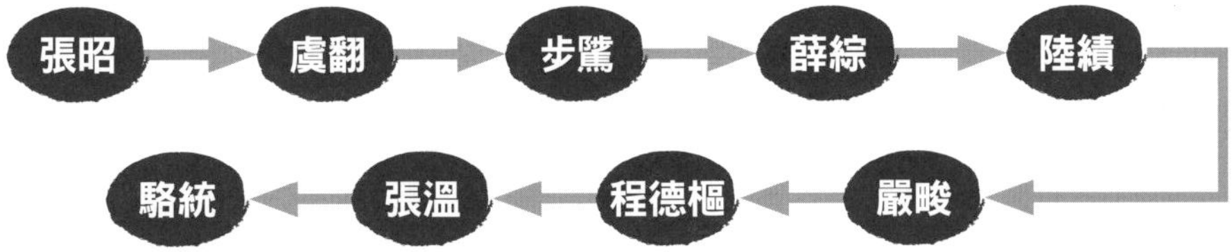

・這時黃蓋從外面進來，厲聲道：「曹操大軍臨境，不思退敵之策，乃徒鬥口耶！」

・黃蓋帶諸葛亮去見孫權，魯肅一再叮嚀：「見到我家主公，千萬別說曹操兵多。」

★諸葛亮見到孫權，覺得只能用話激他，不能光講道理。

★當孫權問曹操有多少人馬時，諸葛亮回答有一百多萬。

★他還故意說孫權這樣拿不定主意，遲早要大禍臨頭。

★孫權臉色大變，拂袖而去。後來，聽說諸葛亮有破曹之計，才又出來與他商討良策。

UNIT 2-27

既生瑜，何生亮？

周瑜來向劉備討荊州不成，使出「假途滅虢」之計：想借出兵西川之名，藉機攻打荊州；卻被諸葛亮一眼識破，早已布置好各路兵馬，引君入甕。「孔明三氣周瑜」，這次真的把周瑜氣得從馬背上摔下來，被部屬救回船上。又聽軍士說劉備與諸葛亮此時正在山頂飲酒作樂；周瑜怒火中燒，咬牙切齒道：「你道我取不得西川，吾誓取之！」

又聽說蜀將劉封、關平兩人領軍攔住水路，周瑜愈加惱怒。同時，接獲諸葛亮的來信，勸他別意氣用事興兵遠征，萬一曹操大軍趁虛而入，江南可就危險了。周瑜自知時日無多了，勉勵眾將：「汝等善事吳侯，共成大業。」言罷，昏厥。不久，徐徐醒來，仰天長嘆道：「既生瑜，何生亮？」連叫數聲，遂氣絕身亡。

諸葛亮在荊州，夜觀天象，見將星墜地，乃知「周瑜死矣！」至天亮，派人去查證，果然才三十六歲的周瑜撒手人寰了。諸葛亮向劉備報告，據天象顯示將星聚集在東方，他想藉由弔喪之名，到江東走一趟，希望尋得賢士，共謀大業。劉備擔心東吳將士對諸葛亮不利，諸葛亮卻說：「瑜在之日，亮猶不懼；今瑜已死，又何患乎？」於是，與趙雲引五百兵士，乘船至巴丘弔周瑜。

諸葛亮弔祭周瑜，伏地大哭，淚如湧泉，哀慟不已。眾將見狀，都說：「人盡道公瑾與孔明不睦，今觀其奠祭之情，人皆虛言也。」魯肅見諸葛亮如此難過，心中暗想：孔明自是多情，是周瑜度量狹窄，自尋死路罷了！

諸葛亮弔喪後，回程巧遇鳳雛先生龐統，兩人攜手登舟，各訴心事。諸葛亮料定孫權必不重用他，故留書一封，望龐統稍有不如意，可來荊州共扶劉備。果然孫權見龐統黑面短髯，其貌不揚，又一副狂妄不羈的樣子，根本沒打算錄用他。倒是魯肅憐才，幫他寫了推薦信，讓他轉投劉備。

龐統來到荊州，見了劉備，卻沒拿出任何推薦資料，只說聽聞劉皇叔招納賢士，慕名而至。劉備見他面貌醜陋，派他出任耒陽縣宰。龐統勉強赴任，但不理政事，成天飲酒作樂。劉備聽聞龐統因酒廢事，特命張飛前往視察。張飛質問龐統為何瀆職；龐統立刻升堂辦事，不到半日，竟將積聚百日的公務處理完畢，而且毫無差錯。張飛大為佩服，龐統這才出示魯肅的推薦信。

張飛回來覆命，劉備正在嗟嘆之際，諸葛亮也回來了，再度證實龐統的才能。最後，劉備派張飛往耒陽請龐統到荊州，拜為副軍師中郎將，與諸葛亮共贊方略。

一早就有人回報曹操，說劉備有諸葛亮、龐統兩位謀士，正在招兵買馬，囤積糧草，與東吳結盟，遲早一定會興兵北伐。曹操聽說後，趕緊聚集謀臣商議南征之事。荀攸進言說：周瑜剛死，可以先占領江東，再攻打劉備。曹操擔心馬騰趁大軍遠征時，來襲許都。荀攸獻策，不如誘殺馬騰，則南征無後顧之憂矣！

《三國演義》第五十七回

臥龍鳳雛歸蜀漢

早有人報到許昌，言劉備有諸葛亮、龐統為謀士，招兵買馬，積草屯糧，連結東吳，早晚必興兵北伐。曹操聞之，遂聚謀士商議南征。荀攸進曰：「周瑜新死，可先取孫權，次攻劉備。」

許昌：今河南許昌。原名許縣，曹操「挾天子以令諸侯」之地；曹丕篡漢後，取「魏因許而昌」之意，更名許昌。／龐統：字士元，東漢末襄陽人。號「鳳雛」，與「臥龍」諸葛亮師出同門，齊名。／荀攸：字公達，豫州潁川人；曹魏著名軍事家。

大考停看聽

一早就有人到許昌回報，說劉備有諸葛亮、龐統擔任謀士，正在招兵買馬，囤積糧草，與東吳結盟，遲早一定會興兵北伐。曹操聽說後，於是聚集謀臣商討、議論南征之事。荀攸進言說：「周瑜剛死，可以先占領江東，再攻打劉備。」

★周瑜來向劉備討荊州不成，想借出兵西川之名，藉機攻打荊州；諸葛亮已布置好各路兵馬，引君入甕。

★周瑜氣得從馬背上摔下來，被部屬救回。聽說劉備與諸葛亮正在山頂飲酒作樂，又聽說蜀將劉封、關平領軍攔住水路；同時接獲諸葛亮的來信，勸他別興兵遠征。

★周瑜自知時日無多，勉勵眾將善事吳侯，共成大業。言罷，昏厥。

★不久，周瑜徐徐醒來，仰天長歎道：「既生瑜，何生亮？」連叫數聲，氣絕身亡。

- 諸葛亮在荊州，見將星墜地，乃知「周瑜死矣！」
- 天亮，派人去查證，——果然周瑜已撒手人寰了。

- 諸葛亮向劉備報告，他想藉由弔喪之名，到江東走一趟，希望尋得賢士，共謀大業。
- 於是，與趙雲引五百兵士，乘船至巴丘弔周瑜。

↓

- 諸葛亮弔喪後，回程巧遇鳳雛先生龐統。留書一封，望他稍有不如意，可來荊州共扶劉備。
- 果然孫權見龐統黑面短髯，其貌不揚，沒想錄用他。倒是魯肅憐才，幫他寫了推薦信，讓他轉投劉備。

↓

- 龐統來到荊州，只說聽聞劉皇叔招納賢士，慕名而至。
- 劉備見他面貌醜陋，派他出任耒陽縣宰。
- 不久，劉備聽聞龐統因酒廢事，命張飛前往視察。
- 張飛質問龐統為何瀆職；龐統立刻升堂辦事，不到半日，竟將積聚百日的公務處理完畢。
- 張飛大為佩服，龐統這才出示魯肅的推薦信。

↓

- 張飛回來覆命，劉備正在嗟嘆之際；諸葛亮也回來了，再度證實龐統的才能。
- 後劉備派人請龐統到荊州，拜為副軍師中郎將，與諸葛亮共贊方略。

UNIT 2-28

害我父弟，不共戴天之仇！

《三國演義》第五十八回「馬孟起興兵雪恨　曹阿瞞割鬚棄袍」敘曹操殺了馬騰、黃奎之後，聽從陳群的建議，趁劉備攻取西川之際，出兵討伐東吳。孫權得到消息，派魯肅往荊州向劉備求援。劉備急與諸葛亮商量，諸葛亮獻策道：「曹操平生所顧慮的，就是西涼兵馬。現在曹操殺了馬騰，他的兒子馬超（字孟起）正統領著西涼精兵，一定恨死曹賊了。主公不妨修書一封，前往與馬超結盟，派馬超帶兵入關，那麼曹操又怎會有閒暇揮兵南下呢？」

當馬超得知其父與黃奎被曹操斬殺之際，又接獲荊州來的書信，對他曉以大義：「若能率西涼之兵，以攻曹操之右，……則逆操可擒，奸黨可滅，仇辱亦可報，漢室可興矣。」馬超揮淚回信，表示將率西涼兵馬進發。此時，西涼太守韓遂派人來請馬超，原來曹操命他擒馬超至許昌。韓遂是馬騰的結義兄弟，自然站在馬超這邊，決定率手下八部軍馬，一同作戰。

馬超、韓遂共二十萬大軍，一路殺向長安而來。長安郡守鍾繇一面飛報曹操，一面引軍拒敵。馬超用手下龐德之計，先詐敗退兵，等鍾繇卸下心防後，龐德趁西門守將鍾進忙著救火之時，一刀斬了鍾進，遂引馬超、韓遂兵馬入城；嚇得鍾繇棄城而逃。

鍾繇退守潼關，飛書報告曹操。曹操派曹洪、徐晃先帶一萬人馬，替鍾繇緊守潼關。並交代：「如十日內失了關隘，皆斬。十日外，不干汝二人之事。我統大軍隨後便至。」曹洪、徐晃到潼關，果然堅守關隘，並不出戰。馬超率兵來到關下，見狀，便辱罵曹操三代。曹洪大怒，帶兵要去廝殺；被徐晃硬攔了下來。馬超日夜派人輪流來罵，徐晃苦苦拖住曹洪。直到第九日，曹洪趁徐晃忙著點視糧草，又見西涼兵馬露出疲態，於是率三千兵士殺下關來。

結果被馬超、龐德左右夾擊，混殺一陣，曹洪等實在不敵，只好棄關而去。曹洪等奔見曹操；曹操大怒，本欲斬曹洪，經眾人求情始作罷。隔日，曹操親自領軍與西涼兵對峙。曹操於馬背上見馬超雄姿英發，心中暗自稱奇。卻見馬超咬牙切齒道：「操賊欺君罔上，罪不容誅！害我父弟，不共戴天之仇！吾當活捉生啖汝肉！」

兩軍激戰數十回合之後，曹操兵大敗。馬超、龐德等引百餘騎，直入中軍捉曹操。西涼軍大喊：「穿紅袍的是曹操！」曹操連忙脫下紅袍。「長髯者是曹操！」西涼軍又大叫。曹操情急之下，拿起佩刀，割斷他的長鬚。軍中有人將此事向馬超報告，馬超下令捉拿短鬚的曹操。曹操趕緊用旗角包住頸部，火速殺出重圍。

曹操正逃走之間，馬超追了上來。「曹操休走！」馬超厲聲一喝，嚇得曹操馬鞭墜地。馬超一鎗揮去，曹操一個閃躲，繞過樹旁逃走了。馬超再迎向前去，山坡邊殺出一將，大叫：「勿傷吾主！曹洪在此！」被曹洪這一攔，竟讓曹操成功脫逃而去。

《三國演義》第五十八回

割鬚棄袍逃命去

大考停看聽

玄德問曰：「今操起三十萬大軍，會合淝之眾，一擁而來，先生有何妙計，可以退之？」孔明曰：「操平生所慮者，乃西涼之兵也。今操殺馬騰，其子馬超，現統西涼之眾，必切齒操賊。主公可作一書，往結馬超，使超興兵入關，則操又何暇下江南乎？」

淝：指淝水，源出安徽合肥境內。／西涼：即涼州，位於甘肅一帶，因在中國的西方，故稱。／馬騰：字壽成，東漢末武將；為蜀漢武將馬超之父。／馬超：字孟起，扶風茂陵（今陝西興平）人；蜀漢名將。／切齒：極端痛恨。

劉備問說：「如今曹操率領三十萬大軍，會合淝水一帶兵眾，朝著江南而來，先生您有何妙計，可以擊退敵軍？」諸葛亮回答：「曹操平生所顧慮的，就是西涼兵馬。現在曹操殺了馬騰，他的兒子馬超正統領著西涼精兵，一定恨死曹賊了。主公不妨修書一封，前往與馬超結盟，派馬超帶兵入關，那麼曹操又怎會有閒暇揮兵南下呢？」

★曹操殺了馬騰、黃奎之後，趁劉備攻取西川之際，出兵討伐東吳。

★孫權派魯肅往荊州求援。諸葛亮獻策，修書與馬超結盟，派馬超帶兵入關。

- 當馬超得知其父馬騰被曹操斬殺，又接獲荊州來書，答應率西涼兵馬進發。
- 馬騰的結義兄弟西涼太守韓遂亦決定率領手下八部軍馬，與馬超並肩作戰。

★馬超、韓遂二十萬大軍，一路殺向長安而來。

★長安郡守鍾繇一面飛報曹操，一面引軍拒敵。

★馬超先詐敗退兵，等鍾繇卸下心防後，龐德一刀斬了鍾進，遂引馬超、韓遂兵馬入城；嚇得鍾繇棄城而逃。

- 鍾繇退守潼關，飛書報告曹操。曹操派曹洪、徐晃先帶一萬人馬，替鍾繇緊守潼關；並交代堅守十日，大軍隨後便至。
- 曹洪、徐晃到潼關，堅守關隘，不出戰。
- 馬超率兵到關下，見狀，辱罵曹操三代。
- 曹洪大怒，將帶兵廝殺；被徐晃攔下來。
- 直到第九日，曹洪率三千兵士殺下關來。

★結果被馬超、龐德左右夾擊，曹洪不敵，棄關而去。

★曹洪奔見曹操；曹操欲斬曹洪，經眾人求情，作罷。

★隔日，曹操親自領軍與西涼兵對峙。

★兩軍激戰數十回合後，曹操兵大敗。

➜

★馬超、龐德等引百餘騎，直入中軍捉曹操。

★西涼軍大喊：「穿紅袍的是曹操！」⇨曹操連忙脫下紅袍

★「長髯者是曹操！」⇨曹操情急下，割斷長鬚

★曹操趕緊用旗角包住頸部，火速殺出重圍去。

UNIT 2-29

如百歲後有知，魂魄猶應登此也

唐代房玄齡等人合撰《晉書》，記載自三國時期司馬懿早年，至東晉恭帝元熙二年（420）劉裕篡位自立，包括西晉、東晉之歷史。由於東晉偏安江南，北方為五胡十六國所統治，故書中以「載記」形式，記述十六國史事。原書凡一百三十二卷，含〈敘例〉、〈目錄〉各一卷，〈帝紀〉十卷，〈志〉二十卷，〈列傳〉七十卷，〈載紀〉三十卷。後世〈敘例〉、〈目錄〉失傳，今存一百三十卷。

《晉書・羊祜傳》為西晉名臣羊祜之傳記。羊祜，字叔子，泰山南城（今山東新泰）人。其家先輩世代為官，皆以清廉著稱。東漢大儒蔡邕是其外祖父，其姊羊徽瑜為晉景帝司馬師的皇后，其家世顯赫可見一斑。羊祜學識淵博，身材高大，容貌端秀，能言善道，又寫了一手好文章，頗受夏侯威賞識，而把兄長夏侯霸的愛女嫁給他。

晉武帝司馬炎受魏主禪讓而即位，羊祜輔佐有功，改封郡公，食邑三千戶；但他堅辭郡公封號，仍保持侯爵。當時王佑、賈充、裴秀都是前朝（曹魏）名臣，羊祜在他們面前每每謙讓，職位不願高居其上。羊祜奉命鎮守荊州，致力於增加生產、開辦學校、安撫百姓等，深得江漢人民的愛戴。他初到荊州時，軍中無百日存糧，到了他鎮守荊州後期，所囤積糧草足夠將士吃十年。可見他能與吳人相安無事，邊境安寧，把多餘兵士撥去開墾田地，效果卓著。

羊祜在軍中，經常穿輕裘，束緩帶，不披甲，府第侍衛不過十幾人；他喜歡外出打獵、釣魚，經常因此荒廢政事。一次，他正準備夜間出遊，軍司徐胤手持長戟擋住營門說：「將軍都督萬里，安可輕脫（漫不經心）？將軍之安危，亦國家之安危也。胤今日若死，此門乃開耳。」羊祜臉色一變，從此鮮少再出遊了。

羊祜素有併吞東吳的慷慨大志，每次與吳人交戰，一定先約好日期，絕不突擊敵方。俘虜了吳國的小孩，一定毫髮無傷把人送回去。率眾遊獵時，也不會進入吳國境內；遇到吳人射傷的獵物逃到晉境，被晉人拾獲後，他一定要求歸還給吳人。因此，吳人對他心悅誠服，總稱他一聲「羊公」，不直呼其名。

但羊祜並沒有完成畢生理想，東吳未滅，他已重病在床。回京城養病時，又傳來胞姊景獻皇后辭世的噩耗；他哀痛至極，不久也一命歸陰了。當他病重時，晉武帝曾派張華去向他詢問伐吳籌策，兩人相談甚歡。羊祜對張華說：「成吾志者，子也。」意思是張華可以替他完成討伐東吳的志願。晉武帝打算讓羊祜臥病統領征吳諸將，隨著病情逐漸加重，他便推薦杜預領兵。

相傳羊祜鎮守襄陽時，經常與友人登峴山飲酒賦詩。他曾感慨道：「如百歲後有知，魂魄猶應登此也。」是說如果死後地下有知，他的魂魄仍會再來登臨此山。後人於是為他立碑紀念，即「羊公碑」；又因碑上文字，往往使人讀之落淚，故又有「墮淚碑」之稱。

《晉書・羊祜傳》

讀之落淚羊公碑

祜樂山水，每風景，必造峴山，置酒言詠，終日不倦。嘗慨然歎息，顧謂從事中郎鄒湛等曰：「自有宇宙，便有此山。由來賢達勝士，登此遠望，如我與卿者多矣！皆湮滅無聞，使人悲傷。如百歲後有知，魂魄猶應登此也。」

造：到。／峴山：又名峴首山，在今湖北襄陽城南。／湮滅：埋沒滅絕。／百歲後：猶言「死後」，古人忌諱言死，故以百歲為借代。／魂魄：指附於人身體上的精神靈氣。

大考停看聽

羊祜喜愛遊山玩水，每到風景美好的日子，一定造訪襄陽城南的峴首山，飲酒賦詩，終日也不覺疲倦。他曾感慨地嘆息，對著從事郎中鄒湛等人說：「自從有了宇宙，就有這座山。自古以來，賢達高士登上此山遠眺四方，像我和你們一樣的人太多了！但他們都已經湮沒無聞了，實在令人悲傷啊！如果死後有知，我的魂魄仍會再來登臨此山。」

- **羊祜，字叔子，泰山南城（今山東新泰）人。**
- **羊祜家世顯赫，學識淵博，身材高大，容貌端秀，能言善道，又寫了一手好文章，頗受夏侯威賞識。**

★晉武帝受魏主禪讓，羊祜輔佐有功，改封郡公；但他堅辭郡公封號。

★羊祜鎮守荊州，致力於增加生產、開辦學校、安撫百姓等，深得百姓愛戴。

★羊祜在軍中，經常穿輕裘，束綏帶，不披甲，府第侍衛不過十幾人。

★他經常因外出遊玩而廢政事，軍司徐胤曾手持長戟擋住營門，以死力諫。

⇨羊祜從此鮮少再出遊了

- 羊祜素有併吞東吳的大志，每與吳人交戰，一定先約好日期。
- 俘虜了吳國的小孩，一定毫髮無傷把人送回去。
- 遊獵時，也不會進入吳國境內；遇到吳人射傷的獵物逃到晉境，一定要求歸還給吳人。

★當他病重時，晉武帝曾派張華去向他詢問伐吳籌策。

★羊祜對張華說：「能實現我這個願望的人，就是你了！」

★晉武帝要讓羊祜臥病統領征吳諸將，他因病情加重，便推薦杜預代替。

（資料來源：故宮典藏圖像資料庫）

★相傳羊祜鎮守襄陽時，常與友人登峴山飲酒賦詩。

★他曾感慨道：「如百歲後有知，魂魄猶應登此也。」

⇨後人於是為他立碑紀念，即「羊公碑」；又因碑上文字，往往使人讀之落淚，故又有「墮淚碑」之稱。

UNIT 2-30
景若就禽，公復何用？

唐初李延壽《南史》凡八十卷，以紀傳體方式，記南朝宋、齊、梁、陳四代，一百七十年間史事。

《南史・侯景傳》敘侯景生平事跡。侯景，字萬景，北魏懷朔鎮人。魏末北方大亂，他先投靠爾朱榮，後歸順東魏高歡。經常誇口要率兵橫掃天下，擬抓住西魏宇文泰，再渡江綁來南朝蕭衍（梁武帝）那老頭兒；豪言壯語，頗得高歡賞識。

侯景右腿較短，故不善於彎弓騎馬，在戰場上只能以智謀取勝。當他鎮守河南時，曾跟高歡暗中約定如果寫信給他要作特殊的標誌。後來，高歡病重，長子高澄假借父親的名義寫信召侯景回朝；被侯景識破，怕遭禍，於是向梁朝上表請求投降。

高澄派人招降侯景不成，就命慕容紹宗追剿。由於侯景的軍士都是北方人，不願意南渡，各自率部卒投降東魏。侯景損兵折將，潰不成軍，後來他派人對慕容紹宗說：「景若就禽，公復何用？」紹宗仔細一想很有道理，便放他逃走了。

話說梁武帝曾經派貞陽侯蕭淵明攻東魏，蕭淵明兵敗被俘。侯景為了試探梁武帝，故意假造魏國信件，提出以蕭淵明換侯景的條件；沒想到梁武帝竟然答應了。這讓侯景心裡很不高興，於是上書求娶王、謝家的女兒；孰料梁武帝沒答應？氣得他發誓非要把南方的名門閨女都許配給奴僕不可！漸漸地，開始萌生反叛之意。

梁武帝太清二年（548）八月，侯景決定起兵造反；私下勾結臨賀王蕭正德，在朝中與他裡應外合。九月，侯景從壽春發兵，聲稱出遊狩獵，不易讓人察覺。當他悄悄率八千兵士從采石磯渡江，京城（建康）居然毫無所知。侯景就這樣長驅直入，包圍了皇城。十一月，立蕭正德為皇帝，自封為相國、天柱將軍。侯景剛到建康，四處散布假消息，說梁武帝已死。梁武帝為了穩定軍心，特意乘車外出巡城；軍民見到皇帝親臨大司馬門，無不落淚歡呼。

侯景的兵士把石頭城常平倉的糧食吃完後，開始搶奪城內居民。兵荒馬亂中，物資日漸短缺，一升米飆漲到七、八萬錢，甚至出現人吃人的慘況。梁朝軍士個個餓壞了，連弓弩上的皮套都煮來吃，老鼠、麻雀、鴿子當然都被吃盡了，連御膳房內長出的乾苔蘚也分給戰士們解饞。城內軍民戰死的、餓死的、病死的、被宰來吃掉的……，人口幾乎減少了一大半。

侯景的軍隊也挨餓著，眼見再僵持下去對雙方都無益，便派人進城求和。當他上殿向梁武帝謝罪時，梁武帝神色不變，讓人引他坐到三公的座位，問道：「卿在戎日久，無乃為勞。」意思是你征戰很久，太勞累了吧？侯景不吭聲。後來侯景出了大殿，對部屬說：「吾常據鞍對敵，矢刃交下，而意了無怖。今見蕭公，使人自懾，豈非天威難犯？」直到太清三年五月，梁武帝病餓交加，駕崩於文德殿。侯景先密不發喪，過了二十多天，才將靈柩移往太極殿前，迎簡文帝蕭綱即位。

《南史・侯景傳》

侯景之亂梁武崩

景入朝，以甲士五百人自衛，帶劍升殿。拜訖，帝神色不變，使引向三公榻坐，謂曰：「卿在戎日久，無乃為勞。」景默然。……景出，謂其廂公王僧貴曰：「吾常據鞍對敵，矢刃交下，而意了無怖。今見蕭公，使人自慴，豈非天威難犯？吾不可以再見之。」

甲士：指武裝的兵士。／三公：指太尉、司徒、司空。／榻：原指低狹且長的床，引申為座位之意。／廂公：侯景對親信加封的官號。／矢刃：弓箭與刀刃。／蕭公：指梁武帝蕭衍。／慴：心生畏懼也。

大考停看聽

侯景入朝，率領五百名鎧甲武士自我防衛，帶著寶劍登上大殿。叩拜完畢，梁武帝神情、臉色沒改變，讓人引侯景坐到三公的座位，問他：「你征戰日久，太勞累了吧？」侯景悶不吭聲。……侯景出來，對他的廂公王僧貴說：「我經常跨在馬鞍上與敵軍對峙，刀箭交錯，心裡一點兒也不害怕。如今見到蕭公，卻讓人不由得感到恐懼，難道不是天威難以冒犯嗎？我不可以再見到他了。」

北魏 侯景，字萬景，北魏懷朔鎮人。魏末北方大亂，他先投靠爾朱榮，後歸順東魏高歡。

東魏

★侯景鎮守河南，曾跟高歡暗中約定如果寫信給他要作特殊標誌。

★高歡病重，長子高澄假父親名義寫信召侯景回朝；被侯景識破。

⇨侯景怕遭禍，於是向梁朝上表請降

- 高澄命慕容紹宗追剿。侯景潰不成軍，派人對慕容紹宗說：「景若就禽，公復何用？」
- 慕容紹宗一想有道理，便放侯景逃走。

南朝梁

★梁武帝曾派貞陽侯蕭淵明攻東魏，蕭淵明兵敗被俘。

★侯景假造魏國信件，提出以蕭淵明換侯景；沒想到梁武帝答應了。

★侯景上書求娶王、謝家的女兒；孰料梁武帝沒答應？

⇨侯景開始萌生反叛之意

- 太清二年（548）八月，侯景勾結臨賀王蕭正德，起兵造反。
- 侯景率八千兵士從采石磯渡江，長驅直入，包圍了皇城。
- 十一月，立蕭正德為皇帝，侯景自封為相國、天柱將軍。

★侯景兵士吃完石頭城常平倉的糧食，開始搶奪城內居民。

★兵荒馬亂，一升米飆漲到七、八萬錢，出現人吃人慘況。

★城內軍民戰死、餓死、病死、被宰來吃掉……，少了大半。

- 侯景眼看僵持下去對雙方都無益，便派人進城求和。
- 侯景上殿向梁武帝謝罪，梁武帝問他：「你征戰日久，太勞累了吧？」
- 侯景出了大殿，對部屬說他感受到天威難犯，以後不再見梁武帝了。
- 直到太清三年五月，梁武帝病餓交加，駕崩於文德殿。
- 侯景密不發喪，過了二十多天，才將靈柩移往太極殿前，迎立簡文帝蕭綱。

UNIT 2-31
殷憂而道著，功成而德衰

魏徵〈諫太宗十思疏〉，選自唐人吳兢所編《貞觀政要》一書；標題為後人所加。「疏」，音「書」，古代臣子向君王進言議事的文書。此文作於貞觀十一年（637），魏徵見唐太宗在位日久，逐漸出現怠政的現象，開始蒐求各種奇珍異寶，營建宮殿苑囿，並多次出遊狩獵，故上此疏勸諫。

本文著眼於一個「思」字，闡明君王應「積德義」之主旨，並以歷史上的興亡教訓，期勉皇上居安思危、戒奢以儉、積德行義，進而任用賢良，各司其職，始為國家長治久安之道。

通篇可分為三段：首段明揭「積德義」為安邦定國的根本，並以樹木、河流為喻，從正、反兩面論述君王積德行義、施行仁政的重要性。「不念居安思危，戒奢以儉，德不處其厚，情不勝其欲，斯亦伐根以求木茂，塞源而欲流長者也。」是說人主如果不能在安逸時想到危險，用節儉來革除奢侈，不能厚積德義，不能克制私欲，好比砍去樹根卻要求樹木長得茂密，堵塞水源卻妄想河川流得長遠，那是絕無可能的事！

次段從「殷憂而道著，功成而德衰」之理，進一步闡發「積德義」的必要。正因為創業維艱，所以能「竭誠以待下」，使百姓心悅誠服，無論胡人、越人皆情感融洽，團結一心。這就是「殷憂而道著」，在國家多事之秋，君王往往竭盡誠意對待下屬，而能彰顯盛德，贏得民心。反之，當承平日久，為政者漸漸變得放縱、傲慢了，使至親骨肉感情冷漠，形同路人，各懷異心。此即「功成而德衰」，到了功成業就之後，人主往往德義衰退，「縱情以傲物」，改用嚴刑、威怒來督責人民，自然民怨四起。由於民心向背為天下治亂之指標，治國理民者不可不慎啊！

末段提出「十思」作為「積德義」的具體內容：「見可欲，則思知足以自戒；將有作（興建宮室），則思知止以安人（即『民』，避太宗名諱而改）；念高危，則思謙沖而自牧；懼滿溢，則思江海下百川；樂（音『耀』）盤遊，則思三驅以為度；憂懈怠，則思慎始而敬終；慮壅蔽，則思虛心以納下；想讒邪，則思正身以黜惡；恩所加，則思無因喜以謬賞；罰所及，則思無因怒而濫刑。」希望皇上以知足抑制欲望、不要經常大興土木、以謙虛自我修養、切莫驕盈自滿、遊樂要有限度、凡事慎始敬終、虛心接納臣下的諫言、端正自身以斥退惡人、獎賞與刑罰務求公正分明。然後，「簡能而任之，擇善而從之」，選拔賢能的人才，聽從善良的意見，只要知人善任，從善如流，讓文武百官各展長才，為國效力，如此一來，便可以垂拱而治了。「何必勞神苦思，代下司職，役聰明之耳目，虧無為之大道哉？」強調人君無須凡事親力親為，殫精竭慮，反而吃力不討好。可見魏徵雖然主張儒家仁義、美政的理想，但某種程度上仍受道家無為而治觀念影響。

魏徵〈諫太宗十思疏〉

居安思危積德義

臣聞求木之長者，必固其根本；欲流之遠者，必浚其泉源；思國之安者，必積其德義。源不深而望流之遠，根不固而求木之長，德不厚而思國之理，臣雖下愚，知其不可，而況於明哲乎？

長：音「漲」，長高、長大。／浚：通「濬」，疏通。／積其德義：累積道德仁義，即要求君王多行仁政。／理：即「治」，政治清明也。後因唐高宗李治之名諱，而改作「理」。／明哲：聰明睿智的人，此指唐太宗。

大考停看聽

臣聽說想要樹木長得高大，一定要鞏固它的根本；想要河川流得長遠，一定要疏通它的水源；想要國家長治久安，一定要累積道德仁義、施行仁政。水源不挖深卻希望河川流得長遠，根本不穩固卻要求樹木長得高大，德義不深厚卻妄想國家政治清明，臣雖愚笨，也知道那是不可能的事，更何況是聰明睿智的人呢？

〈諫太宗十思疏〉

「疏」，古代臣子向君王進言議事的文書。

選自唐人吳兢所編《貞觀政要》一書；標題為後人所加。

此文作於貞觀十一年(637)，魏徵見唐太宗在位日久，逐漸出現怠政的現象，開始蒐求各種奇珍異寶，營建宮殿苑囿，並多次出遊狩獵，故上此疏勸諫。

1

首段明揭「積德義」為安邦定國的根本，並以樹木、河流為喻，從正、反兩面論述君王積德行義、施行仁政的重要性。

2

次段從「殷憂而道著，功成而德衰」之理，進一步闡發「積德義」的必要。正因為創業維艱，所以能「竭誠以待下」，使百姓團結一心；當承平日久，為政者漸漸放縱、傲慢，使至親骨肉各懷異心。

3

末段提出「十思」作為「積德義」的具體內容；願皇上以知足抑制欲望、不要經常大興土木、以謙虛自我修養、切莫驕盈自滿、遊樂要有限度、凡事慎始敬終、虛心接納臣下的諫言、端正自身以斥退惡人、獎賞與刑罰務求公正分明。

作文一點靈

謀篇布局

本文善用「正反立說」的寫作手法，何謂「正反立說」？就是先從正面觀點來舉例、論述，再從反面論點切入主題。如第一段「思國之安者，必積其德義。」採正面立說；接著，「德不厚而思國之理，臣雖下愚，知其不可，而況於明哲乎？」為反面論述。第二段闡明「殷憂而道著，功成而德衰」之旨，「夫在殷憂，必竭誠以待下；既得志，則縱情以傲物。」所謂「殷憂」、「竭誠」為正面立論，而「功成」、「縱情」、「傲物」等是反面論調。

當然，寫作時採「正反立說」，不一定要從正面論點寫起，先寫反面觀點也是可以的。先正後反，先反後正，端視作者如何構思與布局而定。「正反立說」法適合用在議論文的謀篇布局上，透過一正一反的論述、舉證，往往能讓文章論點更渾圓飽滿，內容更豐富充實，更具有說服力。

UNIT 2-32
一抔之土未乾，六尺之孤何託？

駱賓王〈為徐敬業以武后臨朝移諸郡縣檄〉，一般簡稱〈討武曌檄〉。其寫作背景為：弘道元年（683）十二月高宗李治駕崩，太子李顯即位，是為中宗，尊武曌為皇太后。武后向來獨攬朝政大權，此時更變本加厲；不久，廢中宗為廬陵王，改立李旦為帝，即睿宗，仍不准皇帝親政；國家大事全由她一人專斷獨行，宗親大臣人人自危。光宅元年（684），眉州刺史徐敬業聚眾十餘萬，以匡復廬陵王為名，於揚州起兵。駱賓王時為徐軍記室，作此文移諸郡縣，號召有志之士同仇敵愾，共討武后。「檄」，古代平行式應用文，多用於軍旅討伐之事。

通篇可分為三段：首段痛斥武后的種種罪狀，包括：一、狐媚惑主，先為太宗才人，後為高宗皇后，穢亂後宮，害兩位先皇背上父子共妻的惡名。二、心腸狠毒，性情殘暴，不但善妒工讒、迫害忠良，還「殺姊屠兄，弒君鴆母」，簡直為天理所不容。三、干預朝政，幽禁中宗，親近奸邪小人，厚植武氏黨羽，懷藏篡逆之心，覬覦帝位已久。其中「殺姊屠兄，弒君鴆母」並無具體的證據，但作者善用這種極富煽動性的文字，故意將武后形象渲染得惡名昭彰，人神共憤，如此一來，將更有利於引起群情激憤，戮力同心，誓死討武。

次段誇讚徐敬業義軍軍容之壯盛，兵強馬大，氣勢如虹，匡復大唐江山，指日可待。徐敬業乃唐初重臣徐世勣之孫，他繼承先人的志業，蒙受唐朝的大恩，懷有滿腔義憤，一心安定國家社稷，於是高舉義旗，登高一呼，期能肅清武氏這個禍國殃民的妖孽。義軍勢力強大，「南連百越，北盡三河」，南與江浙閩粵之地相連，北窮盡河東、河南、河內三郡；戰鬥力十足，「鐵騎成羣，玉軸相接」，強悍的騎兵成群結隊，壯麗的兵車首尾相接。軍糧更是充足，倉庫裡所儲的粟米多到吃不完都變紅、發爛了。義軍聲勢浩大，且代表正義的一方，以這樣的大軍殺敵，什麼樣的敵人不被殲滅呢？

末段要求各郡縣宗室同僚配合起義，合力討伐武后，迎立中宗復位。先申之以義：「公等或居漢地，或叶周親，或膺重寄於話言，或受顧命於宣室。」身為唐臣，效忠唐室，乃天經地義之事。次動之以情：「言猶在耳，忠豈忘心？一抔之土未乾，六尺之孤何託？」呼籲諸位勿忘初衷。據說武后本人讀至「一抔之土未乾，六尺之孤何託？」竟感嘆讓駱賓王流落不偶，是宰相之過；足見其愛才之心。再誘之以利：「倘能轉禍為福，送往事居，共立勤王之勳，無廢大君之命，凡諸爵賞，同指山河。」誘惑不成，復恫之以禍：如果眷戀小小的封邑，在歧路上徘徊觀望，錯失建功立業的良機，將來必遭受重責。最後，一語雙關道出：「請看今日之域中，竟是誰家之天下！」既謂李唐天下不該由武氏把持朝政，兼指義軍兵力最強，誰與爭鋒？（按：此文雖寫得慷慨激昂，頗能振奮人心，但徐敬業終究兵敗，被殺；駱賓王也因此不知所終。）

駱賓王〈討武曌檄〉

鐵騎成群討武曌

公等或居漢地，或叶周親，或膺重寄於話言，或受顧命於宣室，言猶在耳，忠豈忘心？一抔之土未乾，六尺之孤何託？倘能轉禍為福，送往事居，共立勤王之勳，無廢大君之命，凡諸爵賞，同指山河。

或居漢地：有的是分封各地的異姓功臣。／或叶周親：有的是血脈相連的李唐宗親。叶，通「協」，和也。／顧命：天子之遺召。／宣室：天子之正殿。／送往事居：告慰高宗在天之靈，並效忠於中宗皇帝。／勤王：起兵為皇室弭平亂事。／大君：天子，此指先帝高宗。

大考停看聽

你們有的是分封各地的異姓功臣，有的是血脈相連的李唐宗親，有的受到先帝口頭上的重託，有的曾在正殿拜受先皇的遺詔，平日說的話仍在耳邊，效忠之心豈能忘懷？先帝新喪墳土未乾，年幼的君主該託付給誰呢？如果能夠扭轉災禍為福祉，既可告慰先皇在天之靈，又能效忠於當今聖上，共同立下起兵為皇室弭平亂事的功勞，不致辜負先帝遺命，將來封爵受賞，一起指著山河立誓。

〈為徐敬業以武后臨朝移諸郡縣檄〉 簡稱〈討武曌檄〉

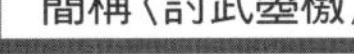

★弘道元年(683)十二月高宗駕崩，太子即位，尊武曌為皇太后。

★武后向來獨攬朝政大權，此時更變本加厲；不久，廢中宗為廬陵王，改立睿宗，仍不准皇帝親政。

・光宅元年(684)眉州刺史徐敬業聚眾十餘萬，以匡復廬陵王為名，於揚州起兵。

・駱賓王時為徐軍記室，作此文移諸郡縣，號召有志之士同仇敵愾，共討武后。

太宗(李世民)	40歲剛喪偶	52歲駕崩	〔按：太宗39歲時，長孫皇后崩〕		
武后(武 曌)	14歲入宮	26歲出家	28歲再入宮	34歲封后	60歲喪夫
	67歲稱帝	82歲駕崩			
高宗(李 治)	9歲剛喪母	21歲登基	23歲在位	29歲在位	55歲駕崩

1

首段痛斥武后的種種罪狀：
一、狐媚惑主，先為太宗才人，後為高宗皇后，穢亂後宮。
二、善妒工讒，迫害忠良，殺姊屠兄，弒君鴆母，天理不容。
三、干預朝政，幽禁中宗，親近奸邪小人，懷藏篡逆之心。

2

次段誇讚徐敬業義軍軍容之壯盛，兵強馬大，氣勢如虹，匡復大唐江山，指日可待。

3

末段要求各郡縣宗室同僚配合起義，合力討伐武后，迎立中宗復位。

☆申之以義：「公等或居漢地，或叶周親，或膺重寄於話言，或受顧命於宣室。」

☆動之以情：「言猶在耳，忠豈忘心？一抔之土未乾，六尺之孤何託？」

☆誘之以利：「倘能轉禍為福，送往事居，共立勤王之勳，無廢大君之命，凡諸爵賞，同指山河。」

☆恫之以禍：「若乃眷戀窮城，徘徊歧路，坐昧先機之兆，必貽後至之誅。請看今日之域中，竟是誰家之天下！」

UNIT 2-33 六軍不發無奈何，宛轉蛾眉馬前死

元和年間，陳鴻與白居易、王質夫三人同遊仙遊寺，談及唐玄宗、楊貴妃之遺事，相與感嘆。於是，白居易賦〈長恨歌〉，陳鴻為之作傳，即〈長恨歌傳〉。分開看，一為七言長篇敘事詩，一為歷史類傳奇小說，各自獨立；合而言之，可將陳傳視為白詩的小序，二篇實為一整體。

天下太平無事，玄宗讓高力士到處徵求美女，終於發現了美麗非凡的楊家女。白詩云：「漢皇重色思傾國，御宇多年求不得。楊家有女初長成，養在深閨人未識。天生麗質難自棄，一朝選在君王側。回眸一笑百媚生，六宮粉黛無顏色。」敘楊氏之嬌媚無比，豔冠後宮。陳傳云：「詔高力士潛搜外宮，得弘農楊玄琰女於壽邸，既笄矣。鬢髮膩理，纖穠中度，舉止閑冶，如漢武帝李夫人。」明揭楊氏出自壽邸，玄宗亂倫，父奪子妻，堪稱史筆，直書無隱。

玄宗以金釵、鈿盒與她定情，後封為貴妃。從此，貴妃專寵；楊氏一家皆蒙聖恩，無限尊榮。白詩云：「後宮佳麗三千人，三千寵愛在一身。金屋妝成嬌侍夜，玉樓宴罷醉和春。姊妹弟兄皆列土，可憐光彩生門戶。遂令天下父母心，不重生男重生女。」謂楊貴妃不但集三千寵愛於一身，連兄弟姊妹都沾了光，真是羨煞旁人！陳傳說楊貴妃：「蓋才智明慧，善巧便佞，先意希旨，有不可形容者焉。」她善於揣測君心，曲意承歡，才能獨得聖寵。不僅如此，「叔父昆弟皆列位清貴，爵為通侯。姊妹封國夫人，富埒王宮……。出入禁不問，京師長吏為之側目。」揭露楊氏一家恃寵而驕，目中無人，根本沒把王法、京官放在眼裡。時人敢怒不敢言，只能私下傳唱歌謠加以諷刺。

天寶末，堂兄楊國忠以丞相之尊，把持朝政，結果引起安史之亂。潼關失守，玄宗倉皇逃出長安，至馬嵬坡，禁軍請誅楊國忠，左右復請殺貴妃，玄宗只能眼睜睜看著愛妃送死。白詩云：「九重城闕煙塵生，千乘萬騎西南行。翠華搖搖行復止，西出都門百餘里；六軍不發無奈何，宛轉蛾眉馬前死。花鈿委地無人收，翠翹金雀玉搔頭。君王掩面救不得，回看血淚相和流。」陳傳則秉筆直書：「兄國忠盜丞相位，愚弄國柄。及安祿山引兵向闕，以討楊氏為辭。潼關不守，翠華南幸，……次馬嵬亭。六軍徘徊，持戟不進。……國忠……死於道周。……請以貴妃塞天下怒。……竟就絕於尺組之下。」

亂平後，玄宗退居西宮，日夜思念貴妃。派四川道士上天下地尋找其魂魄，終於在海外仙山見到她的芳蹤。貴妃將定情信物金釵、鈿盒各一半交給道士，並說出當年七夕的密誓：「在天願作比翼鳥，在地願為連理枝。」道士回報後，玄宗嘆息、感傷良久。相較於陳傳的史書筆法，白詩則以「天長地久有時盡，此恨綿綿無絕期」作收，側重於描寫兩人間至死不渝的淒美愛情。

白居易〈長恨歌〉

君王掩面救不得

九重城闕煙塵生，千乘萬騎西南行。翠華搖搖行復止，西出都門百餘里；六軍不發無奈何，宛轉蛾眉馬前死。花鈿委地無人收，翠翹金雀玉搔頭。君王掩面救不得，回看血淚相和流。

九重城闕：皇城。／煙塵生：指戰亂爆發。／翠華：皇帝的車蓋和旌旗。／都門：指長安的城門。／六軍：皇帝的禁衛軍。／宛轉：形容臨死前掙扎的樣子。／蛾眉：指楊貴妃。／花鈿：古代婦女的首飾。／翠翹金雀玉搔頭：翠翹、金雀，皆釵名。玉搔頭：即玉簪。都是古代婦女的首飾。

大考停看聽

從此皇城內外戰亂爆發，到處生起煙火和塵土，成千上萬的騎兵保護皇上往西南避難。皇上的車隊和旌旗走走停停，從西方離開京城大約一百多里路，禁衛軍要求懲治禍首不肯前進，皇上也莫可奈何，只能看著楊貴妃在馬前掙扎，然後被人縊死。看著她身上的花鈿、翠翹、金雀、玉簪全都散落在地，無人收拾。皇上遮著臉不忍看卻無法救她，再回頭時，貴妃已死，不禁血淚縱橫，傷痛欲絕。

★元和年間，陳鴻與白居易、王質夫三人同遊仙遊寺，談及唐玄宗、楊貴妃之遺事，相與感嘆。

★於是，白居易賦〈長恨歌〉，陳鴻為之作傳，即〈長恨歌傳〉。

陳鴻〈長恨歌傳〉	歷史類傳奇小說	詩前小序 + 詩	白居易〈長恨歌〉	七言長篇敘事詩

◆天下太平，玄宗讓高力士廣徵美女，發現了美麗的楊家女。

- 白詩云：「楊家有女初長成，……回眸一笑百媚生，六宮粉黛無顏色。」
- 陳傳云：「詔高力士潛搜外宮，得弘農楊玄琰女於壽邸，既笄矣。鬢髮膩理，纖穠中度，舉止閒冶，如漢武帝李夫人。」明揭楊氏出自壽邸，玄宗亂倫，父奪子妻，堪稱史筆，直書無隱。

◆玄宗以金釵、鈿盒與她定情，後封為貴妃。

- 白詩云：「後宮佳麗三千人，三千寵愛在一身。……姊妹弟兄皆列土，可憐光彩生門戶。」
- 陳傳說楊貴妃：「蓋才智明慧，善巧便佞，先意希旨，有不可形容者焉。」不僅如此，「叔父昆弟皆列位清貴，爵為通侯。姊妹封國夫人，富埒王宮……。出入禁不問，京師長吏為之側目。」揭露楊氏一家恃寵而驕，目無法紀。

◆天寶末，其堂兄楊國忠把持朝政，引起安史之亂。

- 白詩云：「九重城闕煙塵生，千乘萬騎西南行。……六軍不發無奈何，宛轉蛾眉馬前死。」
- 陳傳則秉筆直書：「兄國忠盜丞相位，愚弄國柄。及安祿山引兵向闕，以討楊氏為辭。潼關不守，翠華南幸，……次馬嵬亭。六軍徘徊，持戟不進。……國忠……死於道周。……請以貴妃塞天下怒。……竟就絕於尺組之下。」

◆亂平後，玄宗退居西宮，日夜思念貴妃。

- 白詩云：「為感君王展轉思，遂教方士殷勤覓。……中有一人字太真，……臨別殷勤重寄詞，詞中有誓兩心知：七月七日長生殿，夜半無人私語時：『在天願作比翼鳥，在地願為連理枝。』」
- 白詩以「天長地久有時盡，此恨綿綿無絕期」作收，側重於描寫至死不渝的淒美愛情。

UNIT 2-34 最是倉皇辭廟日，教坊猶奏別離歌

李煜（937～978），字重光，南唐中主李璟第六子。二十五歲，被立為太子，同年七月繼位，人稱「李後主」。初名從嘉，即位後，更名「煜」。他文采風流，多才多藝，十八歲時，與司徒周宗之女娥皇（大周后）成婚。周娥皇貌美多才，能歌善舞，夫妻倆志同道合，琴瑟和鳴。

大周后體弱，後逢幼子夭折，從此一病不起，乃至命喪黃泉。當大周后身體微恙，娘家讓妹妹入宮相伴，時值情竇初開的妹妹（小周后）竟與後主發生不倫戀。據後主〈菩薩蠻〉詞，敘小周后趁著夜色，「衩襪步香階，手提金縷鞋」，偷溜出寢宮，與姊夫幽會。

乙亥歲（975）十一月，金陵城陷，後主帥殷崇義等大臣肉袒出降。他原在宮中預備好柴薪，立誓社稷一旦失守，必定帶著直系親屬自焚，與國家共存亡。最後，卻決定開門降宋。南唐滅亡，後主君臣隨宋軍將領曹彬北歸，明年正月抵達汴京，宋太祖御明德樓受獻，封後主為違命侯。

一夕之間，他從一國之君淪為宋室戰俘，據《南唐書補注》引尤侗《西堂全集》載：「後主嘗寄書舊宮人云：『此中日夕，只以眼淚洗面。』而舊宮人入掖庭者，手寫佛經，為李郎資冥福。」可見他入宋後的處境，簡直生不如死，天天以淚洗面；所幸有舊宮人與他共患難，彼此相濡以沫。

另北宋王銍《默記》載：「小周后隨後主歸朝，封鄭國夫人，例隨命婦入宮。每一入，輒數日而出，必大泣，罵後主聲聞於外。」「例隨命婦入宮」，自然是供宋室皇親貴冑逞一時之慾，充當他們的玩物。後主見愛妻受此大辱，卻也莫可奈何。

他四十二歲七夕，填〈虞美人〉詞，舊時歌妓相與作樂、傳唱，為他慶賀生辰。據說宋太宗聽到「小樓昨夜又東風，故國不堪回首月明中」句，遂命心腹攜酒前往同賀。由於酒中含有劇毒，曲終人散後，後主突然暴斃。江南父老聞訊大慟，巷哭，設齋，以追悼故主。不久，小周后亦卒。

李後主詞以三十九歲降宋為界，分為前、後兩期：前期詞風溫馨浪漫，如〈玉樓春〉（晚妝初了明肌雪）敘宮廷宴樂之歡愉。上片描繪春夜歌舞的熱鬧，身為風流帝王，他觀賞歌舞，鳳簫要「吹斷」，《霓裳》要「重按」，沉浸在毫無節制的享樂中。下片描摹曲終醉歸之心滿意足，繁華宮宴後，還要感受月光下信馬奔馳的清幽寧靜。

後期他將亡國血淚化作一闋闋悽愴動人的詞章，傳達出帝王詞人無節制的傷痛，如〈破陣子〉（四十年來家國），乃歸宋後，追憶當時辭廟被俘之作。上片從時間與空間具體勾勒出金陵故國的輪廓，三代帝王基業，江南秀麗之地，物阜民豐，內含無限眷戀之情。下片敘今日為囚的悲哀，無論身心皆飽受折磨，形體憔悴，愁思縈繞。「最是倉皇辭廟日，教坊猶奏別離歌。」再想到肉袒出降之日，辭廟拜別列祖列宗，教坊還演奏別離歌曲，他與宮娥們揮淚道別，真是情何以堪！

李煜〈破陣子〉

血淚斑斑亡國恨

四十年來家國，三千里地山河。鳳閣龍樓連霄漢，玉樹瓊枝作煙蘿，幾曾識干戈？　一旦歸為臣虜，沈腰潘鬢銷磨。最是倉皇辭廟日，教坊猶奏別離歌，揮淚對宮娥。

四十年：南唐自先主昪元元年（937）開國，至乙亥歲（975）後主降宋，凡三十九年；舉其成數曰四十。／三千里地：南唐共三十五州，占地約三千里之廣。／煙蘿：形容草木茂密，如煙聚蘿纏。／干戈：指戰亂。／沈腰：用南朝沈約老病腰圍日瘦，上書辭官之典；借指形體憔悴。／潘鬢：出自潘岳〈秋興賦〉：「斑鬢髮以承弁兮。」指內心憂愁。

大考停看聽

南唐故國擁有近四十年的悠久歷史、約三千里的錦繡河山。雕龍鏤鳳的華麗樓閣高聳入雲，直抵天漢；奇花異木蓊鬱而茂密，如煙聚蘿纏。承平日久，何時見識過征戰殺伐的場面？　我一朝從一國之君淪為宋室戰俘，如沈約形體備受折磨，似潘岳心靈飽受煎熬。最倉促、惶恐的是亡國向宗廟辭行的那天，教坊還演奏離別的歌曲，我頻頻拭淚向宮女們道別。

★李煜（937～978），字重光，中主李璟第六子。初名從嘉，即位後，更名「煜」。

★他文采風流，多才多藝。二十五歲，被立為太子；同年七月嗣位，即南唐後主。

十八歲

與司徒周宗之女娥皇成婚。二人志同道合，琴瑟和鳴。

大周后身體微恙時，妹妹入宮相伴，後主竟與情竇初開的妻妹（小周后）發生不倫戀。

後主〈菩薩蠻〉詞，敘小周后趁著夜色，「衩襪步香階，手提金縷鞋」，偷溜出寢宮，與姊夫幽會。

乙亥歲（975）十一月

金陵城陷，後主帥殷崇義等肉袒出降

★他在宮中預備柴薪，立誓與國家共存亡。後卻開門降宋。

★後主君臣隨宋軍北歸，明年正月抵汴京，受封為違命侯。

入宋後，俘虜生涯

★後主生不如死，天天以淚洗面；所幸有舊宮人與他相濡以沫。

★小周后淪為宋室貴族逞一時之慾的玩物，後主卻也莫可奈何。

四十二歲七夕，歡慶生日

★後主填〈虞美人〉詞，與舊時歌妓一起傳唱，慶賀四十二歲生辰。

★宋太宗命心腹攜酒同賀；由於酒中含劇毒，曲終人散，後主暴斃。

★江南父老聞訊大慟，巷哭，設齋，以追悼故主。不久小周后亦卒。

UNIT 2-35 微先生不能成光武之大，微光武豈能遂先生之高？

據范曄《後漢書・逸民列傳》記載：嚴光（字子陵）與漢光武帝劉秀年少時相識於長安太學，後來劉秀起兵剿滅莽賊，中興漢室，成為東漢的開國皇帝；嚴光從此隱姓埋名，避不見面。光武帝素知嚴光賢能，千方百計尋他出來作官。好不容易把人請到京城，嚴光卻堅持不入宮晉見。光武帝笑著說：「狂奴故態也！」只好親自來看他。嚴光知道皇帝要來，故意躺在床上裝睡；光武帝摸摸他的肚子，說：「咄咄子陵，不可相助為理邪？」嚴光回答：「昔唐堯著德，巢父洗耳。士故有志，何至相迫乎？」藉由堯想禪位於許由，許由跑到潁水濱洗耳的典故，暗示自己志不在此，何必勉強？光武帝於是嘆息著登車離去。

後來，光武帝以老同學的身分邀請嚴光進宮敘舊，相談甚歡。當晚，兩人同榻而眠。嚴光跟從前一樣，睡夢中竟將腳跨到皇帝肚子上。隔天早朝時，太史慌張來報：「臣夜觀星象，發現有客星冒犯帝座。」光武帝哈哈大笑說：「是朕的老友嚴光睡相不好而已，大家不必緊張！」

范仲淹〈桐廬郡嚴先生祠堂記〉一文，作於仁宗天聖年間。作者因事貶為睦州知州，特地到所轄桐廬郡昔日嚴光垂釣處，修建了這座祠堂。值得一提的是，嚴光本姓「莊」，但因光武帝之子劉陽後改名「劉莊」，即漢明帝。後世為了避諱，而稱莊光為嚴光。

全文可分為三段：首段敘嚴光和光武帝以道義互相彰顯對方。文中化用《孟子・萬章下》：「伯夷，聖之清者也；……孔子，聖之時者也。」形容光武帝取得做皇帝的契機，君臨天下，統治萬民，有誰能超過他呢？只有嚴光用氣節來尊崇他。而嚴光做到了聖人的清高，歸隱江湖，敝屣富貴，有誰能超過他呢？只有光武帝以禮節來敬重他。

次段借用《易經》卦爻辭，突顯出這一對互相幫襯的老同學。據《易經・蠱卦・上九》爻辭：「眾方有為，而獨『不事王侯，高尚其事。』」來歌頌嚴光的清高。再據《易經・屯卦・初九》爻辭：「陽德（帝德）方亨（正旺盛時），而能『以貴下賤，大得民也。』」來讚美光武帝的大器。他說：嚴光的清高，超乎日月之上；光武帝的氣度，包攬天地之外。因此，「微先生不能成光武之大，微光武豈能遂先生之高哉？」沒有嚴光，不能成就光武帝的大器；沒有光武帝，又怎能成就嚴光的清高呢？他倆真是相輔相成，相得益彰。然後點出嚴光的清高形象，可以讓貪婪的人變清廉、懦弱的人學自立，這對於維護禮儀教化功不可沒！

末段說明作記緣由。作者除了建祠堂祭祀嚴光，還免除其後人四家的賦稅、勞役，讓他們專心處理祠堂的事。最後作一首歌，以紀念嚴光：「雲山蒼蒼，江水泱泱；先生之風，山高水長！」本文言短意長，看似簡略，實則化用史事、掌故於無形，深入淺出，包含宏富，孺慕之情、永懷之思，無不瀰漫於字裡行間。

范仲淹〈桐廬郡嚴先生祠堂記〉

不事王侯品自高

先生，漢光武之故人也。相尚以道。及帝握赤符，乘六龍，得聖人之時，臣妾億兆，天下孰加焉？惟先生以節高之。既而動星象，歸江湖，得聖人之清，泥塗軒冕，天下孰加焉？惟光武以禮下之。

故人：老同學。／相尚以道：以道義互相彰顯對方。／赤符：即〈赤伏符〉，上有讖文，預言劉秀稱帝之事。／乘六龍：指即天子之位。／聖人之時：本指孔子是能隨時機而進退的聖者，此借為取得做皇帝的時機。／加：超過。／聖人之清：本指伯夷義不食周粟，餓死於首陽山；此借來形容嚴光不受官爵、歸隱江湖的清高。／泥塗軒冕：鄙視富貴也。

大考停看聽

嚴先生，是漢光武帝的老同學。他倆以道義互相彰顯對方。等到光武帝接受〈赤伏符〉，如乘六龍上天，得到做皇帝的時機而即位，統治萬民，天下有誰能超過他呢？只有嚴先生用氣節來尊崇他。不久，嚴先生與光武帝同床共臥，驚動了星象，後來回到富春江畔隱居，做到了聖人的清高，鄙視富貴功名，天下有誰能超過他呢？只有光武帝以禮節來敬重他。

★嚴光，字子陵，與漢光武帝劉秀相識於長安太學。
★後劉秀起兵剿莽，中興漢室，成為東漢開國皇帝。
★嚴光從此避不見面。光武帝一心想尋他出來作官。

- 好不容易把人請到京城，嚴光卻堅持不入宮晉見。
- 光武帝說：「這狂妄的小子，怎麼還是老樣子？」
- 光武帝親自來看嚴光，嚴光卻故意躺在床上裝睡。

★光武帝請嚴光進宮敘舊，兩人同榻而眠。
★嚴光睡夢中，不慎將腳跨到皇帝肚子上。
★早朝時，太史來報：「客星犯御坐甚急。」
★光武帝大笑說：「朕故人嚴子陵共臥耳。」

1

◆首段敘嚴光和光武帝以道義互相彰顯對方

- 文中化用《孟子・萬章下》：「伯夷，聖之清者也；……孔子，聖之時者也。」形容光武帝取得做皇帝的契機，君臨天下，統治萬民，有誰能超過他呢？只有嚴光用氣節來尊崇他。而嚴光做到了聖人的清高，歸隱江湖，敝屣富貴，有誰能超過他呢？只有光武帝以禮節來敬重他。

2

◆次段借用《易經》卦爻辭，突顯出這一對互相幫襯的老同學

- 據《易經・蠱卦・上九》爻辭：「眾方有為，而獨『不事王侯，高尚其事。』」來歌頌嚴光的清高。
- 再據《易經・屯卦・初九》爻辭：「陽德方亨，而能『以貴下賤，大得民也。』」來讚美光武的大器。

3

◆末段說明作記緣由

- 作者除了建祠堂祭祀嚴光，還免除其後人四家的賦稅、勞役，讓他們專心處理祠堂的事。

UNIT 2-36 憂勞可以興國，逸豫可以亡身

「五代」(907～960) 指唐、宋之間建立於中國北方的五個朝代：後梁、後唐、後晉、後漢、後周；與此同時南方有十個並列的小國，史稱「十國」。五代十國是個動盪的時代，北方大致仍維持統一，政權依序遞嬗，相對國力較強，故被史家視為正統；南方十國同時並存，如後蜀孟氏、南唐李氏等終究難逃被北方大朝消滅的命運。由於宋人薛居正著有《五代史》，歐公晚年亦撰成一部記錄五代歷史的著作，原名《五代史記》。後世遂稱薛書為《舊五代史》，歐記為《新五代史》。前者以史料豐富著稱，後者以行文簡潔見長，各具特色，因此薛、歐二史並傳於世。

歐陽脩〈五代史伶官傳序〉一文，節選自《新五代史‧伶官傳》，是〈伶官傳〉的序文，標題為後人所加。旨在藉由傳中所記後唐莊宗李存勖（音「序」）寵幸伶官敬新磨、景進、郭從謙等人，最後導致「身死國滅」的史實，闡明「憂勞可以興國，逸豫可以亡身」的歷史教訓。

全文可分為四段：首段先提出中心論點：「盛衰之理，雖曰天命，豈非人事哉？」藉後唐莊宗所以得天下、失天下的史事，強調國家盛衰的關鍵在於「人事」，而非「天命」。

次段敘後唐莊宗早年奮發圖強，繼承父志，所以盛極一時。話說當年晉王李克用臨終前賜給兒子李存勖「三矢」，並交代他：「梁，吾仇也；燕王，吾所立；契丹，與吾約為兄弟，而皆背晉以歸梁。」是說梁王朱溫、燕王劉仁恭、契丹主都背叛了晉王李克用，所以留給兒子李存勖三支箭，希望他別忘了父親的遺恨。李存勖於是將「三矢」藏在宗廟裡。其後每次出兵作戰，他都派一名屬官帶著一副少牢（以豬、羊為牲禮）到宗廟請出箭來，裝在錦囊裡，背著在軍隊前面當先鋒，等打了勝仗，再把箭放回宗廟。

三段概括後唐莊宗一生成敗得失，皆繫於「人事」之上。正當他用繩子綑綁燕王父子，又用木匣盛裝梁國君臣的頭顱，向先王稟告大仇已報時，是多麼意氣風發！等到平定天下後，只因一個軍士在夜裡一聲呼喊，各地叛兵竟四處響應；他倉皇東逃，尚未見到賊兵，士卒已經四散，潰不成軍；途中幾個臣子指天斷髮，誓死效忠，君臣相對，淚溼衣襟，又是何等頹喪啊！進而推敲其成敗的根源，正是人為因素所造成。

末段總結後唐莊宗由盛而衰的經驗教訓，看他從「舉天下之豪傑，莫能與之爭」，到「數十伶人困之，而身死國滅為天下笑」的際遇，歸納出「憂勞可以興國，逸豫可以亡身」、「禍患常積於忽微，而智勇多困於所溺」的結論。從後唐莊宗矢志復仇，發憤圖治之盛況，到為伶官所圍困，身亡國滅的慘狀，都是由於「人事」。藉此呼籲為政者以史為鑑，務必防微杜漸，力戒驕傲自滿、沉湎放縱！這正是歐公作〈伶官傳〉的用意所在。

歐陽脩〈五代史伶官傳序〉

盛衰關鍵在人事

《書》曰：「滿招損，謙受益。」憂勞可以興國，逸豫可以亡身，自然之理也。故方其盛也，舉天下之豪傑，莫能與之爭；及其衰也，數十伶人困之，而身死國滅為天下笑。夫禍患常積於忽微，而智勇多困於所溺，豈獨伶人也哉？作〈伶官傳〉。

《書》：偽古文《尚書・大禹謨》。／逸豫：安逸享樂。／舉：全、所有。／身死國滅：指李嗣源叛變後，伶官郭從謙跟著作亂，也率部下殺進宮，後唐莊宗李存勗於亂軍中，中流矢身亡。／忽微：極細小的事物。忽，一寸的十萬分之一。微，一寸的百萬分之一。／所溺：所迷戀的人、事、物。

大考停看聽

《書經》記載：「驕傲自滿將招致損害，謙虛退讓才能得到益處。」憂思勞動可以讓國家興盛，安逸享樂足以使人喪生，這是自然的道理。所以正當後唐莊宗興盛的時候，全天下的英雄豪傑，沒有人能與他對抗；等到他衰敗時，幾十個伶人包圍困住他，就使他身死國亡，被天下人所取笑。災禍憂患經常是由極細微的事物累積出來，而有智慧又勇敢的人多半會受困於他所迷戀的人、事、物，哪裡只有伶人才會使人這樣呢？因此作〈伶官傳〉。

1

◆首段先提出中心論點：「盛衰之理，雖曰天命，豈非人事哉？」

・藉後唐莊宗所以得天下、失天下的史事，強調國家盛衰的關鍵在於「人事」，而非「天命」。

2

◆次段敘後唐莊宗早年奮發圖強，繼承父志，所以盛極一時。

・當年其父臨終前賜給莊宗「三矢」說：「梁，吾仇也；燕王，吾所立；契丹，與吾約為兄弟，而皆背晉以歸梁。」叮囑他別忘了替父親報仇。莊宗將「三矢」藏在宗廟裡。其後每次作戰都請出箭來，背著在軍隊前面當先鋒，等打了勝仗，再把箭放回宗廟。

3

◆三段概括後唐莊宗一生成敗得失，皆繫於「人事」之上。

・正當他用繩子綑綁燕王父子，又用木匣盛裝梁國君臣的頭顱，向先王稟告大仇已報時，是多麼意氣風發！

・等到平定天下後，只因一個軍士在夜裡一聲呼喊，各地叛兵竟四處響應；他倉皇東逃，尚未見到賊兵，士卒已經四散，潰不成軍；途中幾個臣子指天斷髮，誓死效忠，君臣相對，淚溼衣襟，又是何等頹喪啊！

4

◆末段總結後唐莊宗由盛而衰的經驗教訓，看他從「舉天下之豪傑，莫能與之爭」，到「數十伶人困之，而身死國滅為天下笑」的際遇，歸納出「憂勞可以興國，逸豫可以亡身」、「禍患常積於忽微，而智勇多困於所溺」的結論。

UNIT 2-37
賂秦而力虧，破滅之道也

蘇洵〈六國論〉一文，闡明六國滅亡的原因：「弊在賂秦」，問題出在他們紛紛割地向秦國求和。表面上是一篇史論文章，其實作者有意借史託諷，間接表達其政治主張。文中暗喻當時的國家處境，北宋何嘗不是怯戰？不時向遼國、西夏割地賠款、稱臣納貢，以求得一時之苟安。「賂秦而力虧，破滅之道也。」六國因此相繼亡國，殷鑑不遠，為政者當引以為戒，切莫重蹈覆轍！

全文可分為五段，首段一針見血指出：「六國破滅，非兵不利，戰不善，弊在賂秦。」可見六國覆亡的根本原因，不在於戰力懸殊，而在於爭相割地賄賂暴秦。接著，明揭「不賂者以賂者喪，蓋失強援，不能獨完」，連帶受害的是那些堅持不割地賂秦的國家，因為失去強而有力的奧援，使他們也無法獨自保全，跟著一一衰亡。

次段正面立說，再度強調「秦之所大欲，諸侯之所大患，固不在戰矣。」而在於割地賂秦。「今日割五城，明日割十城，然後得一夕安寢。起視四境，而秦兵又至矣。」生動描寫出各國苟且偷安、暴秦貪得無厭的心態。然而，諸侯之地有限，秦國的野心無限，「奉之彌繁，侵之愈急」，各國割讓愈多的土地，秦國侵略就愈加急迫，所以用不著真正開戰，誰勝誰負立刻見分曉。誠如古人所說：「以地事秦，猶抱薪救火，薪不盡，火不滅。」同理，諸國的土地未割盡，暴秦也絕不會善罷干休。

三段反面論述齊、燕、趙雖不賂秦而難逃覆亡之因：齊人跟秦國交好，不助五國，終究孤立無援，無法倖免。燕、趙之君堅持不賂秦，燕雖小國而後亡，趙、秦交戰五次，兩敗三勝，戰果輝煌。後來，燕太子丹派荊軻行刺失敗，才招致滅亡；趙因大將李牧受誣陷而死，邯鄲（趙都）才淪為秦國的郡縣。因而引出一段假設之論：「向使三國各愛其地，齊人勿附於秦，刺客不行，良將猶在，則勝負之數，存亡之理，當與秦相較，或未易量。」也許六國團結抗秦，不割地賂秦，不貿然行刺，任用良將，背水一戰，一切仍大有可為。

四段緊扣割地賂秦之中心思想，從六國的立場出發，提出具體抗秦之策：「以賂秦之地，封天下之謀臣；以事秦之心，禮天下之奇才；並力西嚮（通『向』），則吾恐秦人食之不得下咽也。」與其割地賂秦，不如以土地封賞謀臣；與其卑屈事秦，不如竭誠禮賢下士；只要六國團結一致，戮力西向，恐怕暴秦也莫可奈何，何必畏其淫威？

末段終於點明本文主旨：「夫六國與秦皆諸侯，其勢弱於秦，而猶有可以不賂而勝之之勢。苟以天下之大，而從六國破亡之故事，是又在六國下矣！」原來作者意在借古諷今，呼籲當局當以史為鑑：六國國力不如暴秦，只要正視問題的癥結所在，不心存苟且，還有取勝的機會。何況以天下之廣大，如果還一味畏戰求和，甚至步上六國敗亡的後塵，那就遠遠不如六國了！

蘇洵〈六國論〉

借古諷今論六國

六國破滅，非兵不利，戰不善，弊在賂秦。賂秦而力虧，破滅之道也。或曰：「六國互喪，率賂秦耶？」曰：「不賂者以賂者喪，蓋失強援，不能獨完，故曰弊在賂秦也。」

兵：兵器。／賂秦：賄賂秦國；指割地向秦國求和。賂，音「路」，賄賂也。／或曰：有人說。／率：皆、都。／完：保全。

大考停看聽

六國的滅亡，不是他們兵器不銳利，戰略不精良，問題出在紛紛割地向秦國求和。他們為了賄賂秦國而虧損自己的力量，這就是滅亡的主因。有人說：「六國一個接著一個滅亡，難道全部都是賄賂秦國嗎？」作者說：「不賄賂秦國的國家因為賄賂秦國的國家而滅亡，因為不賄賂秦國的國家失去了強而有力的外援，不能獨自保全，所以說問題就出在賄賂秦國。」

1

◆首段一針見血指出：六國覆亡的主因，在於爭相割地賄賂暴秦。

2

◆次段**正面立說**，再度強調割地賂秦，「猶抱薪救火，薪不盡，火不滅。」同理，諸國的土地未割盡，暴秦也絕不會善罷干休。

3

◆三段**反面論述**齊、燕、趙雖不賂秦而難逃覆亡之因：齊人跟秦國交好，不助五國，終究孤立無援。燕太子丹派荊軻行刺失敗，才招致滅亡；趙因大將李牧受誣陷而死，邯鄲才淪為秦國的郡縣。

・因而引出一段假設之論：如果齊人不依附強秦，燕國不派刺客行刺，趙國良將猶在，那麼還可與秦國一較勝負。

4

◆四段緊扣割地賂秦之中心思想，從六國的立場出發，提出具體抗秦之策：「以賂秦之地，封天下之謀臣；以事秦之心，禮天下之奇才；並力西嚮，則吾恐秦人食之不得下咽也。」

5

◆末段終於點明本文主旨：「夫六國與秦皆諸侯，其勢弱於秦，而猶有可以不賂而勝之之勢。苟以天下之大，而從六國破亡之故事，是又在六國下矣！」

・暗喻當時國家處境，北宋何嘗不是怯戰？不時向遼國、西夏割地賠款、稱臣納貢，以求得一時之苟安。六國因此相繼亡國，殷鑑不遠，為政者當引以為戒，切莫重蹈覆轍！

本文中心思想，謂六國滅亡，「弊在賂秦」。所以正面立說，論割地賄賂強秦，加速滅亡的國家；反面論述，則寫不賂秦之國，卻因六國不能團結，終將難逃亡國厄運。

UNIT 2-38

天下未嘗無賢者，蓋有有臣而無君者矣！

蘇洵〈管仲論〉，是一篇典型的翻案文章。管仲相齊，輔佐桓公尊王室，攘夷狄，九合諸侯，一匡天下；其功績向來為人所稱道，連孔子都曾說：「微管仲，吾其被髮左衽矣！」(《論語・憲問》)肯定他尊王攘夷的功勞。但本文卻著眼於管仲臨死前未能薦舉賢者自代，以致齊國發生內亂，批評他「不知本（不懂得謀劃人事）」。闡發正因為小人層出不窮，所以唯有致力於挖掘賢佐，以壓制小人，才是正本清源之道。

通篇可分為四段：首段提出用人得當與否是國家興衰的關鍵。管仲生前，固然使齊國富強安定，但他死後，卻讓政局陷入長期動盪。作者認為齊國之治，功在鮑叔曾向桓公力薦管仲；而齊國之亂，管仲未能舉賢，責無旁貸。

次段指責管仲不懂得謀劃人事。當他重病時，桓公問有誰可以繼任相位，他只說不可以接近豎刁、易牙、開方三人而已，並沒有為國舉賢。明知桓公的個性，一旦缺乏賢士輔佐，必然會重用這三個人，國家必定因此步上衰途。「夫齊國不患有三子，而患無仲。有仲，則三子者，三匹夫耳；不然，天下豈少三子之徒？」只要有像管仲這樣的賢者在位，此三人何足懼？天下的小人又何足懼？他們根本沒機會作威作福！進而抨擊管仲「不知本」，未能「舉天下賢者以自代」，他才是齊國大亂的始作俑者。

三段以「春秋五霸」之齊桓公、晉文公相比，指出晉文公君臣都比不上齊桓公和管仲，但是文公離世後，晉國還能承襲文公餘威，做了百餘年諸侯的盟主；不像管仲一死，齊國便動盪不安，這是不能重用賢才的緣故。「夫天下未嘗無賢者，蓋有有臣而無君者矣！」天下不愁沒有賢士，而愁沒有明主去聘用他們。「親小人，遠賢才」，正是齊國在管仲死後一蹶不振的主因。

蘇洵文章頗受《戰國策》影響，自不免沾染了縱橫家信口開河之惡習。如「文公之才，不過桓公，其臣又皆不及仲。」與史實不符。據《左傳》記載，文公為避驪姬之禍，流亡列國十九年，忍辱負重，恩怨分明，終能返晉執政，不失為一代英主；其從臣如狐偃、趙衰、子犯等亦皆老成持重之輩，絕非如文中所言。反觀桓公因怒少姬改嫁而襲蔡，又想背棄與曹沫之約，幸賴管仲施展靈活的外交手腕，才免於鑄成大錯；而管仲雖然助桓公成就霸業，卻未能致君於王道，故孔子譏其器識狹小。可見蘇洵之論據尚有待斟酌。

末段藉由衛國史鰌死後「屍諫」靈公「進蘧伯玉而退彌子瑕」；蕭何將死，保舉曹參接替相位；點出「賢者不悲其身之死，而憂其國之衰」，用以質疑管仲非真正的賢士，故其人、其書均無足為觀。他還沒完成交棒的任務，怎能就這樣死去？本文以邏輯縝密著稱，如吳楚材《古文觀止》云：「立論一層深一層，引證一段緊一段，似此卓識雄文，方能令古人心服。」

蘇洵〈管仲論〉

不悲其身憂其國

齊之治也，吾不曰管仲，而曰鮑叔；及其亂也，吾不曰豎刁、易牙、開方，而曰管仲。何則？豎刁、易牙、開方三子，彼固亂人國者，顧其用之者桓公也。夫有舜而後知放四凶，有仲尼而後知去少正卯。彼桓公何人也？顧其使桓公得用三子者，管仲也。

顧：但是。／四凶：指共工、驩兜、三苗和鯀四人。／少正卯：春秋時魯國大夫，亂政；孔子為魯相，誅之。

大考停看聽

齊國的安定，我不認為是因為管仲的功勞，而是鮑叔；至於齊國的動亂，我不認為是豎刁、易牙、開方所造成，而是管仲。為什麼呢？豎刁、易牙、開方三人，他們固然是擾亂國家的人，但任用他們的是桓公。從前有舜這樣的明主，然後才知道要放逐共工、驩兜、三苗、鯀四位禍國元凶；有孔子這樣的賢臣，然後才曉得要殺掉亂政的少正卯。那桓公是怎樣的人？反觀桓公會重用這三人，都是由於管仲的緣故。

- 管仲相齊，輔佐桓公尊王攘夷，九合諸侯，一匡天下。
- 孔子都肯定他的功勞：「微管仲，吾其被髮左衽矣！」。

☆本文卻因管仲臨死未舉賢者自代，批評他「不知本」。

1

◆首段，提出用人得當與否是國家興衰的關鍵。

- 管仲生前，固然使齊國富強安定，但他死後，卻讓政局陷入長期動盪。
- 作者認為齊國之治，功在鮑叔力薦管仲；齊國之亂，在管仲未能舉賢。

2

◆次段，指責管仲不懂得謀劃人事。

- 管仲重病時，只告訴桓公不可接近豎刁、易牙、開方三人，並沒有為國舉賢。
- 管仲明知桓公一旦缺乏賢士輔佐，必然重用這三人，國家必定因此步上衰途。
- 抨擊管仲「不知本」，未「舉天下賢者以自代」，他才是齊國大亂的始作俑者。

3

◆三段，以「春秋五霸」之齊桓公、晉文公相比。

- 指出晉文公君臣都比不上齊桓公和管仲，但是文公離世後，晉國還能承襲文公餘威，做了百餘年諸侯的盟主；不像管仲一死，齊國便動盪不安，這是不能重用賢才的緣故。

4

◆末段，藉由衛國史鰌死後「屍諫」靈公「進蘧伯玉而退彌子瑕」；蕭何將死，保舉曹參接替相位；點出「賢者不悲其身之死，而憂其國之衰」，以質疑管仲非真正的賢士，故其人、其書均無足為觀。

作文一點靈

評鑑賞析

本文雖為一篇史論文章，但仍有與史實不相符之處，如「文公之才，不過桓公，其臣又皆不及仲。」一、據《左傳》記載，文公為避驪姬之禍，流亡列國十九年，忍辱負重，恩怨分明，終能返晉執政，不失為一代英主。二、文公的從臣如狐偃、趙衰、子犯等亦皆老成持重之輩，絕非如文中所言，他們的才能比不上管仲。可見蘇洵文章頗受到《戰國策》影響，不免沾染了縱橫家信口開河之惡習。

UNIT 2-39
子貢雖好辯，詎至於此邪？

王安石〈子貢論〉一文，據《史記・仲尼弟子列傳》記載，齊國將出兵攻打魯國，孔子為了保存自己的國家，派子貢遊說各國，終於促成吳國聯越、伐齊、救魯。十年之中，使齊國動亂、吳國滅亡、晉國強大、越國稱霸，由於整個國際情勢的改變，而保全了魯國。王安石認為，這不該是孔子、子貢等儒者會做出來的事，不然，和張儀、蘇秦等靠一張嘴遊說列國的縱橫家有何差別？故而作此文，試圖為這段歷史傳聞翻案。

子貢（520B.C. ～ 446B.C.），複姓端木，名賜，字子貢，春秋末衛國人。孔子的得意門生，為孔門十哲之一，以言語聞名。其人口才特佳，處世通達，且以經商致富，家累千金之財。曾出任魯相、衛相，最後卒於齊國。據《論語・公冶長》記載：子貢曾問孔子：「賜也何如？」孔子回答：「女，器（器皿）也。」「何器？」「瑚璉也。」認為他是宗廟祭祀時盛放黍稷的瑚璉，華美而貴重。但孔子明明說過：「君子不器。」（《論語・為政》）強調君子不該像器皿一樣只限於一種用途，可見不認為他是個才德兼備的君子。

通篇可分為三段，首段開門見山點明子貢遊說以存魯事之虛妄，並以「所謂儒者，用於君則憂君之憂，食於民則患民之患，在下而不用則修身而已」進行論述。再舉大禹治水三過家門而不入、顏回窮居陋巷獨善其身為例，均因天下局勢不同所致。如生在禹之時，而有顏回之作風，便成了自私自利的楊朱；若處顏回之世，而有禹之勤勉，則與摩頂放踵的墨翟何異？那都不是儒者應有的作為。此外，儒者在「憂君之憂，患民之患」的同時，也必以道義為依歸，他們才不屑於用不義的手段「釋君之憂，除民之患」！

次段力斥《史記》所載，孔子遣子貢遊說各國，使五國交兵，或強或破，或亂或霸，卒以存魯之說。文中提出「三妄」，加以辯駁：一、孔子向來主張「己所不欲，勿施於人。」怎會為了保全自己的祖國，而去損害齊人、吳人的國家呢？二、當時孔子、子貢都不過是一介平民，怎會如此大費周章去干預國事，而與顏回的作法完全不同？三、先人墳墓所在的祖國，固然為君子所重視，但身為儒者凡事「依於仁，行於義」，又「豈可以變詐之說亡人之國，而求自存哉？」子貢應該不會做出這樣的事來，何況孔子怎麼可能指使他這麼做呢？

末段引述太史公之言：「學者多稱七十子之徒，譽者或過其實，毀者或損其真。」用來為本文觀點背書。連司馬遷自己都在論贊中指出：後人談論孔門弟子的事跡，本來就不夠客觀，稱讚往往語過其實，詆毀亦常常破壞真相。然後得出「子貢雖好辯，詎至於此邪？亦所謂毀損其真者哉」的結論，在在證明子貢是一名儒者，絕不可能做出如此違反儒家思想的事，一切都出自後世學者的詆毀，絕非史實真相！

王安石〈子貢論〉

憂君之憂除民患

觀其言，跡其事，儀、秦、軫、代，無以異也。嗟乎！孔子曰：「己所不欲，勿施於人。」己以墳墓之國而欲全之，則齊、吳之人，豈無是心哉？奈何使之亂歟？吾所以知傳者之妄。

跡：動詞，考察其實跡。／儀、秦、軫、代：張儀、蘇秦、陳軫、蘇代，皆戰國縱橫家。／「己所不欲，勿施於人」：語出《論語．顏淵》，謂自己不想做的事，就別強加在他人身上。

大考停看聽

觀察他的言論，考察他的事跡，與張儀、蘇秦、陳軫、蘇代等縱橫遊說的策士並無差別。哎呀！孔子曾說：「自己不想做的事，就別強加在他人身上。」因為自己置身先人墳墓所在的祖國而想保存它，那麼齊國、吳國人民難道沒有這樣的心思嗎？為何要讓這些國家陷入動亂？我因此知道是傳說者信口胡言。

子貢（520B.C.～446B.C.），複姓端木，名賜，字子貢，春秋末衛國人。孔門弟子，以言語聞名。經商致富，家累千金之財。曾出任魯相、衛相，最後卒於齊國。

《史記．仲尼弟子列傳》

★齊國將出兵攻打魯國，孔子為了保存自己的國家，派子貢遊說各國，終於促成吳國聯越、伐齊、救魯。

★十年之中，使齊國動亂、吳國滅亡、晉國強大、越國稱霸，由於整個國際情勢的改變，而保全了魯國。

王安石認為，這不該是孔子、子貢等儒者會做的事，不然，和張儀、蘇秦等靠一張嘴遊說列國的縱橫家有何差別？

☆翻案文章，是議論文的一種，根據約定俗成的觀點，無論對歷史人物、事件的評價，或對現實人事的見解等，徹底推翻前人之說，而提出一己的看法，彷彿法官為訴訟案件翻案一般。

1

◆首段點明子貢遊說以存魯事之虛妄。

- 「所謂儒者，用於君則憂君之憂，食於民則患民之患，在下而不用則修身而已。」
- 再舉大禹治水三過家門而不入、顏回窮居陋巷獨善其身為例，均因天下局勢不同所致。
- 此外，儒者必以道義為依歸，不屑於用不義的手段「釋君之憂，除民之患」。

2

◆次段力斥孔子遣子貢遊說各國，使五國交兵，或強或破，或亂或霸，卒以存魯之說。

- 文中提出「三妄」，加以辯駁：

一、孔子主張「己所不欲，勿施於人。」怎會為了保全自己的祖國，去損害齊人、吳人的國家？

二、當時孔子、子貢不過是一介平民，怎會如此大費周章去干預國事，與顏回的作法完全不同？

三、儒者「豈可以變詐之說亡人之國，而求自存哉？」子貢不會做出這樣的事，何況受到孔子的指使去做呢？

3

◆末段得出「子貢雖好辯，詎至於此邪？亦所謂毀損其真者哉」的結論。因為子貢是一名儒者，絕不可能做出如此違反儒家思想的事，一切都出自後世學者的詆毀。

UNIT 2-40 孟嘗君特雞鳴狗盜之雄耳，豈足以言得士？

據《史記・孟嘗君列傳》記載：齊湣王二十五年（276B.C.），孟嘗君奉命出使秦國。秦昭王非常賞識他，立刻拜他為相；大臣紛紛進諫說：「孟嘗君賢，而又齊族也。今相秦，必先齊而後秦，秦其危矣！」秦王一聽頗有道理，於是免除其相位，將他囚禁起來，並打算殺了他。

情急之下，隨行門客跑去求秦王的寵姬幫忙。寵姬要求得到那件價值千金的狐白裘，才肯出手營救孟嘗君。但那件天下獨一無二的狐白裘，早在入秦時已經獻給秦王了。正當眾門客苦無對策之際，其中一名專門扮狗為盜的食客，自告奮勇連夜潛入秦宮，神不知、鬼不覺偷出了狐白裘，獻給寵姬。在寵姬的關說下，孟嘗君被放了出來，一行人火速離開秦國。秦王剛釋放孟嘗君便後悔了，於是下令重兵追捕。

孟嘗君等人的車隊行經函谷關時，已近三更。依秦令：天一黑，即緊閉關門；直到隔日破曉時分，雞啼，始開門放行。眼看追兵將至，所幸同行一名擅長學雞叫的食客小露一手，隨即，引來全城公雞紛紛啼鳴，守關侍衛誤以為天將亮，遂重啟關門。孟嘗君等人終於順利通關，揚長而去。

自司馬遷以來，一般認為孟嘗君善養士，無論富貴貧賤，只要具有一技之長的人，孟嘗君都能竭誠相待。而那些門客個個樂意為他效力，赴湯蹈火，在所不辭。所以孟嘗君才能僥倖脫險，逃離虎豹之秦，全身而退。

但王安石〈讀孟嘗君傳〉是一篇翻案文章，他並不苟同史遷的觀點，而提出「孟嘗君特雞鳴狗盜之雄耳」，非真正「能得士」，不然以齊國國力之強大、位處山東半島占盡漁鹽之利，再任用一位賢士，早就可以出兵制伏秦國，南面而稱王了，哪裡還須借用雞鳴狗盜者的力量呢？

文末話鋒一轉，引出「夫雞鳴狗盜之出其門，此士之所以不至也。」正因為雞鳴狗盜之人出自其門下，所以真正的賢士便裹足不前，不願為他所用。此處見解獨到，一針見血揭示國士不屑與雞鳴狗盜之徒為伍，故不肯投身他的門下。因此，孟嘗君才須借助雞鳴狗盜之力，可見他充其量不過是雞鳴狗盜的首領罷了，如何稱得上「能得士」呢？

本文以寥寥九十字，為「孟嘗君能得士」之說成功翻案，短小精悍，議論風發，寫作功力十分了得！通篇可分為三層：一、世人皆稱讚「孟嘗君能得士」。二、作者卻認為：「孟嘗君特雞鳴狗盜之雄耳」，非真「能得士」。三、正因為雞鳴狗盜出於其門，所以真正的賢士不願前來為他效命。個人以為孟嘗君非真能得士，關鍵在於他的格局不夠大，因為在他眼中只有個人生死榮辱。無論雞鳴狗盜助他逃離秦境，保住小命；或馮諼為他鑿設「狡兔三窟」，長保富貴，皆屬於一己之私利。他身為齊相，卻不曾為齊國長遠的利益打算，如此勢利作風，國士又怎會前來依附呢？

王安石〈讀孟嘗君傳〉

雞鳴狗盜出其門

嗟乎！孟嘗君特雞鳴狗盜之雄耳，豈足以言得士？不然，擅齊之強，得一士焉，宜可以南面而制秦，尚何取雞鳴狗盜之力哉？夫雞鳴狗盜之出其門，此士之所以不至也。

孟嘗君：戰國時齊國靖郭君之子。姓田名文，號孟嘗君，封於薛，為齊相，以養士聞名，門下食客多達數千人。／特：只是。／雞鳴狗盜：學雞叫，扮狗偷東西。／擅：獨攬。／南面：面向南而坐。古有「南面稱王，北面稱臣」之說，故引申為稱王之意。

大考停看聽

哎呀！孟嘗君只是那些學雞叫、扮狗盜竊者的首領罷了，哪裡稱得上能重用賢士呢？不然的話，憑著齊國的富強，只要重用一個真正的賢士，應該可以南面稱王，制伏秦國了，哪裡還用得著那些雞鳴狗盜者的力量？正因為雞鳴狗盜之人出自他的門下，所以真正的賢士便不願意前來效命了。

《史記・孟嘗君列傳》

★齊湣王二十五年(276B.C.)孟嘗君奉命出使秦國。

★秦昭王非常賞識他，拜他為相；大臣進諫：孟嘗君是齊國人，凡事必會以齊國的利益為優先，那麼，秦國就危險了。

★秦王一聽有道理，便免除孟嘗君的相位，將他囚禁，並打算殺了他。

・隨行門客跑去求秦王的寵姬幫忙。
・寵姬要求得到那件價值千金的狐白裘，才肯出手營救孟嘗君。
・一名專門扮狗為盜的食客，自告奮勇連夜潛入秦宮，神不知、鬼不覺偷出了狐白裘，獻給寵姬。
・在寵姬的關說下，孟嘗君被放了出來，一行人火速離開秦國。
・秦王剛釋放孟嘗君便後悔了，下令重兵追捕。

・孟嘗君等人的車隊行經函谷關時，已近三更。
・依秦令：天一黑，即緊閉關門；直到隔日破曉，雞啼，始開門放行。
・眼看追兵將至，所幸同行一名擅長學雞叫的食客小露一手，隨即引來全城公雞啼鳴，守關侍衛誤以為天將亮，遂重啟關門。
・孟嘗君等人順利通關，揚長而去。

一般認為孟嘗君善養士，無論富貴貧賤，只要具有一技之長的人，他都能竭誠相待。因此那些門客樂意為他效力，他才能逃離虎豹之秦，保住性命。

王安石〈讀孟嘗君傳〉提出「孟嘗君特雞鳴狗盜之雄耳」，非真「能得士」，因為以齊國國力之強大、位處山東半島占盡漁鹽之利，再任用一位賢士，早就出兵制伏秦國，南面而稱王了，哪裡還須借用雞鳴狗盜者的力量呢？

話鋒一轉，引出「夫雞鳴狗盜之出其門，此士之所以不至也。」此處見解獨到，一針見血揭示國士不屑與雞鳴狗盜之徒為伍，故不肯投身其門下。因此，孟嘗君才須借助雞鳴狗盜之力，可見他充其量不過是雞鳴狗盜的首領罷了，又如何稱得上「能得士」呢？

UNIT 2-41 賈生志大而量小，才有餘而識不足也

〈賈誼論〉寫於仁宗嘉祐六年（1061），是蘇軾二十六歲時應制科試所獻二十五篇《進論》之一。這是一篇史論散文，也是一篇典型的翻案文章，文中針對一般公認西漢賈誼懷才不遇、英年早逝之事而發。

全文可分為五段：首段作者認為一個人有才學並不難，充分發揮其才學為困難。賈誼應是國家的棟梁之材、君主的肱股之臣，卻抑鬱而終，一切莫非是他自找的！因為「君子之所取者遠，則必有所待；所就者大，則必有所忍。」

次段謂漢文帝算是一位明君，賈誼還落得抱憾而終；難道世上沒有堯、舜那樣的聖主，就真的不能有所作為了嗎？想當年孔子周遊列國，如果不是太暴虐無道的國家，他都想勉強去扶持。孔子將到楚國去，先後派子夏、冉有前往了解情況，這麼積極奔走，不放過任何一絲機會！孟子被齊王拒絕了，還在齊國邊地住了三晚才離開，因為他始終抱著「舍我其誰」的心態，相信齊王會再召見他。他是這樣不忍心拋棄君主！如果像孔孟都做到這樣了，還沒得到重用，那麼才可以真正沒有遺憾。而賈誼，蘇軾以為：「非漢文之不用生，生之不能用漢文也。」

由於漢文帝劉恆庶出。母親薄氏原為漢宮織布房宮女，一日受高祖劉邦寵幸而有孕；生下文帝後，仍因身分卑微未獲青睞。呂后掌大權期間，也因薄氏母子不受寵，所以未遭迫害。呂后駕崩後，周勃、灌嬰等大臣誅殺諸呂；因為劉恆年長又賢能，被擁立為帝。故三段云：「此其君臣相得之分，豈特父子骨肉手足哉？」說明文帝與老臣間的特殊情分。其實賈誼還年輕，不必急於一時，他只要上得到文帝的信任，下得到周勃、灌嬰等大臣的支持，慢慢與他們來往、周旋，讓朝中上、下欣然接受他，「不過十年，可以得志。」如果據此指責賈誼不如孔孟之積極進取、愛惜自己則可；如若藉此批評賈誼缺乏政治手腕以致功敗垂成，則未免失之偏頗。畢竟改革所牽連層面甚廣，絕非結交權臣、周旋十年就可以成功；否則，東坡為何不與王安石黨人「優游浸漬」，而要自請出朝、通判杭州呢？賈誼被貶為長沙王太傅，赴任途中行經湘江，撰〈弔屈原賦〉，藉以抒發才優見絀、去國懷鄉的紆鬱憤悶，大有迫不及待想遠離塵世的意味。後調為梁懷王太傅，終因梁懷王意外墜馬身亡，賈誼過於自責，日日悲傷哭泣，以致英年早逝。卒年三十三歲。文云：「夫謀之一不見用，安知終不復用也？不知默默以待其變，而自殘至此。嗚呼！賈生志大而量小，才有餘而識不足也。」

四段以前秦君主苻堅於民間得賢士王猛，「一朝盡斥去其舊臣而與之謀」，故能攻取大半江山。這是文帝與賈誼的對照組，突顯重用賢才的效用。

末段說明撰此論文之用意：既呼籲人君當愛惜人才，善加重用；亦期勉賢士當謹慎地抒發情感。

蘇軾〈賈誼論〉

同病相憐弔屈原

賈生洛陽之少年，欲使其一朝之間，盡棄其舊而謀其新，亦已難矣。為賈生者，上得其君，下得其大臣，如絳、灌之屬，優游浸漬而深交之，使天子不疑，大臣不忌，然後舉天下而唯吾之所欲為，不過十年，可以得志。安有立談之間，而遽為人痛哭哉？

絳、灌之屬：指絳侯周勃、潁陰侯灌嬰等。他們當年隨高祖起兵，因功封侯。呂后崩後，共誅諸呂，迎立文帝。／優游浸漬：從容悠閒，逐漸深入交往。

大考停看聽

賈誼不過是一介洛陽青年，想讓漢文帝突然間棄那些老臣於不顧而接受他的新策略，也太強人所難了！其實賈誼只要上得到君主的信任，下得到絳侯周勃、潁陰侯灌嬰等大臣的支持，慢慢地與他們來往、做朋友，讓朝中上、下對他不再有疑慮，然後可以任他施展抱負；如此一來，不出十年，他的理想就可以實現了。哪有像他那樣當街與人談話時，忽然痛哭流涕起來呢？

一般觀點：賈誼懷才不遇、英年早逝，將矛頭指向漢文帝不能重用賢才。

東坡翻案：賈誼不夠積極進取、不懂愛惜自己，且不能體諒漢文帝的立場，他自己要負絕大的責任。

1

首段作者認為一個人有才學並不難，充分發揮其才學為困難。賈誼抑鬱而終，一切莫非是他自找的！

2

次段謂漢文帝算是一位明君，賈誼還落得抱憾而終。故蘇軾以為：「非漢文之不用生，生之不能用漢文也。」

3

三段說明文帝與老臣間的特殊情分。賈誼還年輕，只要「上得其君，下得其大臣，……優游浸漬而深交之，……不過十年，可以得志。」

4

四段以前秦君主苻堅於民間得賢士王猛，「一朝盡斥去其舊臣而與之謀」，故能攻取大半江山。

5

末段說明撰此論文之用意：既呼籲人君當愛惜人才，善加重用；亦期勉賢士當謹慎地抒發情感。

作文一點靈

思想情意

歷來都認為賈誼懷才不遇，英年早逝，錯在漢文帝不能識才、任才；東坡此文一反其局，以為賈誼抑鬱而終，不能得君行道，責任在他自己「志大而量小」、「才有餘而識不足」。

的確，當天時、地利、人和無法樣樣配合我們時，能改變的只有我們自己了。賈誼如能多為漢文帝設想，也許就能體諒皇上的難處；如能深入了解皇上的處境，也許就能心平氣和地等待與忍耐了。

UNIT 2-42

天下悲錯之以忠而受禍，不知錯有以取之也

蘇軾〈鼂錯論〉一文，作於嘉祐六年（1061）應「制科」時，所上二十五篇《進論》之一。鼂錯（200B.C.～154B.C.），潁川（今河南禹州）人，西漢初著名政論家。文帝時，為太子家令，很受信任，時號「智囊」。他主張重農貴粟，力倡削弱諸侯、更定法令，因此招致權貴忌恨。景帝即位後，遷御史大夫，提出《削藩策》，而引起吳、楚等七國以「討鼂錯以清君側」為名，發動叛變。景帝與鼂錯商討因應之道，鼂錯提議皇上御駕親征，他自己則坐鎮長安。後來景帝採納袁盎之策，殺鼂錯以謝諸侯。

本文闡明鼂錯被殺的原因，在於他不能勇於負責。通篇可分為六段：首段指出只有「仁人君子豪傑之士」才能在太平治世中看出「不測之憂」，挺身而出，力矯其弊。正因為天下人習慣於表面的太平無事，都不會信任他，所以這絕不是短時間努力就想苟且求名的人所能辦到的。

次段認為既已發難，就該有收拾殘局的擔當，不該像鼂錯「事至而循循焉（退縮貌）欲去之，使他人任其責」。此指鼂錯建議削藩，引起七國之亂後，他竟想讓景帝親征，自己留守京師。進而駁斥世俗之見：「天下悲錯之以忠而受禍，不知錯有以取之也。」強調鼂錯虎頭蛇尾，遇事退縮，禍由自取。

三段以大禹治水為例，說明「古之立大事者，不唯有超世之才，亦必有堅忍不拔之志。」大禹治水期間，就是能預知一定會發生決堤、漫堤等可怕的情況，事先做好心理準備，等事情發生時才不致手足無措，才能從容不迫地面對問題、解決問題，最後獲得成功。

四段責備鼂錯「己為難首，擇其至安，而遺天子以其至危」，是不可饒恕的錯誤。的確，鼂錯請求削藩，勢必引起諸侯反彈，他早該料到這點，更應親上火線，平息紛爭。但「錯不於此時捐其身，為天下當大難之衝，而制吳、楚之命，乃為自全之計，欲使天子自將而己居守。」鼂錯既想藉削藩求名，就該勇於承擔後果，而不是事到臨頭又想保全自己，把災禍轉嫁到天子身上。

五段明揭鼂錯推諉塞責的作法，摧毀了景帝對他的信任，這才使袁盎的讒言有機可乘。反之，如果吳、楚造反時，鼂錯親自領兵向東與他們對抗，使天子不至於受到連累，有恃無恐，那麼一百個袁盎也不能動搖聖心。

末段重申欲求「非常之功」，須有破釜沉舟、一肩承擔的決心；再度批判鼂錯「欲自固其身（想保全自身）」的結果，弄巧成拙，反而為自己招來殺身之禍。「使錯自將而討吳、楚，未必無功，唯其欲自固其身，而天子不悅，奸臣得以乘其隙。」就是鼂錯毫無擔當，一心想保全自己，惹皇帝不開心，才會受到袁盎的挑撥離間。

蘇軾所處時代，承平日久，文恬武嬉，與漢景帝年間情況相似，他才想藉由鼂錯事，議論改革者當排除萬難，堅持到底，「無務為自全之計」，才足以成就大事業。

蘇軾〈鼂錯論〉

建議削藩惹大禍

古之立大事者，不唯有超世之才，亦必有堅忍不拔之志。昔禹之治水，鑿龍門，決大河，而放之海。方其功之未成也，蓋亦有潰冒衝突可畏之患。唯能前知其當然，事至不懼，而徐為之所，是以得至於成功。

龍門：龍門山，在今陝西韓城東北，是黃河奔流最湍急處。／決：疏通。／大河：指黃河。／方：當。／潰冒衝突：指決堤、漫堤等現象。／是以：因此，所以。

大考停看聽

自古以來做大事業的人，不只有超越世人的才幹，也一定要有堅忍不拔的意志。從前大禹治水，鑿開龍門，疏通黃河，使洪水東流入海。當他治水尚未成功時，也會有決堤、漫堤等可怕的災禍發生。只是他能預知事情必然會發生，事到臨頭不致畏懼，並從容不迫地去解決，因此能取得最後的成功。

★鼂錯(200B.C.～154B.C.)，西漢潁川(今河南禹州)人。 ★文帝時，出任太子家令，很受信任，時號「智囊」。 ★主張重農貴粟、削弱諸侯、更定法令，招致權貴忌恨。

★景帝即位之後，鼂錯提出《削藩策》，引起七國之亂。 ★七國亂起，鼂錯提議皇上御駕親征，他則坐鎮長安。 ★後來，景帝採納袁盎的建議，下令殺鼂錯以謝諸侯。

1

◆首段指出只有「仁人君子豪傑之士」才能在太平治世中看出「不測之憂」，挺身而出，力矯其弊。

- 正因為天下人習慣於表面的太平無事，都不會信任他，所以這絕不是短時間努力就想苟且求名的人所能辦到的。

2

◆次段認為既然已經發難，就該有收拾殘局的擔當；進而駁斥世俗之見：「天下悲錯之以忠而受禍，不知錯有以取之也。」

- 指出鼂錯建議削藩，引起七國之亂後，他竟想讓景帝親征，而自己留守京師。
- 強調鼂錯錯在遇事退縮，禍由自取。

3

◆三段以大禹治水為例證，說明「古之立大事者，不唯有超世之才，亦必有堅忍不拔之志。」

- 大禹治水期間，就是能預知一定會發生決堤、漫堤等可怕的情況，事先做好準備，等事情發生時才不致手足無措，才能從容不迫地面對問題、解決問題，最後獲得成功。

4

◆四段責備鼂錯「己為難首，擇其至安，而遺天子以其至危」，是不可饒恕的錯誤。

- 鼂錯請求削藩，勢必引起諸侯反彈，他該早料到這點，更應親上火線，平息紛爭。
- 「錯不於此時捐其身，為天下當大難之衝，而制吳、楚之命，乃為自全之計，欲使天子自將而己居守。」

5

◆五段明揭鼂錯推諉塞責的作法，摧毀了景帝對他的信任，這才使袁盎的讒言有機可乘。

- 如果吳、楚造反時，鼂錯親自領兵向東與他們對抗，使天子不至於受到連累，有恃無恐，那麼一百個袁盎也不能動搖聖心。

6

◆末段重申欲求「非常之功」，須有破釜沉舟、一肩承擔的決心；再度批判鼂錯「欲自固其身」的結果，弄巧成拙，反而為自己招來殺身之禍。

- 「……使錯自將而討吳、楚，未必無功，唯其欲自固其身，而天子不悅，奸臣得以乘其隙。」

★本文闡明鼂錯被殺的原因，在於他不能勇於負責。

★蘇軾所處時代，承平日久，文恬武嬉，與漢景帝年間情況相似，他才想藉由鼂錯事，議論改革者當排除萬難，堅持到底，「無務為自全之計」，才足以成就大事業。

UNIT 2-43 文起八代之衰，而道濟天下之溺

蘇軾〈潮州韓文公廟碑〉，一題〈韓文公廟碑〉，或作〈潮州修韓文公廟記〉。韓愈諡號「文」，世稱「韓文公」。唐憲宗時，韓愈因諫迎佛骨入宮而被貶為潮州（今廣東潮安）刺史，於任上德惠百姓，潮人心存感恩，建廟祀之。至北宋元祐七年（1092），潮州知州王滌重修韓愈廟後，將潮州韓文公廟圖寄給蘇軾，請他撰寫廟碑文。碑，原為立於宮廟前的石頭，後來在石碑上鐫刻文字，亦稱「刻石文」。碑文，一般用來記述或頌揚人物的生平、功業、德行等；〈潮州韓文公廟碑〉，即稱頌韓愈平生德業的作品。

全文可分為五段：首段從韓愈具有「浩然之氣」切入，說明「其生也有自來，其逝也有所為（他的出生自有來歷，死後也必有所作為）」，緊扣其生前為官勤政愛民、死後為神庇蔭眾生，皆這股浩然正氣所致。通篇以此為基調，展開論述。

次段用「文」、「道」、「忠」、「勇」四字，概括韓愈一生的功業。「文起八代之衰，而道濟天下之溺，忠犯人主之怒，而勇奪三軍之帥，此豈非參天地、關盛衰，浩然而獨存者乎！」是說他提倡古文運動，振興了自東漢、六朝至隋代以來文風的衰頹；他鼓吹儒道，拯救了天下陷溺於佛、老思想的人心；他忠心耿耿，諫迎佛骨入宮，不惜觸怒人主；他勇敢過人，不費一兵一卒，便折服了三軍統帥，宣撫王庭湊歸朝。這難道不是參贊天地化育、關係國家盛衰，正氣凜然的卓越典型嗎？呼應首段「有以參天地之化，關盛衰之運。」所以才能「匹夫而為百世師，一言而為天下法」，成為百代景仰的儒學宗師，甚至千秋奉祀的偉大神祇。

三段回顧韓愈生平，感慨他的「精誠」可以感動天人，卻不足以回昏君之惑、弭奸臣之謗。說韓愈精誠所致，能讓衡山撥雲見日、鱷魚為之遷徙，潮州人永遠奉祀他，卻無法喚醒憲宗的迷信、消除皇甫鎛（音「伯」）等的誹謗，更不能使自己在朝中有一日的安定。「蓋公之所能者，天也，其所不能者，人也。」他能做到合乎天理，卻永遠學不會人為的機巧。

四段承三段「能信于南海之民，廟食百世」而來，記元祐年間王滌應潮人之請，新建韓文公廟之緣由。有人提出韓愈因罪謫貶潮州，他一定不會眷戀當地。作者反駁道：「公之神在天下者，如水之在地中，無所往而不在也。而潮人獨信之深，……譬如鑿井得泉，而曰水專在是，豈理也哉？」韓愈神靈無所不在，如水資源蘊藏於地底，人們於某處鑿井得泉，難道只有那兒才有水源嗎？可見是潮人對韓愈的信仰特別深，並非其神靈只在潮州一地。

末段作祭歌為韓愈招魂，呼應其生平事跡：「下與濁世掃粃糠」、「追逐李杜參翱翔，汗流籍湜走且僵」、「作書詆佛譏君王，要觀南海窺衡湘，歷舜九嶷弔英皇」、「祝融先驅海若藏，約束蛟鱷如驅羊」，概括全文之精神。

蘇軾〈潮州韓文公廟碑〉

作書詆佛譏君王

匹夫而為百世師，一言而為天下法，是皆有以參天地之化，關盛衰之運。其生也有自來，其逝也有所為。故申、呂自嶽降，傳說為列星，古今所傳，不可誣也。孟子曰：「我善養吾浩然之氣。」是氣也，寓於尋常之中，而塞乎天地之間。

匹夫：普通人。／法：準則。／參天地之化：參與天地化育之功。／申、呂自嶽降：周代賢臣申伯、呂侯（甫侯）皆由嶽神降靈而生。／傳說為列星：般相傳說死後升天與眾星並列。／誣：欺騙。／浩然之氣：即至大至剛的正氣；語出《孟子・公孫丑上》。

大考停看聽

一個普通人卻能成為百代的宗師，他說一句話而能成為天下人的法則，其言行參贊了天地化育之功，關係著國家盛衰的命運。他的出生自有來歷，死後也必有所作為。因此申伯、呂侯皆由嶽神降靈而生，傳說死後升天與眾星並列，這些古今的傳說，不是騙人的。孟子說：「我善於培養我的浩然正氣。」這股正氣啊，寄託在平常生活之中，且充滿在天地之間。

1

◆首段從韓愈具有「浩然之氣」切入，說明「其生也有自來，其逝也有所為」，緊扣其生前為官勤政愛民、死後為神庇蔭眾生，皆這股浩然正氣所致。

・通篇以此為基調，展開論述。

2

◆次段用「文」、「道」、「忠」、「勇」四字，概括韓愈一生的功業。

・「文起八代之衰，而道濟天下之溺，忠犯人主之怒，而勇奪三軍之帥，此豈非參天地、關盛衰，浩然而獨存者乎！」

呼應首段「有以參天地之化，關盛衰之運。」

- 提倡古文運動　文
- 鼓吹儒家思想　道
- 諫迎佛骨入宮　忠
- 宣撫王庭湊歸朝　勇

3

◆三段回顧韓愈生平，感慨他的「精誠」可以感動天人，卻不足以回昏君之惑、弭奸臣之謗。

・「蓋公之所能者，天也，其所不能者，人也。」

4

◆四段敘建廟緣由，並反駁韓愈不眷戀潮州之說。

・承三段「能信于南海之民，廟食百世」而來，記元祐年間王滌應潮人之請，新建韓文公廟。

・韓愈神靈無所不在，潮州人對韓愈的信仰特別深，故興廟供俸，並非其神靈只在潮州。

5

◆末段作祭歌為韓愈招魂。

・將韓愈神格化，並呼應其生平事跡，以概括全文之精神。

「下與濁世掃粃糠」	說韓愈下凡為世間掃除佛老思想、六朝駢儷文風。
「追逐李杜參翱翔，汗流籍湜走且僵」	說韓愈文章堪與前賢李白、杜甫並駕齊驅，是後輩文士張籍、皇甫湜無法望其項背的。
「作書詆佛譏君王，要觀南海窺衡湘，歷舜九嶷弔英皇」	說韓愈曾上〈論佛骨表〉，痛斥佛教，諷諫唐憲宗。因此被貶潮州，一路遊覽南海風光，觀看衡山、湘江之美景。曾到訪九嶷山，並為文憑弔娥皇、女英。
「祝融先驅海若藏，約束蛟鱷如驅羊」	說韓愈英靈在潮州，祝融為他開道，海若因畏懼他而潛藏。（〈南海神廟碑〉）他作〈祭鱷魚文〉，管束鱷魚像驅趕牛羊一樣容易。

UNIT 2-44
若綱之心，其可謂非諸葛孔明之用心歟？

元人托克托等奉敕所撰《宋史》，凡四百九十六卷，包括：〈本紀〉四十七卷、〈志〉一百六十二卷、〈表〉三十二卷、〈列傳〉二百五十五卷。該書卷帙浩繁，是二十四史中最龐大的一部。《宋史．李綱傳》分為上、下二篇，列於卷三五八、三五九。李綱，字伯紀，祖籍邵武（今屬福建），北宋徽宗政和二年（1112）進士。與趙鼎、李光、胡銓，合稱為「南宋四名臣」。

靖康元年（1126），李綱為參謀官。當時，金將斡離不領兵渡過黃河，徽宗逃往東邊避難，大臣也勸欽宗暫時躲起來。李綱卻說：「道君皇帝（徽宗）挈宗社以授陛下，委而去之可乎？」欽宗不作聲。欽宗與大臣們商議該如何應付金兵入侵，李綱回答：「今日之計，當整飭軍馬，團結民心，相與堅守，以待勤王之師。」欽宗又問：「誰可以為將？」李綱推薦白時中、李邦彥等位高權重之士，如果事出緊急，應可以率兵與敵人背水一戰。此言引起白時中不滿，反問他：莫非你能領兵出戰？李綱說：「陛下不以臣庸懦，儻使治兵，願以死報。」表明願意為國效命。

徽宗回京後，一見到李綱，便問他不久前為何離職。李綱回答：「臣昨任左史，以狂妄論列水災，蒙恩寬斧鉞之誅。然臣當時所言，以謂天地之變，各以類應，正為今日攻圍之兆。」他認為天地、人事的變化都會互相感應，一如他從前妄論水災，正是今日金人圍攻京城的先兆。再以人生病比喻國家發生戰亂，都事先有一些徵兆，必須及早發現儘速治療。「所以聖人觀變於天地，而修其在我者，故能制治保邦，而無危亂之憂。」一如聖人透過觀察天地的變化，用來修正自己的行政措施，因此能夠維護統治、定國安邦，而沒有危亂的禍患。徽宗稱讚他所言甚善。

靖康之禍後，康王趙構即位，即南宋高宗；任命李綱為尚書右僕射兼中書侍郎，詔令他趕赴朝廷。中丞顏岐進言：「張邦昌為金人所喜，……宜更加同平章事，增重其禮；李綱為金人所惡，雖已命相，宜及其未至罷之。」高宗反問：「如朕之立，恐亦非金人所喜。」顏岐無言以對。後來，高宗將顏岐反對李綱的奏書封起來拿給李綱看。李綱見到高宗，激動得痛哭流涕；高宗也深受感動。李綱力辭相位；高宗不許。他只好向皇上提出十大建議，然後勇於承擔重任。

不過，後來還是與高宗理念不合，又遭彈劾，而罷相出朝。《宋史》給他的評價：「綱居相位僅七十日，其謀數不見用，……綱雖屢斥，忠誠不少貶，不以用舍為語默，……若綱之心，其可謂非諸葛孔明之用心歟？」肯定他一生心繫國家、百姓安危，如諸葛亮之躬忠體國，雖被重用的時間不長，但其忠誠義氣震懾遠近。據說朝廷每派使者至燕山，金人必定詢問李綱等人安否，足見連金人都對他十分畏服！

《宋史・李綱傳》

忠誠義氣懾遠近

夫災異變故，譬猶一人之身，病在五臟，則發於氣色，形於脈息，善醫者能知之。所以聖人觀變於天地，而修其在我者，故能制治保邦，而無危亂之憂。

五臟：指心、肝、脾、肺、腎。／氣色：指人表現在外的容貌、顏色。／脈息：指人體動脈的跳動聲。／制治保邦：維護統治、定國安邦。

大考停看聽

災害變化，好比是一個人的身體，病在五臟時，就會表現在外表的氣色上，也會反應於內在的筋脈裡，善於治病的大夫就能看得出來。所以聖人透過觀察天地的變化，用來修正自己的行政措施，因此能夠維護統治、定國安邦，而沒有危亂的禍患。

李綱，字伯紀，祖籍邵武（今屬福建），北宋徽宗政和二年（1112）進士。

南宋四名臣

李綱	趙鼎	李光	胡銓

北宋末

★靖康元年（1126），李綱為參謀官。

★當時，金將斡離不領兵渡過黃河，徽宗東逃避難，大臣也勸欽宗暫時躲避。

★李綱卻說：「道君皇帝將社稷江山交給陛下，棄而離去行嗎？」欽宗不作聲。

★李綱建議：「如今當整頓兵馬，團結民心，堅守城池，等待勤王軍隊到來。」

★欽宗又問：「誰可以為將？」李綱推薦白時中、李邦彥等應可率兵背水一戰。

★白時中反問：「莫非你能領兵出戰？」李綱說：「如不嫌我無能，願以死相報。」

・徽宗回京後，一見到李綱，便問他不久前為何離職。

・李綱回答：「臣擔任左史，因狂妄論及水災而獲罪，承蒙皇上恩寵，只是免職，並未殺身。不過臣當時所說，認為天地、人事的變化都會互相感應，正是今日金人圍攻京城的先兆。」

・再以人生病比喻國家發生戰亂，都事先有一些徵兆，必須及早發現儘速治療。

南宋初

★靖康之禍後，高宗任命李綱為尚書右僕射兼中書侍郎，詔令他趕赴朝廷。

★中丞顏岐進言：李綱被金人厭惡，不該任命為宰相，趁未上任趕緊罷免。

★高宗反問：「像朕即大位，恐怕金人也不喜愛！」顏岐無言以對。

★李綱力辭相位；高宗不許。他只好向皇上提出十大建議，然後勇於承擔重任。

★不過，後來還是與高宗理念不合，又遭彈劾，而罷相出朝。

☆《宋史》對李綱的評價：「綱居相位僅七十日，其謀數不見用，……綱雖屢斥，忠誠不少貶，不以用舍為語默，……若綱之心，其可謂非諸葛孔明之用心歟？」

・肯定他一生心繫國家、百姓安危，如諸葛亮之躬忠體國，雖被重用的時間不長，但其忠誠義氣震懾遠近。

・據說朝廷每派使者至燕山，金人必定詢問李綱等人安否，連金人都對他十分畏服！

UNIT 2-45 太平時賣你宰相功勞，有事處把俺佳人遞流

馬致遠《破幽夢孤雁漢宮秋》（簡稱《漢宮秋》），被後人譽為元代第一雜劇。全劇共四折一楔子，題目正名：「沉黑江明妃青塚恨　破幽夢孤雁漢宮秋」，敘漢元帝和王昭君的愛情悲劇。楔子，元帝以為天下太平無事，命毛延壽下鄉遴選秀女進宮。毛延壽先將美人姿容繪成圖像以進，元帝再按圖臨幸。第一折，毛延壽索賄不成，故意將美人圖點上破綻。昭君獨居永巷，彈琵琶解悶；元帝循聲見到她，驚為天人，封明妃。從此，兩情繾綣，濃情蜜意。昭君自然要向皇上申冤：「當初選時，使臣毛延壽索要金銀，妾家貧寒無湊，故將妾眼下點成破綻，因此發入冷宮。」元帝下令將毛延壽斬首。

第二折，敘毛延壽早已帶著原版美人圖投奔番邦。單于見色心喜，遣使來索昭君和親，否則便要率兵入侵；元帝與滿朝文武無計可施之下，只好勉為其難答應和番。其中〈牧羊關〉一曲，元帝對著尸位素餐的文武百官唱道：「……太平時賣你宰相功勞，有事處把俺佳人遞流。你們乾請了皇家俸，著甚的分破帝王憂？」不是「養兵千日用在一時」嗎？怎麼事到臨頭，個個縮頭縮腦，只會推一個弱女子出來當擋箭牌？——真是一群庸夫廢物！

第三折，描述元帝送昭君出塞，兩人訣別的情景。如〈梅花酒〉：「他、他、他傷心辭漢主，我、我、我攜手上河梁。他部從入窮荒，我鑾輿返咸陽。返咸陽，過宮牆；過宮牆，繞迴廊；繞迴廊，近椒房；近椒房，月昏黃；月昏黃，夜生涼；夜生涼，泣寒螿；泣寒螿，綠紗窗；綠紗窗，不思量！」透過元帝口吻，唱出分離在即，離情依依；尤其元帝回宮後，觸景傷情，滿目淒涼。此劇為末本，由正末一人獨唱，最能表現元帝心中的無奈與悲痛。話說昭君來到漢、番交界，便毅然決然以身相殉。單于驚救不及，感嘆道：「嗨，可惜可惜！昭君不肯入番，投江而死。罷罷罷，就葬在此江邊，號為青塚者。我想來，人也死了，枉與漢朝結下這般讎隙，都是毛延壽那廝搬弄出來的。把都兒，將毛延壽拿下，解送漢朝處治。」單于深感昭君節義，下令厚葬，並將罪魁禍首毛延壽押解回漢朝。

第四折，則敘昭君投江自盡後，元帝相思成夢，卻被孤雁悲鳴驚醒，一聲比一聲淒厲，彷彿他內心的哀號，無限淒涼。如〈堯民歌〉：「呀呀的飛過蓼花汀，孤雁兒不離了鳳凰城。畫檐間鐵馬響丁丁，寶殿中御榻冷清清。寒也波更，蕭蕭落葉聲，燭暗長門靜。」劇中以孤雁夜啼作結，突顯元帝痛失愛侶的孤寂之情。一如白樸《梧桐雨》雜劇收在雨打梧桐，襯托出唐明皇在楊貴妃死後，好不容易夢中重逢，卻被梧桐夜雨聲所擾，點點滴滴盡是思念與不捨，是孤單與寂寞。二劇頗有異曲同工之妙，誠如青木正兒《元人雜劇序說》所評：「神韻縹緲，洵為妙絕！」

馬致遠《漢宮秋》

孤雁悲鳴漢宮秋

他、他、他傷心辭漢主，我、我、我攜手上河梁。他部從入窮荒，我鑾輿返咸陽。返咸陽，過宮牆；過宮牆，繞迴廊；繞迴廊，近椒房；近椒房，月昏黃；月昏黃，夜生涼；夜生涼，泣寒螿；泣寒螿，綠紗窗；綠紗窗，不思量！

他：指王昭君。／我：漢元帝。／攜手上河梁：指元帝為昭君在灞陵橋上送別。／入窮荒：昭君即將出塞和番。／咸陽：即漢朝首都長安。／椒房：本為古代皇后所居宮殿，此處引申為後宮之意。／寒螿：即寒蟬，秋天時蟬的叫聲格外淒厲，故稱。螿，音「漿」，蟬也。

大考停看聽

看她（王昭君）傷心地拜別故國，我（漢元帝）倆在灞陵橋上互相道別。她即將出塞和番，我的鑾駕也要返回京城。回到京城，進入宮中；進入宮中，繞過迴廊；繞過迴廊，接近後宮；接近後宮，已是黃昏月落時分；黃昏月落時分，夜幕低垂涼意漸生；夜幕低垂涼意漸生，秋蟬悲鳴格外淒厲；秋蟬悲鳴格外淒厲，在那綠紗窗下；在那綠紗窗下，往事歷歷在目，教人不忍思量！

楔子

元帝以為天下太平無事，命毛延壽下鄉遴選秀女進宮。毛延壽先將美人姿容繪成圖像以進，元帝再按圖臨幸。

第一折

★毛延壽索賄不成，便將美人圖點上破綻。

★昭君獨居永巷，彈琵琶解悶；元帝循聲見到她，驚為天人，封明妃。

★從此，兩情繾綣，濃情蜜意。昭君向皇上申冤，控訴毛延壽的惡行。

★元帝下令斬毛延壽。

第二折

★毛延壽帶著原版美人圖投奔番邦。單于見色心喜，遣使來索昭君和親，否則便要率兵入侵。

★元帝與滿朝文武無計可施之下，只好勉為其難答應和番。

第三折

★元帝親送昭君出塞和番，兩人訣別在即，離情依依。

★元帝獨自回宮後，觸景傷情，滿目淒涼。

第四折

★敘昭君投江自盡之後，元帝相思成夢，卻被孤雁悲鳴驚醒，一聲比一聲淒厲，無限悲涼。

★劇中以孤雁夜啼作結，突顯元帝痛失愛侶的孤寂。

☆話說昭君來到漢、番交界，便毅然決然以身相殉。

☆單于感昭君節義，下令將她葬於江邊，號為「青塚」。

☆再將罪魁禍首毛延壽押解回漢朝。

UNIT 2-46 國士之報，曾若是乎？

方孝孺〈豫讓論〉也是一篇翻案文章，針對《史記・刺客列傳》所載豫讓事跡，有感而發。春秋末，豫讓曾做過晉國貴族范氏、中行氏的家臣，因不受重用，而投奔智伯。智伯非常禮遇他。之後，趙、魏、韓三家貴族聯手滅了智伯，豫讓於是改名換姓，一心為智伯報仇。他曾潛入趙襄子宮中企圖行刺，不成，被捕。釋放後，他又漆身為癩、吞炭為啞，試圖改變形貌再出擊，仍刺殺未遂，被俘。最後，他請求趙襄子脫下衣服，讓他拔劍三跳之後擊刺，象徵大仇已報，然後引劍自盡。

一般認為豫讓捨身為智伯報仇，堪稱忠義之士。方孝孺卻不以為然，謂豫讓既為智伯倚重的家臣，就該在智伯生前，善盡規諫之職責，為他消弭災禍於無形；而非等他死於禍亂之後，才充當刺客，千方百計想為他復仇。兩相比較，平時盡心謀劃，才是忠臣義士該有的表現；遇禍效死，不過是小忠小義之事，根本無足掛齒。

通篇可分為四段：首段泛論「士君子立身事主」，應該「竭盡智謀，忠告善道，銷患於未形，保治於未然，俾身全而主安。」士人君子事奉主上，理應竭盡智慮，忠心勸善，消除災禍於未形成之前，保住安定於未動亂之時，使自身不受損害、主人沒有危險。而不是等到事情敗壞後，才落得以身殉主的下場，徒然沽名釣譽，於事無補。

次段為豫讓為忠臣義士之說翻案：「嗚呼！讓之死固忠矣，惜乎處死之道有未忠者存焉。」點出豫讓能為智伯效死，固然算是忠心，但他面對死的方式還有不忠的成分存在。意思是豫讓應在智伯未破敗之前，極力死諫，而非待其敗亡後，誓死復仇。

三段以段規事韓康，任章事魏獻，未聽說受到國士般的禮遇，卻能力勸主人依智伯的請求，給他土地，讓他心志驕縱，加速滅亡。而郄（音「細」）疵看出韓、魏的計謀，向智伯據實以告，雖不獲採納，但他已無愧於心了。豫讓這位國士怎麼卻任由智伯縱慾、荒淫，而未盡忠告之責？如果他能再三規諫，甚至不惜力諫而死，或許還能感化智伯，使之保全宗廟祭祀。「若然，則讓雖死猶生也，豈不勝於斬衣而死乎？」的確，豫讓如果這樣做，絕對比斬衣而死更有意義！

末段總結全文，批評豫讓對於智伯之「請地無厭」、「縱慾荒棄」，卻袖手旁觀，無一語勸諫，「國士之報，曾若是乎？」這是國士該有的回報方式嗎？因此，作者以為豫讓不算是國士，不過是個逞一時血氣之勇的刺客而已，「何足道哉？」還有什麼好稱道的呢？

本文圍繞著豫讓之死是否為忠的問題展開論辯。單就漆身吞炭為智伯復仇來看，不可謂不忠。但他仍不可稱作「國士」，因為其動機：「將以愧天下後世之為人臣而懷二心者也」，無疑是想垂名後世，而非為國為民；此外，他雖自許為「國士」，卻只有刺客之舉，而無濟國之事。

方孝孺〈豫讓論〉

漆身吞炭為報仇

觀其漆身吞炭，謂其友曰：「凡吾所為者極難，將以愧天下後世之為人臣而懷二心者也。」謂非忠可乎？及觀斬衣三躍，襄子責以不死於中行氏，而獨死於智伯。讓應曰：「中行氏以眾人待我，我故以眾人報之；智伯以國士待我，我故以國士報之。」

漆身吞炭：豫讓想謀刺趙襄子，為智伯報仇，於是漆身為癩，吞炭為啞，故意讓人認不出他。／斬衣三躍：豫讓謀刺失敗，被捕，要求得到襄子的衣服，然後拔劍跳了三下來擊刺它，象徵大仇已報，隨即自盡身亡。／中行氏：指中行文子荀寅。行，音「杭」。／眾人：普通人。／國士：國家級的人才。

大考停看聽

看他漆身為癩、吞炭為啞，對他的朋友說：「我所做的事都特別難，將使天下後世懷有二心的臣子感到慚愧。」說他不忠可以嗎？等到看他跳了三次斬刺趙襄子的衣服，趙襄子責備他不為中行氏而死，卻單單為智伯而死。豫讓回答說：「中行氏以普通人對待我，我就用普通人的方式回報他；智伯以國士對待我，我便以國士的方式報答他。」

《史記．刺客列傳》

★春秋末，豫讓曾做過晉國貴族范氏、中行氏的家臣，因不受重用，而投奔智伯。

★智伯非常禮遇他。後趙、魏、韓三家貴族聯手滅了智伯，豫讓遂改名換姓，一心為智伯報仇。

★智伯曾潛入趙襄子宮中行刺，不成，被捕。

★釋放後，智伯又漆身為癩、吞炭為啞，仍刺殺未遂，被俘。

★最後，他請求趙襄子脫下衣服，讓他拔劍三跳之後擊刺，象徵大仇已報，然後引劍自盡。

◆一般認為豫讓捨身為智伯報仇，堪稱忠義之士。

◆方孝孺卻認為豫讓既為智伯倚重的家臣，就該在智伯生前，善盡規諫之職責，為他消弭災禍於無形；而非等他死於禍亂之後，才充當刺客，千方百計想為他復仇。兩相比較，平時盡心謀劃，才是忠臣義士該有的表現；遇禍效死，不過是小忠小義之事，根本無足掛齒。

1

◆首段泛論「士君子立身事主」，應該「竭盡智謀，忠告善道，銷患於未形，保治於未然，俾身全而主安。」

2

◆次段以為豫讓應在智伯未破敗之前，極力死諫，而非待其敗亡後，誓死復仇，故非為忠臣義士。

・「嗚呼！讓之死固忠矣，惜乎處死之道有未忠者存焉。」

3

◆三段批評豫讓未盡勸諫之責，最後落得斬衣殉死，於事無補。

・段規事韓康，任章事魏獻，未受到國士般禮遇，卻力勸主人依智伯的請求，加速他的滅亡。

・郄疵看出韓、魏的計謀，向智伯據實以告，雖不獲採納，但已無愧於心。

・豫讓這位國士怎麼任由智伯縱慾、荒淫，未盡忠告之責？

・如果豫讓能再三規諫，甚至不惜力諫而死，或許還能感化智伯，使之保全宗廟祭祀。「若然，則讓雖死猶生也，豈不勝於斬衣而死乎？」

4

◆末段總結全文，認為豫讓對於智伯之「請地無厭」、「縱慾荒棄」，卻無一語勸諫，「國士之報，曾若是乎？」可見他不能算是國士，不過是個逞一時血氣之勇的刺客而已。

UNIT 2-47 不特眾人不知有王，王亦自為贅旒也

唐順之〈信陵君救趙論〉一文，選自《荊川先生文集》。作者據《史記・信陵君列傳》所載信陵君竊兵符救趙之事，發表看法。他以為竊兵符不足以定信陵君之罪，但一改自史遷以來公認信陵公子「能急人之困」的觀點，反而指責其動機不對，因為他是為了姊姊、姊夫而冒險竊符救趙，不是為了魏國或六國的存亡，可見他心中只有私人情誼，毫無家國大義，這是魏國、六國的不幸，亦魏王之悲哀！

話說竊符救趙之史事：魏安釐王二十年（257B.C.），秦兵包圍趙都邯鄲，魏王原派晉鄙率領十萬大軍馳援，後礙於秦王淫威，遂命晉鄙轉為觀望。邯鄲岌岌可危之際，趙公子平原君派人來向魏公子信陵君討救兵，並問他難道要眼睜睜看著趙國滅亡，連自己姊姊的生死也不管了嗎？信陵君姊姊正是平原君的夫人。信陵君一再懇求魏王出兵救趙，魏王不敢。最後，在東門侍衛侯嬴一手策劃下，由魏王寵妾如姬私自偷出藏在魏宮寢室內的虎符（兵符），信陵君帶著兵符和大力士朱亥趕赴前線，先擊殺晉鄙，再率魏軍成功解救了邯鄲之圍。

本文可分為七段：首段先肯定信陵君竊符救趙的歷史意義，但作者認為這必須在「竊魏之符以紓魏之患，借一國之師以分六國之災」的前提下才能成立。也就是竊符乃權宜之計，如果基於保護魏國、解救六國的立場，竊取兵符其實沒有什麼不可以！

次段直斥信陵君之動機，他為了姊夫平原君而竊符救趙，而非真正為天下國家考量，如此「傾魏國數百年社稷以殉姻戚」，置魏國江山安危於不顧，其心可誅。

三段指出不但信陵君「不知有王」，連為他籌劃一切的侯嬴、玉成此事的如姬心中也都沒有魏王存在。他們三人理應相繼向魏王激諫，甚至不惜一死，也要力勸魏王出兵救趙，實在不該私自竊符救趙。

四段感慨亂世之臣習於存私背公，以致時人心中「有重相而無威君，有私讎而無義憤」，長此以往，使國君徒居虛位，淪為「贅旒（音『墜留』，旗上的飄帶）」，毫無實質作用可言。

五段小結前四段，強調信陵君之功過，與竊符與否無涉，全由動機而定：「其為魏也，為六國也，縱竊符猶可。其為趙也，為一親戚也，縱求符於王而公然得之，亦罪也。」如果為了國家利益，竊符亦無不可；但若出於一己之私，縱使正大光明取得兵符，他亦難辭其咎。

六段轉而議論魏王之過：「兵符藏於臥內，信陵亦安得竊之？」不外乎信陵君素來窺探魏王的疏失，而如姬素來仗恃魏王的寵愛，所有人都不畏懼魏王，才敢私相授受，算計魏王。「不特眾人不知有王，王亦自為贅旒也。」不只眾人沒將他放在眼裡，或許魏王自己也習慣居於贅旒之位吧。

末段以「信陵君可以為人臣植黨之戒，魏王可以為人君失權之戒」，總結全文。這正是唐順之撰寫此翻案文章的目的所在。

唐順之〈信陵君救趙論〉

竊符救趙為姻親

趙，魏之障也。趙亡，則魏且為之後。趙、魏，又楚、燕、齊諸國之障也，趙、魏亡，則楚、燕、齊諸國為之後。天下之勢，未有岌岌於此者也。故救趙者，亦以救魏；救一國者，亦以救六國也。

岌岌：危險的樣子。

趙國，是魏國的屏障。趙國滅亡，魏國將跟著滅亡。趙國、魏國，又是楚、燕、齊各國的屏障，趙國、魏國滅亡，那麼楚、燕、齊各國也將跟著滅亡。天下的局勢，沒有比這更危急的了。所以救趙國，等於救魏國；救一國，也等於救六國。

大考停看聽

竊符救趙

《史記・信陵君列傳》

★魏安釐王二十年（257B.C.），秦兵包圍趙國首都邯鄲。

★魏王派晉鄙率兵馳援，後礙於秦王淫威，轉為觀望。

★趙公子平原君派人向魏公子信陵君討救兵，並問他難道要眼睜睜看著趙國滅亡，連自己姊姊的生死也不管了嗎？信陵君姊姊正是平原君的夫人。

★信陵君一再懇求魏王出兵救趙，但是魏王不敢。

★最後，在東門侍衛侯嬴的策劃下，由魏王寵妾如姬偷出藏在魏宮寢室內的虎符。信陵君帶著兵符和大力士朱亥趕赴前線，先擊殺晉鄙，再率魏軍成功解救了邯鄲之圍。

★自史遷以來，公認信陵公子「能急人之困」，功不可沒。

★本文指責信陵君動機不對，他是為了姊姊、姊夫而冒險竊符救趙，不是為了魏國或六國的存亡，可見他心中只有私人情誼，毫無家國大義，這是魏國、六國的不幸，亦魏王之悲哀！

1. 首段作者認為竊符乃權宜之計，如果基於保護魏國、解救六國的立場，竊取兵符其實沒有什麼不可以！
2. 次段直斥信陵君之動機，他為了姊夫平原君而竊符救趙，而非真正為天下國家考量，如此「傾魏國數百年社稷以殉姻戚」，置魏國江山安危於不顧，其心可誅。
3. 三段指出不但信陵君「不知有王」，連為他籌劃一切的侯嬴、玉成此事的如姬心中也都沒有魏王存在。他們三人理應相繼向魏王激諫，甚至不惜一死，也要力勸魏王出兵救趙，實在不該私自竊符救趙。
4. 四段感慨亂世之臣習於存私背公，以致時人心中「有重相而無威君，有私讎而無義憤」，長此以往，使國君徒居虛位，淪為「贅旒」，無實質之作用。
5. 五段小結前四段，強調信陵君之功過，與竊符與否無涉，全由動機而定：「其為魏也，為六國也，縱竊符猶可。其為趙也，為一親戚也，縱求符於王而公然得之，亦罪也。」
6. 六段轉而議論魏王之過：「兵符藏於臥內，信陵亦安得竊之？」不外乎信陵君素來窺探魏王的疏失，而如姬素來仗恃魏王的寵愛，所有人都不畏懼魏王，才敢私相授受，算計魏王。
7. 末段以「信陵君可以為人臣植黨之戒，魏王可以為人君失權之戒」，總結全文。

UNIT 2-48

我實霄殿金童，卿乃天宮玉女

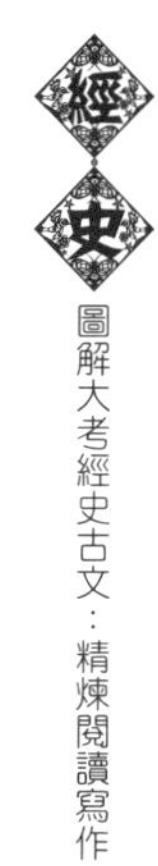

梁辰魚《浣紗記》共四十五齣，情節本於明傳奇《吳越春秋》中西施的故事。一面著力描寫吳、越興亡，一面刻劃西施與范蠡間真摯的愛情，同時又批判吳王夫差荒淫誤國的歷史教訓。

全劇敘楚國少年范蠡，遊宦至越國，深獲越王句踐重用。一日，在苧蘿山下巧遇美麗的浣紗女西施，雙雙墜入愛河；於是，以紗巾為信物，結下海誓山盟。不久，吳、越開戰，越國慘敗，瀕臨亡國之際，范蠡勸句踐韜光養晦，自請到吳國為奴。范蠡追隨句踐在吳地卑躬屈膝、忍氣吞聲度過三年奴隸生涯。越國君臣終於取信於吳王，獲赦，歸國。

返國後，越國君臣共商復國大計：文種提議以美人計暗中消耗吳國國力，范蠡深知唯有聰慧美貌的西施足以擔此重任。他毅然決然拋開兒女私情，前往遊說西施。西施心裡百般掙扎，最後不敵對范蠡的摯情、對國家的大愛，終於點頭答應被送進吳宮，色誘吳王。

西施果然不負眾望，完全擄獲吳王夫差的心，成為吳宮中最受寵愛的妃子。她仗著夫差的無限憐愛，一面為越國蒐集情報，一面誘使夫差荒淫享樂，並離間吳國君臣的關係。此時句踐表面臣服於吳國，私下卻忙著整軍經武，養精蓄銳，志在一雪前恥。

十年後，情勢逆轉了，吳弱越強，越王興兵伐吳。吳國兵敗如山倒。年逾六旬的夫差出逃至荒郊，仍苦苦盼望西施前來會合；最後，沒等到西施，倒是范蠡、文種的追兵趕來了，夫差落得自刎身亡的下場。然而，夫差到死都不曾埋怨西施，臨終前還掛心她日後將獨守空閨：「想起那多嬌，同日月，伴花朝，清歌妙舞醉鮫綃，而今何處虛度可憐宵？」所謂「情到深處無怨尤」，著實也令人為之動容。

越國復國後，范蠡早已看出句踐「可與共患難，不可與共樂」的本性，因此決定功成身退，帶著西施遠離是非之地，雙雙遁隱江湖。在《浣紗記》結局中，西施固然完成使命，功在越國，但她卻也是亡吳的罪魁禍首；十多年來，她雖然仍深愛著范蠡，但她與夫差畢竟夫妻一場；年華已逝，她感覺自己如殘花敗柳，面對意氣風發的范蠡，不由得令她自慚形穢，她真的再也沒自信可以接受范蠡的愛。

范蠡試圖說服西施道：「我實霄殿金童，卿乃天宮玉女，雙遭微譴，兩謫人間。故鄙人為奴石室，本是夙緣；芳卿作妾吳宮，實由塵劫。今續百世已斷之契，要結三生未了之姻，始豁迷途，方歸正道。」認為他倆本是一對金童玉女，下凡歷遍塵劫，如今苦盡甘來，應該再續前緣。但西施仍以思念高堂父母、舊時姊妹為由，百般推託，想獨自離去。

直到范蠡拿出昔日定情的紗巾，表達他至死不渝的愛，西施終於被感動了，這才答應與范蠡同行，「有情人終成眷屬」，從此雙宿雙飛，五湖四海任遨遊。

梁辰魚《浣紗記》

雙宿雙飛隱江湖

我實霄殿金童，卿乃天宮玉女，雙遭微譴，兩謫人間。故鄙人為奴石室，本是夙緣；芳卿作妾吳宮，實由塵劫。今續百世已斷之契，要結三生未了之姻，始豁迷途，方歸正道。

霄殿：猶言天廷。／鄙人：范蠡謙稱自己。／為奴石室：指越國戰敗，范蠡跟隨越王句踐到吳國當奴隸。／芳卿：范蠡對西施的美稱。／作妾吳宮：指越國將西施獻給吳王夫差。／塵劫：人世間的劫數。

大考停看聽

你我其實是天上的玉女金童，雙雙遭到譴謫，一同被貶到凡間。所以我淪落到吳國的石室當奴隸，這本是宿世因緣；而你被送入吳宮獻給吳王，也是人世間的劫數。如今我們要繼續幾代已斷的情緣，締結三生未了的姻契，從前迷迷糊糊，而今才清醒回歸正途。

紗巾定情

★楚國少年范蠡，遊宦至越國，深獲越王句踐重用。

★范蠡在苧蘿山下巧遇浣紗女西施，雙雙墜入愛河。

越國慘敗

★瀕臨亡國之際，范蠡勸句踐韜光養晦，自請為奴。

★范蠡追隨句踐在吳地忍氣吞聲度過三年奴隸生涯。

★他們終於取信於吳王，獲赦，歸國。

吳王寵妃

★西施擄獲夫差的心，成為吳宮中最受寵愛的妃子。

★她一面為越國蒐集情報，一面誘使夫差荒淫享樂，並離間吳國君臣的關係。

復國大計

★文種提議：以美人計暗中消耗吳國國力。

★范蠡拋開兒女私情，遊說西施擔此重任。

★西施百般掙扎後，答應進吳宮色誘吳王。

興兵伐吳

★吳國兵敗如山倒。夫差逃至荒郊，仍盼西施來會合。

★范蠡、文種的追兵趕來，夫差落得自刎身亡的下場。

遁隱江湖

★復國後，范蠡知句踐「可與共患難，不可與共樂」，決定遁隱江湖。　★范蠡拿出昔日定情紗巾，表達此生至死不渝的愛，終於感動了西施。　★范蠡與西施「有情人終成眷屬」，從此，雙宿雙飛，五湖四海任遨遊。

作文一點靈

思想情意

西施一介弱女子，卻毅然肩負起進吳宮充當女間諜的重任，除了基於對國家的大愛，更包含了她對范蠡的成全；她不忍見到所愛的人因國事衰頹而束手無策，意志消沉。如時下流行歌曲〈牽手〉:「因為路過你的路，因為苦過你的苦，所以快樂著你的快樂，追逐著你的追逐……。」所謂「真愛」，大抵如此！那是設身處地為對方著想，是把對方的理想、抱負、快樂、悲傷……看得比自己還重要，寧可犧牲自己，也要守護對方的夢想、維繫對方的幸福。

UNIT 2-49 雞籠山畔陣雲陰，辛苦披沙一水深

丘逢甲（1864～1912），字仙根，號蟄仙、倉海，臺灣彰化人。出生於苗栗銅鑼灣，因生逢甲子年，取名「逢甲」。十四歲中童子試，為全臺第一。相傳當年應試時，主考官福建巡撫丁日昌出了一副上聯考他：「甲年逢甲子」，他立刻對出下聯：「丁歲遇丁公」，才思敏捷，因而贏得「東寧才子」的美譽。二十五歲赴福州鄉試中舉，隔年進士及第，後被任命為工部主事。但他以「親老需侍」為由返臺，投身教育工作，先講授漢文，後於臺南、嘉義舉辦新式學堂。

光緒二十年（1894）甲午戰爭爆發，丘逢甲奉旨督辦團練。隔年，清兵戰敗，李鴻章與日本簽訂《馬關條約》，割讓臺灣。臺灣民眾群情激憤，丘逢甲亦上書反對割臺。向清廷抗議無效後，丘逢甲、唐景崧等愛臺人士決定自救，共組「臺灣民主國」；推巡撫唐景崧為大總統、劉永福為大將軍、李秉瑞為軍務大臣、丘逢甲為副總統兼團練使，負責統領義軍。

當日軍登臺時，進占基隆，守軍不敵，唐景崧率先棄職，坐船逃往廈門。丘逢甲見大勢已去，亦拋下義勇軍，攜眷逃往廣東。雖然在他辭世後十餘年，由他的兒子丘念台公布他當時所作〈離臺詩〉六首，其一云：「宰相有權能割地，孤臣無力可回天。扁舟去作鴟夷子，回首河山意黯然。」其三云：「捲土重來未可知，江山亦要偉人持。成名豎子知多少？海上誰來建義旗？」道盡無力回天的孤忠與悲憤，沉鬱蒼涼，具有鼓舞人心的力量。此六首詩傳誦一時，但仍無法抹去其臨危脫逃的惡名。

定居大陸後，他仍以教書為業，主講於潮州、潮陽、澄海等地的書院；後與其三弟丘樹甲合力倡辦嶺東同文學堂，維護新學，不遺餘力。此外，他也寫了不少追懷臺灣風土的詩作，後收入〈憶臺雜詠〉。如〈雞籠金〉：「雞籠山畔陣雲陰，辛苦披沙一水深。寶藏尚存三易主，人間真有不祥金。」描寫基隆、瑞芳、金瓜石一帶的淘金潮。他畢竟是臺灣人，內渡後始終以南歸客自居，詩文亦以「東海遺民」、「臺灣遺民」署名。丘逢甲雖未直接參與當時所提倡的「詩界革命」，但由於他與黃遵憲交遊酬唱，這種反映現實、熱愛鄉土的精神應該是一致的。著有《柏莊詩草》、《嶺雲海日樓詩鈔》等。

辛亥革命後，丘逢甲被推舉為參議員。未數月，返家養病；隔年去世。臨終，遺言「葬須南向，吾不忘臺灣也！」其愛國之心，可見一斑。不過，也有人對他持負面評價，如美濃舉人林金城曾作一副對聯諷刺他：「盜臺軍餉，盜粵軍裝，軍法總能逃，事變兩番成大盜；非清人物，非漢人材，人言終不息，心甘一死莫知非。」針對其平生爭議事件而發：聽說他逃往大陸時，挾帶公款十萬兩白銀而行，但至今查無實證。我們寧可相信他的詩歌，句句肺腑之言，人如其詩，他是一位愛國憂民的讀書人。

丘逢甲〈憶臺雜詠〉

離臺賦詩意黯然

雞籠山畔陣雲陰，辛苦披沙一水深。寶藏尚存三易主，人間真有不祥金。（〈雞籠金〉）

雞籠：即「基隆」之原名。一說由於當地山形似雞籠而得名；一說起源於此地平埔族自稱「凱達格蘭」，漢人聽成是河洛話的「雞犬加籠」，故簡稱「雞籠」。至清代，取「基地昌隆」之意，更為今名。／三易主：指臺灣原住民、漢人和日本人皆曾至此淘金。／不祥金：正因為基隆蘊藏砂金，才會招致外來的覬覦，永無寧日。

大考停看聽

雞籠山邊陣陣烏雲帶來陰暗潮溼的氣候，人們辛苦地在深水中篩去泥沙淘取砂金。雞籠河的砂金寶藏先後經過臺灣原住民、漢人和日本人三度開採，正因為當地產金而招來不祥事端，人間真有不吉祥的黃金。

- 丘逢甲（1864～1912），字仙根，號蟄仙、倉海，臺灣彰化人。
- 二十六歲進士及第，後被任命為工部主事。但他以「親老需侍」為由返臺，投身教育工作。

★光緒二十年（1894）甲午戰爭爆發，丘逢甲奉旨督辦團練。
★隔年，清兵戰敗，李鴻章與日本簽訂《馬關條約》，割讓臺灣。
★臺灣民眾群情激憤，丘逢甲亦上書反對割臺。
★向清廷抗議無效後，丘逢甲、唐景崧等人組「臺灣民主國」自救。

- 當日軍登臺時，進占基隆，守軍不敵，唐景崧率先棄職，坐船逃往廈門。
- 丘逢甲見大勢已去，亦拋下義勇軍，攜眷逃往廣東。
- 後來，由他兒子丘念台公布他當時所作〈離臺詩〉六首，道盡無力回天的孤忠與悲憤。

★雖然此六首詩傳誦一時，但仍無法抹去丘逢甲臨危脫逃的惡名。

★定居大陸後，他仍以教書為業，主講於潮州、潮陽、澄海等地書院。
★後來與其三弟丘樹甲合力倡辦嶺東同文學堂，維護新學，不遺餘力。

★此外，他也寫了不少追懷臺灣風土的詩作。

★丘逢甲雖未直接參與當時所提倡的「詩界革命」，但由於他與黃遵憲交遊酬唱，這種反映現實、熱愛鄉土的精神應該是一致的。

- 辛亥革命後，丘逢甲被推舉為參議員。未數月，返家養病；隔年去世。
- 臨終，遺言「葬須南向，吾不忘臺灣也！」其愛國之心，可見一斑。

★不過，也有人對他持負面評價，如美濃舉人林金城曾作一副對聯諷刺他：「盜臺軍餉，盜粵軍裝，軍法總能逃，事變兩番成大盜；非清人物，非漢人材，人言終不息，心甘一死莫知非。」針對其平生爭議事件而發：**聽說他逃往大陸時，挾帶公款十萬兩白銀而行；但至今查無實證。**

UNIT 2-50 然則臺灣無史，豈非臺人之痛歟？

連橫〈臺灣通史序〉是其史學著作《臺灣通史》的自序。「通史」，指通貫古今、一連記錄幾個朝代的史書。「序」可分為書序、單篇詩文之序二種：前者原本置於書末，自唐、宋以降，始移序文於全書之前，或於書末增設跋文，故有「前序後跋」、「序詳跋略」之說；後者為闡明單篇詩文創作之旨趣而寫，一律放在單篇作品之前，通常又有「小序」、「並序」之稱。凡書序、跋語（跋尾）或詩文小序，皆屬於「序跋文」。

連橫《臺灣通史》，共三十六卷、八十八篇，起於隋代大業元年（605），終於清光緒二十一年（1895）把臺灣割讓給日本，收錄一千二百九十年間史事。全書包括：〈紀〉四篇，依年代先後，記臺灣之歷史大事；〈志〉二十四篇，以專題方式，錄臺灣之典章制度、風俗民情、山川地理等；〈傳〉六十篇，為人物傳記，載影響臺灣發展的重要人士，並附有圖、表。書中以荷蘭人、鄭成功、清代三百餘年歷史為重心，取材宏富，記事詳盡，是研究臺灣史必備的典籍之一。

通篇可分為六段：首段開門見山點出：「臺灣固無史也。」臺灣本來就沒有一部貫通古今的通史，舊方志內容錯誤百出、疏漏至極，根本無法從中了解臺灣發展的大略情形。

次段列舉臺灣歷來的重大史事，如英人軍艦侵襲雞籠（今基隆）、美國商船與原住民的衝突、中法戰爭波及基隆和滬尾（今淡水）、朱一貴事件、林爽文起義等，史書上都沒有完整的記載。直到建省之後，經劉銘傳等人的努力，才使得臺灣氣象煥然一新。

三段說明歷史對國家民族的重要性，是民族精神的寄託，人們行事的借鏡。古有明訓：「國可滅而史不可滅。」可見縱使國家淪亡，但歷史絕不容被消滅。「然則臺灣無史，豈非臺人之痛歟？」沉痛道出臺灣卻沒有一部詳實、可靠的史書，是身為臺灣人的悲哀！

四段披露修臺灣史的種種困難：一、史料殘缺，考證不易；二、老成凋謝（長者辭世），查訪困難；三、兵馬倥傯（音「恐總」），資料多半毀於戰火。「然及今為之，尚非甚難，若再經十年、二十年而後修之，則真有難為者。」強調其急迫性。

五段陳述發憤撰史的經過：作者兢兢業業，不敢懈怠，費時「十稔（音『忍』，十年）」，終於完成這部《臺灣通史》。古往今來，臺灣大小事件，都被鉅細靡遺地保留在書裡了。

末段揭示寫作《臺灣通史》的宗旨：「追懷先德，眷顧前途（緬懷祖先開墾家園的功德，眷念臺灣子孫的前途）」、「惟仁惟孝，義勇奉公，以發揚種性（期勉臺灣同胞秉持仁孝，見義勇為，奉公守法，以發揚民族精神）」。最後，以我們先王（指鄭成功等人）、先民（指一般來臺墾殖的先人）的偉大使命，都依託在這「婆娑之洋，美麗之島」作結，藉以展望美好的未來。

連橫《臺灣通史・序》

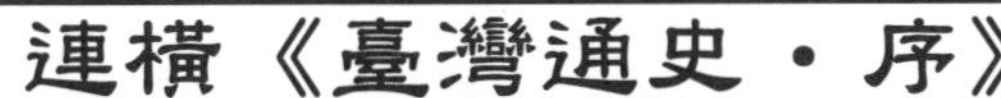

福爾摩沙美麗島

　　烏乎！念哉！凡我多士，及我友朋，惟仁惟孝，義勇奉公，以發揚種性，此則不佞之幟也。婆娑之洋，美麗之島，我先王、先民之景命，實式憑之。

惟仁惟孝：本著仁孝的精神。／種性：民族性。／不佞之幟：我的志向。不佞，猶言「不才」，為自我之謙稱。幟，本指旗幟，此引申為目標、志向之意。／婆娑：本為盤旋舞動貌，此處用來形容海水的起伏蕩漾。／美麗之島：昔日葡萄牙人見臺灣風光明媚，稱之「福爾摩沙（Formosa）」，意即美麗之島。／景命：偉大的使命。／實式憑之：實在是依託於此。式、憑，皆作「依託」解。之，借代「婆娑之洋，美麗之島」。

大考停看聽

　　哎呀！好好地想一想！我的同胞，以及我的朋友們，希望大家秉持著仁孝的精神，見義勇為，奉公行事，來發揚我們民族的優良傳統，這就是我的志向啊。在這波濤洶湧的海洋、美麗的島嶼，我們先王、先民偉大的使命，其實都依託於此。

連橫《臺灣通史》 共三十六卷、八十八篇

起於隋代大業元年（605），終於清光緒二十一年（1895）把臺灣割讓給日本，收錄一千二百九十年間史事。

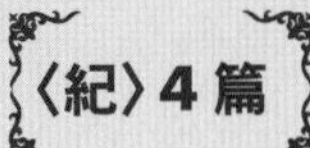

〈紀〉4 篇：依年代的先後，記臺灣之歷史大事

〈志〉24 篇：以專題方式，錄臺灣之典章制度、風俗民情、山川地理等

〈傳〉60 篇：為人物傳記，載影響臺灣發展的重要人士，並附有圖、表

書中以荷蘭人、鄭成功、清代三百餘年歷史為重心，取材宏富，記事詳盡，是研究臺灣史必備的典籍之一

1. 首段開門見山點出：「臺灣固無史也。」臺灣本來就沒有一部貫通古今的通史，舊方志內容錯誤百出、疏漏至極，根本無法從中了解臺灣發展的大略情形。
2. 次段列舉臺灣歷來的重大史事，如英人軍艦侵襲基隆、美國商船與原住民的衝突、中法戰爭波及基隆和淡水、朱一貴事件、林爽文起義等，史書上都沒有完整的記載。
3. 三段說明歷史對國家民族的重要性，是民族精神的寄託，人們行事的借鏡。「然則臺灣無史，豈非臺人之痛歟？」道出臺灣沒有一部詳實、可靠的史書，是身為臺灣人的悲哀！
4. 四段披露修臺灣史的種種困難：一、史料殘缺，考證不易；二、長者辭世，查訪困難；三、兵馬倥傯，資料多半毀於戰火。「然及今為之，尚非甚難，若再經十年、二十年而後修之，則真有難為者。」強調其急迫性。
5. 五段陳述發憤撰史的經過：作者兢兢業業，不敢懈怠，費時十年，終於完成這部《臺灣通史》。古往今來，臺灣大小事件，都被鉅細靡遺地保留在書裡了。
6. 末段揭示寫作《臺灣通史》的宗旨：「追懷先德，眷顧前途」、「惟仁惟孝，義勇奉公，以發揚種性」。最後，以我們先王、先民的偉大使命，都依託在這「婆娑之洋，美麗之島」作結，藉以展望美好的未來。

附錄一：近年大考精選題【經典篇】

1.【 A 】下列選項何者不正確？【大學生中文能力檢測模擬題】

> 關關雎鳩，在河之洲。窈窕淑女，君子好逑。
> 參差荇菜，左右流之。窈窕淑女，寤寐求之。求之不得，寤寐思服。悠哉悠哉，輾轉反側。
> 參差荇菜，左右采之。窈窕淑女，琴瑟友之。參差荇菜，左右芼之。窈窕淑女，鍾鼓樂之。(《詩經‧周南‧關雎》)

(A)「關雎」是地名，位於周朝王畿以南的地方 (B)「君子好逑」指君子理想的終生伴侶 (C)「窈窕淑女」即容貌姣好、品德良善的女子 (D) 本詩的主旨是祝賀新婚。

按：(A)「關雎」是篇名，取自篇首「關關雎鳩」；這是先秦典籍命名的通則，並無深意。

2.【 A 】關於以下這段對《詩經》的古籍新解，其要旨在於：【107 警察／鐵路佐級】
「《詩經‧齊風‧東方未明》可以看到詩人從妻子視角描寫官吏丈夫的忙碌生活，詩句以『東方未明，顛倒衣裳。顛之倒之，自公召之』，生動地刻劃出丈夫早起急忙出門上班，連衣服都來不及穿好的模樣。最後甚至提到丈夫『不能辰夜，不夙則莫』的早出晚歸生活。雖然詩中的妻子並沒有對丈夫的忙碌發牢騷或冷嘲熱諷，但口氣中的無可奈何卻是如此明顯，說明繁重的工作壓力會造成員工本人及家庭生活多大的影響與不滿。」
(A) 當時的官吏亦如現代人般面對繁重工作 (B) 當時官吏的妻子抱怨丈夫工作太過忙碌 (C) 當時的君臣黎民都勤於政事，夙夜匪懈 (D) 當時的百姓都過著民不聊生的痛苦生活。

3.【 D 】下列文句的疊字詞語，何者非「聽覺的摹寫」？【107 清大轉學考】
(A)「牙牙」學語 (B) 馬鳴「蕭蕭」(C) 秋風「蕭颯」 (D) 蒹葭「萋萋」。

按：(D) 蒹葭「萋萋」，亦作「淒淒」，形容蒹葭茂盛的樣子。

4.【 C 】《詩經‧豳風‧七月》：「七月流火，九月授衣。春日載陽，有鳴倉庚。女執懿筐，遵彼微行，爰求柔桑。春日遲遲，采蘩祁祁。女心傷悲：殆及公子同歸？」關於上述引文，下列何者正確？【公職模擬題】
(A) 採桑女自傷身分卑微，不能與愛慕的豳公子同歸 (B) 採桑女將與豳公子同歸，因不捨家人而暗自神傷 (C) 採桑女恐怕被豳公子強行帶回，而心中悲傷 (D) 採桑女為了追求愛情，將私自與豳公子同歸。

5.【 A 】《詩經‧小雅‧斯干》：「乃生男子，載寢之牀，載衣之裳，載弄之璋。其泣喤喤。朱芾斯皇，室家君王。乃生女子，載寢之地，載衣之裼，載弄之瓦。無非無儀，唯酒食是議。無父母詒罹。」這是一首怎樣的祝賀詩？【公職模擬題】
(A) 新居落成 (B) 燕爾新婚 (C) 早生貴子 (D) 生雙胞胎。

6.【 A 】下文中「出則銜恤，入則靡至」的意義是指下列何者？【106 新北國中教甄】

> 蓼蓼者莪，匪莪伊蒿。哀哀父母，生我劬勞。蓼蓼者莪，匪莪伊蔚。哀哀父母，生我勞瘁。
> 缾之罄矣，維罍之恥。鮮民之生，不如死之久矣！無父何怙？無母何恃？出則銜恤，入則靡至。
> 父兮生我，母兮鞠我，拊我畜我，長我育我，顧我復我，出入腹我。欲報之德，昊天罔極！
> 南山烈烈，飄風發發。民莫不穀，我獨何害？南山律律，飄風弗弗。民莫不穀，我獨不卒！（《詩經・小雅・蓼莪》）

(A) 喪親之痛 (B) 喪子之痛 (C) 亡國之痛 (D) 失財之痛。

7.【 B 】《尚書》內容可分六體，其中告誡屬下或百姓的一類是：【101 中區教甄】

(A) 誓 (B) 誥 (C) 謨 (D) 命

按：《尚書》六體：（1）典：記載君王的言論、事跡，如〈堯典〉（2）謨：記載君臣間的談話、謀議，如〈皋陶謨〉（3）訓：記載臣下對君上的勸戒之辭，如〈洪範〉（4）誥：記載君上對臣下的勸戒誥諭，如〈大誥〉（5）誓：君王或諸侯於戰爭前所下的動員令、誓師辭，如〈甘誓〉（6）命：記載君上任命或賞賜臣下的策命之辭，如〈文侯之命〉。

8. 問答：《禮記・檀弓》載：「晉獻公將殺其世子申生，公子重耳謂之曰：『子蓋言子之志於公乎？』世子曰：『不可！君安驪姬，是我傷公之心也。』曰：『然則蓋行乎？』世子曰：『不可！君謂我欲弒君也，天下豈有無父之國哉？吾何行如之？』」所以最後世子申生選擇自盡身亡。請問：您對世子申生此舉有何評價？請具體陳述之。【公職模擬題】

答：參考本書〈1-8 天下豈有無父之國哉？吾何行如之？〉

9. 問答：試問曾子何以言「爾之愛我也不如彼」？【105 臺北大學轉學考】

> 曾子寢疾，病。樂正子春坐於牀下，曾元、曾申坐於足，童子隅坐而執燭。童子曰：「華而睆，大夫之簀與？」子春曰：「止！」曾子聞之，瞿然曰：「呼！」曰：「華而睆，大夫之簀與？」曾子曰：「然，斯季孫之賜也，我未之能易也。元，起易簀。」曾元曰：「夫子之病革矣，不可以變，幸而至於旦，請敬易之。」曾子曰：「爾之愛我也不如彼。君子之愛人也以德，細人之愛人也以姑息。吾何求哉？吾得正而斃焉，斯已矣。」舉扶而易之。反席未安而沒。（《禮記・檀弓上》）

答：參考本書〈1-9 君子之愛人也以德，細人之愛人也以姑息〉

10. 翻譯：子柳之母死，子碩請具。子柳曰：「何以哉？」子碩曰：「請粥庶弟之母。」子柳曰：「如之何其粥人之母以葬其母也？不可。」既葬，子碩欲以賻布之餘，具祭器。子柳曰：「不可，吾聞之也，君子不家於喪，請班諸兄弟之貧者。」（《禮記・檀弓上》）【103 中醫師／護理師／社會工作師高考】

答：參考本書〈1-10 喪欲速貧，死欲速朽〉

11.【B.C.D.E】複選：下列畫底線的文句，是進一步解釋前句「 」內所述之內涵的是：【108 指考】
(A) 前闢四窗，垣牆周庭，「以當南日」，日影反照，室始洞然 (B)「友從兩手，朋從兩肉」，是朋友如一身左右手，即吾身之肉 (C) 吾日「三省吾身」，為人謀而不忠乎，與朋友交而不信乎，傳不習乎 (D) 主上「屈法申恩，吞舟是漏」，將軍松柏不翦，親戚安居，高臺未傾，愛妾尚在 (E) 今「大道既隱，天下為家」，各親其親，各子其子，貨力為己，大人世及以為禮，城郭溝池以為固。

按：(A) 出自歸有光〈項脊軒志〉，是說在（項脊軒）前面開了四扇窗子，在院子四周砌上圍牆，「用來擋住南面射來的日光」，日光反射照耀，室內才明亮起來。→可見「 」為因，畫線的文字為果，並非解釋其內涵。

12.【 A 】以下何者不符合本文旨趣？【大學生中文能力檢測模擬題】

> 善學者，師逸而功倍，又從而庸之。不善學者，師勤而功半，又從而怨之。善問者，如攻堅木，先其易者，後其節目，及其久也，相說以解。不善問者，反此。善待問者，如撞鐘，叩之以小者則小鳴，叩之以大者則大鳴；待其從容，然後盡其聲。不善答問者反此。此皆進學之道也。（《禮記・學記》）

(A) 論為人師表應有的品德及素養 (B) 善學習的人使老師安逸而收到加倍的效果 (C) 善於發問的人應從簡單之處著手，然後才處理較困難的地方 (D) 善於答問者好比敲鐘：輕輕敲打，鳴聲細小；猛力敲打，鳴聲洪大。

13.【 C 】關於《易經》，下列各敘述何者正確？【97 臺北國中教甄】
(A)《易》以卦辭為經，爻辭為傳 (B)《易》有容易、簡易、變易三義 (C)「天行健，君子以自強不息」語出〈乾卦・象辭〉 (D) 兌卦代表風。

按：(A)《易》以卦辭、爻辭為經，以《十翼》為傳 (B)《易》有簡易、不易、變易三義 (C) 正確 (D) 兌卦代表澤，巽卦代表風。

14.【D】《穀梁傳・虞師晉師滅夏陽》：「晉國之使者，其辭卑而幣重，必不便於虞。」關於上述引文的意思，下列選項何者有誤？【大學生中文能力檢測模擬題】
(A)「辭卑」是心存討好 (B)「辭卑」乃出於偽裝 (C)「幣重」即為了迎合 (D)「禮多」則意在惠民。

15.【A】《左傳・隱公元年》：「莊公寤生，驚姜氏，故名曰寤生，遂惡之。」關於「寤生」的解釋，下列選項的說明何者正確？【104 臺北國中教甄】
(A) 嬰兒出生時，腳先出而頭後出 (B) 嬰兒出生時，已長出牙齒 (C) 母親難產而死 (D) 母親在昏迷中生下嬰兒。

16.【D】君子曰：「□□□□，盟無益也。《詩》云：『君子屢盟，亂是用長。』無信也。」（《左傳・桓公十二年》）上文空缺處，應填入的選項是：【107 公務員初等】

(A) 袖手旁觀 (B) 喋喋不休 (C) 脣亡齒寒 (D) 苟信不繼。

17.【C】閱讀下文，曹劌論定此役可以一戰的原因是什麼?【105 新北國中教甄】

> 十年春，齊師伐我，公將戰。曹劌請見，其鄉人曰:「肉食者謀之，又何間焉?」劌曰:「肉食者鄙，未能遠謀。」乃入見。
>
> 問何以戰?公曰:「衣食所安，弗敢專也，必以分人。」對曰:「小惠未徧，民弗從也。」公曰:「犧牲玉帛，弗敢加也，必以信。」對曰:「小信未孚，神弗福也。」公曰:「小大之獄，雖不能察，必以情。」對曰:「忠之屬也，可以一戰。戰，則請從。」
>
> 公與之乘，戰於長勺。公將鼓之，劌曰:「未可。」齊人三鼓，劌曰:「可矣。」齊師敗績，公將馳之，劌曰:「未可。」下視其轍，登軾而望之，劌曰:「可矣。」遂逐齊師。
>
> 既克，公問其故。對曰:「夫戰，勇氣也。一鼓作氣，再而衰，三而竭。彼竭我盈，故克之。夫大國難測也，懼有伏焉;吾視其轍亂，望其旗靡，故逐之。」(《左傳·曹劌論戰》)

(A) 衣食所安，弗敢專也，必以分人 (B) 犧牲玉帛，弗敢加也，必以信 (C) 小大之獄，雖不能察，必以情 (D) 肉食者鄙，未能遠謀。

☆填充:《左傳·莊公十年》齊國入侵，曹劌堅持求見國君獻策的理由是:「__________，__________?」【2016 大陸高考模擬題】

解答:肉食者鄙/未能遠謀

18. 翻譯:晉侯復假道於虞以伐虢。宮之奇諫曰:「虢，虞之表也;虢亡，虞必從之。晉不可啟，寇不可翫;一之謂甚，其可再乎?諺所謂『輔車相依，脣亡齒寒』者，其虞虢之謂也。」【中醫師/護理師/社會工作師模擬題】

答:參考本書〈1-18 鬼神非人實親，惟德是依〉

19.【B】以《左傳》記載晉文公在戰場上面對楚國軍隊，未戰而先退為典故的成語是?【105 臺師大轉學考】(A) 得隴望蜀 (B) 退避三舍 (C) 脣亡齒寒 (D) 投鞭斷流。

20. 作文:「晉侯賞從亡者;介之推不言祿，祿亦弗及。……其母曰:『盍亦求之?以死，誰懟?』對曰:『尤而效之，罪又甚焉!且出怨言，不食其食。』其母曰:『亦使知之，若何?』對曰:『言，身之文也。身將隱，焉用文之?是求顯也。』其母曰:『能如是乎?與汝偕隱。』遂隱而死。」請以「功成身退」為題，作文一篇，闡述您的見解。【公職模擬題】

21.【C.D.E】複選:下列有關經書的敘述，正確的選項是:【100 學測】(A)《詩經》是中國古代南方文學的總集 (B)《尚書》保存了秦漢之際的典章制度 (C) 三禮指《周禮》、《儀禮》、《禮記》，其中《周禮》又稱《周官》 (D)《易經》中的八卦可以代表八種不同的象，如乾卦代表天，坤卦代表地 (E)《春秋》

有《左傳》、《公羊傳》、《穀梁傳》三傳，《左傳》特點在詳述史事。

按：(A)《詩經》是古代北方文學的總集 (B)《尚書》為記錄三代以前古聖先王言論的記言史。

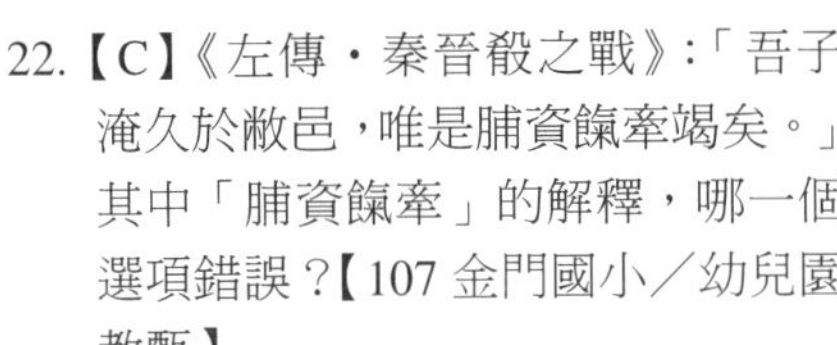

22.【C】《左傳・秦晉殽之戰》：「吾子淹久於敝邑，唯是脯資餼牽竭矣。」其中「脯資餼牽」的解釋，哪一個選項錯誤？【107 金門國小／幼兒園教甄】

(A) 脯：乾肉 (B) 資：穀糧 (C) 餼：熟食 (D) 牽：牲畜。

按：已宰殺的牲畜曰餼，活的牲畜曰牽。

23. 問答：依文意來看，子產何以不願毀了鄉校，試說明其論點。【106 臺師大碩班入學考】

> 鄭人游于鄉校，以論執政。然明謂子產曰：「毀鄉校何如？」子產曰：「何為？夫人朝夕退而游焉，以議執政之善否。其所善者，吾則行之；其所惡者，吾則改之，是吾師也。若之何毀之？我聞忠善以損怨，不聞作威以防怨。豈不遽止？然猶防川。大決所犯，傷人必多，吾不克救也。不如小決使道，不如吾聞而藥之也。」然明曰：「蔑也今而後知吾子之信可事也。小人實不才，若果行此，其鄭國實賴之，豈唯二三臣？」
>
> 仲尼聞是語也，曰：「以是觀之，人謂子產不仁，吾不信也。」（《左傳・襄公三十一年》）

答：參考本書〈1-23 我聞忠善以損怨，不聞作威以防怨〉

24. 【C】閱讀下文，其主旨正確的是：

【大學生中文能力檢測模擬題】

> 鄭子產有疾。謂子大叔曰：「我死，子必為政。唯有德者能以寬服民，其次莫如猛。夫火烈，民望而畏之，故鮮死焉。水懦弱，民狎而翫之，則多死焉。故寬難。」疾數月而卒。
>
> 大叔為政，不忍猛而寬。鄭國多盜，取人于萑苻之澤。大叔悔之，曰：「吾早從夫子，不及此。」興徒兵以攻萑苻之盜，盡殺之，盜少止。（《左傳・子產論政寬猛》）

(A) 子產告誡子大叔施政當採嚴厲的手段，令民生畏 (B) 子產認為施政當用寬和懷柔的策略，安撫百姓 (C) 子產告誡子大叔為政當寬猛並濟，視情況而定 (D) 子產認為執政當從善如流，為民興利。

25. 作文：孔子說：「道之以政，齊之以刑，民免而無恥。」老子說：「法令滋章，盜賊多有。」二人似乎都認為苛細嚴峻的法令只會造成社會更多的動盪不安。司馬遷認同這樣的觀點，所以他說：「法令者治之具，而非制治清濁之源也。」請以「法律與制治清濁之關係」為題，作文一篇，文中須先就上述三人的觀點評論其得失，進而闡述自己的見解。【107 律師高考】

☆填充：《論語・為政》云：

「＿＿＿＿＿＿，＿＿＿＿＿＿。」

意思是溫習學過的知識，而又能從中有新的理解與體會，這樣就可以成為一名老師了。【2018 大陸高考模擬題】

解答：溫故而知新／可以為師矣

26.【D】依據引文，下列何者含有「亟欲爭勝」的意味？【105 四技／二專統測】

> 甲、顏淵、季路侍。子曰：「盍各言爾志？」子路曰：「願車馬、衣輕裘，與朋友共。敝之而無憾。」顏淵曰：「願無伐善，無施勞。」子路曰：「願聞子之志。」子曰：「老者安之，朋友信之，少者懷之。」（《論語・公冶長》）
> 乙、子謂顏淵曰：「用之則行，舍之則藏，唯我與爾有是夫！」子路曰：「子行三軍，則誰與？」子曰：「暴虎馮河，死而無悔者，吾不與也。必也臨事而懼，好謀而成者也。」（《論語・述而》）

(A) 盍各言爾志 (B) 願聞子之志 (C) 唯我與爾有是夫 (D) 子行三軍，則誰與？

> ☆填充：孔門弟子各有所長，有所謂「四科十哲」之說。《論語・先進》以德行、言語、政事、文學為「四科」，其中顏淵屬於【　　　】，子貢屬於【　　　】。
> 【2017 大陸高考模擬題】
>
> 解答：德行／言語
>
> 按：德行：顏淵、閔子騫、冉伯牛、仲弓。言語：宰我、子貢。政事：冉有、季路。文學：子游、子夏。

27.【 B 】《論語 ・ 雍也》：「冉求曰：『非不說子之道，力不足也。』子曰：『力不足者，中道而廢，今女畫。』」文中「今女畫」的意思是什麼？【107 警察／鐵路佐級】

(A) 你喜歡繪畫 (B) 你是畫地自限 (C) 你擅長畫仕女圖 (D) 你是畫虎不成反類犬。

28. 作文：子曰：「飯疏食，飲水，曲肱而枕之，樂亦在其中矣。不義而富且貴，於我如浮雲。」（《論語・述而》）「不義而富且貴，於我如浮雲」在當今社會尤具正面意義。試以所見所聞實例，闡述「不義而富且貴，於我如浮雲」之意，作文一篇。【105 會計師／不動產估價師／民間之公證人高考】

> ☆填充：子曰：「飯疏食，飲水，曲肱而枕之，樂亦在其中矣。＿＿＿＿＿，＿＿＿＿＿。」（《論語・述而》）
> 【2017 大陸高考模擬題】
>
> 解答：不義而富且貴／於我如浮雲

29.【C】某次孔子病得很重，子路非常關心孔子的病情，就請求代孔子祈禱於神祇，孔子問說：「有這樣的事嗎？」子路回答說：「有的，誄詞有云：『為您向天地神祇祈禱。』孔子聽了就說：『丘之禱久矣。』」孔子這句話表面上的意思是說，他本人已經向上蒼祈禱過很久了，……則是話中有話。其內在深層的涵義是，求人（神明）不如求己，或者說，仰不愧於天，俯不怍於人，何需有求於鬼神。依據上文，下列敘述最正確的是：【107 公務員初等】

(A) 作者認為孔子的回答出於內心想法，沒有任何反諷意味 (B) 作者認為孔子反躬自省、禱告已久，鬼神一定善加保祐 (C) 作者指出修養應該反求諸已，問心無愧，不必求人問神 (D) 作者認為修養應敬畏神明、反躬自省，仰不愧而俯不怍。

☆填充：《論語・述而》：「子曰：『君子 ＿＿＿＿＿，小人 ＿＿＿＿＿。』」【2017 大陸高考模擬題】

解答：坦蕩蕩／長戚戚

30. 作文：孔子說：「不在其位，不謀其政。」許多人都將這句話奉為明哲保身的圭臬，不去過問自己職掌以外的事。但也有人認為「不在其位，不謀其政」的態度過於消極。試以「論不在其位不謀其政」為題，作文一篇，闡述看法。【104 建築師／不動產經濟人／記帳士高考】

☆簡答：《論語・泰伯》：「子曰：『如有周公之才之美，使驕且吝，其餘不足觀也已！』」此則的主旨是什麼？【2018 大陸高考模擬題】

解答：告誡世人千萬別驕傲、鄙吝，否則就算才智、技藝再美再好，也不值得一提了。

31. 翻譯：顏淵喟然歎曰：「仰之彌高，鑽之彌堅。瞻之在前，忽焉在後。夫子循循然善誘人，博我以文，約我以禮，欲罷不能。既竭吾才，如有所立卓爾。雖欲從之，末由也已。」（《論語・子罕》）【105 中醫師／護理師／社會工作師高考】

答：參考本書〈1-31 仰之彌高，鑽之彌堅〉

32.【B】「有一段時間，我曾一直想如何快速致富，可是做新聞工作，領的是薪水，唯一能想的是省吃儉用，省點小錢：想發財，門都沒有！轉學考換跑道，去創業嗎？沒準備好，也不敢輕舉妄動，只能繼續在內心煎熬。一直到我讀到《論語》這一段話：『……。』我終於得到啟發。孔子說：『穿著破舊的衣服，與穿著狐皮貉皮衣服的人並肩而立，不會感到慚愧的人，大概只有子路了吧。如果能夠做到不嫉妒、不貪求，那做什麼事都能夠暢行無阻。』」上文刪節處，最適切填入的是：【107 警察／鐵路四等】
(A) 放於利而行，多怨 (B) 不忮不求，何用不臧 (C) 君子食無求飽，居無求安 (D) 不義而富且貴，於我如浮雲。

33.【D】《論語》中記載許多孔子與弟子的對話，具體表現孔子的人格風範，試問以下對哪一章句的詮釋不恰當？【106 新竹東興國中教甄】
(A) 子之武城，聞弦歌之聲。夫子莞爾而笑曰：「割雞焉用牛刀？」反映出孔子幽默的態度 (B) 子曰：「求也退，故進之；由也兼人，故退之。」反映出孔子因材施教的智慧 (C) 廄焚。子退朝，曰：「傷人乎？」不問馬。反映出孔子重人輕財的襟懷 (D) 子曰：「沽之哉！沽之哉！我待賈者也！」反映出孔子曲高和寡的無奈。

按：(D) 子曰：「沽之哉！沽之哉！我待

貫者也！」反映孔子藏德待用的心情。

34. 問答：請依據甲文的觀點，回答為何乙文「吾與點也」可以呈現孔子的幽默？【105 指考】

> 甲、幽默是溫厚的，超脫而同時加入悲天憫人之念。孔子溫而厲，恭而安，無適，無必，無可無不可，近於真正幽默態度。我所愛的是失敗時幽默的孔子，是吾與點也幽默自適的孔子。（林語堂〈論幽默〉）
> 乙、子路、曾晢、冉有、公西華侍坐。子曰：「以吾一日長乎爾，毋吾以也！居則曰：『不吾知也！』如或知爾，則何以哉？」子路率爾而對曰：「千乘之國，攝乎大國之間，加之以師旅，因之以饑饉，由也為之，比及三年，可使有勇，且知方也。」夫子哂之。……（曾晢）曰：「莫春者，春服既成，冠者五、六人，童子六、七人，浴乎沂，風乎舞雩，詠而歸。」夫子喟然歎曰：「吾與點也！」三子者出，……（曾晢）曰：「夫子何哂由也？」曰：「為國以禮，其言不讓，是故哂之。」（《論語・先進》）
> 子路：仲由。
> 曾晢：曾點。
> 不吾知：為「不知吾」之倒裝；不了解我。
> 莫：同「暮」。
> 三子：即子路、冉有、公西華。
> 舞雩：祭天求雨的場所，曾晢乘涼之處。

答：參考本書〈1-34 夫子喟然歎曰：吾與點也！〉

35.【D】《論語・衛靈公》：「君子固窮，小人窮斯濫矣。」關於這句話的解釋，下列選項何者正確？【104 臺北國中教甄】
(A) 君子固然窮，但是能堅持窮人的骨氣；小人窮困時則會不斷向他人請求援助 (B) 君子比較能節儉度日，所以不怕窮，不像小人會一直貧窮 (C) 君子知曉否極泰來的道理，小人只會整日擔憂 (D) 君子固然也有窮困的時候，但是不像小人在窮困時會為非作歹。

36.【C】孔子曰：「益者三友：友直，友諒，友多聞，益矣。」「友諒」是結交何種類型的朋友？【107 金門國小／幼兒園教甄】
(A) 寬恕包容 (B) 體諒貼心 (C) 敦厚誠信 (D) 謹言慎行。

37.【A】子游為武城宰，子之武城，聞弦歌之聲，夫子莞爾而笑曰：「割雞焉用牛刀？」你若是子游，當下最適合用老師平日教導的哪句話來反駁？【105 公務員初等】
(A) 興於詩，立於禮，成於樂 (B) 天下無道，則禮樂征伐自諸侯出 (C) 人而不仁，如禮何？人而不仁，如樂何 (D) 言不順，則事不成；事不成，則禮樂不興。

38.【A】從以下引文中，可知：【大學生中文能力檢測模擬題】

> 不仕無義。長幼之節，不可廢也；君臣之義，如之何其廢之？欲潔其身，而亂大倫！君子之仕也，行其義也，道之不行，已知之矣！（《論語・微子》）

(A) 君子當視出仕為責無旁貸的使命 (B) 良禽擇木而棲，君子不仕無

義之國 (C) 潔身自愛、隱逸山林並不違背君臣大義 (D) 先知長幼有序，然後才能遵守君臣之義。

39.【B】古代典籍可分為「經、史、子、集」四部。下圖菜單的四字創意菜名，何者的原始出處來自「經」部典籍？【105 四技／二專統測】

菜單	
1. 是謂大同…… （風味桶仔雞）	4. 人有四端…… （蝦仁四季豆）
2. 兼愛交利…… （椒香煎肉排）	5. 逍遙無為…… （瑤柱煨冬瓜）
3. 舉一反三…… （三色蒟蒻麵）	6. 白露為霜…… （杏仁西米露）

(A)1、2、3、6 (B)1、3、4、6 (C)2、3、4、5 (D)3、4、5、6。

按：1.《禮記・禮運・大同與小康》2.《墨子》3.《論語・述而》4.《孟子・公孫丑上》5.《莊子・逍遙遊》6.《詩經・秦風・蒹葭》。

40.【B.C.D.E】複選：儒家認為人擁有主體性和道德意志，故能志學進德、踐仁臻聖：此亦孔子「仁遠乎哉？我欲仁，斯仁至矣」之意。下列文句，表達上述意涵的選項是：【105 學測】
(A) 里仁為美。擇不處仁，焉得智 (B) 舜何人也？予何人也？有為者亦若是 (C) 譬如為山，未成一簣，止，吾止也；譬如平地，雖覆一簣，進，吾往也 (D) 輿薪之不見，為不用明焉；百姓之不見保，為不用恩焉。故王之不王，不為也，非不能也 (E) 我未見好仁者、惡不仁者。好仁者，無以尚之；惡不仁者，其為仁矣，不使不仁者加乎其身。有能一日用其力於仁矣乎？我未見力不足者。

按：(A) 慎選住所，謂環境對人的影響甚深；與人的主體性、道德意志無關。

41.【B】孟子曰：「有大人之事，有小人之事。且一人之身，而百工之所為備。如必自為而後用之，是率天下而路也。故曰：或勞心，或勞力；勞心者治人，勞力者治於人；治於人者食人，治人者食於人：天下之通義也。」（《孟子・滕文公上》），下列選項何者不符本文意旨？【106 司法／調查／海巡高考】
(A) 社會階層分工，人民各居其職，是國家運作的合理制度 (B) 在上位者，當凡事親力親為，不假手他人，為天下表率 (C) 官吏治理人民，勞心費神，是大人之事，宜為人民所供養 (D) 奉獻勞力者，受人統治，要供養別人，是社會分工的表現。

42.【C】《孟子・萬章》：「頌其詩，讀其書，不知其人可乎？是以論其世也。」依據上文，下列選項與孟子所言相符的是：【106 公務員初等】
(A) 古代著作只有詩、書二者值得閱讀 (B) 古代好的作家要會作詩也要會寫書 (C) 閱讀作品要先了解作者及所處時代背景 (D) 閱讀作品的目的是在了解作者成長背景。

43.【C】下列文句，何者最接近引文的主旨？【107 四技／二專統測】

> 弈秋，通國之善弈者也。使弈秋誨二人弈，其一人專心致志，惟弈秋之為聽；一人雖聽之，一心以

為有鴻鵠將至，思援弓繳而射之，雖與之俱學，弗若之矣。為是其智弗若與？曰：非然也。(《孟子‧告子上》)

繳：生絲繩，可用以繫矢而射。

(A)「常人貴遠賤近，向聲背實」(B)「聞道有先後，術業有專攻」(C)「目不能兩視而明，耳不能兩聽而聰」(D)「安能以皓皓之白，而蒙世俗之塵埃乎？」

☆簡答：〈孟子‧告子上〉用＿＿＿＿和＿＿＿＿比喻「生命」與「仁義」二者不可兼得時，我們應該毅然決然「舍生而取義」也。【2016 大陸高考模擬題】

解答：魚／熊掌。

44.【B】關於本文，下列選項何者為非？【大學生中文能力檢測模擬題】

孟子曰：「舜發於畎畝之中，傅說舉於版築之間，膠鬲舉於魚鹽之中，管夷吾舉於士，孫叔敖舉於海，百里奚舉於市。故天將降大任於是人也，必先苦其心志，勞其筋骨，餓其體膚，空乏其身，行拂亂其所為，所以動心忍性，曾益其所不能。人恆過，然後能改；困於心，衡於慮，而後作；徵於色，發於聲，而後喻。入則無法家拂士，出則無敵國外患者，國恆亡。然後知生於憂患而死於安樂也。」(《孟子‧告子下》)

(A)「空乏其身」是使其身乏資絕糧的意思 (B)「衡於慮」是權衡其思慮的意思 (C)「徵於色」是表現於顏色的意思 (D)「法家拂士」指有守法的世臣、輔弼的賢士。

按：(B) 衡於慮：使其思慮梗塞不通也。

☆填充：〈孟子‧告子下〉云：「入無＿＿＿＿，出無＿＿＿＿者，國恆亡。」【2015 大陸高考模擬題】

解答：法家拂士／敵國外患

45.【D】關於引文，下列敘述何者有誤？【107 東華大學附小教甄】

孟子曰：「孔子登東山而小魯，登泰山而小天下。故觀於海者難為水，遊於聖人之門者難為言。觀水有術，必觀其瀾；日月有明，容光必照焉。流水之為物也，不盈科不行；君子之志於道也，不成章不達。」

(A) 生命格局擴大，一般事物難以再感動 (B) 學習要循序漸進，無法一蹴可幾 (C) 立志要高遠，擴大生命格局 (D) 登高望遠，去國懷鄉。

46.【C】「樂羊子遠尋師學，一年來歸，妻跪問其故。羊子曰：『久行懷思，無它異也。』妻乃引刀趨機而言曰：『此織生自蠶繭，成於機杼，一絲而累，以至於寸，累寸不已，遂成丈匹。今若斷斯織也，則捐失成功，稽廢時月。夫子積學，當日知其所亡，以就懿德。若中道而歸，何異斷斯織乎？』羊子感其言，復還終業，遂七年不反。」(《後漢書‧列女傳》) 下列選項，何者與上文意旨相近？【107 警察／鐵路四等】(A) 吾生也有涯，而知也無涯 (B) 九層之臺，起於累土；千里之行，始

於足下 (C) 有為者，辟若掘井——掘井九軔而不及泉，猶為棄井也 (D) 君子之道，譬如行遠必自邇，譬如登高必自卑。

47.【A】「大學之道，在明明德，在親民，在止於至善。」其中「在明明德，在親民」的意思與下列何者相近？【四技／二專統測模擬題】
(A)「君子以仁存心，以禮存心；仁者愛人，有禮者敬人。愛人者，人恆愛之；敬人者，人恆敬之」(B)「養生喪死無憾，王道之始也」(C)「不在其位，不謀其政」(D)「舉直錯諸枉，則民服」。

48.【B】「天命之謂性，率性之謂道，修道之謂教。道也者，不可須臾離也；可離，非道也。是故君子戒慎乎其所不睹，恐懼乎其所不聞。莫見乎隱，莫顯乎微。」(《禮記・中庸》) 上文所說的是什麼道理？【105 公務員初等】
(A) 躬親 (B) 慎獨 (C) 博學 (D) 覈實。

49.【B】下文中所謂「行險以徼幸」的意思是：【大學生中文能力檢測模擬題】

> 在上位不陵下，在下位不援上。正己而不求於人，則無怨。上不怨天，下不尤人，故君子居易以俟命，小人行險以徼幸。(《四書・中庸》)

(A) 喜歡冒險的人通常心存僥幸 (B) 甘冒危險去獲取不當的利益 (C) 行為乖戾的人卻有好結果 (D) 心存僥幸是很危險的。

50.【D】《中庸・哀公問政》:「日省月試，既稟稱事。」「既稟」作何解釋？【107 金門國小／幼兒園教甄】
(A) 倉庫 (B) 學校 (C) 績效 (D) 薪資。

按：既，通「餼」，禾米也。稟，通「廩」，賜穀也。既稟，音「戲凜」，指工作所得的酬勞，猶今之薪水也。〔又「餼」，或指送人的米糧，或指供祭祀宰殺用的牲畜〕

附錄二：近年大考精選題【史論篇】

1.【C】「文公伐原，令以三日之糧，三日而原不降，公令疏軍而去之。諜出曰：『原不過一二日矣。』軍吏以告，公曰：『得原而失信，何以使人？夫信，民之所庇也，不可失也。』乃去之，及孟門，而原請降。」(《國語・晉語四》）下列選項關於「信」之成語，何者最適合作為上引文字之標題？【107 司法官三等】

(A) 大信不約 (B) 講信修睦 (C) 杖莫如信 (D) 無徵不信。

按：(A) 大信不約：真正講信用，不在於立誓訂約 (B) 講信修睦：講求信用，與人和睦相處 (C) 杖莫如信：杖通「仗」，仗恃也。可以仗恃的，莫過於守信 (D) 無徵不信：沒有證據，不能使人信服。

2.【D】《國語・晉語九》：「智襄子為室美，士茁夕焉。智伯曰：『室美夫！』對曰：『美則美矣，抑臣亦有懼也。』智伯曰：『何懼？』對曰：『臣以秉筆事君。志有之曰：「高山峻原，不生草木。松柏之地，其土不肥。」今土木勝，臣懼其不安人也。』」下列選項何者最貼近文意？【105 警察／鐵路二等】

(A) 落實地方建設，拉近城鄉差距 (B) 除了開發產業，更要教化人心 (C) 大興農業之餘，需注重水土保持 (D) 治國應體恤百姓，不為滿足私欲。

3.【D】依據下文敘述，何者符合「期年之後」的進諫狀況？【106 新北國中教甄】

> 鄒忌脩八尺有餘，而形貌昳麗。朝服衣冠，窺鏡，謂其妻曰：「我孰與城北徐公美？」其妻曰：「君美甚，徐公何能及君也！」城北徐公，齊國之美麗者也。忌不自信，而復問其妾曰：「吾孰與徐公美？」妾曰：「徐公何能及君也！」旦日，客從外來，與坐談。問之曰：「吾與徐公孰美？」客曰：「徐公不若君之美也。」
>
> 明日，徐公來。熟視之，自以為不如；窺鏡而自視，又弗如遠甚。暮寢而思之，曰：「吾妻之美我者，私我也；妾之美我者，畏我也；客之美我者，欲有求於我也。」
>
> 於是入朝見威王曰：「臣誠知不如徐公美。臣之妻私臣，臣之妾畏臣，臣之客欲有求於臣，皆以美於徐公。今齊地方千里，百二十城。宮婦左右，莫不私王；朝廷之臣，莫不畏王；四境之內，莫不有求於王。由此觀之，王之蔽甚矣！」王曰：「善！」
>
> 乃下令群臣吏民：「能面刺寡人之過者，受上賞；上書諫寡人者，受中賞；能謗譏於市朝，聞寡人之耳者，受下賞。」令初下，群臣進諫，門庭若市；數月之後，時時而間進；期年之後，雖欲言，無可進者。(《戰國策・齊策・鄒忌諫齊王》）

(A) 門庭若市 (B) 人滿為患 (C) 三五成群 (D) 門可羅雀。

☆問答：鄒忌藉由「臣之妻私臣，臣之妾畏臣，臣之客欲有求於臣，皆以美於徐公。」告誡齊威王：「王之蔽甚矣。」何以見得呢？【2019 大陸高考模擬題】

解答：因為齊威王身為一國之君，擁有千里的疆域、上百座城池，宮裡的姬妾、身邊的近臣，沒有人不愛他；朝中的官員，沒有人不怕他；國內所有百姓，沒有人不有求於他。由此看來，他所遭受的蒙騙就更嚴重了！

4.【A】下文中「齊其聞之矣」，意謂馮諼想讓齊王明白什麼事？【106 四技／二專統測】

> 孟嘗君予車五十乘，金五百斤，西遊於梁，謂惠王曰：「齊放其大臣孟嘗君於諸侯，諸侯先迎之者富而兵強。」於是梁王虛上位，以故相為上將軍，遣使者黃金千斤，車百乘，往聘孟嘗君。馮諼先驅，誡孟嘗君曰：「千金，重幣也；百乘，顯使也。齊其聞之矣！」（《戰國策・齊策・馮諼客孟嘗君》）

(A) 孟嘗君跳槽恐有後患 (B) 孟嘗君果然見利忘義 (C) 孟嘗君重視豪奢享受 (D) 孟嘗君志在返國奪位。

5.【C】閱讀下文，選出不是樊噲所持論點的選項：【104 四技／二專統測】

> 項王曰：「壯士！能復飲乎？」樊噲曰：「……懷王與諸將約曰：『先破秦入咸陽者王之。』今沛公先破秦入咸陽，毫毛不敢有所近，封閉宮室，還軍霸上，以待大王來。故遣將守關者，備他盜出入與非常也。勞苦而功高如此，未有封侯之賞，而聽細說，欲誅有功之人，此亡秦之續耳，竊為大王不取也。」項王未有以應，曰：「坐！」（《史記・項羽本紀・鴻門宴》）

(A) 沛公遵守先前誓約，沒有稱王意圖 (B) 沛公還軍等待項王，並無踰越之舉 (C) 沛公勢力不若項王，不敢輕舉妄動 (D) 沛公破秦入關有功，反遭讒言所害。

6.【B.D】複選：「楚聲既合，漢圍已布。歌既闋而甚悲，酒盈樽而不御。當其盛也，天下侯伯自我而宰制；及其衰也，帳中美人寄命而無處。」文中所哀惜詠嘆之人物為何？【105 公務員初等】

(A) 曹操 (B) 項羽 (C) 劉邦 (D) 虞姬 (E) 戚夫人。

按：這段話出自唐代李德裕〈項王亭賦並序〉；寫項羽聽到四面傳來楚歌聲，以為漢軍已攻下楚地，故於帳中飲酒，與愛妾虞姬道別。

7.【D】「句踐之困於會稽而歸，臣妾於吳者，三年而不倦。」意謂句踐具有何種人格特質？【104 中區國中教甄】

(A) 苟且偷安 (B) 志向遠大 (C) 仁民愛物 (D) 堅忍下人。

按：這段話出自蘇軾〈留侯論〉；文中引用越王句踐能堅忍下人的典故，闡明「忍小忿而就大謀」的重要性。

8. 改錯：張良嘗閒從容步游下邳杞上。有一老父，衣褐，至良所，直墮其履杞下，顧謂良曰：「孺子，下取履！」良愕然，欲毆之。（司馬遷《史記・留侯世家》）【107 政大碩班入學考】

解答：杞→圯

9. 作文：閱讀以下文字後，試以「善有善報，惡有惡報」為題，作文一篇，暢述己意；但文中須闡述對伯夷、叔齊、顏回及司馬遷等人平生遭遇的看法。【公職模擬題】

> 或曰：「天道無親，常與善人。」若伯夷、叔齊，可謂善人者，非邪？積仁絜行如此而餓死，且七十子之徒，仲尼獨薦顏淵為好學，然回也屢空，糟糠不厭，而卒蚤夭。天之報施善人，其何如哉？盜跖日殺不辜，肝人之肉，暴戾恣睢，聚黨數千人，橫行天下，竟以壽終，是遵何德哉？此其尤大彰明較著者也。若至近世，操行不軌，專犯忌諱，而終身逸樂富厚，累世不絕。或擇地而蹈之，時然後出言，行不由徑，非公正不發憤，而遇禍災者，不可勝數也。余甚惑焉，儻所謂天道是邪？非邪？（《史記・伯夷列傳》）

按：伯夷、叔齊在殷商滅亡後，隱居於首陽山，採薇而食，堅決不食周粟，遂餓死於山中。

顏回以德行聞名；其人安貧樂道，好學，不貳過，卻早夭。

司馬遷因替李陵仗義執言，而遭宮刑之禍；最後，忍辱負重，完成中國第一部通史——《史記》。

10.【C】下列符合管仲對自己描述的選項是：【105 學測】

> 管仲曰：「吾始困時，嘗與鮑叔賈，分財利，多自與，鮑叔不以我為貪，知我貧也。吾嘗為鮑叔謀事，而更窮困，鮑叔不以我為愚，知時有利不利也。吾嘗三仕三見逐於君，鮑叔不以我為不肖，知我不遭時也。吾嘗三戰三走，鮑叔不以我為怯，知我有老母也。公子糾敗，召忽死之，吾幽囚受辱；鮑叔不以我為無恥，知我不羞小節，而恥功名不顯於天下也。生我者父母，知我者鮑子也！」（《史記・管晏列傳》）

(A) 治國才能不如鮑叔牙 (B) 因鮑叔牙提拔而顯名 (C) 謀大事難免不拘小節 (D) 未因功名而不顧小節。

11.【A】文中「其後夫自抑損」，應解釋為：【107 東吳大學碩班入學考】

> 晏子為齊相，出，其御之妻從門閒而闚其夫。其夫為相御，擁大蓋，策駟馬，意氣揚揚，甚自得也。既而歸，其妻請去。夫問其故，妻曰：「晏子長不滿六尺，身相齊國，名顯諸侯。今者妾觀其出，志念深矣，常有以自下者。今子長八尺，乃為人僕御，然子之意自以為足，妾是以求去也。」其後夫自抑損。晏子怪而問之，御以實對。晏子薦以為大夫。（《史記・管晏列傳》）

(A) 後來她的丈夫就變得謙遜 (B) 後來丈夫就以言語責怪妻子 (C) 後來妻子發現丈夫會貶損晏嬰 (D) 僕御被後代的人看不起。

12.【C】以下何選項是此文最想傳達的意思：【105 臺聯大轉學考】

> 昔者彌子瑕見愛於衛君。衛國之法，竊駕君車者罪至刖。既而彌子之母病，人聞，往夜告之，彌子矯駕君車而出。君聞之而賢之曰：「孝哉，為母之故而犯刖罪！」與君游果園，彌子食桃而甘，不盡而奉君。君曰：「愛我哉，忘其口而念我！」及彌子色衰而愛弛，得罪於君。君曰：「是嘗矯駕吾車，又嘗食我以其餘桃。」故彌子之行未變於初也，

前見賢而後獲罪者，愛憎之至變也。故有愛於主，則知當而加親；見憎於主，則罪當而加疏。故諫說之士不可不察愛憎之主而後說之矣。夫龍之為蟲也，可擾狎而騎也。然其喉下有逆鱗徑尺，人有嬰之，則必殺人。人主亦有逆鱗，說之者能無嬰人主之逆鱗，則幾矣。（《史記・老子韓非列傳》）

(A) 侍奉君王不可態度鬆懈，更不可恃寵而驕 (B) 彌子瑕應該在變老變醜之前就自行離開 (C) 要給君王建議之前，必須先了解君王是好惡無常的 (D) 即使是君王，也可以藉由說服他而操控他。

13.【C】下列敘述何者有誤？【公職模擬題】

伍子胥諫曰：「句踐食不重味，弔死問疾，且欲有所用之也。此人不死，必為吳患。今吳之有越，猶人之有腹心疾也。而王不先越而乃務齊，不亦謬乎？」吳王不聽，伐齊，大敗齊師於艾陵，遂威鄒魯之君以歸。益疏子胥之謀。（《史記・伍子胥列傳》）

(A) 伍子胥認為吳國的心腹大患是越國 (B) 伍子胥因為諫伐越而遭吳王疏遠 (C) 吳王具先見之明故伐齊旗開得勝 (D) 伍子胥認為伐齊不伐越是不智之舉。

14.【A】引文述及「蘇秦、張儀、范雎、蔡澤」的用意，是為了說明司馬遷如何撰作《史記》?【107 指考】

世人論司馬遷、班固，多以固為勝，余以為失。遷之著述，辭約而事舉，敘三千年事，唯五十萬言。班固敘二百年事，乃八十萬言，煩省不敵，固之不如遷一也。良史述事，善足以獎勸，惡足以監誡。人道之常，中流小事，亦無取焉，而班皆書之，不如二也。毀貶晁錯，傷忠臣之道，不如三也。遷既造創，固又因循，難易益不同矣。又遷為蘇秦、張儀、范雎、蔡澤作傳，逞詞流離，亦足以明其大才。故述辯士則辭藻華靡，敘實錄則隱核名檢，此所以稱遷良史也。（張輔〈名士優劣論〉）

(A) 能依所敘人物選用最合宜的筆法 (B) 能發掘不被其他史家注意的史料 (C) 善透過所敘人物寄寓其落拓之悲 (D) 善學縱橫家言辭以充實史家才識。

15.【C】《史記》的體例共分為本紀、表、書、世家、列傳五類，以下四位人物與《史記》體例的配合，何者有誤？【105 臺北國中教甄】

(A) 豫讓 —— 列傳 (B) 孔子 —— 世家 (C) 越王句踐 —— 本紀 (D) 項羽——本紀。

按：句踐是諸侯王，故入〈世家〉。

又〈本紀〉以記帝王，但呂太后、項羽例外；因他們曾號令天下，雖無帝王之名，確有其實。

〈世家〉以記諸侯，但孔子、陳涉例外；因為孔子使教育普及於民間、陳涉揭竿起義試圖推翻暴政，皆開風氣之先，對後世影響深遠。

16.【B】蘇軾〈石鼓歌〉：「當年何人佐祖龍，上蔡公子牽黃狗。登山刻石頌功烈，後者無繼前無偶。皆云皇帝巡四國，烹滅強暴救黔首。」詩

中的「上蔡公子」所指何人？【106臺師大碩班入學考】

(A) 胡亥 (B) 李斯 (C) 趙高 (D) 扶蘇。

按：李斯，楚國上蔡人。據《史記・李斯列傳》記載：李斯輔佐秦始皇成就大業後，君臣一起巡行天下，勒石記功，權勢如日中天。晚年卻為趙高所害，李斯被處以腰斬前，「顧謂其中子曰：『吾欲與若復牽黃犬，俱出上蔡東門逐狡兔，豈可得乎？』遂父子相哭。而夷三族。」連累父、母、妻三族的親人全被誅殺了。

17. 申論：試論漢王、韓信論對之機鋒。【105臺北大學轉學考】

> 上常從容與信言諸將能不，各有差。上問曰：「如我，能將幾何？」信曰：「陛下不過能將十萬。」上曰：「於君，何如？」曰：「臣，多多而益善耳。」上笑曰：「多多益善，何為為我禽？」信曰：「陛下不能將兵，而善將將，此乃信之所以為陛下禽也。且陛下所謂天授，非人力也。」（《史記・淮陰侯列傳》）

答：參考本書〈2-17 相君之背，貴乃不可言！〉

18. 作文：以下故事，反映了一種醫病互動的關係。請以「扁鵲診疾對現代醫病關係的啟示」為題，作文一篇，暢抒己見。【107中醫師／護理師／社會工作師高考】

> 《史記・扁鵲倉公列傳》記載：「扁鵲過齊，齊桓侯客之。入朝見，曰：『君有疾在腠理，不治將深。』桓侯曰：『寡人無疾。』扁鵲出，桓侯謂左右曰：『醫之好利也，欲以不疾者為功。』後五日，扁鵲復見，曰：『君有疾在血脈，不治恐深。』桓侯曰：『寡人無疾。』扁鵲出，桓侯不悅。後五日，扁鵲復見，曰：『君有疾在腸胃間，不治將深。』桓侯不應。扁鵲出，桓侯不悅。後五日，扁鵲復見，望見桓侯而退走。桓侯使人問其故，扁鵲曰：『疾之居腠理也，湯熨之所及也；在血脈，鍼石之所及也；其在腸胃，酒醪之所及也；其在骨髓，雖司命無奈之何。今在骨髓，臣是以無請也。』後五日，桓侯體病，使人召扁鵲，扁鵲已逃去。桓侯遂死。」

答：參考本書〈2-18 君有疾在血脈，不治恐深〉

19. 翻譯：今游俠，其行雖不軌於正義，然其言必信，其行必果，已諾必誠，不愛其軀，赴士之阨困，既已存亡死生矣，而不矜其能，羞伐其德，蓋亦有足多者焉。（《史記・游俠列傳》）【103中醫師／護理師／社會工作師高考】

答：參考本書〈2-19 其言必信，其行必果〉

20. 翻譯：賢之行也，直道以正諫，三諫不聽則退。其譽人也不望其報，惡人也不顧其怨，以便國家利眾為務。故官非其任不處也，祿非其功不受也。（《史記・日者列傳》）【103中醫師／護理師／社會工作師高考】

答：參考本書〈2-20 鳳皇不與燕雀為群，而賢者亦不與不肖者同列〉

21.【C】根據以下引文，下列關於司馬遷的經歷，何者為正確？【105公務員初等】

附錄

《史記・太史公自序》：「太史公既掌天官，不治民。有子曰遷。遷生龍門，耕牧河山之陽。年十歲則誦古文。二十而南游江、淮，上會稽，探禹穴，闚九疑，浮於沅、湘；北涉汶、泗，講業齊、魯之都，觀孔子之遺風，鄉射鄒、嶧；戹困鄱、薛、彭城，過梁、楚以歸。於是遷仕為郎中，奉使西征巴、蜀以南，南略邛、筰、昆明，還報命。是歲天子始建漢家之封，而太史公留滯周南，不得與從事，故發憤且卒。而子遷適使反，見父於河洛之間。」

(A) 司馬遷曾經搬家到龍門，並且在黃河南邊從事耕作 (B) 司馬遷前往昆明那年，漢朝天子開始分封諸侯爵位 (C) 司馬遷透過閱讀、旅遊與出使經歷，養成自身的能力 (D) 司馬遷遊歷、出使多處後，因為被迫留滯在周南，憤恨不平。

22.【C】依據下表，關於「古代租賃」的敘述，最適當的是：【107 指考】

漢	（漢光武帝）後之長安，受《尚書》於中大夫廬江許子威。資用乏，與同舍生韓子合錢買驢，令從者僦，以給諸公費。（《東觀漢記》）
僦：租	
唐	京兆府奏：兩京之間多有百姓僦驢，俗謂之驛驢，往來甚速，有同驛騎。犯罪之人因茲奔竄，臣請禁絕。從之。尋又不行。（《冊府元龜》）
宋	若凶事出殯，自上而下，凶肆各有體例。如方相、車轝、結絡、綵帛，皆有定價，不須勞力。尋常出街市幹事，稍似路遠倦行，逐坊巷橋市，自有假賃鞍馬者，不過百錢。（《東京夢華錄》）
方相：逐疫驅鬼的神靈，出喪時常置於行列前開道。	

(A) 漢代從事租賃業的門檻頗高，貴族富豪方能參與 (B) 唐代驢子租賃市場活絡，因影響治安而遭長期禁絕 (C) 宋代喪葬業可按不同需求提供租賃服務，而鞍馬出租價格親民 (D) 歷代租賃業均只有個人對個人模式，沒有商家對個人模式。

23. 翻譯：市中有老翁賣藥，懸一壺於肆頭，及市罷，輒跳入壺中。市人莫之見，唯長房於樓上睹之，異焉，因往再拜奉酒脯。翁知長房之意其神也，謂之曰：「子明日可更來。」長房旦日復詣翁，翁乃與俱入壺中。（《後漢書・方術列傳下》）【107 中醫師／護理師／社會工作師高考】

答：參考本書〈2-23 長房旦日復詣翁，翁乃與俱入壺中〉

24.【A.B】複選：閱讀下文，選出正確的選項：【105 指考】

左慈字元放，廬江人也。少有神道。嘗在司空曹操坐，操從容顧眾賓曰：「今日高會，珍羞略備，所少吳松江鱸魚耳。」慈於下坐應曰：「此可得也。」因求銅盤貯水，以竹竿餌釣於盤中，須臾引一鱸魚出。操拊掌大笑，會者皆驚。操曰：「一魚不周坐席，可更得乎？」慈乃更餌鉤沉之，須臾復引出，皆長三寸餘，生鮮可愛。操使目前鱠之，周浹會者。操又謂曰：「既已得魚，恨無蜀中生薑耳。」慈曰：「亦可得也。」操恐其近即所取，因曰：「吾前遣人到蜀買錦，可過敕使者，增市二端。」語頃，即得薑還，并獲操使報命。後操使自蜀反，驗問增錦之狀及時日早晚，若符契焉。（《後漢書・方術列傳下》）

端：古代量詞，帛類的長度單位。

(A)「操拊掌大笑，會者皆驚」是說左慈的表現讓曹操拍案叫絕，讓與會者相當訝異 (B)「一魚不周坐席」是指魚的分量太少，不夠在場的賓主食用 (C)「操使目前鱠之」是要求左慈當下變出魚羹，以防他作弊 (D)「語頃，即得薑還，并獲操使報命」是指話講完不久，曹操的使者已經買回生薑 (E)「若符契焉」是指曹操派去蜀地的使者，好像被施過符咒一般。

25. 翻譯：縣吏尹世苦四支煩，口中乾，不欲聞人聲，小便不利。佗曰：「試作熱食，得汗則愈；不汗，後三日死。」即作熱食而不汗出，佗曰：「藏氣已絕於內，當啼泣而絕。」果如佗言。(《三國志・魏書・華佗傳》)【106 中醫師／護理師／社會工作師高考】

答：參考本書〈2-25 吾悔殺華佗，令此兒彊死也〉

26.【B】羅中《三國演義》在史實基礎上，更增加許多精彩動人的情節，有些典故甚至融入日常生活用語中，請問下列典故何組皆出於三國?【106 新竹東興國中教甄】
(A)「既生瑜，何生亮」／「項莊舞劍，意在沛公」／「望梅止渴」(B)「賠了夫人又折兵」／「萬事俱備，只欠東風」／「如魚得水」(C)「青梅煮酒論英雄」／「燕雀安知鴻鵠之志」／「樂不思蜀」(D)「過五關斬六將」／「大意失荊州」／「逼上梁山」。

按：(A)「既生瑜，何生亮」：周瑜感慨：上天既生下周瑜，何必還有諸葛亮呢？——三國／「項莊舞劍，意在沛公」：張良告訴樊噲：在鴻門宴上，項莊拔劍起舞，想藉機殺掉劉邦（沛公）。——秦末／「望梅止渴」：曹操告訴迷路的士兵，前方有一座梅林，酸酸甜甜的梅子最能解渴。士兵一聽流出口水，暫時忘記了口渴。——三國 (B)「賠了夫人又折兵」：周瑜慫恿孫權借嫁小妹給劉備的名義，把劉備騙來，想逼他交出荊州。結果被諸葛亮的錦囊妙計破了局，不但孫尚香被劉備娶走，荊州也沒要到。周瑜率兵追來，又被諸葛亮安排的伏兵所敗，蜀漢軍士大喊：「周郎妙計安天下，賠了夫人又折兵。」氣得周瑜箭瘡迸裂，昏倒在地。——三國／「萬事俱備，只欠東風」：孫、劉聯軍想以火攻襲擊曹軍，萬事已經俱備了，但當時江上正吹西北風，如果發動火攻，反而會燒到自己；只有颳起東南風才能攻向敵軍。周瑜急得病倒了。諸葛亮來探病，說自己能呼風喚雨，要借他三天三夜的東南大風。半夜，果然颳起了東南風，周瑜下令士兵們順風放火，將曹營戰船燒得一乾二淨，曹操倉皇逃命。——三國／「如魚得水」：劉備三顧茅廬，請來諸葛亮（字孔明）擔任自己的軍師，兩人關係越來越親近。這讓與他「桃園三結義」的另兩名兄弟關羽、張飛心裡不是滋味，老是愛發牢騷。劉備跟他們解釋：「自從我有了孔明，就如魚得水，你們倆以後不要再說那樣的話了。」——三國 (C)「青梅煮酒論英雄」：當時寄居曹操門下的劉備正韜光養晦，過著澆水種菜的生活。某日，曹操來找劉備，兩人青梅煮酒論英雄。曹操說：「今天下英雄，唯使君與操耳！」嚇得劉備筷子掉到地上去。——三國／「燕雀安知鴻鵠之志哉」：陳涉年輕時當雇工，替人耕種。某天，他對同伴們說：「將來誰富貴了，都不要忘掉彼此！」同伴們笑他：「你是個受雇耕田的人，哪會有什麼富貴？」陳涉嘆息道：「唉，燕子、麻雀這種小鳥怎能理解鴻雁、天鵝的志向呢？」——秦末／「樂不思蜀」：蜀後主劉禪亡國後，投降晉文帝（司馬昭）。某次，晉文帝宴請劉禪，特意安排蜀國的舞樂，劉禪卻看得津津有味，快樂得不再思念蜀國了。——西晉 (D)「過五關斬六將」：關羽辭別曹操後，護送甘夫人、糜夫人往汝南投奔劉備，先後通過五個關隘口，逼不得已斬殺了六位曹營將領。——三國／「大意失荊州」：關羽出兵攻打曹操，孫權派呂蒙趁虛偷襲荊州，導致荊州（南郡、武陵、零陵）三郡失守。——三國／「逼上梁山」：《水滸傳》中，林沖等英雄好漢大多受到官府、惡霸的逼迫，不得已而上梁山落草為寇。——宋末

27.【A】依據下文，關於曹操的想法，敘述最適當的是：【107 指考】

> 早有人報到許昌，言劉備有諸葛亮、龐統為謀士，招兵買馬，積草屯糧，連結東吳，早晚必興兵北伐。曹操聞之，遂聚謀士商議南征。荀攸進曰：「周瑜新死，可先取孫權，次攻劉備。」操曰：「我若遠征，恐馬騰來襲許都。前在赤壁之時，軍中有訛言，亦傳西涼入寇之事，今不可不防也。」荀攸曰：「以愚所見，不若降詔，加馬騰為征南將軍，使討孫權，誘入京師，先除此人，則南征無患矣。」操大喜。（《三國演義》第 57 回）

(A) 欲採荀攸建議，趁孫權陣營發生變故時南征 (B) 知馬騰有反意，防他趁曹軍南征時攻取西涼 (C) 有意自孫權陣營招降馬騰，再使之討伐孫權 (D) 同意荀攸之計，誘馬騰與孫權互鬥進而兩傷。

28.【C】玄德問曰：「今操起三十萬大軍，會合泗之眾，一擁而來，先生有何妙計，可以退之？」孔明曰：「操平生所慮者，乃西涼之兵也。今操殺馬騰，其子馬超，現統西涼之眾，必切齒操賊。主公可作一書，往結馬超，使超興兵入關，則操又何暇下江南乎？」孔明的計策類似三十六計的：【105 公務員初等】

(A) 遠交近攻 (B) 聲東擊西 (C) 圍魏救趙 (D) 反客為主。

按：(A) 遠交近攻：聯合遠方的勢力，去攻打近處的敵人。(B) 聲東擊西：明明要襲擊西方，故意誤導敵人以為將從東方出手；這是一種出奇制勝的戰術。(C) 圍魏救趙：故意攻擊敵人的後方，迫使正要進攻的敵人撤回兵力。(D) 反客為主：就是化被動為主動的意思。

29.【C】《晉書・羊祜傳》記載：祜樂山水，每風景，必造峴山，置酒言詠，終日不倦。嘗慨然歎息，顧謂從事中郎鄒湛等曰：「自有宇宙，

便有此山。由來賢達勝士，登此遠望，如我與卿者多矣！皆湮滅無聞，使人悲傷。如百歲後有知，魂魄猶應登此也。」湛曰：「公德冠四海，道嗣前哲，令聞令望，必與此山俱傳。至若湛輩，乃當如公言耳。」……祜寢疾，……尋卒，時年五十八。帝素服哭之，甚哀。是日大寒，帝涕淚霑鬚鬢，皆為冰焉。南州人征市日聞祜喪，莫不號慟，罷市，巷哭者聲相接。吳守邊將士亦為之泣。其仁德所感如此。……襄陽百姓於峴山祜平生遊憩之所建碑立廟，歲時饗祭焉。望其碑者莫不流涕，杜預因名為「墮淚碑」。根據上述文字，「墮淚碑」引發的感慨，何者為是？【105 外交／民航／國際商務高考】
(A) 襄陽百姓之所以墮淚是因為憑弔古蹟，徒增傷感 (B) 鄒湛認為襄陽人會遺忘墮淚碑所記載羊祜的政績 (C) 襄陽人透過碑刻文字懷念羊祜的仁德而因此墮淚 (D) 文旨寄託亭臺樓榭，不可留連，徒然作楚囚對泣。

30.【C】（侯）景入朝，以甲士五百人自衛，帶劍升殿。拜訖，（梁武）帝神色不變，使引向三公榻坐，謂曰：「卿在戎日久，無乃為勞。」景默然。又問：「卿何州人？而來至此。」又不對。其從者任約代對……景出，謂其廂公王僧貴曰：「吾常據鞍對敵，矢刃交下，而意了無怖。今見蕭公，使人自懾，豈非天威難犯？吾不可以再見之。」（《南史・侯景傳》）侯景之所以不回應梁武帝的問話，原因是：【107 外交／民航／國際商務高考】
(A) 面對昏君不願回話 (B) 矢刃威脅無言以對 (C) 震懾皇威不敢回應 (D) 此強彼弱無須多言。

31.【B.C.E】複選：下圖是一則戒菸廣告，「持槍」的剪影用來類比「持菸」的手勢，意謂兩者同具危險性。下列文句「；」的前後，具有類似表意方式的選項是：【105 學測】

(A) 居廟堂之高，則憂其民；處江湖之遠，則憂其君 (B) 物不產於秦，可寶者多；士不產於秦，而願忠者眾 (C) 欲流之遠者，必浚其泉源；思國之安者，必積其德義 (D) 貨惡其棄於地也，不必藏於己；力惡其不出於身也，不必為己 (E) 松柏後凋於歲寒，雞鳴不已於風雨；彼眾昏之日，固未嘗無獨醒之人也。

32. 問答：司馬光《資治通鑑》載：「太后見檄，問曰：『誰所為？』或對曰：『駱賓王。』太后曰：『宰相之過也。人有才如此，而使之流落不偶乎！』」請問：武則天對駱賓王的評價為何？請針對此事，闡述一個政治人物該如何面對別人的責難與批評。【公職模擬題】

答：參考本書〈2-32 一抔之土未乾，六尺之孤何託？〉

附錄

33. 填充：「七月七日（　　　），夜半無人私語時。」（白居易〈長恨歌〉）【105 東吳大學碩班入學考】

解答：長生殿

☆簡答：白居易〈長恨歌〉中，用哪兩句話為唐玄宗與楊貴妃之間淒美的愛情寫下結局？________，________。【2017 大陸高考模擬題】

解答：天長地久有時盡／此恨綿綿無絕期

34.【D】作家的文風往往會受到時代與際遇所影響，例如南唐李後主在亡國前、後，風格顯然有別，下列屬於亡國前作品的是哪一選項？【102 教師資格檢定】
(A) 胭脂淚，相留醉，幾時重？（〈相見歡〉） (B) 夢裡不知身是客，一晌貪歡。（〈浪淘沙〉） (C) 四十年來家國，三千里地山河。（〈破陣子〉） (D) 鳳簫吹斷水雲間，重按霓裳歌遍徹（〈玉樓春〉）。

35.【D】范仲淹〈桐廬郡嚴先生祠堂記〉：「先生，漢光武之故人也，相尚以道。」「相尚以道」的主語應為：【大學生中文能力檢測模擬題】
(A) 先生 (B) 漢光武帝 (C) 嚴光 (D) 嚴光、劉秀二人。

36. 作文：閱讀下文，請以「憂勞可以興國，逸豫可以亡身」為題，作文一篇，闡述您個人的見解。【公職模擬題】

《書》曰：「滿招損，謙受益。」憂勞可以興國，逸豫可以亡身，自然之理也。故方其盛也，舉天下之豪傑，莫能與之爭；及其衰也，數十伶人困之，而身死國滅為天下笑。夫禍患常積於忽微，而智勇多困於所溺，豈獨伶人也哉！（歐陽脩〈五代史伶官傳序〉）

答：參考本書〈2-36 憂勞可以興國，逸豫可以亡身〉

37.【D】下列四篇文章的開頭，何者不是使用「開門見山」的破題法？【107 臺南國小／幼兒園教甄】
(A)〈師說〉：「古之學者必有師。師者，所以……」 (B)〈諫逐客書〉：「臣聞吏議逐客，竊以為過矣……」 (C)〈六國論〉：「六國破滅，非兵不利、戰不善，弊在賂秦……」 (D)〈諫太宗十思疏〉：「臣聞求木之長者，必固其根本……」。

38. 翻譯：齊之治也，吾不曰管仲，而曰鮑叔；及其亂也，吾不曰豎刁、易牙、開方，而曰管仲。何則？豎刁、易牙、開方三子，彼固亂人國者，顧其用之者桓公也。夫有舜而後知放四凶，有仲尼而後知去少正卯。彼桓公何人也？顧其使桓公得用三子者，管仲也。（蘇洵〈管仲論〉）【中醫師／護理師／社會工作師高考模擬題】

答：參考本書〈2-38 天下未嘗無賢者，蓋有有臣而無君者矣！〉

39.【B】下文________內最適合填入的是：【107 指考】

《史記》曰：「齊伐魯，孔子聞之，曰：『魯，墳墓之國。國危如此，二三子何為莫出？』子貢因行，說齊以伐吳，說吳以救魯，復說越，復說晉，五國由是交兵。或強，或破，或亂，或霸，卒以存魯。」觀其言，跡其事，儀、秦、軫、代，無以異也。嗟乎！孔子曰：「__________________」，己以墳墓之國而欲全之，則齊、吳之人，豈無是心哉？奈何使之亂歟？吾所以知傳者之妄。（王安石〈子貢論〉）

儀、秦、軫、代：指張儀、蘇秦、陳軫、蘇代，皆戰國知名說客。

(A) 不在其位，不謀其政 (B) 己所不欲，勿施於人 (C) 用之則行，舍之則藏 (D) 道之以德，齊之以禮。

40. 問答：王安石〈讀孟嘗君傳〉一文，採用了虛實對應的寫法（虛、實均已在文中以【 】標誌出來。）請扼要說明此種寫法的效果。【106 臺綜大轉學考】

世皆稱孟嘗君能得士，士以故歸之，而卒賴其力，以脫於虎豹之秦。嗟乎！孟嘗君特雞鳴狗盜之雄耳，豈足以言得士?【實】不然，擅齊之強，得一士焉，宜可以南面而制秦，尚何取雞鳴狗盜之力哉？【虛】夫雞鳴狗盜之出其門，此士之所以不至也。【實】

答：「實寫」是具體描寫客觀的事物，如孟嘗君重用雞鳴狗盜之徒的史事；「虛寫」為抽象刻劃主觀的想法，如文中提出孟嘗君若重用真正的賢士，可使齊國南面而制秦，這是作者的假設之辭。虛實結合法，可使虛筆因事實而更具想像空間，實筆因虛擬而更見其真實感；二者相反相成、相輔相生，能使文章結構更加緊湊，且蘊藏更豐富的思想內涵。

41.【C】蘇軾〈賈誼論〉：「為賈生者，上得其君，下得其大臣，如絳、灌之屬，優游浸漬而深交之，使天子不疑，大臣不忌，然後舉天下而唯吾之所欲為，不過十年，可以得志。」關於文中對賈誼的評論，下列何者正確？【大學生中文能力檢測模擬題】
(A) 喜愛優遊自在 (B) 生性多疑猜忌 (C) 不能靜待時機 (D) 擅於揣測君心。

42.【B】「古之立大事者，不唯有超世之才，亦必有堅忍不拔之志。昔禹之治水，鑿龍門，決大河，而放之海。方其功之未成也，蓋亦有潰冒衝突可畏之患。唯能前知其當然，事至不懼，而徐為之所，是以得至於成功。」（蘇軾〈鼂錯論〉）此段旨在表達：【105 公務員初等】
(A) 立大業者必有執行力，和一夫當關的勇氣，才能名利雙收 (B) 做大事者需有冒險心，和百折不撓的毅力，才能突破困境 (C) 立大業者必有超世才，和忠貞不渝的意志，才能功成名就 (D) 做大事者需有堅忍心，和壯士斷腕的精神，方能無畏無懼。

43.【C】下列何人尊稱韓愈「文起八代之衰，而道濟天下之溺」?【107 中區國小教甄】
(A) 曾鞏 (B) 蘇洵 (C) 蘇軾 (D) 歐陽脩。

44. 翻譯：夫災異變故，譬猶一人之身，病在五臟，則發於氣色，形於脈息，善醫者能知之。所以聖人觀變於天

地，而修其在我者，故能制治保邦，而無危亂之憂。（《宋史・李綱傳》）【102 中醫師／護理師／社會工作師高考】

答：參考本書〈2-44 若綱之心，其可謂非諸葛孔明之用心歟？〉

45.【C】杜甫〈詠懷古跡〉五首其三：「群山萬壑赴荊門，生長明妃尚有村。一去紫臺連朔漠，獨留青塚向黃昏。畫圖省識春風面，環珮空歸月夜魂。千載琵琶作胡語，分明怨恨曲中論。」詩歌中所指稱的對象是下列哪一個選項？【104 教師資格檢定】
(A) 楊貴妃 (B) 趙飛燕 (C) 王昭君 (D) 蔡文姬。

46.【D】根據引文，下列何者才能表現出豫讓之忠義？【106 公務員初等】

「豫讓臣事智伯，及趙襄子殺智伯，讓為之報仇。聲名烈烈，雖愚夫愚婦，莫不知其為忠臣義士也。嗚呼！讓之死固忠矣，惜乎處死之道有未忠者存焉。何也？觀其漆身吞炭，謂其友曰：『凡吾所為者極難，將以愧天下後世之為人臣而懷二心者也。』謂非忠可乎？及觀斬衣三躍，襄子責以不死於中行氏，而獨死於智伯。讓應曰：『中行氏以眾人待我，我故以眾人報之；智伯以國士待我，我故以國士報之。』即此而論，讓有餘憾矣。……讓既自謂智伯待以國士矣，國士，濟國之事也。當伯請地無厭之日，縱欲荒棄之時，為讓者正宜陳力就列，諄諄然而告之，……諄切懇告，諫不從，再諫之；再諫不從，三諫之；三諫不從，移其伏劍之死，死於是日。伯雖冥頑不靈，感其至誠，庶幾復悟。和韓、魏，釋趙圍，保全智宗，守其祭祀。若然，則讓雖死猶生也，豈不勝於斬衣而死乎？」（方孝孺〈豫讓論〉）

(A) 漆身吞炭，斬身三躍 (B) 智伯以國士待之，豫讓以國士報之 (C) 讓之所為者極難，將以愧天下後世之為人臣而懷二心者 (D) 智伯縱欲荒棄之時，豫讓正宜陳力就列，諄諄然而告之。

47.【C】唐順之〈信陵君救趙論〉:「趙，魏之障也。趙亡，則魏且為之後。趙、魏，又楚、燕、齊諸國之障也。趙、魏亡，則楚、燕、齊諸國為之後。」其中「為之後」意指:【大學生中文能力檢測模擬題】
(A) 繼承它 (B) 跟隨它 (C) 跟著滅亡 (D) 走在後面。

48.【A】「一代傾城逐浪花，吳宮空自憶兒家。效顰莫笑東村女，頭白溪邊尚浣紗。」此詩詠的古代美人是：【107 臺南國小／幼兒園教甄】
(A) 西施 (B) 王昭君 (C) 綠珠 (D) 趙飛燕。

按：出自曹雪芹《紅樓夢》;〈五美吟〉是林黛玉詠「古史中有才色的女子」的寄慨之作。此首從「吳宮」、「效顰（東施效顰）」、「浣紗」等關鍵字，可知所詠是西施。

49.【D】以下乃丘逢甲的〈憶臺雜詠〉詩四句，正確的順序為何？【105 臺北國中教甄】
甲、寶藏尚存三易主 乙、辛苦披沙

一水深 丙、人間真有不祥金 丁、雞籠山畔陣雲陰

(A) 甲乙丙丁 (B) 甲丙乙丁 (C) 丁丙甲乙 (D) 丁乙甲丙。

按：這是一首押平聲韻的七言絕句，所以「寶藏尚存三易主」，一定是在第三句。再分析第三句的格律：仄仄仄平平仄仄；應為「（仄）仄（平）平（平）仄仄」。然後推出第四句格律為「（平）平（仄）仄（仄）平平」，故絕不可能是「辛苦披沙一水深」。亦可推出第一句的平仄：「（平）平（仄）仄（仄）平平」，「人間真有不祥金」、「雞籠山畔陣雲陰」選一句；又依文意判斷，絕句通常都是開篇先寫景，結尾再述情，故選「雞籠山畔陣雲陰」為首句，「人間真有不祥金」為末句。而「辛苦披沙一水深」便是第二句了。

50.【B.D.E】複選：〈馮諼客孟嘗君〉：「梁使三反，孟嘗君固辭不往也」，前、後句有「縱使……卻依然……」的語意邏輯關係，意指「孟嘗君固辭不往」這件事，縱使「梁使三反」也不會改變。下列畫________與_______處，具有相同語意邏輯關係的是：【108 學測】

(A) 天地有好生之德，人心無不轉之時 (B) 此五子者，不產於秦，而繆公用之 (C) 松柏後凋於歲寒，雞鳴不已於風雨 (D)（連）橫不敏，昭告神明，發誓述作，兢兢業業，莫敢自遑 (E) 朱鮪涉血於友于，張繡剸刃於愛子，漢主不以為疑，魏君待之若舊

按：(A) 出自鄭用錫〈勸和論〉；是說天地有愛惜生靈的美德，人心沒有不轉變的時候。——沒有「縱使……卻依然……」的語意邏輯關係 (B) 出自李斯〈諫逐客書〉；是說這五個人**縱使**都不是秦國人，秦穆公**卻依然**任用他們。(C) 出自顧炎武〈廉恥〉；是說松柏在歲末嚴寒時，依然蒼翠不凋；報曉的公雞在風雨之中，仍不會停止啼叫。沒有「縱使……卻依然……」的語意邏輯關係 (D) 出自連橫《臺灣通史・序》；是說我連橫**縱使**不聰敏，曾經明告神靈，**卻依然**立誓要撰寫臺灣的歷史。(E) 出自丘遲〈與陳伯之書〉；**縱使**朱鮪曾殺害漢光武帝劉秀的兄長，漢光武帝**卻依然**不疑忌他，真心接納他；**縱使**張繡曾殺了魏武帝曹操的兒子，魏武帝**卻依然**不記恨，待他一如往昔。

附錄

附錄三：近年經史名篇出題概況

【經典篇】

	篇名	出題概況
1	《詩經・周南・關雎》	**升學考試** 105 統測；104、105、106 中山大學師培中心招考；107 東吳大學碩班入學考 **檢定考試** 大學生中文能力檢測模擬題；102、103 教師資格檢定 **教師甄試** 106 臺北國中、中區國小教甄； 107 桃園國小／幼兒園教甄
2	《詩經・齊風・東方未明》	**公職考試** 107 警察／鐵路佐級
3	《詩經・秦風・蒹葭》	**升學考試** 103 臺北大學進修學士班入學考；103 臺師大、107 臺聯大轉學考 **教師甄試** 106 新北國中教甄 **公職考試** 99 公務員初等
4	《詩經・豳風・七月》	**升學考試** 97 致遠管理學院碩班入學考 **教師甄試** 99 臺南國小／幼兒園教甄；106 臺北國中教甄 **公職考試** 101 高雄銀行新進人員甄試；公職模擬題
5	《詩經・小雅・斯干》	**檢定考試** 大學生中文能力檢測模擬題 **教師甄試** 97 臺北國中教甄；99 基隆國小／幼兒園教甄； 105 中科實中教甄 **公職考試** 101 臺灣銀行新進人員甄試；公職模擬題
6	《詩經・小雅・蓼莪》	**升學考試** 103 二技統測；104、105、106 中山大學師培中心招考 **檢定考試** 96、103 教師資格檢定 **教師甄試** 96 臺南國中教甄；97 桃園國中教甄；101 嘉義高中教甄； 106 新北國中教甄 **公職考試** 100 桃園捷運新進人員甄試；101 板信商銀新進人員甄試
7	《尚書・周書・大誥》	**教師甄試** 101 中區教甄 **公職考試** 101 中華郵政內勤／櫃臺業務；公職模擬題

	篇名	出題概況
8	《禮記・檀弓上・晉獻公殺世子申生》	**檢定考試** 大學生中文能力檢測模擬題 **公職考試** 98 警察／鐵路四等；104 中醫師／護理師／社會工作師高考；公職模擬題
9	《禮記・檀弓上・曾子易簀》	**升學考試** 103 學測；105 臺北大學轉學考 **檢定考試** 大學生中文能力檢測模擬題 **公職考試** 101 司法官普考
10	《禮記・檀弓上・有子之言似夫子》	**教師甄試** 97 臺北國中教甄 **公職考試** 103 中醫師／護理師／社會工作師高考
11	《禮記・禮運・大同與小康》	**升學考試** 103、108 指考；105、106 學測；99、101、106、107 統測；108 二技統測 **教師甄試** 106 新北國中教甄 **公職考試** 99 公務員初等、101 鐵路人員佐級
12	《禮記・學記》	**升學考試** 105 統測 **檢定考試** 大學生中文能力檢測模擬題 **教師甄試** 100 金門國中教甄；102 臺北國中教甄；103 中區國中、臺南國小／幼兒園教甄；104 中區國中教甄；106 南科實中、中區國小、屏東國小／幼兒園教甄；107 桃園國小／幼兒園教甄
13	《易傳・繫辭傳》	**教師甄試** 97 臺北國中教甄；106 臺南國小／幼兒園教甄 **公職考試** 100 地方特考；106 身障特考；高考模擬題
14	《穀梁傳・僖公二年・虞師晉師滅夏陽》	**教師甄試** 97 臺北國中教甄；106 臺南國小／幼兒園教甄 **公職考試** 100 地方特考；106 身障特考；高考模擬題
15	《左傳・隱公元年・鄭伯克段于鄢》	**升學考試** 99 二技統測；105 中國醫藥大學學士後中醫招考 **檢定考試** 大學生中文能力檢測模擬題；100 教師資格檢定 **教師甄試** 101 桃園高中教甄；104 臺北國中教甄 **公職考試** 102 國軍志願役預備軍／士官班

附錄

	篇名	出題概況
16	《左傳・桓公十二年・盟無益也》	**檢定考試** 大學生中文能力檢測模擬題 **公職考試** 107 公務員初等
17	《左傳・莊公十年・曹劌論戰》	**升學考試** 101 指考 **教師甄試** 105 新北國中教甄 **公職考試** 102 彰化銀行新進人員甄試；101 國軍志願役預備軍／士官班 **大陸高考** 2015 四川卷；2016 全國卷
18	《左傳・僖公五年・宮之奇諫假道》	**升學考試** 101、103 二技統測 **公職考試** 中醫師／護理師／社會工作師模擬題
19	《左傳・僖公二十三年・何以報不穀》	**升學考試** 105 臺師大轉學考 **檢定考試** 大學生中文能力檢測模擬題 **教師甄試** 101 桃園高中教甄；102 師大附中教甄 **公職考試** 96 公務員普考；102 國軍志願役預備軍／士官班
20	《左傳・僖公二十四年・介之推不言祿》	**檢定考試** 大學生中文能力檢測模擬題 **教師甄試** 98 南投高商、金門國中教甄 **公職考試** 99 身障人員普考；101 公務員普考；公職模擬題
21	《左傳・僖公三十年・燭之武退秦師》	**升學考試** 97、99、100、101、102、103、105、106、108 指考；99、100、103、104、106、107 學測；99、100、101、102、104、105、107 統測;108 二技統測;102、103 臺北大學進修學士班入學考;106 臺師大轉學考 **教師甄試** 105 臺北國中教甄；106 新竹東興國中、科學園區實驗高中國小部教甄
22	《左傳・僖公三十三年・秦晉殽之戰》	**檢定考試** 103 教師資格檢定 **教師甄試** 106 金門國小／幼兒園、桃園國小／幼兒園教甄；107 金門國小／幼兒園教甄、桃園國小／幼兒園教甄

	篇名	出題概況
23	《左傳・襄公三十一年・子產不毀鄉校》	**升學考試** 106 臺師大碩班入學考 **教師甄試** 102 桃園新竹花蓮國小／幼兒園聯合教甄 **公職考試** 104 高考二級；107 中醫師／護理師／社會工作師高考
24	《左傳・昭公二十年・子產論政寬猛》	**檢定考試** 大學生中文能力檢測模擬題 **公職考試** 104 高考二級
25	《論語・為政》	**升學考試** 97 統測；106 臺北大學轉學考；107 臺南大學碩班入學考 **檢定考試** 105 教師資格檢定 **教師甄試** 107 中區國小、科學園區實驗高中國小部教甄 **公職考試** 103 會計師／不動產估價師／民間之公證人高考；104 中醫師／護理師／社會工作師高考；107 律師高考 **大陸高考** 2015 山東卷；2018 全國卷一
26	《論語・公冶長》	**升學考試** 99、100、101 指考；102 學測；101、105 統測 **大陸高考** 2017 浙江卷
27	《論語・雍也》	**升學考試** 102 學測；98 統測；104、105、106 中山大學師培中心招考 **檢定考試** 103 教師資格檢定 **公職考試** 107 警察／鐵路佐級
28	《論語・述而》	**升學考試** 101 指考；96、105 統測；108 二技統測；103 師大轉學考 **教師甄試** 105 新北國中教甄 **公職考試** 105 會計師／不動產估價師／民間之公證人高考；107 警察／鐵路四等 **大陸高考** 2016 江蘇卷；2017 山東卷、浙江卷；2018 浙江卷
29	《論語・述而》	**升學考試** 102、103 統測 **教師甄試** 106 中區國小教甄；107 科學園區實驗高中國小部、臺南國小／幼兒園教甄 **公職考試** 107 公務員初等

	篇名	出題概況
30	《論語・泰伯》	**升學考試** 106 學測 **教師甄試** 106 臺北國中教甄 **公職考試** 104 建築師／不動產經紀人／記帳士高考 **大陸高考** 2018 浙江卷
31	《論語・子罕》	**升學考試** 98、105 學測；100 統測 **公職考試** 104、105 中醫師／護理師／社會工作師高考
32	《論語・子罕》	**升學考試** 101、103 指考；102、108 學測；102、103 臺北大學進修學士班入學考 **教師甄試** 105 新北國中教甄；106 新竹東興國中、屏東國小／幼兒園教甄 **公職考試** 106 公務員特考；107 警察／鐵路四等
33	《論語・鄉黨》	**升學考試** 100 指考 **教師甄試** 99 中區國小／幼兒園教甄；106 新竹東興國中教甄 **公職考試** 100 地方特考；103 板信銀行五職等辦事員甄試
34	《論語・先進》	**升學考試** 105 指考；102、106 學測；105 統測；102 臺北大學進修學士班入學考；105 東吳大學碩班入學考 **教師甄試** 104 中區國中教甄 **大陸高考** 2018 北京卷、江蘇卷
35	《論語・衛靈公》	**教師甄試** 97 金門國中教甄；99 新竹國中教甄；102 金門國小／幼兒園教甄；104 臺北國中教甄 **公職考試** 99 地方特考三等；高考模擬題
36	《論語・季氏》	**升學考試** 98 學測；103 臺北大學進修學士班入學考；107 政大碩班入學考（專業國文） **教師甄試** 105 中科實中教甄；107 金門國小／幼兒園教甄

	篇名	出題概況
37	《論語・陽貨》	**升學考試** 96 統測 **教師甄試** 106 新竹東興國中、屏東國小／幼兒園教甄；107 科學園區實驗高中國小部教甄 **公職考試** 105 公務員初等
38	《論語・微子》	**升學考試** 93 統測 **教師甄試** 105 中科實中教甄；106 新竹東興國中教甄
39	《孟子・公孫丑上》	**升學考試** 99、101 指考；99、100、102、103、105 統測；103 二技統測；103 臺北大學進修學士班入學考 **教師甄試** 101 新北、南區國中教甄；102 玉井商職教甄；104 嘉義國中教甄 **公職考試** 97 土地銀行五至九職等人員甄試；99 警察／鐵路佐級；高考模擬題
40	《孟子・滕文公上》	**升學考試** 105 學測；103 臺北大學進修學士班入學考
41	《孟子・滕文公上》	**升學考試** 98 指考 **公職考試** 106 司法／調查／海巡高考
42	《孟子・萬章下》	**升學考試** 100 統測 **公職考試** 106 公務員初等
43	《孟子・告子上》	**升學考試** 108 指考；99、107 統測 **大陸高考** 2016 全國卷
44	《孟子・告子下》	**升學考試** 97 指考；99、104 統測 **教師甄試** 99 臺南國小／幼兒園教甄、桃園高中教甄；106 臺北國中教甄 **公職考試** 102 國軍志願役預備軍／士官班；103 關務／身障普考三等；高考模擬題 **大陸高考** 2015 福建卷；2018 全國卷二

	篇名	出題概況
45	《孟子・盡心上》	**升學考試** 96 學測 **檢定考試** 106 教師資格檢定 **教師甄試** 105 臺北國中教甄；106 科學園區實驗高中國小部教甄；107 東華大學附小教甄 **公職考試** 104 中醫師／護理師／社會工作師高考
46	《孟子・盡心上》	**教師甄試** 106 南科實中教甄 **公職考試** 107 警察／鐵路四等
47	《四書・大學・大學之道》	**升學考試** 103 指考；統測模擬題；106 臺北大學轉學考 **檢定考試** 大學生中文能力檢測模擬題
48	《四書・中庸・天命謂性》	**升學考試** 102 統測 **公職考試** 105 公務員初等
49	《四書・中庸・素位而行》	**升學考試** 104 學測 **教師甄試** 107 中區國小教甄
50	《四書・中庸・哀公問政》	**教師甄試** 107 金門國小／幼兒園教甄

【史論篇】

	篇名	出題概況
1	《國語・晉語四・文公伐原》	**公職考試** 107 司法官三等
2	《國語・晉語九・士茁謂土木勝懼其不安人》	**公職考試** 105 警察／鐵路二等
3	《戰國策・齊策・鄒忌諫齊王》	**升學考試** 96 學測 **教師甄試** 106 新北國中、金門國小／幼兒園教甄；107 中區國小教甄 **大陸高考** 2019 陝西卷
4	《戰國策・齊策・馮諼客孟嘗君》	**升學考試** 98、99、102、103、105、106、108 指考；96、99、101、102、103、104、105、106、107、108 學測；95、99、100、102、106、107、108 統測；102 臺北大學進修學士班入學考 **教師甄試** 101 嘉義國小／幼兒園教甄；104 新北國中教甄；106 新竹東興國中教甄 **公職考試** 107 公務員初等
5	《史記・項羽本紀・鴻門宴》	**升學考試** 95、99、101、102、103、104、105、106、107、108 指考；108 學測；96、97、100、101、104、106、107 統測；108 二技統測 **教師甄試** 104 中區國中教甄；105 新北國中教甄；106 新竹東興國中、科學園區實驗高中國小部教甄
6	《史記・項羽本紀・四面楚歌》	**升學考試** 98、103、108 指考；107、108 學測；99 統測；106 臺綜大轉學考；107 臺南大學碩班入學考 **檢定考試** 大學生中文能力檢測模擬題；106 教師資格檢定 **教師甄試** 104 臺北國中教甄；104 新北國中教甄；106 中區國小教甄；107 桃園國小／幼兒園教甄 **公職考試** 105 公務員初等
7	《史記・越王句踐世家》	**教師甄試** 104 中區國中教甄；107 臺南國小／幼兒園教甄
8	《史記・留侯世家》	**升學考試** 107 政大碩班入學考 **教師甄試** 96 北區國小／幼兒園教甄；100 中區國中教甄 **公職考試** 96 公務員普考；101 地方特考；104 桃園捷運新進人員甄試；107 公務員初等

附錄

	篇名	出題概況
9	《史記・伯夷列傳》	**升學考試** 98、100 指考；102 臺北大學進修學士班入學考；101 臺中教大碩士入學考 **教師甄試** 96 新竹教大附設實小教甄；98 金門國小／幼兒園教甄；103 臺南、高雄國小／幼兒園教甄 **公職考試** 100 警察／鐵路四等；101 地方特考；103 高考三級；公職模擬題
10	《史記・管晏列傳・管仲傳》	**升學考試** 105 學測；108 統測 **公職考試** 96 民航局金門航空站約僱消防員甄試；97 土地銀行五至八職等人員甄試；104 建築師／不動產經紀人／記帳士高考
11	《史記・管晏列傳・晏嬰傳》	**升學考試** 100 統測；98 二技統測；107 東吳大學碩班入學考 **教師甄試** 98、103、107 桃園國小／幼兒園教甄；105 科學實中國小部教甄
12	《史記・老子韓非列傳》	**升學考試** 96 統測；105 臺聯大轉學考 **教師甄試** 100 新竹成德高中教甄
13	《史記・伍子胥列傳》	**教師甄試** 101 彰化田中高中教甄 **公職考試** 96 警察普考；公職模擬題
14	《史記・張儀列傳》	**升學考試** 107 指考；95、96 二技統測 **教師甄試** 102 中區國小／幼兒園教甄 **公職考試** 98 關務人員三等；99 地方特考；101 中華郵政專業職
15	《史記・刺客列傳・荊軻刺秦王》	**升學考試** 99 統測；96 二技統測 **教師甄試** 98 高雄國小／幼兒園教甄；102 東石高中教甄；105 臺北國中、中科實中教甄
16	《史記・李斯列傳・諫逐客書》	**升學考試** 98、99、102、104、106、107 指考；105、108 學測；95、96、99、100、102、103、105 統測；108 二技統測；105、106 中山大學師培中心招考；106 臺師大碩班入學考 **教師甄試** 104 中區國中教甄；106 新竹東興國中、科學園區實驗高中國小部教甄；107 臺南國小／幼兒園教甄

	篇名	出題概況
17	《史記・淮陰侯列傳》	**升學考試** 100 指考；100 統測；105 臺北大學轉學考 **教師甄試** 102 金門國小教甄；107 桃園國小／幼兒園、科學園區實驗高中國小部教甄 **公職考試** 99 國安五等；102 外交行政／調查人員四等、建築師／不動產經紀人／記帳士高考；103 關務、身障三等；高考模擬題
18	《史記・扁鵲倉公列傳》	**升學考試** 101 慈濟大學學士後中醫招考 **教師甄試** 98 宜蘭國中小教甄 **公職考試** 105、107 中醫師／護理師／社會工作師高考
19	《史記・游俠列傳》	**檢定考試** 大學生中文能力檢測模擬題 **教師甄試** 96 新竹教大附設實小教甄 **公職考試** 102 國軍志願役預備軍／士官班；103 中醫師／護理師／社會工作師高考
20	《史記・日者列傳》	**公職考試** 103 中醫師／護理師／社會工作師高考
21	《史記・太史公自序》	**檢定考試** 大學生中文能力檢測模擬題 **教師甄試** 98 宜蘭國中小教甄；99 中區國中教甄；100 臺南國小／幼兒園教甄；106 中區國小教甄 **公職考試** 100 普考高等；101 國軍志願役預備軍／士官班；105 公務員初等
22	《東觀漢記・世祖光武皇帝》	**升學考試** 107 指考 **教師甄試** 98 南臺灣國中教甄；100 南區國中教甄；
23	《後漢書・方術列傳下》	**公職考試** 102 地方特考；107 中醫師／護理師／社會工作師高考；108 高考中醫基礎學
24	《後漢書・方術列傳下》	**升學考試** 105 指考；103 私醫聯招
25	《三國志・魏書・華佗傳》	**公職考試** 95、106 中醫師／護理師／社會工作師高考
26	《三國演義》第四十三回	**教師甄試** 96 南區國小教甄；106 新竹東興國中教甄

	篇名	出題概況
27	《三國演義》第五十七回	**升學考試** 107 指考 **教師甄試** 95 金門國中教甄；99 臺北國中教甄；106 新竹東興國中教甄
28	《三國演義》第五十八回	**公職考試** 105 公務員初等；106 警察／鐵路特考
29	《晉書．羊祜傳》	**公職考試** 105 外交／民航／國際商務高考；108 公務員初等
30	《南史．侯景傳》	**公職考試** 104 台銀綜合保險經紀人甄試；107 外交／民航／國際商務高考
31	魏徵〈諫太宗十思疏〉	**升學考試** 101、107、108 指考；96、97、100、104、105、106、108 學測；107、108 統測；108 二技統測 **檢定考試** 大學生中文能力檢測模擬題；105 教師資格檢定 **教師甄試** 104 嘉義國中教甄；106 科學園區實驗高中國小部教甄；107 桃園國小／幼兒園、臺南國小／幼兒園教甄
32	駱賓王〈討武曌檄〉	**升學考試** 98 二技統測 **檢定考試** 大學生中文能力檢測模擬題；100 新竹教大教師資格檢定模擬題 **教師甄試** 95 臺南國中教甄；96 南區國中教甄；98 桃園國小／幼兒園教甄；102 臺南國小／幼兒園教甄 **公職考試** 公職模擬題
33	白居易〈長恨歌〉	**升學考試** 102 二技統測；96 彰師大教育學程甄試；100 臺藝大進修學士班入學考；105 東吳大學碩班入學考 **檢定考試** 100、103 教師資格檢定 **教師甄試** 97 南臺灣國中教甄；99 北縣、中區國中教甄；100 科學園區實驗高中、南臺灣國中、中區國小／幼兒園教甄；106 新竹東興國中、科學園區實驗高中國小部教甄 **大陸高考** 2017 全國卷三、江蘇卷
34	李煜〈破陣子〉	**檢定考試** 102 教師資格檢定 **教師甄試** 96 臺北陽明高中、苗栗國中教甄；97 臺南國中教甄；103 中區國小／幼兒園教甄；106 南科實中教甄

	篇名	出題概況
35	范仲淹〈桐廬郡嚴先生祠堂記〉	**檢定考試** 大學生中文能力檢測模擬題 **教師甄試** 96 苗栗國中、北區國小／幼兒園教甄；97 南投高商教甄 **公職考試** 101 專利商標審查人員（二等）；公職模擬題
36	歐陽脩〈五代史伶官傳序〉	**升學考試** 100 統測 **教師甄試** 95 屏東、高雄國小／幼兒園教甄；102 南臺灣國中、國小／幼兒園教甄 **公職考試** 103 原住民五等；公職模擬題
37	蘇洵〈六國論〉	**升學考試** 95、97、102 學測；101 統測；104 臺師大轉學考；106 臺中教大碩班入學考 **教師甄試** 105 新北國中教甄；107 臺南國小／幼兒園教甄
38	蘇洵〈管仲論〉	**檢定考試** 大學生中文能力檢測模擬題 **教師甄試** 99 臺南國小／幼兒園教甄；102 新竹成德高中教甄 **公職考試** 102 司法五等；102 中醫師／護理師／社會工作師高考；中醫師／護理師／社會工作師高考模擬題
39	王安石〈子貢論〉	**升學考試** 107 指考 **公職考試** 104 律師高考
40	王安石〈讀孟嘗君傳〉	**升學考試** 106 臺綜大轉學考 **檢定考試** 大學生中文能力檢測模擬題 **教師甄試** 97 南投高商教甄 **公職考試** 100 中華郵政專業職；100 律師高考；101 警察／鐵路佐級
41	蘇軾〈賈誼論〉	**檢定考試** 大學生中文能力檢測模擬題 **教師甄試** 98 科學園區實驗高中教甄；101 新北高中職聯合教甄：106 南科實中教甄 **公職考試** 103 警察／鐵路佐級

	篇名	出題概況
42	蘇軾〈鼂錯論〉	**教師甄試** 98 金門國中教甄 **公職考試** 99 中醫師／護理師／社會工作師高考； 105 公務員初等
43	蘇軾〈潮州韓文公廟碑〉	**升學考試** 99 學測；98 致遠管理學院碩班入學考 **教師甄試** 102 高雄國小教甄；106 新竹東興國中、金門國小／幼兒園、屏東國小／幼兒園教甄；107 中區國小教甄 **公職考試** 100 中華郵政專業職
44	《宋史・李綱傳》	**公職考試** 102 中醫師／護理師／社會工作師高考
45	馬致遠《漢宮秋》	**檢定考試** 104 教師資格檢定 **教師甄試** 98 中區國小／幼兒園教甄；100 金門、中區國中教甄；101 中和高中、新北國中教甄
46	方孝孺〈豫讓論〉	**升學考試** 105 臺中教大碩班入學考 **檢定考試** 大學生中文能力檢測模擬題 **教師甄試** 104 臺北國中教甄 **公職考試** 106 公務員初等
47	唐順之〈信陵君救趙論〉	**升學考試** 99 二技統測 **檢定考試** 大學生中文能力檢測模擬題 **公職考試** 98 地政士普考；102 公務員普考；104 地方特考；107 中醫師／護理師／社會工作師高考；公職模擬題
48	梁辰魚《浣紗記》	**教師甄試** 102 基隆安樂高中教甄；105 桃園國小／幼兒園教甄；106 新北國中教甄；107 臺南國小／幼兒園教甄
49	丘逢甲〈憶臺雜詠〉	**教師甄試** 98 北縣國中教甄；105 臺北國中教甄
50	連橫《臺灣通史・序》	**升學考試** 102、103、104、105、108 指考；96、98、101、105、106、108 學測；99、100、101、107、108 統測；108 二技統測；104 成大轉學考 **教師甄試** 102 竹北高中教甄；104 新北國中教甄；106 新竹東興國中教甄；107 臺南國小／幼兒園教甄 **公職考試** 99 中華郵政專業職；101 陽信商銀新進人員甄試

附錄四：經史名篇之出處

【經典篇】

	篇名	出處
1	《詩經・周南・關雎》	《詩經》
2	《詩經・齊風・東方未明》	《詩經》
3	《詩經・秦風・蒹葭》	《詩經》
4	《詩經・豳風・七月》	《詩經》
5	《詩經・小雅・斯干》	《詩經》
6	《詩經・小雅・蓼莪》	《詩經》
7	《尚書・周書・大誥》	《尚書》
8	《禮記・檀弓上・晉獻公殺世子申生》	《禮記》
9	《禮記・檀弓上・曾子易簀》	《禮記》
10	《禮記・檀弓上・有子之言似夫子》	《禮記》
11	《禮記・禮運・大同與小康》	《禮記》
12	《禮記・學記》	《禮記》
13	《易傳・繫辭傳》	《易傳》
14	《穀梁傳・僖公二年・虞師晉師滅夏陽》	《穀梁傳》
15	《左傳・隱公元年・鄭伯克段于鄢》	《左傳》
16	《左傳・桓公十二年・盟無益也》	《左傳》
17	《左傳・莊公十年・曹劌論戰》	《左傳》
18	《左傳・僖公五年・宮之奇諫假道》	《左傳》
19	《左傳・僖公二十三年・何以報不穀》	《左傳》
20	《左傳・僖公二十四年・介之推不言祿》	《左傳》
21	《左傳・僖公三十年・燭之武退秦師》	《左傳》
22	《左傳・僖公三十三年・秦晉殽之戰》	《左傳》

	篇名	出處
23	《左傳・襄公三十一年・子產不毀鄉校》	《左傳》
24	《左傳・昭公二十年・子產論政寬猛》	《左傳》
25	《論語・為政》	《論語》
26	《論語・公冶長》	《論語》
27	《論語・雍也》	《論語》
28	《論語・述而》	《論語》
29	《論語・述而》	《論語》
30	《論語・泰伯》	《論語》
31	《論語・子罕》	《論語》
32	《論語・子罕》	《論語》
33	《論語・鄉黨》	《論語》
34	《論語・先進》	《論語》
35	《論語・衛靈公》	《論語》
36	《論語・季氏》	《論語》
37	《論語・陽貨》	《論語》
38	《論語・微子》	《論語》
39	《孟子・公孫丑上》	《孟子》
40	《孟子・滕文公上》	《孟子》
41	《孟子・滕文公上》	《孟子》
42	《孟子・萬章下》	《孟子》
43	《孟子・告子上》	《孟子》
44	《孟子・告子下》	《孟子》
45	《孟子・盡心上》	《孟子》
46	《孟子・盡心上》	《孟子》
47	《四書・大學・大學之道》	《禮記》→《四書》
48	《四書・中庸・天命謂性》	《禮記》→《四書》
49	《四書・中庸・素位而行》	《禮記》→《四書》
50	《四書・中庸・哀公問政》	《禮記》→《四書》

【史論篇】

	篇名	出處
1	《國語・晉語四・文公伐原》	《國語》
2	《國語・晉語九・士茁謂土木勝懼其不安人》	《國語》
3	《戰國策・齊策・鄒忌諫齊王》	《戰國策》
4	《戰國策・齊策・馮諼客孟嘗君》	《戰國策》
5	《史記・項羽本紀・鴻門宴》	《史記》
6	《史記・項羽本紀・四面楚歌》	《史記》
7	《史記・越王句踐世家》	《史記》
8	《史記・留侯世家》	《史記》
9	《史記・伯夷列傳》	《史記》
10	《史記・管晏列傳・管仲傳》	《史記》
11	《史記・管晏列傳・晏嬰傳》	《史記》
12	《史記・老子韓非列傳》	《史記》
13	《史記・伍子胥列傳》	《史記》
14	《史記・張儀列傳》	《史記》
15	《史記・刺客列傳・荊軻刺秦王》	《史記》
16	《史記・李斯列傳・諫逐客書》	《史記》
17	《史記・淮陰侯列傳》	《史記》
18	《史記・扁鵲倉公列傳》	《史記》
19	《史記・游俠列傳》	《史記》
20	《史記・日者列傳》	《史記》
21	《史記・太史公自序》	《史記》
22	《東觀漢記・世祖光武皇帝》	《東觀漢記》
23	《後漢書・方術列傳下》	《後漢書》

	篇名	出處
24	《後漢書・方術列傳下》	《後漢書》
25	《三國志・魏書・華佗傳》	《三國志》
26	《三國演義》第四十三回	《三國演義》（子部），由於根據正史《三國志》改編而成，屬於歷史小說，本書暫納入「史論篇」。
27	《三國演義》第五十七回	《三國演義》（子部），由於根據正史《三國志》改編而成，屬於歷史小說，本書暫納入「史論篇」。
28	《三國演義》第五十八回	《三國演義》（子部），由於根據正史《三國志》改編而成，屬於歷史小說，本書暫納入「史論篇」。
29	《晉書・羊祜傳》	《晉書》
30	《南史・侯景傳》	《南史》
31	魏徵〈諫太宗十思疏〉	《貞觀政要》
32	駱賓王〈討武曌檄〉	《駱臨海集》（集部）；該文針對徐敬業起兵討伐武后史事而作，本書暫納入「史論篇」。
33	白居易〈長恨歌〉	《白氏長慶集》（集部）；此詩據楊貴妃史事而作，本書暫納入「史論篇」。
34	李煜〈破陣子〉	《南唐二主詞》（集部）；該詞針對南唐亡國史事而發，本書暫納入「史論篇」。

	篇名	出處
35	范仲淹〈桐廬郡嚴先生祠堂記〉	《范文正公集》（集部）；此文據《後漢書．逸民列傳．嚴光傳》而發，屬於史論文章，本書暫納入「史論篇」。
36	歐陽脩〈五代史伶官傳序〉	《新五代史》
37	蘇洵〈六國論〉	《嘉祐集》（集部）；此文針對六國滅亡史事而發，本書暫納入「史論篇」。
38	蘇洵〈管仲論〉	《嘉祐集》（集部）；此文針對管仲史事而發，本書暫納入「史論篇」。
39	王安石〈子貢論〉	《臨川先生文集》（集部）；此文針對《史記．仲尼弟子列傳》而發，屬於史論文章，本書暫納入「史論篇」。
40	王安石〈讀孟嘗君傳〉	《臨川先生文集》（集部）；此文針對《史記．孟嘗君列傳》而發，屬於史論文章，本書暫納入「史論篇」。
41	蘇軾〈賈誼論〉	《東坡全集》（集部）；此文針對賈誼史事而發，本書暫納入「史論篇」。
42	蘇軾〈鼂錯論〉	《東坡全集》（集部）；此文針對鼂錯史事而發，本書暫納入「史論篇」。
43	蘇軾〈潮州韓文公廟碑〉	《東坡全集》（集部）；此文針對韓愈史事而發，本書暫納入「史論篇」。
44	《宋史．李綱傳》	《宋史》
45	馬致遠《漢宮秋》	元代雜劇（《四庫全書總目》未收錄），由於寫昭君和番史事，本書暫納入「史論篇」。
46	方孝孺〈豫讓論〉	《方正學先生集》（集部）；此文據《史記．刺客列傳．豫讓傳》而發，本書暫納入「史論篇」。
47	唐順之〈信陵君救趙論〉	《荊川先生文集》（集部）；此文據《史記．信陵君列傳》而發，本書暫納入「史論篇」。
48	梁辰魚《浣紗記》	明人傳奇（《四庫全書總目》未收錄），由於寫句踐復國史事，本書暫納入「史論篇」。
49	丘逢甲〈憶臺雜詠〉	《嶺雲海日樓詩鈔》（集部）；該詩據「馬關條約」割讓臺灣之史事而發，本書暫納入「史論篇」。
50	連橫《臺灣通史．序》	《臺灣通史》

附錄

附錄五：經史子集分類法

經、史、子、集，又名「四部分類法」，是用來分類中國古代典籍的方法。

據清代錢大昕《元史・藝文志序》云：「晉荀勖撰《中經簿》，始分甲、乙、丙、丁四部，而子猶先於史。至李充為著作郎，重分四部：《五經》為甲部，《史記》為乙部，諸子為丙部，詩賦為丁部，而經、史、子、集之次始定。」唐初李延壽等人奉敕修纂《隋書・經籍志》，始正式以經、史、子、集為類名囊括我國古代所有的圖書。從此，歷代圖書目錄皆以經、史、子、集為名。直到清代乾隆年間由紀昀等百餘位學者合編的《四庫全書總目》將傳統四部分類法發展到極致。隨後，官修《四庫全書》亦按經、史、子、集分類編輯。

時至今日，縱使西學傳入，一般圖書館多以美國「杜威十進分類法」為基礎加以改良的圖書分類法；但各大圖書館收藏國學典籍時，仍使用傳統四部分類法。因此，關於經、史、子、集的定義與範疇，是現代學子不可不知的一門功課。

經：主要指儒家典籍，如十三經：《周易》、《尚書》、《詩經》、《周禮》、《儀禮》、《禮記》、《春秋公羊傳》、《春秋穀梁傳》、《左傳》、《論語》、《孟子》、《孝經》、《爾雅》。以及專門研究古代經典的學問，也成為經學，如五經總義（《廣雅》、《方言》、《六藝論》）、經解（《謚法》、《白虎通義》）、小學（《千字文》、《說文》、《玉篇》、《聲韻》）、緯書（《河圖洛書》）等。

史：包含各種歷史、地理和典章制度相關的著作。如正史（《二十四史》）、編年史（《資治通鑑》）、別史（《東觀漢記》）、雜史（《戰國策》）、政書（《文獻通考》）、地理（《水經注》、《徐霞客遊記》）、傳記（《列女傳》）、目錄（《崇文總目》）、載記（《吳越春秋》）、職官（《唐六典》）等。

子：包括諸子百家及佛教、道教的著作。如儒家（《荀子》、《朱子語類》）、道家（《老子》、《莊子》）、法家（《管子》、《韓非子》）、墨家（《墨子》）、雜家（《呂氏春秋》）、小說家（《世說新語》、《太平廣記》）、醫家（《脈經》、《本草綱目》）、兵家（《孫子兵法》）、曆數（《九章算數》）等。

集：指各類文學作品，詩歌、詞曲、辭賦、文章之個人專集或多人合集。集部之下，又細分為楚辭、別集（個人專集，如《東坡全集》）、總集（多人合集，如《昭明文選》）、詩文評論（《文心雕龍》）、詞曲（《樂章集》、《小山樂府》）五類。

按：由於傳統將小說家列入子部，但今日視詩、詞、曲、賦、文章、小說為文學作品，往往出現歧義；本書姑且將六朝筆記小說、唐代傳奇小說歸為文集篇，特此說明，千萬不可混淆！此外，清人《四庫全書總目》不收錄戲曲之作，如元雜劇（馬致遠《漢宮秋》）、明傳奇（梁辰魚《浣紗記》、湯顯祖《牡丹亭》）等，應屬於集部的著作。

	正例	特例
經	**★儒家經典：**《詩經》、《尚書》、《禮記》、《易傳》、《穀梁傳》、《左傳》、《論語》、《孟子》、〈大學〉、〈中庸〉	
史	**★正史：**《史記》、《後漢書》、《三國志》、《晉書》、《南史》、《新五代史》、《宋史》 **★雜史：**《國語》、《戰國策》、《貞觀政要》 **★別史：**《東觀漢記》 **★其他：**《臺灣通史》	**☆歷史小說：**《三國演義》，原屬於子部 **☆詠史詩詞：**白居易〈長恨歌〉、李煜〈破陣子〉、丘逢甲〈憶臺雜詠〉，原屬於集部 **☆史論文：**蘇洵〈六國論〉、王安石〈讀孟嘗君傳〉、方孝孺〈豫讓論〉、唐順之〈信陵君救趙論〉等，原屬於集部 **☆歷史劇：**馬致遠《漢宮秋》雜劇、梁辰魚《浣紗記》傳奇，《四庫全書總目》未收錄 **☆其他：**駱賓王〈討武曌檄〉、范仲淹〈桐廬郡嚴先生祠堂記〉、蘇軾〈潮州韓文公廟碑〉等，原屬於古代應用文
子	**★儒家：**《晏子春秋》、《荀子》、《說苑》、《孔子家語》、《孔叢子》、《朱子語類》等 **★道家：**《老子》、《列子》、《莊子》 **★法家：**《管子》、《韓非子》 **★墨家：**《墨子》 **★雜家：**《呂氏春秋》、《淮南子》、《顏氏家訓》 **★兵家：**《孫子兵法》 （按：小說家，如《世說新語》、《太平廣記》等，後世歸為文學類）	
集	**★文學總集：**《楚辭》、《昭明文選》、《全唐文》 **★文學別集：**《陶淵明集》、《李太白全集》、《昌黎先生集》、《柳河東集》、《范文正公集》、《歐陽文忠公全集》、《臨川先生文集》、《東坡全集》、《王文成公全書》、《袁中郎集》、《方望溪先生全集》、《龔自珍全集》等	**☆藝術類：**《琴操》，原屬於子部 **☆小說集：**《世說新語》、《藝文類聚》、《太平廣記》、《聊齋志異》、《閱微草堂筆記》，原屬於子部 **☆寓言集：**《郁離子》、《艾子外語》，原屬於子部 **☆戲曲類：**湯顯祖《牡丹亭》傳奇，《四庫全書總目》未收錄 **☆隨筆類：**《幽夢影》、《人間詞話》，《四庫全書總目》未收錄

主要參考書目

（按：**標註底色的書目**表示原屬於該部，但本書出於權宜之計，暫時歸為其他部，特此說明。）

經部（依朝代順序排列）

1.《詩經》臺北：藝文印書館《十三經注疏》本 2001 年據清阮元校本影印
2.《尚書》臺北：藝文印書館《十三經注疏》本 2001 年據清阮元校本影印
3.《禮記》臺北：藝文印書館《十三經注疏》本 2001 年據清阮元校本影印
4.〔漢〕京房撰《易傳》臺北：大化書局《嚴靈峰無求備齋諸子文庫》本 1983 年
5.《穀梁傳》臺北：藝文印書館《十三經注疏》本 2001 年據清阮元校本影印
6.《左傳》臺北：藝文印書館《十三經注疏》本 2001 年據清阮元校本影印
7.《論語》臺北：藝文印書館《十三經注疏》本 2001 年據清阮元校本影印
8.《孟子》臺北：藝文印書館《十三經注疏》本 2001 年據清阮元校本影印
9.〔宋〕朱熹撰《四書集注》臺北：中華書局《四部備要》本 1983 年

史部（依朝代順序排列）

1.〔吳〕韋昭註《國語》臺北：藝文印書館 1959 年據清嘉慶庚申（1800）黃氏讀未見書齋本影印
2.〔漢〕司馬遷撰《史記》臺北：七略出版社 2003 年據清乾隆武英殿刊本影印
3.〔漢〕劉向編《戰國策》臺北：藝文印書館 1959 年據清嘉慶八年（1803）吳門黃氏讀未見書齋重刻宋剡川姚氏本影印
4.〔漢〕劉珍等撰《東觀漢記》臺北：藝文印書館 1969 年
5.〔南北朝〕范曄撰《後漢書》臺北：藝文印書館《二十五史》本 1982 年據清乾隆武英殿刊本影印
6.〔晉〕陳壽撰《三國志》臺北：臺灣商務印書館《百衲本二十四史》本 2010 年
7.〔唐〕房喬等撰《晉書》臺北：臺灣商務印書館《百衲本二十四史》本 1988 年
8.〔唐〕吳兢撰《貞觀政要》臺北：世界書局《景印摛藻堂四庫全書薈要》本 2012 年
9.〔唐〕李延壽撰《南史》臺北：臺灣商務印書館《百衲本二十四史》本 2010 年據元大德刊本影印
10.〔宋〕歐陽脩撰《新五代史》北京：中華書局《點校本二十四史》修訂本 2016 年
11.〔元〕脫脫等修《宋史》臺北：藝文印書館《二十五史》本 1982 年據清乾隆武英殿刊本景印
12.〔民國〕連橫撰《臺灣通史》臺北：五南書局《五南文庫》本 2017 年

子部（依朝代順序排列）

1.《管子》上海：中華書局《嚴靈峰無求備齋諸子文庫》本 1930 年
2.〔春秋〕晏嬰撰《晏子春秋》上海：涵芬樓《嚴靈峰無求備齋諸子文庫》本 1919 年

3.〔春秋〕老聃撰，〔曹魏〕王弼注《老子道德經》臺北：文史哲出版社 1979 年
4.〔春秋〕孫武撰《孫子兵法》日本東京：龍西書舍《嚴靈峰無求備齋諸子文庫》本 1976 年
5.〔戰國〕墨翟撰《墨子》上海：上海古籍出版社《諸子百家叢書》本 1989 年
6.〔戰國〕列禦寇撰《列子》上海：大通書局《嚴靈峰無求備齋諸子文庫》本 1911 年
7.〔戰國〕莊周撰，〔晉〕郭象註《莊子》臺北：藝文印書館 2000 年
8.〔戰國〕荀況撰《荀子》清光緒末至民國初年上海會文堂石印本
9.〔戰國〕韓非撰《韓非子》臺北：藝文印書館《嚴靈峰無求備齋諸子文庫》本 1962 年
10.〔秦〕呂不韋撰《呂氏春秋》南京：鳳凰出版社 2013 年
11.〔漢〕劉安撰，〔東漢〕高誘注《淮南子》臺北：臺灣中華書局 1983 年據武進莊氏本校刊
12.〔漢〕劉向撰《說苑》上海：涵芬樓《嚴靈峰無求備齋諸子文庫》本 1925 年
13. 漢儒撰，〔魏〕王肅注《孔子家語》臺北：世界書局《四部刊要》本 1957 年
14.〔漢〕孔鮒撰《孔叢子》上海：涵芬樓《嚴靈峰無求備齋諸子文庫》本 1925 年
15.〔漢〕蔡邕撰《琴操》上海：上海古籍出版社《續修四庫全書》本 2002 年據華東師範大學圖書館藏清嘉慶十一年（1806）刻平津館叢書本影印
16.〔南朝宋〕劉義慶編《世說新語》上海：中華書局《四部備要》本 1926 年據明嘉趣堂刊本排印
17.〔北齊〕顏之推撰《顏氏家訓》上海：涵芬樓《嚴靈峰無求備齋諸子文庫》本 1925 年
18.〔唐〕歐陽詢等奉敕撰《藝文類聚》臺北：臺灣商務印書館景印《文淵閣四庫全書》本 1983 年據國立故宮博物院藏本影印
19.〔宋〕李昉撰《太平廣記》臺北：新文豐出版公司《叢書集成》本 1996 年
20.〔宋〕黎靖德編《朱子語類》日本京都：中文出版社 1979 年景明成化九年（1473）江西藩司覆刻宋咸淳六年（1270）導江黎氏本
21.〔明〕劉基撰《郁離子》（電子資源）臺北：國立臺灣師範大學出版中心 2012 年
22.〔明〕羅貫中撰《三國演義》臺北：五南書局 2016 年
23.〔明〕屠本畯撰《艾子外語》（電子資源）臺北：國家圖書館轉製 2011 年
24.〔清〕黃宗羲撰《明夷待訪錄》臺北：藝文印書館《百部叢書集成》本 1968 年
25.〔清〕朱用純撰《朱子治家格言》臺南：世峰出版社 1998 年
26.〔清〕蒲松齡撰足本《聊齋志異》臺北：世界書局 2002 年
27.〔清〕紀昀撰《閱微草堂筆記》新北：廣文書局 2017 年

集部（依朝代順序排列）

1.〔漢〕王逸章句《楚辭》臺北：世界書局《四部刊要》排印本 1956 年
2.〔魏〕嵇康撰，魯迅輯校《嵇中散集》上海：上海古籍出版社《魯迅輯校古籍手稿》本 1986 年

3.〔晉〕王羲之撰《晉王右軍集》清光緒十八年（1892）善化章經濟堂刊本
4.〔晉〕陶潛撰《陶淵明集》北京：北京圖書館出版社《中華再造善本》本 2003 年據中國國家圖書館藏宋刻遞修本影印
5.〔南朝梁〕蕭統編，〔唐〕李善注《文選》臺北：藝文印書館 2003 年據宋淳熙本重雕鄱陽胡氏臧版影印
6.〔唐〕駱賓王撰，〔清〕陳熙晉箋注《駱臨海集箋注》上海：上海古籍出版社 1985 年
7.〔唐〕王勃撰《王子安集》臺北：臺灣商務印書館《萬有文庫薈要》本 1965 年
8.〔唐〕李白撰《李太白全集》上海：中華書局 2015 年據上海中華書局據王注原刻本校刊影印
9.〔唐〕韓愈撰《昌黎先生集》清同治八年（1869）江蘇書局刊本
10.〔唐〕劉禹錫撰《劉夢得文集》上海：上海古籍出版社《宋蜀刻本唐人集叢刊》本 1994 年據北京圖書館藏宋蜀刻本影印
11.〔唐〕白居易撰《白氏長慶集》臺北：世界書局《景印摛藻堂四庫全書薈要》本 1987 年
12.〔唐〕柳宗元撰《柳河東集》臺北：中華書局《四部備要》影印本 1965-1966 年據三徑藏書本校刊
13.〔唐〕杜牧撰《樊川文集》新北：漢京文化出版公司《四部備要》本 2004 年
14.〔南唐〕李璟、李煜撰《南唐二主詞》臺北：新文豐出版公司《叢書集成》本 1989 年
15.〔宋〕范仲淹撰《范文正公集》民國商務印書館《四部叢刊》影印明翻元刊本
16.〔宋〕歐陽脩撰《歐陽文忠公全集》清嘉慶二十四年（1819）廬陵歐陽衡刊本
17.〔宋〕蘇洵撰《嘉祐集》北京：線裝書局《宋集珍本叢刊》本 2004 年據宋刻本影印
18.〔宋〕王安石撰《臨川先生文集》北京：線裝書局《宋集珍本叢刊》本 2004 年據宋刻、元明遞修本影印
19.〔宋〕蘇軾撰《東坡全集》臺北：世界書局《景印摛藻堂四庫全書薈要》本 1987 年
20.〔元〕馬致遠撰《漢宮秋》臺北：三民書局《中國古典名著》本 2015 年
21.〔明〕方孝孺撰《方正學先生集》臺北：藝文印書館《百部叢書集成》本 1969 年
22.〔明〕王守仁撰《王文成公全書》臺北：臺灣商務印書館《四部叢刊正編》本 1979 年據上海涵芬樓景印明隆慶刊本景印
23.〔明〕唐順之撰《荊川先生文集》臺北：臺灣商務印書館《四部叢刊正編》本 1979 年據上海涵芬樓明萬曆刊本景印
24.〔明〕梁辰魚撰《浣紗記》民國四十四年（1955）北京文學古籍刊行社排印本
25.〔明〕湯顯祖撰《牡丹亭五十五齣》臺北：里仁書局 1986 年
26.〔明〕袁宏道撰《袁中郎集》明末（1567-1644）繡水周應麐刊本

27.〔清〕張潮撰《幽夢影》上海：上海古籍出版社《禪境叢書》本 2016 年
28.〔清〕方苞撰《方望溪先生全集》臺北：臺灣商務印書館《四部叢刊正編》本 1979 年據上海涵芬樓咸豐元年戴鈞衡刊本景印
29.〔清〕錢大昕撰《潛研堂文集》民國商務印書館《四部叢刊》影印清嘉慶刊本
30.〔清〕董誥等編《全唐文》太原：山西教育出版社 2002 年
31.〔清〕龔自珍撰《龔自珍全集》上海：上海古籍出版社 1999 年
32.〔民國〕丘逢甲撰《嶺雲海日樓詩鈔》上海：上海古籍出版社 2002 年據復旦大學圖書館藏民國鉛印本影印
33.〔民國〕王國維撰《人間詞話》(電子資源) 臺北：南港山文史工作室 2017 年

MEMO

MEMO

MEMO

MEMO

國家圖書館出版品預行編目資料

圖解大考經史古文：精煉閱讀寫作，探解試題／簡彥妗著. -- 初版. -- 臺北市：五南，2020.10
面； 公分
ISBN 978-986-522-226-0(平裝)

1.漢語 2.讀本

802.8 109012921

1XHH

圖解大考經史古文：精煉閱讀寫作，探解試題

作　者 — 簡彥妗（403.4）
發 行 人 — 楊榮川
總 經 理 — 楊士清
總 編 輯 — 楊秀麗
副總編輯 — 黃文瓊
責任編輯 — 吳雨潔
封面設計 — 姚孝慈
美術設計 — 劉好音
出 版 者 — 五南圖書出版股份有限公司
地　址：106台北市大安區和平東路二段339號4樓
電　話：(02)2705-5066　傳　真：(02)2706-6100
網　址：http://www.wunan.com.tw
電子郵件：wunan@wunan.com.tw
劃撥帳號：01068953
戶　名：五南圖書出版股份有限公司

法律顧問　林勝安律師事務所　林勝安律師

出版日期　2020年10月初版一刷
定　價　新臺幣380元

※版權所有・欲利用本書內容，必須徵求本公司同意※

全新官方臉書

五南讀書趣

WUNAN Books since1966

Facebook 按讚

1 秒變文青

五南讀書趣 Wunan Books

★ 專業實用有趣
★ 搶先書籍開箱
★ 獨家優惠好康

不定期舉辦抽獎
贈書活動喔！！！

經典永恆・名著常在

五十週年的獻禮——經典名著文庫

五南，五十年了，半個世紀，人生旅程的一大半，走過來了。
思索著，邁向百年的未來歷程，能為知識界、文化學術界作些什麼？
在速食文化的生態下，有什麼值得讓人雋永品味的？

歷代經典・當今名著，經過時間的洗禮，千錘百鍊，流傳至今，光芒耀人；
不僅使我們能領悟前人的智慧，同時也增深加廣我們思考的深度與視野。
我們決心投入巨資，有計畫的系統梳選，成立「經典名著文庫」，
希望收入古今中外思想性的、充滿睿智與獨見的經典、名著。
這是一項理想性的、永續性的巨大出版工程。
不在意讀者的眾寡，只考慮它的學術價值，力求完整展現先哲思想的軌跡；
為知識界開啟一片智慧之窗，營造一座百花綻放的世界文明公園，
任君遨遊、取菁吸蜜、嘉惠學子！